Ivy Lang
Lovers, Sharks And Lions

AF190336

Das Buch:

Lauren ist entsetzt, als ihr Bruder Joey eines Tages mit zwei Kriminellen zu Hause auftaucht. Joey hat sich mit der Mafia eingelassen. Dabei hat er einen Job ziemlich verkackt, weshalb sie nun Geld fordern und Lauren kurzerhand verpflichten, ebenfalls für sie zu arbeiten. Zunächst wenig begeistert, findet Lauren allerdings bald Gefallen an den Aktionen und in Dominic, dem Neffen eines Mafia-Bosses, schließlich sogar so eine Art Freund, der sie versteht. Denn sie kämpft immerzu gegen die Dämonen der Vergangenheit. Auch Dominic hat ein Geheimnis: Er ist als Undercover-Agent in die Mafiastrukturen eingebunden, um gegen die Russenmafia vorzugehen. Als er beginnt, mit Lauren zu arbeiten, hadert er bereits mit dem Job und der Tatsache, dass er Dinge tun muss, die er selbst verachtet, um seine falsche Identität aufrechtzuerhalten. Zwischen Lauren und Dominic entwickelt sich eine starke Zuneigung, doch irgendwann wird der Auftrag für Dominic zu Ende sein und er wird für immer aus Laurens Leben verschwinden müssen.

Die Autorin:

Ivy Lang lebt bei Frankfurt am Main. Das Erzählen von Geschichten, sei es als Film, als Drehbuch oder als Roman, war schon immer eine große Leidenschaft – und natürlich das Schreiben selbst. Dabei kombiniert sie Liebesgeschichten geschickt mit anderen Genres, wie bei ihrem Debut, dem Mystery-Thriller „Teufelswetter – Eine Geschichte von Liebe, Sturm und Verbrechen". Ivy Lang schreibt „Romance+": Spannung, Action und auch die negative Kraft, die von Liebe ausgehen kann. www.ivy-lang.de

IVY LANG

Lovers, SHARKS' AND LIONS
- Trotzdem Liebe

Roman

Bibliografische Information der Deutschen Nationalbibliothek: Die Deutsche Nationalbibliothek verzeichnet diese Publikation in der Deutschen Nationalbibliografie; detaillierte bibliografische Daten sind im Internet über http://dnb.dnb.de abrufbar.

Lektorat: Maike Frie
www.skriving.de

Cover: Coverkrämerei Coverdesign – Samantha Krämer
www.coverkraemerei.de

gesetzt mit *SPBuchsatz*

Herstellung und Verlag: BoD – Books on Demand, Norderstedt
ISBN: 978-3-7494-8015-9

Mobster, der: (ugs.) Person, die für die amerikanische italo-Mafia (»Mob« genannt) arbeitet

Inhaltsnotiz

Dieser Roman spielt in einem kriminellen Milieu.
Als solcher behandelt er Themen wie: kriminelle Handlungen, Gewalt,
Waffengewalt, körperliche Gewalt, und Suizid.
Dieses Buch enthält rassistische und sexistische Aussagen, die die
Lebensrealität der Figuren spiegeln, aber nicht der Meinung der Autorin
entsprechen.
Beschriebene sexuelle Handlungen sind einvernehmlich.
siehe auch: http://trigger.ivy-lang.de oder per QR-Code auf der Rückseite

Prolog

Columbus, Ohio, November 2021

Sie trommelt nervös mit ihren Fingern auf den Tisch. Die Schlange an der Theke des Coffeeshops ist lang, denn um diese Zeit ist es immer voll. Deshalb hat sie diesen Treffpunkt gewählt. Sie sitzt mit dem Rücken zur Wand an dem letzten Tisch in der Reihe am Fenster und blickt zur Tür.

Die Tür schwingt auf und sie ist sofort angespannt, doch mit einem Schwall kalter Luft von draußen kommt ein Mann in einem grauen Mantel – ohne Kopfbedeckung – herein. Der Mann, auf den sie wartet, wird eine blaue Winterjacke und eine rote Basecap tragen. So haben sie es vereinbart. Ganz automatisch zupft sie an dem blassgelben Schal, den sie als ihr Erkennungszeichen umgelegt hat und blickt aus dem Fenster.

Bunte Blätter auf dem Gehsteig, die Menschen in warmen Mänteln – es ist Herbst. Sie weiß, dass irgendwo da draußen zwei U. S. Marshals in einem Auto sitzen und den Coffeeshop im Auge behalten. Ihre Schatten. Sie wird sich wohl nie daran gewöhnen.

Ihr Blick schweift erneut zur Tür, als ein Paar lachend und Arm in Arm hinausgeht. Sie seufzt und fragt sich zum wiederholten Mal, ob sie das hier wirklich tun will. Ihr scheint, als hätte sie jahrelang darauf gewartet – viele schlaflose Nächte hat sie sich diesen Moment vorgestellt. Doch jetzt ist sie vor allem nervös. Weil sie nicht weiß, was sie erwartet. Weil sie nicht weiß, wer dort durch diese Tür kommen wird. Wenn er denn überhaupt kommt.

Zwei Wochen ist es her, dass sie die Karte in ihrem Briefkasten gefunden hat. Eine nüchterne Textzeile und eine Telefonnummer.

Mehr nicht. Und doch hat sie diese Nachricht sofort in die Vergangenheit katapultiert, eine emotionale Achterbahnfahrt, ihre Knie wurden weich und sie kann sich nicht mehr erinnern, wie sie die lange Einfahrt zurück zum Haus laufen konnte. Vor gerade einmal drei Jahren hat sie noch ein völlig anderes Leben gelebt. Das Verrückte daran ist, dass ihr altes Leben ihr viel realer vorkommt als ihr jetziges. Aber so ist das wohl immer, wenn man seine Geschichte neu schreiben muss. Sie musste sich an vieles gewöhnen und tut sich immer noch schwer damit. Es gibt Menschen, die träumen tagtäglich davon, jemand anderes sein zu können. Sie wollte nie jemand anderes sein, doch sie wurde nicht gefragt. Jetzt sitzt sie hier in einer Stadt, die sich immer noch fremd anfühlt, obwohl sie schon seit fast zwei Jahren dort lebt und arbeitet. Und oft träumt sie nachts von den Dingen, die passiert sind, und von dem Mann, den sie kannte, bevor sie hierherkam.

Ein kalter Lufthauch, der von der Tür hereinweht, reißt sie aus ihren Gedanken.

Da steht er: der Mann aus ihren Träumen.

Auf einmal denkt sie an gar nichts mehr. Sie spürt nur ihr Herz, das sich anfühlt, als würde es in ihrer Brust tiefer sacken.

Er öffnet den Reißverschluss seiner blauen Winterjacke und sieht sich um, sucht den Raum nach ihr ab. Ihre Blicke treffen sich, doch er erkennt sie nicht – wahrscheinlich wegen ihrer kurzen Haare. Kurz wirkt er verwirrt. Als er sie ein zweites Mal ansieht, tritt so etwas wie Erleichterung in sein Gesicht. Für einen Moment steht er da, völlig erstarrt und sie sehen sich in die Augen. Dann nimmt er die rote Basecap ab und kommt an ihren Tisch.

»Hallo.« Seine Stimme klingt sanfter als erwartet.

Sie bedeutet ihm, sich zu setzen, und er dreht sich auf dem Stuhl leicht zur Seite, sodass er nicht mit dem Rücken zur Tür sitzen muss.

»Hi«, bringt sie heraus, doch in diesem Moment wird ihr klar, dass sie keine Ahnung hat, wie sie dieses Gespräch führen soll.

Nervös knetet sie ihre Finger, während er sie vorsichtig mustert.

Seine Augen sind stahlblau. Der Mann in ihren Träumen hatte grüne Augen.

»Entschuldige«, stammelt sie. »Irgendwie ist das viel seltsamer, als ich gedacht hätte.«

Er nickt und ein dünnes Lächeln erscheint auf seinem Gesicht. »Vielleicht fangen wir damit an, dass du mir sagst, wie du heißt.«

Sie schluckt schwer. »Nora. Nora Mason.«

Wieder nickt er. »Nora. Das klingt gut. Irgendwie auch ein bisschen vertraut, oder?«

Die Bedienung kommt an den Tisch und nimmt seine Bestellung auf. Nora ist froh, ihn für einen kurzen Moment nicht ansehen zu müssen. Man hat ihr Mitspracherecht bei der Wahl ihres Namens gegeben und sie wollte, dass er sich wenigstens entfernt nach ihrem alten Namen anhört.

»Ich heiße Marcus«, sagt er und lächelt sie an.

Sie lässt sich den Namen durch den Kopf gehen und beschließt, dass er zu ihm passt. Er trägt seine braunen Haare sehr kurz und scheint etwas abgenommen zu haben, denn sein Gesicht wirkt schmaler, als sie es in Erinnerung hat. Wieder fallen ihr die stahlblauen Augen auf. Ein Paar Augen, das einen bannen kann – im positiven wie im negativen Sinn.

»Freut mich«, sagt sie und müht sich ein Lächeln ab. Insgeheim kommt sie sich unendlich dämlich vor. Am liebsten würde sie ihn fragen, was er in den letzten drei Jahren gemacht hat, doch sie vermutet, dass er ihr das gar nicht sagen darf.

»Wie geht es dir?«, fragt sie stattdessen.

»Gut«, antwortet er knapp und kratzt sich am Kopf. Dabei weicht er ihrem Blick aus und sieht aus dem Fenster. Ob er auch nach den Marshals schaut?, fragt sie sich.

Die Tür schwingt auf und beide blicken automatisch hin. Marcus lacht entschuldigend. »Sorry, ist 'ne alte Angewohnheit.«

In diesem Moment sieht sie den Mann aus ihren Träumen vor sich. Seine lockere, fast unbekümmerte Art. Seine Angewohnheit, selbst in angespannten Situationen noch lustige Bemerkungen zu machen. Und sie ist hin- und hergerissen. Ein Teil von ihr ist froh, dass er hier ist, dass er wohl doch noch der ist, der er war. Doch da ist auch eine andere Stimme in ihr. Eine Stimme, die ihr sagt, dass er sie von Anfang an belogen hat. Dass er sie benutzt hat.

Er scheint ihren inneren Kampf zu spüren und das Gespräch auf eine entspanntere Ebene bringen zu wollen. »Und wie geht es dir so? Was machst du beruflich?«

Sie ist ihm dankbar dafür. »Ich arbeite für eine Firma, die Landmaschinen vertreibt. In der Buchhaltung.«

Er schüttelt den Kopf und auch sie merkt, wie lächerlich das ist. Sie und ein Bürojob! Zum ersten Mal lachen sie einander aufrichtig an. »Das klingt interessant«, sagt Marcus und bemüht sich ganz offensichtlich, ernst zu klingen.

Noras Lächeln verschwindet in dem Moment, in dem ihr wieder bewusst wird, wie sie in diese Situation geraten ist. Wieder fühlt sie sich in die Vergangenheit katapultiert. Sie erinnert sich genau – als wäre es erst letzte Woche gewesen – an den heißen Tag im Juli, als dieser Mann, der damals noch ein anderer Mann war, in ihr Leben kam.

Teil I

Die Mobster

Kapitel 1

Passaic, New Jersey, Juli 2018

»Joey, du hast es verkackt!«

Lauren schlug die Kühlschranktür zu und wandte sich zu ihrem Halbbruder um. Nicht zum ersten Mal fragte sie sich, wie er bisher überhaupt überlebt hatte.

Joey saß rittlings auf einem Küchenstuhl und sah zu ihr auf. Das schlechte Gewissen stand ihm ins Gesicht geschrieben, doch er wirkte, als wäre er nur halb dabei. Als höre er ihr zu, während ihn in Gedanken etwas ganz anderes beschäftigte. Das war so typisch für ihn. Lauren streckte die Hände, ballte die Fäuste und atmete tief durch, wie auch ihr Vater es immer tat, wenn er sauer war.

Allerdings war sie nicht einfach nur sauer. Darüber war sie bei Joey längst hinaus. Sie war kurz davor, ihm ernsthaft weh zu tun. Nicht genug, dass Joey sein Leben nicht auf die Reihe kriegte, und sie mit dem Haushalt und ihrem Vater allein ließ. Nein, dieser nutzlose Idiot musste sich auch noch mit der Mafia einlassen. Das war nicht übertrieben. In diesem Moment standen zwei Männer in ihrem Wohnzimmer, die man durchaus als Mobster bezeichnen konnte, auch wenn dieses Wort vielleicht etwas veraltet war.

»Ich kann nicht fassen, dass du diese Typen jetzt auch noch mit nach Hause bringst!«, fauchte sie Joey an, der sich mit einer verwirrten Geste durch die zerzausten blonden Haare fuhr.

»Das war Doms Idee.«

Lauren zeigte mit dem Finger auf die fleckige Schiebetür, die ins Wohnzimmer führte. »Du sorgst dafür, dass sie verschwinden. Ist das klar?«

Joey zog entschuldigend die Schultern hoch und wirkte – wie so oft – völlig überfordert. »Hey, kann sein, dass ich da was Dummes gemacht habe ...«

Lauren war kurz davor zu explodieren. Allein die Tatsache, dass diese Mobster im Haus waren, machte sie stinksauer. Gleichzeitig hielten sie sie davon ab, richtig aus der Haut zu fahren. Und Joey? Bei ihm war einfach alles zu spät. Seit Wochen schon hing er regelmäßig mit diesen Gestalten rum und fand sich selbst obercool, wenn er für sie als Laufbursche irgendwelche kriminellen Jobs erledigte. Bis er einen seiner Jobs offenbar gründlich verkackt hatte.

Ihrem Bruder war natürlich bewusst, dass er in der Scheiße saß. Er zappelte mit dem Fuß.

»Dom meinte, wir sollten mal drüber reden. Also dachte ich, das ist schon okay, wenn ich sie hierher mitbringe.«

Lauren war sich sicher, dass die Wahrheit vollkommen anders aussah. Als wenn Joey in der Position wäre, darüber nachzudenken, was okay wäre und was nicht, ob er sie mitbringen sollte oder nicht! Natürlich hatte er keine Wahl gehabt. Das, was diese Typen ›reden‹ nannten, bedeutete nichts anderes, als dass sie Joey an die kurze Leine nehmen und seine Familie mit reinziehen wollten.

Joey sah zu ihr auf wie ein Hundewelpe, der auf Streicheleinheiten aus war. »Sorry, ich wusste nicht, was ich tun sollte.«

Tatsächlich beschwichtigte sein Blick sie etwas. Wirklich vergeben konnte sie ihm den Schlamassel nicht, doch sie wusste auch, dass es keinen Sinn ergab, sich endlos zu ärgern. Lauren war ein pragmatischer Mensch. Sie ließ ihre Wut abklingen und widmete sich der Frage, was nun zu tun war. Sie musste diese Typen aus dem Haus kriegen, und zwar so, dass sie keinen Ärger machten. Sie nickte Joey zu und bedeutete ihm, ins Wohnzimmer zu gehen. Langsam folgte sie ihrem Bruder.

Joey hatte Dominic Valente und Cyrus Morello mitgebracht. Wer die beiden waren, hatte Lauren erst nach und nach erfahren, denn ihr Bruder war nicht besonders auskunftsfreudig, was seine neuen

Freunde anging. Doch Lauren sah sie immer öfter. Wenn sie Joey abholten, war es meist Cyrus, der klingelte, während Dominic im Wagen sitzen blieb. Mit der Zeit hatte Lauren ihrem Bruder ein paar Details entlocken können. Und was sie erfahren hatte, gefiel ihr ganz und gar nicht.

Dominic war ein Mitglied des Valente-Clans, der Neffe des Capo Leonardo Valente, und das beste Beispiel dafür, dass man gutes Aussehen durch Übertreiben sehr wohl ruinieren konnte. Zu viel Gel in den Haaren, ein zu breites Grinsen im Gesicht. Zu viele Muskeln – es sah aus, als hätte er sich ein Superheldenkostüm angezogen. Darüber trug er eine zwei Nummern zu große Kombi aus Jeans, weißem Feinripp-Shirt und beigem Hemd. Eine kitschige Tätowierung – ein Amor mit Pfeil und Bogen – schaute am linken Arm unter dem kurzen Ärmel heraus. Zu viel Badass-Attitüde. Dom Valente bewegte sich mit einer standesgemäßen Selbstsicherheit, so als würde ihm alles gehören.

Vielleicht, weil es im Grunde auch so war.

Cyrus' Rolle war weniger offensichtlich. Er schien Dominics Freund zu sein, doch wenn man genau hinsah, konnte man erkennen, dass er immer ein, zwei Schritte hinter ihm ging. Auch jetzt stand er schräg hinter seinem Freund und wirkte eher wie ein Bodyguard oder Aufpasser, damit Dom nicht zu viel Scheiße anstellte. Er war deutlich älter als Dominic, vermutlich Ende dreißig, hatte rötliche Haare und wann immer Lauren ihn sah, trug er ein schwarzes T-Shirt, eine schwarze Jogginghose und abgetretene, weiße Nikes.

»Hallo Lola«, begrüßte Dominic sie.

»Ich heiße Lauren.« Sie warf ihm einen eiskalten Blick zu.

»Ich weiß. Hol uns doch mal was zu trinken, Lola.«

Einen Moment lang sah Lauren ihn wortlos an. Dass diese Typen sich höflich verhielten, war natürlich nicht zu erwarten gewesen. Sie beschloss, sich nicht provozieren zu lassen.

»Was hättet ihr denn gerne?«, fragte sie.

Dominic musterte sie schamlos von oben bis unten. Im Haus war es beinahe so heiß wie draußen und sie trug Jeans-Hotpants zu ihrem gelben T-Shirt.

»Ich nehme einen Kaffee. Mit Zucker, ohne Milch.«

Lauren rümpfte die Nase. Das war wohl die widerlichste Art, seinen Kaffee zu trinken, fand sie. Doch sie nickte. Als sie Cyrus ansah, winkte dieser ab.

»Keine Umstände. Ich hätte gerne einfach ein Glas Wasser. Danke.«

Nicht nur Aussehen und Alter unterscheidet die beiden, dachte Lauren, als sie Cyrus' freundliches Lächeln sah.

Dominic sah sich kurz um und nahm schließlich auf der Couch Platz, als wäre er hier zu Hause.

»Ihr habt ein tolles Haus, muss ich sagen.«

Irgendwie bewirkte seine Art, das Lauren sich schämte. Weil das Haus eben nicht toll war, sondern alt, dreckig und unaufgeräumt. Aber sie hatte ja niemanden, der ihr half. Sie hatte einen Job und schob Extraschichten, während Joey herumgammelte oder an seinem Computer irgendwelche verrückten Pläne ausheckte.

Sie überließ es ihrem Halbbruder, die Jungs weiter zu unterhalten und ging in die Küche. Es kam ihr ganz gelegen, dass sie so einen Moment zum Nachdenken hatte.

Joey und seine Dummheiten.

Als ihr klargeworden war, mit wem sich ihr Bruder abgab, hatte sie befürchtet, dass es ihn in große Schwierigkeiten bringen könnte. Doch was ihr zunächst nicht bewusst gewesen war, war die Tatsache, dass die Mafia – wenn man in Ungnade gefallen war – sich nicht mit einer einfachen Entschuldigung zufriedengeben würde. Trotzdem war sie sich nicht sicher, was das Erscheinen der beiden wirklich bedeutete. Sie waren sauer auf Joey, keine Frage. Sie wollten etwas bereden, was nur heißen konnte, dass sie Forderungen stellen würden. Lauren konnte nur hoffen, dass sie relativ glimpflich davonkamen.

Sie setzte Kaffee auf und der Blick auf die Uhr verriet ihr, dass sie in einer halben Stunde zu ihrem Boss aufbrechen musste, denn heute war Zahltag. Nun ja – eins nach dem anderen.

Kaffee mit Zucker, ohne Milch, dachte sie angewidert. Sie wusste nicht einmal, ob sie noch Zucker im Haus hatten und durchsuchte unwillig die Küchenschränke. Sonst noch einen Wunsch, Seniore? Es war Teil der Schikane, Teil des Spiels, das sie spielten, wurde Lauren bewusst. Es bewirkte, dass sie sich in ihrem eigenen Haus unwohl fühlte und gab den Mobstern somit automatisch eine Art Kontrolle über die Situation.

Als der Kaffee durchgelaufen war und sie eine Dose mit Zucker im Schrank gefunden hatte, kam ihr die Idee, sich ein klein wenig zu rächen. Spontan stellte sie die Dose zurück.

»Tut mir leid«, sagte sie mit ekelhaft freundlicher Stimme und bittersüßem Lächeln im Gesicht, als sie Dominic die Tasse reichte. »Wir haben leider keinen Zucker mehr da.«

Er sah sie mit abschätzendem Blick an, sagte aber nichts.

Lauren zog unschuldig die Schultern hoch. »Ich bin die Einzige, die hier Kaffee trinkt und ich trinke ihn grundsätzlich schwarz. Soll ja auch gesünder sein.«

Sie wusste, sie durfte es nicht übertreiben, doch es gab ihr das gute Gefühl, wieder die Oberhand über diese Situation zu haben.

Dominics Augen verengten sich zu schmalen Schlitzen, doch er wirkte nicht verärgert. Vielmehr als versuchte er, sie einzuschätzen, und ein Grinsen erschien auf seinen Lippen.

»Wusstest du, dass Menschen, die Bitteres mögen, wie zum Beispiel schwarzen Kaffee, einer Studie zufolge überdurchschnittlich häufig Psychopathen sind?«

Lauren entfuhr ein kurzes Lachen. Wie er da saß, dieser Proll, und eine Studie zitierte – es hatte etwas von einer Sitcom, das Ganze.

Er tat, als erwidere er ihr Lachen, doch blickte sie kurz darauf mit kaltem Gesichtsausdruck an, was sie daran erinnerte, wen sie hier vor sich hatte. Er war ein Krimineller. Mehr als das: Er war Mitglied eines Clans des organisierten Verbrechens. Sie zweifelte nicht daran, dass er sie und ihre Familie auslöschen würde, wenn sie ihm dumm kam. Dominic machte eine wedelnde Handbewegung und Cyrus kam zu ihnen.

»Lauren, Joey, wollt ihr euch kurz setzen?« Förmlich bot Cyrus ihr und ihrem Bruder einen Sitzplatz in ihrem eigenen Zuhause an.

Joey nahm im Fernsehsessel ihres Vaters Platz und Lauren setzte sich auf die Lehne, damit für Cyrus der zweite Platz auf der Couch frei blieb.

»Es geht um Folgendes«, begann Cyrus und setzte sich. »Wir müssen mit euch über eine Sache reden, die … nicht ganz glücklich gelaufen ist.«

Er sah kurz zu Dominic, der kaum merklich nickte, und fuhr fort: »Es ist besser, wenn wir das gleich klären.«

Lauren beobachtete Dominic, der völlig reglos auf der Couch saß und sich nichts anmerken ließ. Wie in Gedanken versunken lauschte er Cyrus' Worten.

»Lauren?«

Ihr Name ließ sie aufhorchen. Cyrus hatte sich ihr zugewandt. »Lauren, du weißt sicher schon, was passiert ist. Ich nehme an, Joey hat dir alles erzählt?«

Einen Moment lang dachte sie, dass es sich beinahe anfühlte wie bei einem Gespräch mit dem Schuldirektor und einem Lehrer, die das Fehlverhalten eines Schülers ansprachen. Sie sah erneut zu Dominic, dessen Miene immer noch nichts verriet und wandte sich dann an Cyrus.

»Ja, aber ehrlich gesagt verstehe ich davon nur die Hälfte.« Sie wollte Joey nicht noch mehr reinreiten. Er war schon geschockt und fertig genug gewesen, als er ihr alles erzählt hatte. Und es stimmte auch, dass sie sich nicht auf alles einen Reim machen konnte.

»Gut, dann lass dir von uns erklären, welches Problem wir wegen deinem Bruder nun haben«, sagte Cyrus in sachlichem Tonfall und Dominic nickte bestätigend.

Lauren zuckte mit den Schultern und nickte ebenfalls. Sollten sie doch ruhig erzählen. Auf jeden Fall schadet es nicht, ihre Version der Geschichte zu hören, dachte sie.

Joey war es sichtlich unangenehm, denn er zappelte mal wieder mit dem Fuß und kaute auf seinem Daumen herum.

Cyrus räusperte sich.

Kapitel 2

Die ganze Sache hatte – so erzählte Cyrus – eigentlich schon Wochen zuvor begonnen, als Joey ihn und Dominic gefragt hatte, ob er sie bei ihren Deals unterstützen dürfe. Sie hatten Joey als IT-Spezialist mit an Bord geholt, was nichts anderes hieß, als dass er sich in fremde Server hacken und Informationen beschaffen sollte. Sie hatten ihn auf eine konkurrierende russische Gruppe angesetzt, die ihrerseits IT-mäßig aufgerüstet hatte. Dominic hatte in einem leerstehenden Haus, das dem Valente-Clan gehörte, ein Büro einrichten lassen. Neueste Technik. Von außen unscheinbar. Hier hatte Joey eine Zeit lang auf den Tastaturen herumgeklimpert und sogar brauchbares Material liefern können. Innerhalb kurzer Zeit kannten sie die Namen und Adressen sämtlicher Drogenkuriere sowie der Polizisten, die auf der Gehaltsliste der Russen standen. Nützliche Informationen, zum Beispiel, um zu wissen, bei welchem Bullen man vorsichtig sein musste, doch alles Kleinkram im Endeffekt. Dominic wollte viel lieber herausfinden, welche größeren Deals Sharkin mit seiner *Organizatsiya* plante. Vadim Sharkin, eigentlich *Zarkhin*, war der Kopf der Brüderschaft, die sich im Revier der Valentes breit machte. Zu ihrem Kerngeschäft gehörten Menschen- und Waffenhandel. Daneben betrieb die Zelle eine eigene Abteilung für Cyberkriminalität und vor allem damit machten sie Dominics Familie das Leben schwer. Joey sollte hier, zusammen mit ein paar weiteren Hackern, Abhilfe schaffen.

Nach mehreren erfolglosen Versuchen, tiefer in die Infrastruktur der Brüderschaft vorzudringen – beinahe wären sie aufgeflogen –, musste Joey ein paar Extra-Aufgaben übernehmen.

Es gab eine Menge Leute, die für bestimmte Informationen gerne gutes Geld bezahlten. Dominics Talent lag darin, diese Leute ausfindig zu machen. Kundenakquise, sozusagen. Joey beschaffte die Informationen. Cyrus kümmerte sich um die Logistik: Übergabeort, Fahrzeuge, Geldtransport. Es lief erstaunlich gut. Beinahe so gut, dass Cyrus Dominic vorschlug, sich allein auf diese Geschäfte zu konzentrieren und den Feldzug gegen Sharkin einfach sein zu lassen. Doch natürlich war das keine Option, denn der Auftrag hierfür war von Doms Onkel Leonardo persönlich gekommen.

Kapital war bei dieser Operation immer ein Problem, denn noch kam über das Verkaufen von Informationen nicht genug Geld herein. Glücklicherweise geriet Dominic an eine Gruppe reicher chinesischer Kids, die es ganz spannend fanden, in der Welt der Cyberattacken mitzuspielen. Er verkaufte ihnen ein von Joey geschriebenes Trojanerprogramm, das jeder mittelmäßige Highschool-Nerd hätte schreiben können, für zehntausend Dollar. Die Übergabe sollte abends in einem Bürokomplex in der Nähe des Flughafens Newark stattfinden.

Joey hatte förmlich darum gebettelt, dieses Mal bei dem Deal mit dabei sein zu dürfen. Er hatte seinen Job bisher gut gemacht, also hatte Cyrus bei Dominic ein gutes Wort für ihn eingelegt. So kam es, dass sie zu dritt ein paar Tage später in einem unauffälligen Wagen mit gefälschten Nummernschildern vor dem Bürogebäude saßen und warteten. In einigen Büros brannte noch Licht, obwohl es schon auf dreiundzwanzig Uhr zuging. Schilder am Eingang deuteten auf mehrere asiatische Firmen hin, die hier ansässig waren. Dominic war der Kontaktmann, also musste er die Ware übergeben und die Kohle mitnehmen. Cyrus fuhr den Wagen und würde im Anschluss dafür sorgen, dass das Geld dorthin gelangte, wo es hinsollte: ein Teil davon gewaschen auf ihr Konto, der Rest verwahrt als Barreserve für diverse Zahlungen. Er würde Dominic begleiten – nur Idioten tauchten zu so einem Deal allein auf. Da sie noch jemanden brauchten, der beim Wagen blieb, hatten sie Joey mitgenommen, der hektisch Kaugummi kaute und mit den Füßen wippte.

»Sie warten auf uns vor dem Fahrstuhl«, erklärte Cyrus sachlich. »Die Übergabe findet statt in Büro F52. Das ist im fünften Stock.«

Dominic grunzte. Cyrus kannte ihn gut genug, um zu wissen, dass auch er leicht angespannt war, wie immer bei diesen Deals. Man konnte noch so viele davon durchziehen – Routine würde es nie ganz werden.

»In einem Büro gegenüber auf dem Gang gibt es ein Fenster raus auf eine Feuerleiter. Das wäre unser Notausgang«, schloss Cyrus seine Einweisung.

»Okay«, sagte Dominic. »Es ist kurz vor elf. Lass uns reingehen.«

Cyrus wandte sich zu Joey um. »Ganz ruhig sitzen bleiben. Wenn sich etwas tut, das uns Unannehmlichkeiten bringen könnte, lässt du mein Handy klingeln, setzt dich ans Steuer und siehst zu, dass du den Wagen außer Sicht bringst und zum Treffpunkt fährst. Kapiert?«

Joey nickte und kaute nervös weiter.

Cyrus und Dominic wechselten einen kurzen Blick. Würde dieser Hampelmann das schaffen?

Sie trafen ihre Kunden – drei an der Zahl – in der Lobby, als wären sie normale Geschäftsleute, und fuhren dann gemeinsam mit dem Fahrstuhl nach oben. In dem Büro erwarteten sie fünf weitere Gangmitglieder, was sie nicht wirklich überraschte. Sie waren also zu acht und damit mehr als dreimal so viele, doch es waren Kids. Nichts, weshalb er sich Sorgen machte.

Nach den üblichen Höflichkeitsfloskeln und dem Bekräftigen, dass alles vertraulich bleiben würde und man gerne schnell zum Abschluss des Geschäfts kommen wollte, wurde die Ware – in diesem Fall ein USB-Stick mit dem Programm darauf – auf einen Tisch gelegt. Die Chinesen hatten einen Laptop dabei und ein schmächtiger Junge mit Brille prüfte den Inhalt des Sticks, während er mit einem älteren Typen in ihrer Sprache diskutierte – vermutlich, ob sie ihnen trauen oder sie nicht besser umbringen sollten.

Schließlich nickte er, und Sheng, der Anführer, mit dem Dominic zuvor verhandelt hatte, meldete sich zu Wort.

»Wir hätten euch lieber in Bitcoins bezahlt.« Er hievte einen schwarzen Aktenkoffer auf den Tisch und ließ ihn aufschnappen.

Dominic warf einen Blick hinein, nahm eines der Hundert-Dollar-Bündel und prüfte es.

Cyrus lachte sich innerlich halb tot, weil es so lächerlich war. Bitcoins? Welche schlechten Filme hatten die Kids sich reingezogen? Deals dieser Art wickelte man doch nicht online ab. Vor allem im Darknet wimmelte es von Bullen.

Er wollte gerade einen Spruch machen, als sein Handy klingelte und kurz drauf wieder verstummte. Cyrus blickte auf das Display, trat ans Fenster und sah nach unten. Der Wagen stand noch da. Joey war nicht weggefahren. Was zur Hölle hatte dieser Idiot denn vor? Dann bemerkte er, dass auf einmal mehrere Leute in Bürokleidung das Gebäude verließen und sich schnell entfernten.

Er wandte sich zu Dominic um, der ihn abwartend ansah. »Ich schätze, wir bekommen Besuch.«

Dominic sah zu den anderen, die wirkten, als hätten sie keine Ahnung von dem, was hier vor sich ging.

»Wollt ihr uns verarschen?«

Auch Sheng reagierte verstimmt. Er erhob sich und zwei seiner Jungs postierten sich direkt neben ihm. »Was willst du damit andeuten, hey?«

In diesem Moment explodierte die Tür und eine Spezialeinheit der Polizei stürmte, in Voll-Kevlar, Helmen und mit den Gewehrläufen voran, in das Büro.

»Polizei! Alle nehmen die Hände hoch!«

Cyrus und Dominic gingen augenblicklich hinter einem Schreibtisch in Deckung, doch ein paar der Kids zückten ihre Pistolen, statt sie da zu lassen, wo sie bleiben sollten.

»Waffen runter!«

»Nein, ihr nehmt sie runter!«

Cyrus konnte nicht glauben, wie dumm diese Kids tatsächlich waren. Auf der gegenüberliegenden Seite hockte Sheng ebenfalls hinter einem Tisch und schrie zu ihnen herüber: »Das sind doch eure Leute! Was zum Teufel soll das?!«

Shengs Jungs waren sich sicher, dass es sich nicht um echte Cops handelte, und fuchtelten mit ihren Waffen herum, wurden angeschrien und schrien zurück.

Cyrus fing Dominics Blick auf. Sie wussten, was gleich passieren würde. Die explosive Spannung im Raum schnürte ihnen beinahe die Luft ab. Jetzt kam es nur darauf an, hier schnellstmöglich rauszukommen. Doch noch während Cyrus sich leicht aufrichtete, um sich einen erneuten Überblick zu verschaffen, flog die erste Kugel. Ob es ein Gangmitglied gewesen war oder ein Cop, war nicht zu erkennen.

Daraufhin brach die Hölle aus.

Die Bullen gingen nicht sparsam mit Munition um und innerhalb von Sekunden waren fünf der acht Chinesen von Kugeln durchsiebt. Sie waren praktisch noch Kinder gewesen. Die, die noch stehen konnten, schossen weiter, doch auch sie wurden getroffen. Cyrus und Dominic hatten den Schreibtisch umgeworfen und feuerten mit ihren Waffen in Richtung der Cops. Wirklich viel ausrichten konnten sie nicht.

Und dann war es so plötzlich vorbei, wie es begonnen hatte. Die Cops rückten ab. Einfach so. Die Leichen der Kids ließen sie liegen. Für Cyrus und Dominic wurde es nun brenzlig. Sie mussten verschwinden so schnell es ging.

Das Büro war verwüstet, überall lagen Patronenhülsen herum und alles war bedeckt von einer glänzenden Schicht Blut. Der Schreibtisch, hinter dem sie in Deckung gegangen waren, hatte ein paar Einschusslöcher, doch die Cops hatten fast ausnahmslos auf die Chinesen geballert.

Ein Blick auf den Tisch mit dem jetzt zerschossenen Laptop verriet, worauf die Bullen es abgesehen hatten: Der Koffer mit dem Geld war nicht mehr da.

»Das glaub ich jetzt nicht«, sagte Cyrus atemlos. »Die Bullen haben sich die Kohle gekrallt? Deswegen waren die hier?«

»Ich wette mit dir um deinen Arsch, dass das kein regulärer Einsatz war«, erwiderte Dominic. »Komm, lass uns abhauen.«

Von draußen waren Sirenen zu hören, die sich näherten.

Hoffentlich hat Joey inzwischen das Weite gesucht, dachte Cyrus. Die Cops, die echten Cops, die nun anrücken, werden die gesamte Straße absperren und alle überprüfen. Was für ein Scheiß!

Wie geplant kletterten sie auf die Feuertreppe an der Gebäuderückseite und von dort aus in einen Hinterhof mit Laderampen. Leise, aber zügig schlichen sie sich in die dunkle Nacht davon.

Vierzig Minuten später trafen sie sich mit Joey an dem für diesen Fall vereinbarten Treffpunkt – einem Diner an der I-78. Joey war völlig mit den Nerven runter, obwohl er die Schießerei selbst gar nicht mitbekommen hatte. Er stopfte sich wie ein Irrer Pommes in den Mund und schüttelte immerzu den Kopf. Cyrus und Dominic bestellten sich nur etwas zu trinken.

»Hast du so etwas schon mal erlebt?«, fragte Dominic. Es war eine rhetorische Frage.

Trotzdem schüttelte Cyrus den Kopf.

»Was war das?«, wetterte Dominic weiter. »Korrupte Bullen? Wieso wissen wir nichts davon?«

»Die müssen von irgendwem 'nen Tipp bekommen haben«, sagte Cyrus nachdenklich. »Oder kann es sein, dass die Chinesen unvorsichtig waren?«

Dominic zuckte mit den Schultern. »Klar, das ist natürlich möglich. Aber mir ist, ehrlich gesagt, egal, woher die es wussten. Was mich wundert, ist die Art und Weise, wie die vorgegangen sind. Denen war alles scheißegal. Die haben auf alles gefeuert, was sich bewegt hat. Haben diese Kids abgeschlachtet. Für die Kohle.«

Cyrus nickte betrübt.

Dominic nahm einen großen Schluck Bier und schüttelte sich. Dann sah er Joey an. »Warum hast du uns nicht gewarnt?«

Joey zuckte zusammen und sah mit angsterfülltem Blick auf. »Ich hab doch angerufen.« Er klang verzweifelt.

»Ja, und was solltest du tun, *nachdem* du angerufen hast?«, fragte Dominic. Er war offensichtlich mehr als gereizt.

Ein großes Fragezeichen schwebte über Joeys Kopf. Dominic beherrschte sich sichtlich, als hätte er ihn am liebsten geschlagen.

»Du solltest sofort abhauen, du Vollpfosten.«

Joey war sich anscheinend keiner Schuld bewusst. »Ich konnte nicht gleich wegfahren. Der Detective war da.«

Cyrus und Dominic wechselten einen fragenden Blick.

»Welcher Detective?«, fragte Cyrus.

»Detective Lazaro«, antwortete Joey schmatzend. »Der kennt mich von früher. Hat den Unfall meiner Mom untersucht. Er hat ans Fenster geklopft und mich ausgefragt. Was ich da mache und so.«

Dominic räusperte sich. »Und was, bitteschön, hast du ihm gesagt?«

Joey schüttelte den Kopf. »Ob ihr es glaubt oder nicht – der wusste von dem Deal. Er hat gesagt, er weiß Bescheid. Er wusste, dass ihr da drin seid, um einen Deal zu machen. Und er sagte, dass die Chinesen uns reinlegen wollen.«

»Und dann hat er dir gesagt, dass er wissen muss, in welchem Büro der Deal stattfindet, damit er Schlimmeres verhindern kann. Und du hast ihm daraufhin gesagt, wo, nicht wahr?«, fragte Cyrus und erwartete eigentlich keine Antwort.

Joey nickte eifrig und Dominic verdrehte stöhnend die Augen.

»Joey«, begann Cyrus und bemühte sich, ruhig zu bleiben, »ist dir nicht in den Sinn gekommen, dass dieser Bulle dich nur verarscht? Dass er eigentlich gar nichts wusste und nur gemutmaßt hat? Und du hast ihm auch noch die Nummer des Büros gesagt.«

Joey zuckte verlegen mit den Schultern. »Na ja ... ein bisschen komisch kam es mir schon vor. Deshalb habe ich dein Handy klingeln lassen.«

Dominic holte tief Luft. »Und wieso zur Hölle hast du dich dann nicht sofort verpisst, so wie es abgemacht war?«

Joey verstand offenbar nur Bahnhof. »Ich weiß nicht. Warum ist das so ein Problem?«

»Sieh mal, Joey«, schaltete sich Cyrus ein. »Wenn wir einen Mann draußen postieren, dann tun wir das nicht zum Spaß. Und wenn wir dir sagen, du sollst abhauen, wenn es ungemütlich wird, dann erwarten wir, dass du das auch tust, kapiert?«

Joey nickte, hatte aber offensichtlich immer noch keine Ahnung, wo das Problem lag.

Dominic schlug mit der Faust auf den Tisch, schnappte sich Joeys T-Shirt und zog ihn zu sich heran.

»Du hast unseren Deal an einen korrupten Bullen verraten, der seine Crew ausgeschickt hat, um acht chinesische Kids abzuknallen und mit unserer Kohle zu verschwinden. Und du fragst, wo da das Problem ist?«

Nun wirkte Joey so, als wäre er kurz davor zu heulen. Dominic leerte sein Bier und wandte sich an Cyrus. »Zeit, zu verduften. Wir lassen die Karre verschwinden und dann geht's nach Hause.«

Damit war der Tag gelaufen.

Draußen auf dem Parkplatz vor dem Diner hatte Dominic Joey dann noch angefaucht: »Wir reden nochmal über deinen Patzer. Am besten bei dir zu Hause. Und noch etwas: Du schuldest uns zehntausend Dollar.«

Kapitel 3

»Sorry, da gibt es etwas, das ich nicht verstehe«, sagte Lauren vorsichtig, als Cyrus seine Erzählung beendet hatte.

Erwartungsgemäß erntete sie kritische Blicke von den Mobstern. Sie sah kurz hinüber zu Joey, in dessen Gesicht sich leichte Panik breitmachte. Doch sie wollte diese seltsame Geschichte nicht einfach so stehen lassen. Was diese Typen sich erlaubten, war einfach unerhört. Dumm war nur, dass sie am längeren Hebel saßen. Trotzdem war der Deal wegen der korrupten Polizisten gescheitert und nicht wegen Joey.

Sie holte tief Luft. »Was war mit den Cops?«

»Den Cops?«, fragte Cyrus.

»Na, sie mussten doch vorher schon von dem Deal gewusst haben.«

»Genau das macht uns zu schaffen«, warf Dominic ein. Da er die ganze Zeit geschwiegen hatte, sah Lauren ihn überrascht an.

»Aber sie hätten nichts ausrichten können, wenn Joey diesem Detective-Arschloch nicht das Büro verraten hätte.« Er funkelte Joey böse an. »Das war wirklich ...«

»Hey«, unterbrach ihn Lauren. »Joey konnte doch keine Ahnung haben, dass Lazaro ihn verarscht. Er kennt ihn, seit er zehn Jahre alt war. Er ...«

Nun war es Dominic, der Lauren ins Wort fiel. »Fakt ist, dass Joey den genauen Ort des Deals verraten hat. Und er hat uns nicht gewarnt. Dazu kommt noch, dass Lazaro nun weiß, dass Joey mit uns arbeitet. Und da oben lagen acht Chinesen in einer riesigen Blutlache. Wenn bei den Ermittlungen irgendwas dumm läuft, kann Lazaro, um seinen eigenen Arsch zu schützen, es jederzeit so aussehen lassen, als wären wir das gewesen. Du willst es vielleicht nicht verstehen, Lola, aber das ist ein ernstes Problem, das wir hier haben.«

Dominic sah sie fest an. Sein plötzlicher Redefluss überraschte Lauren einmal mehr. Und sein Blick war unangenehm intensiv. Lag es an seinen Augen?

»Und zum Großteil haben wir das nun mal deinem Bruder zu verdanken«, schloss Cyrus.

Nein, ihr habt das der Tatsache zu verdanken, dass ihr Kriminelle seid, die vor nichts zurückschrecken, dachte Lauren, doch sie hielt sich zurück.

»Was passiert nun?«, fragte sie stattdessen.

»Wir sind hier, um zu bereden, wie ihr ... sagen wir, Kompensation leisten könnt.«

»Kompensation«, wiederholte Lauren ungläubig.

Cyrus nickte. »Wie schon gesagt, ihr schuldet uns die zehntausend Dollar.«

Lauren schnaubte.

»Bevor du jetzt protestierst, Lola,« sagte Dominic, »komm erst mal runter.«

Komm runter?, dachte Lauren. Sie war noch nicht einmal richtig in Fahrt.

»Das ist eine Geste des guten Willens.«

Lauren konnte nicht anders, als ihn entgeistert anzustarren.

»Wir wollen lediglich die zehn Riesen von euch«, fuhr er fort. »Keine Zinsen.«

»Das ist ein faires Angebot«, sagte Cyrus und nickte.

Es ist weder fair noch ein Angebot, dachte Lauren, doch sie sagte nichts.

Sie sah nur mit bösem Blick hinüber zu Joey, der betreten an seinen Fingernägeln knabberte. Dann seufzte sie.

»Okay, was verlangt ihr? Wir haben das Geld nicht.«

»Das ist uns bewusst«, antwortete Cyrus und in seinem Tonfall lag tatsächlich so etwas wie Mitleid.

»Wir müssen dafür sorgen, dass Sharkins Einfluss sinkt«, schaltete sich Dominic ein. »Und zwar schnell. Dafür muss Joey seinen Job machen. Ich meine die technische Seite. Er taugt nicht für die anderen Jobs.«

Lauren nickte langsam. Eine Befürchtung kroch in ihr hoch.

»Allerdings«, bestätigte Cyrus und sah mit genervtem Gesichtsausdruck zu Joey, der in seinem Sessel immer kleiner wurde. »Wir brauchen einfach jemanden, der uns bei verschiedenen Aktivitäten unterstützt. Joey hat uns versichert, dass du einiges draufhast und wir uns auf dich verlassen können.«

Lauren versuchte, weiterhin ruhig zu wirken, auch wenn ihr Puls raste. Von Dominic erhielt sie nur einen kalten Blick.

»Du wirst uns helfen, Lola«, sagte er. »Lass Joey das tun, was er kann. Du hilfst uns und kannst so gleichzeitig die zehn Riesen abarbeiten.«

Für einen kurzen Moment wollte Lauren ihn fragen, wie zur Hölle er auf die Idee kam, dass sie das tatsächlich tun würde. Doch in seinen Augen konnte sie erkennen, dass er nicht bereit war, darüber zu verhandeln. Sie blickte zu Joey und in diesem Moment wurde ihr klar, dass ihr Bruder keine andere Wahl gehabt hatte, als sie vorzuschlagen. Wenn sie ihm nicht half, war er geliefert.

Das war's. Schachmatt sozusagen.

»Kann ich es mir überlegen?«, fragte sie mit zitternder Stimme.

Cyrus und Dominic wechselten einen Blick. Schließlich nickte Cyrus und erhob sich. Auch Dominic stand auf. Sie hatten gesagt, was sie sagen wollten, hatten ihre Position deutlich gemacht. Mit festem Blick nagelte Lauren ihren Bruder an seinen Sessel und stand ebenfalls auf.

»Wir finden allein raus«, sagte Cyrus und wandte sich zum Gehen.

Es war Dominic, der vor ihr stehen blieb. »Überleg nicht zu lange, Lola«, sagte er und grinste selbstgerecht. »Morgen früh holen wir dich ab.«

In dem Moment, in dem sich die Haustür hinter ihnen schloss, atmete Lauren laut aus und blickte zu ihrem Bruder, der immer noch zusammengekauert im Sessel saß.

Ehe sie etwas sagen konnte, hob er abwehrend die Hände und sagte jammernd: »Hey, ich hatte keine Ahnung. Ehrlich.«

»Fick dich, Joey!«

Lauren hatte keine Lust und auch nicht die Kraft, sich mit Joey zu befassen. Er hatte es verkackt. Er hatte sich mit der Mafia eingelassen und nun saßen sie alle in der Scheiße. Sie hatte keine Ahnung, was diese Typen genau vorhatten, doch sie musste sich etwas einfallen lassen, wie sie die Sache am besten durchstehen konnte. Noch hatte sie jedoch keinen Plan.

Ein Geräusch hinter ihr ließ sie herumfahren. Ihr Vater Nick war im Wohnzimmer erschienen, sein Gesicht leicht zerknautscht und die Haare zerzaust. Er hatte sich in seinem Zimmer kurz hingelegt.

»N-Nicht streiten«, stammelte er.

Lauren wusste nicht, wie lange er schon da war und wie viel er von dem Gespräch mitbekommen hatte. Sie hoffte für ihn, dass er keine Ahnung hatte.

»Es ist alles okay, Pops. Wir streiten nicht«, sagte Lauren ruhig, doch sie funkelte Joey wütend an.

Das Außenthermometer neben der Haustür zeigte einunddreißig Grad Celsius und dabei war es noch nicht einmal elf Uhr. Lauren schlug die Tür hinter sich zu, ging über den verdorrten Rasen im Vorgarten und setzte sich an das Steuer ihres alten, verschrammten Toyota Camry. Sie hatte nicht weit zu fahren, doch sie war zu spät dran und würde sich Sprüche von ihrem Boss und den anderen anhören müssen. Die Sonne stand hoch am Himmel, aus dem jede Farbe geblichen schien.

Während Lauren in der brütenden Hitze durch die trostlosen Vorstadtstraßen von Passaic fuhr, grübelte sie über das nach, was die beiden Mobster gesagt hatten. Ein Teil von ihr wollte die Situation am liebsten verdrängen, wollte so tun, als wäre es nur ein Traum oder ein schlechter Scherz gewesen. Doch sie wusste, dass sie sich nicht würde verstecken können.

Dass Joey an diese Typen geraten war, war leider alles andere als ungewöhnlich. Es lag an dieser Stadt, an den Menschen hier und an der Tatsache, dass alles langsam, aber sicher den Bach runterging. Etwa ein Viertel der Einwohner von Passaic lebte unterhalb der offiziellen Armutsgrenze und in ihrer Generation hatte fast jeder Dritte keinen Job. Entweder nahm man, was man kriegen konnte, wie Lauren es getan hatte, oder man versuchte, einen eigenen Laden aufzuziehen wie ihre beste Freundin Ella. Einfach war es nie. Meistens war es verdammt hart, über die Runden zu kommen. Da war es nicht verwunderlich, dass manche den vermeintlich leichteren, kriminellen Weg wählten.

Lauren machte sich keine Illusionen. Wenn jemand behauptete, das Leben sei kein Buffet, dann hatte dieser Jemand absolut keine Ahnung. Das Leben war ein Buffet. Nur der Zugang dazu war nicht für alle gleich. Manche standen ganz vorne in der Schlange und durften zuerst ran. Wenn man sich nicht mit den anderen um die Reste schlagen wollte – oder gar riskieren, leer auszugehen –, musste man erfinderisch sein. Was meist bedeutete, dass man zu unfairen Mitteln greifen musste. Zum Beispiel konnte man sich unter dem Buffet verstecken und schnell zuschlagen, wann immer sich eine günstige Gelegenheit bot. Oder man ergatterte sich mit fiesen Tricks einen Platz weiter vorne in der Schlange. So oder so: Am Ende war sich jeder selbst der Nächste.

Was diese Sache anging, war Lauren nüchterne Realistin.

Joey jedoch war ein Träumer. Er glaubte fest daran, dass sie es schaffen würden, eines Tages wie die Könige zu leben. Dass er selbst absolut nichts dafür tat, wie zum Beispiel einer Arbeit nachzugehen, schien ihn nicht vom Träumen abzuhalten. Er verbrachte den Großteil der Abende und Nächte vor seinem Computer und verlor sich in Codes und Weltherrschaftsfantasien. Und die Welt der Programme und Logarithmen war sein Spielplatz für diese Fantasien.

Lauren hielt die digitale Welt für etwas lächerlich Banales. Notwendig zwar, aber bei Weitem nicht so besonders, wie einem ständig immer alle weismachen wollten. Denn es war nicht die reale Welt. Du hältst dich für einen Helden, weil du irgendeine App entwickelt hast, die Schülern besseres Essen ermöglicht? Schufte selbst mal in einer Großküche zum Mindestlohn, bevor du dich feiern lässt, Juppie!

Als Lauren in den Hof zu ›*Karlovic's Technical Gases Supplies & Deliveries*‹ einbog, kochte ihr Gemüt bereits, noch bevor sie überhaupt mit jemandem gesprochen hatte. Und der Tag wurde nicht besser: Als sie ausstieg, hörte sie schon das hämische Lachen ihres Kollegen Cedric Tatum, den alle nur Tatt nannten, wegen seines mit bunten Tattoos verzierten Körpers. Tatsächlich war außer auf seinem Kopf nicht mehr viel Platz für weitere Kunstwerke.

»Ha, die Prinzessin kommt also doch noch.« Tatt wedelte mit seinem Gehaltsscheck vor ihrem Gesicht herum und grinste anzüglich.

»Halt's Maul, Tatt.«

Er spielte den Besorgten und legte ihr die Hände auf die Schultern. »Ich hoffe, dich hat nichts Schlimmes aufgehalten.«

Lauren stieß ihn von sich und schnaubte. Sie war die Sprüche ihrer Kollegen – allesamt Männer – gewohnt. Und dass sie immer eine Gelegenheit fanden, sie zu berühren, war auch nicht sehr außergewöhnlich. Im Großen und Ganzen kam sie damit klar und mit der Zeit hatten die meisten von ihnen begriffen, dass sie kein Freiwild war, und hielten sich zurück. Tatt war einer der ewig Unbelehrbaren.

»Tatt, nimm deine Scheißgriffel weg!«, donnerte es aus Richtung des Blechcontainers, der Karlovic als Büro diente.

»Und Lauren, schwing deinen kleinen Arsch hier rein. Und zwar schnell.«

Tatt ließ sie los und Lauren ging ungerührt auf das Büro zu.

»Klein und süß, dieser Arsch«, murmelte Tatt ihr hinterher und erntete einen erhobenen Mittelfinger von ihr.

Stephen Karlovic saß an seinem Schreibtisch, sein schweißfleckiges Hemd spannte sich über einem beachtlichen Bierbauch. Drei Ventilatoren taten ihr Bestes, die Luft etwas erträglicher zu machen, doch es half nichts. Es roch penetrant nach Schweiß. Lauren kümmerte es nicht wirklich. Sie roch wahrscheinlich selbst nicht besonders gut, so wie sie schwitzte.

»Du hast Glück, dass ich noch hier bin«, brummte Karlovic zur Begrüßung. »Denkst du, ich setze mich am Samstag länger als nötig hier rein, damit du an dein Gehalt kommst?«

»Sorry, Boss«, sagte Lauren nur.

Es machte keinen Sinn, ihm mit Erklärungen zu kommen. Er wollte sie nicht hören.

»Ist alles okay? Alles klar zu Hause?«, fragte Karlovic in väterlichem Tonfall.

Vor den Männern behandelte er Lauren nicht anders als seine anderen Leute: mit herber Unverschämtheit. Und wenn es um Aufträge und Arbeitspensum ging, bekam Lauren auch keine Sonderbehandlung. Doch wenn sie allein mit ihm sprach, ließ er immer mal wieder durchblicken, dass er sich für sie verantwortlich fühlte. Sie hatte den Job bei Karlovic quasi von ihrem Vater Nick geerbt, der nach einem Schlaganfall nicht mehr arbeiten konnte. Karlovic brauchte verlässliche Fahrer, die Gasflaschen zu Baustellen, Arztpraxen und anderen Abnehmern fuhren. Nicks Kinder brauchten Geld. Joey war unzuverlässig und wollte nicht arbeiten, also hatte Lauren den Job übernommen.

»Wie geht es deinem Vater?«

Lauren zog kurz die Schultern hoch. »Genauso wie gestern.«

Karlovic sah sie einen Moment prüfend an, so als ahne er, dass etwas vorgefallen war. Doch er entschied sich wohl dafür, dass es nicht sein Problem war, denn er reichte ihr wortlos den Gehaltsscheck über den Tisch. Lauren warf einen Blick darauf und stöhnte.

»Wieder keinen Bonus? Echt jetzt?«

»Du arbeitest zu langsam. Ich kann dir keinen Bonus zahlen,

wenn neunzig Prozent der Jungs schneller sind und mehr Fuhren schaffen.«

Sie verstand es ja, doch es fühlte sich trotzdem beschissen an. Wenigstens bekam sie nichts mehr abgezogen, wie zu Beginn ihrer Arbeit. Die schweren Gasflaschen waren für ihre Kollegen zehnmal einfacher zu bewältigen. Doch was das Befahren der oft unübersichtlichen Baustellen anging, das hatte sie inzwischen besser drauf als die meisten der ewigen Sprücheklopfer.

Sie bedankte sich und wollte gerade gehen, als Karlovic sagte: »Dein Exfreund spioniert hier herum.«

»Danny? Wie meinst du das?«

»Kann sein, dass es was mit Hector zu tun hat«, meinte Karlovic.

»Was ist mit Hector?«

»Er wird per Haftbefehl gesucht. Kam schon am Donnerstag nicht mehr zur Arbeit.«

Lauren wusste nicht viel über diesen Kollegen. Dass er etwas ausgefressen hatte und nun wohl untergetaucht war, überraschte sie, aber nicht sehr.

Wieder einer, dachte sie resigniert.

Danny sollte offensichtlich hier Ausschau halten, ob Hector sich zeigte oder es Hinweise über seinen Verbleib gab. Möglich, dass sie vermuteten, dass auch noch andere Mitarbeiter von Karlovic mit drinsteckten.

Sie sah ihren Boss fragend an.

Was habe ich damit zu tun?

»Mir fehlt die Arbeitskraft«, erklärte Karlovic. »Das heißt auch für dich Extrafuhren. Und wenn die Bullen hier rumhängen, ist das schlecht fürs Geschäft.«

Er wackelte anzüglich mit den Augenbrauen. »Vielleicht kannst du deinen Ex davon überzeugen, dass er mich in Ruhe lässt.«

Lauren schnaubte nur. Sie konnte nicht mit Danny reden, selbst wenn sie es gewollt hätte.

Sie stützte die Hände in die Hüften, legte den Kopf schräg und tat, als müsse sie überlegen. »Hm … Für zehn Prozent Extrakohle auf den letzten Scheck, könnte ich das vielleicht tun.«

»Vergiss es.«

Als Lauren sich zum Gehen wandte, rief Karlovic ihr hinterher: »Ich will dich am Montagmorgen pünktlich zur Frühschicht hier sehen. Vielleicht zur Abwechslung mal mit einem netten Lächeln im Gesicht.«

Auch ihm hätte Lauren gerne den Mittelfinger gezeigt, doch sie winkte nur.

Nett, dachte sie augenrollend, als sie in ihr Auto stieg. Sie war nicht nett und würde es auch nie sein. Nett sein brachte rein gar nichts. Nett sein brachte kein Geld nach Hause. Nett sein verstanden die meisten nur falsch, als Aufforderung zum Flirten oder ehrliche Sympathie. Und, vielleicht das Wichtigste: Nett sein musste man sich leisten können.

Ihre Mutter hatte das wohl gewusst. Sie war OP-Schwester im St. Mary's Hospital gewesen und eines der Dinge, die sie Lauren immer wieder gesagt hatte, war eben dies: Dass es sich nicht lohnte, stets nett zu sein. Lauren schlussfolgerte, dass es im Operationssaal keine Zeit für Nettigkeiten gegeben hatte. Die meisten Chirurgen waren wohl narzisstische Arschlöcher gewesen, für die nette Krankenschwestern höchstens Inspiration für schmutzige Fantasien waren. Wenn man von ihnen ernstgenommen werden wollte, musste man professional sein, klar, aber eines durfte man auf gar keinen Fall sein: nett. Die netten OP-Schwestern nahmen sich das Schicksal der Patienten zu sehr zu Herzen, sie verplemperten Zeit mit nettem Smalltalk und sie stiegen auf die Flirtversuche der Ärzte ein, weil sie ja bloß nett sein wollten. Die Wenigsten behielten diesen Knochenjob für längere Zeit. Zumindest erzählte Betty, die beste Freundin ihrer Mutter, immer wieder von neuen Kolleginnen.

Ein wohlbekannter Schmerz zog in Lauren herauf, als sie jetzt an ihre Mutter dachte und sie holte dreimal tief Luft, wie sie es immer tat. Sie war sechs Jahre alt gewesen, als ihre Mutter durch einen schweren Autounfall ums Leben gekommen war. Lauren erinnerte sich an vieles nicht mehr – die ersten Jahre nach dem Tod ihrer Mutter waren wie unter einem dunklen Schleier verborgen. Neben einzelnen Erinnerungen an ihre frühe Kindheit erinnerte sie sich interessanterweise vor allem an Situationen aus der Zeit unmittelbar vor dem Unfall. Es war so, als wollte ihr Verstand diesen Ereignissen mehr Bedeutung beimessen, allein aufgrund der Tatsache, dass sie kurz darauf nie mehr wieder so passieren konnten. Nie mehr wieder konnte ihre Mutter sie zur Schule bringen und ihr sagen, dass sie gut lernen müsse. Nie mehr wieder konnte ihre Mutter ihr beim Zubettgehen Ratschläge fürs Leben geben. Als Kind hatte sie das nicht begriffen. Doch mit einundzwanzig hatte sich der Schmerz über den Verlust ihrer Mutter plötzlich Bahn gebrochen. Das war die schwierigste Zeit in ihrem Leben gewesen – viel schlimmer noch als die Zeit direkt nach dem Tod ihrer Mutter, denn der kindliche Verstand beschützte sich selbst und die Seele vor der Verletzung. Doch als Erwachsene hatte sie das Trauma ihrer Kindheit verstehen und verarbeiten müssen. Es hatte sie und ihr Leben komplett

verändert. Aber sie hatte es überstanden. Ein paar Personen und Dinge, die ihr wichtig gewesen waren, waren dieser Phase allerdings zum Opfer gefallen. Darunter auch ihre Beziehung zu Danny.

Genau wie jetzt dachte sie oft an das, was ihre Mutter ihr erzählt hatte. Und stets erfüllte es sie mit Stolz. Ihre Mutter hatte immer hart gearbeitet. Sie hatte sogar besser verdient als ihr Vater und somit waren es in ihrer Familie eben die Frauen, die alles am Laufen hielten. Lauren machte genau dies: Sie hielt den Laden am Laufen. Nun war da dieses Problem mit Joey und seinen Mafia-Freunden.

Sie holte erneut tief Luft. Auch das würde sie schaffen, komme was wolle. Sie war schon durch schlimmere Scheiße gegangen, und schwor sich, sie würde sich nicht unterkriegen lassen. So einfach würde sie es den Mobstern nicht machen.

Kapitel 4

Ein Tropfen lief seine Wange herunter und landete im Waschbecken wie eine Träne. Er benetzte auch das andere Auge mit den beruhigenden Tropfen und stellte das Fläschchen dann in den Spiegelschrank. Er hasste es, mit diesen Kontaktlinsen schlafen zu müssen.

Als sich der Tränenfilm vor seinen Augen gelichtet hatte, unterzog er sich einer kurzen Bestandsaufnahme. Rasieren wäre erst morgen wieder fällig. Der Dreitagebart verlieh ihm die gewünschte Rohheit. Glattrasiert fand er sich zu jugendlich. Das war schon immer so gewesen. Er drehte sich zur Seite und betrachtete seinen Oberkörper im Profil. Er sah gut aus, wohlgenährt und fit. Die Bauchmuskeln könnten etwas definierter sein, doch er war schließlich kein Model. Sein Blick fiel wie so oft auf das Tattoo auf seinem linken Oberarm: Ein wilder Amor mit Engelsflügeln und einem gespannten Bogen in der Hand verschoss seine Pfeile. Er bedauerte aufrichtig, dass er es würde entfernen lassen müssen. Die Kontaktlinsen würde er nicht vermissen.

Er ging ins Schlafzimmer, zog sich Shorts und ein Unterhemd an, öffnete den Kleiderschrank und ging vor dem Safe in die Hocke. Mit Bedacht gab er den sechsstelligen Code ein und nahm einen braunen Aktenordner heraus. Im Schneidersitz ließ er sich auf dem Bett nieder, während er die Blätter vor sich ausbreitete. Schließlich fand er den Bericht, den er suchte.

Joey Mazur. Weiß, achtundzwanzig Jahre alt. Blonde, wildzerzauste Haare, graue Augen. Kein Schulabschluss. Vater, Nicholas Mazur, im Vorruhestand. Die Mutter, Irene, kurz nach seiner Geburt verstorben. Eine Halbschwester, Lauren Mazur, die Tochter aus der zweiten Ehe seines Vaters mit Rosa Morales (Latina, Anfang 2001 nach einem tödlichen Autounfall ebenfalls verstorben). Sie hatten Joey Mazur schon lange auf dem Radar.

Joey war ein Genie im Körper eines Vollidioten. Das hatten sie ganz schnell feststellen müssen. Ein Genie war Joey deshalb, weil es praktisch nichts gab, das er mit einem Computer nicht hätte anstellen können. Setzte man diesen Taugenichts vor einen Laptop mit Internetanschluss und sagte, man wolle etwas Geld aus illegalen Quellen gewaschen auf seinem Bankkonto haben, dann klimperte er los und konnte es so aussehen lassen, als hätte man das Geld ehrlich verdient, indem man auf ein paar Aktienpakete gewettet hatte oder so. Natürlich war Joey, mit diesen Fähigkeiten ausgestattet, geradezu geschaffen dafür, für kleine und große Kriminelle zu arbeiten. Solange er Spaß an der Arbeit hatte und motiviert war, war das kein Problem.

Allerdings: Das Hacker-Genie Joey hatte einen – zugegeben einen großen – Haken: Er war als Kind mit ADHS diagnostiziert worden. Auch wenn man später die Diagnose nach dem Einholen einer zweiten Meinung revidiert hatte, war ein Genie wie Joey ein Risiko. Joey konnte sich einfach nicht lang genug konzentrieren und somit war er für die wirklich heiklen und gewinnbringenden Hacks nicht zu gebrauchen. Da ihm auch alle alltäglichen Aufgaben schwerfielen, bekam er fast nichts zustande. Die meisten Menschen hielten ihn damit – völlig zu Recht, aus deren Sicht – für einen kompletten Vollidioten. Wie jeder komplette Vollidiot mit sozialromantischer Ader hatte Joey sich von ein paar linken Kids dazu einspannen lassen, sich in den Zentralcomputer des Heimatschutzministeriums zu hacken. Da war auch ein Mädchen im Spiel gewesen, so wie es aussah. Der springende Punkt war: Joey war erfolgreich gewesen. Der Hack funktionierte und bei den Regierungsbehörden hatten sämtliche Warnlichter aufgeleuchtet. Der IT-Verantwortliche im Heimatschutzministerium war umgehend gefeuert worden, weil eine offensichtliche Sicherheitslücke von ihm unentdeckt geblieben war. Abgesehen davon jedoch wurde kein Wind um die Sache gemacht. Man wollte sich ja keine Blöße geben. Doch seitdem hatte man ein Auge auf Joey und verfolgte seine Aktivitäten. Das große Problem war: Wie konnten sie Joey ausreichend motivieren, damit er auch bei der Sache blieb und ihnen von Nutzen sein konnte?

Er blätterte weiter und hielt nun den Bericht über Lauren Mazur in der Hand. Im Gegensatz zu Joey hatte sie die Highschool mit Erfolg abgeschlossen. Bemerkenswert war die Tatsache, dass Joeys jüngere Halbschwester im College-Eignungstest fast die volle Punktzahl erreicht hatte. Trotzdem war sie nie an einer Uni eingeschrieben gewesen. Wie bei den Unterlagen zu Joey war das Führerscheinfoto mit einer rostigen Büroklammer oben an der ersten Seite festgeklemmt. Lange, glatte braune Haare, zartbraune Haut. Ein energischer Zug rund um Mund und Nase. Die dunklen Augen schienen ihn direkt anzublicken. Ihre Gesichtszüge wirkten eher streng, doch ihr Blick war es, der ihn erneut fesselte. Lauren Mazur hatte einen nicht zu leugnenden Sex-Appeal, keine Frage. Das Besondere war, dass er vor allem aus ihren Augen zu kommen schien.

Er hatte einige Zeit gebraucht, um es zu begreifen. Dass Joey in seiner Geldbörse ein Foto seiner Halbschwester mit sich herumtrug, fand er altmodisch, aber nicht besonders außergewöhnlich. Doch stutzig war er zum ersten Mal vor zwei Wochen geworden. Er hatte gesehen, wie Joey am Schreibtisch gesessen und das Foto verträumt betrachtet hatte, und sich gefragt, was es damit auf sich hatte. War Joey in seine Halbschwester verknallt? Nachdem ihm das mit dem Foto aufgefallen war, brauchte es nicht mehr viel, um diese Frage zu beantworten. Es war offensichtlich, dass Joey in seiner Halbschwester mehr sah, dass er sie geradezu vergötterte. Mit diesem Wissen betrachtete er Lauren nun mit anderen Augen. War sie wirklich so begehrenswert? Oder kompensierte Joey mit seiner Schwärmerei nur die Tatsache, dass er nie eine richtige Mutter gehabt hatte?

Nachdenklich betrachtete er Laurens Foto. Sie war der Schlüssel, hatte Cohen gesagt. Die nötige Motivation, die Joey brauchte, um bei der Sache zu bleiben. Es ging ihm gegen den Strich, dass er sie mit reinziehen sollte. Sie hatte das nicht verdient. Doch Cohen war deutlich gewesen: Lauren Mazur wird Teil des Teams, ob sie will oder nicht.

Ein abscheulich schlechtes Gewissen machte sich in ihm breit. In Momenten wie diesem hasste er seinen Job mehr noch als sonst. Und wieder einmal beschloss er, dass danach Schluss sein würde, ein für alle mal. Sieben Jahre seines Lebens hatte es ihn bereits gekostet. Schon zweimal hatte er Cohen gesagt, dass er aussteigen wollte. Er würde am liebsten für immer auf eine warme, tropische Insel flüchten, und Cohen, Leo und die anderen konnten sich zum Teufel scheren.

Er schloss die Akte und fuhr sich müde mit der Hand durchs Gesicht. Heute begann sie: die letzte Phase der Operation, die zum Ziel hatte, Sharkins Organisation von außen so weit zu schwächen, dass er Probleme mit den Finanzen bekam. Nach den Berichten von Cohens Informanten konnte dies nicht mehr lange dauern. Ein Ende war in Sicht. Der letzte Akt begann in einer Kirche. Ob das ein gutes oder ein schlechtes Omen war, konnte er nicht wissen, doch so viel war sicher: Für Dominic Valente würde es das Ende sein.

* * *

Pater Kowalski hatte in seiner Predigt das Thema Opferbringen besprochen. Man müsse tagtäglich viele Opfer bringen, doch solle man sich stets fragen, ob es auch die richtigen seien. Als er die Gemeinde nun in Frieden entließ, grübelte Lauren noch darüber nach, welches das größere Opfer wäre: für die Mafia zu arbeiten oder sich zu weigern und die Konsequenzen zu tragen. Wie immer fragte sie sich, was das kleinere Übel für ihre Familie wäre.

Darauf schien es irgendwie immer hinauszulaufen.

»Es wird bald soweit sein«, sagte Betty, die neben ihr ging, um die Kirche zu verlassen, und Nick in seinem Rollstuhl schob.

»Ich weiß«, entgegnete Lauren.

Betty war eine Arbeitskollegin und enge Freundin ihrer Mutter gewesen. Sie unterstützte Lauren wann immer es ihr möglich war. Nun spielte sie auf das an, was sie schon vor einiger Zeit besprochen hatten: Nick würde nicht mehr lange zu Hause leben können und bald besondere Pflege brauchen.

»Ich kann mich ja mal schlaumachen«, meinte Betty. »Vielleicht finde ich ja eine Einrichtung, die passen würde.«

Sie sprach es nicht aus, doch Lauren verstand die Andeutung. Es gab nicht viele freie Plätze in der Seniorenpflege und die meisten Einrichtungen waren teuer. Zu teuer.

»Danke dir«, brachte Lauren hervor und Bettys mitfühlender Blick rührte sie. Was würde sie nur ohne diese Frau tun?

Vor dem Portal der Kirche ließen sie Nick aufstehen und Lauren half ihm, die drei Stufen hinunterzugehen. Den Rollstuhl nahmen sie manchmal, weil es praktischer war und schneller ging. Nick hatte seit seinem Schlaganfall Probleme beim Gehen, war sonst aber körperlich seinem Alter entsprechend in Ordnung. Allerdings vergaß er die einfachsten Dinge und wenn Lauren ihm morgens nichts zum Anziehen hinlegte, lief er den ganzen Tag im Schlafanzug durchs Haus. Langsam gingen sie zum Wagen, den Joey schon vom Parkplatz geholt hatte.

Als der Rollstuhl verstaut war und auch Nick im Auto saß, wandte Betty sich noch einmal an Lauren.

»Ich weiß, mit dem Geld ist es schwierig. Ich lass' mal meine Kontakte spielen. Sicher findet sich eine Lösung.«

Wenn sie nur wüsste, dachte Lauren. Sie mühte sich ein Lächeln ab und ließ Betty einsteigen. Nachdenklich blickte sie zurück zur Kirche. Ein bisschen göttliche Hilfe wäre nicht schlecht, dachte sie betrübt.

Als sie sich umwandte und zur Beifahrertür gehen wollte, fiel ihr Blick auf den Wagen, der in ein paar Metern Entfernung stand. Es war der alte Ford Mustang, die Angeberkarre, mit der Cyrus Joey immer abholte. Sie konnte zwei Gestalten darin erkennen.

»Kommst du noch mit zu uns?«, fragte sie Betty, als sie eingestiegen war.

»Natürlich, wie immer.«

Wie vermutet, folgte ihnen der Mustang bis nach Hause. Lauren versuchte, sich vor Betty nichts anmerken zu lassen und ignorierte den Wagen, bis alle hineingegangen waren. Dann schloss sie die Tür hinter ihnen und ging mit entschlossenem Schritt über die Straße.

Cyrus ließ das Fahrerfenster herunter. »Guten Morgen.«

»Was wollt ihr?«

Er wechselte einen Blick mit Dominic und sah dann zu ihr auf. »Wir holen dich ab, so wie vereinbart.«

Sie verschränkte die Arme. »Und was lässt euch glauben, dass ich jetzt mitkomme?«

Sie trug ein geblümtes Sommerkleid, das gerade noch angemessen für den Kirchgang war, und trotzdem schwitzte sie in der Hitze des Tages. So würde sie nirgendwohin gehen, und schon gar nicht mit diesen Typen.

»Geh rein und zieh dir was Praktischeres an«, entgegnete Dominic ungerührt und tat gelangweilt. »Wir fahren zum Schießstand.«

Lauren musste schlucken. Die beiden Mobster meinten es offensichtlich ernst.

»Was ist nun?«, fragte Dominic in genervtem Ton.

»Okay. Aber Joey kommt auch mit.«

Wieder wechselten Cyrus und Dominic einen kurzen Blick.

»Gut«, sagte Cyrus. »Dann beeilt euch.«

Kapitel 5

Detective George Lazaro stieg in den Aufzug zum Penthouse-Büro und wartete geduldig, bis sich die Türen geschlossen hatten. Er fühlte einen Druck in den Beinen, als die Kabine mit hoher Geschwindigkeit beschleunigt wurde, und ein Knacken in seinen Ohren. Kurz warf er einen Blick in den Spiegel zu seiner Rechten und fragte sich einmal mehr, warum er sich das hier antat. Es war Sonntag, verdammt noch mal. Er sollte jetzt nicht hier, sondern bei seiner Familie sein. Tatsächlich war seine Familie aber der Grund, weshalb er an diesem heißen Sonntagvormittag das moderne Geschäftsviertel in Hoboken aufgesucht und diesen Fahrstuhl betreten hatte. Seine älteste Tochter wollte aufs College gehen, seine andere Tochter wollte reiten. Sein Jüngster ging auf eine teure Privatschule – er war hochbegabt. Lazaro hatte mehrere Hypotheken auf dem Haus, das seine Frau nur verließ, um mit ihren Freundinnen zu shoppen oder das Spa zu besuchen. Früher hatten sie als Familie sonntags immer kleine Ausflüge gemacht, in den Freizeitpark oder ans Meer. Wenn die Kinder dann abends müde in ihre Betten gefallen waren, hatten er und seine Frau immer den besten Sex gehabt. Doch die Kinder wurden älter, ihre Wünsche teurer. Und seine Frau hatte ihn schon länger nicht mehr rangelassen.

Er war ein Wrack, stellte er fest, als er sich im Spiegel betrachtete. Aber das Alter stand ihm offenbar gut, denn ihm wurden immer noch Blicke von jüngeren Frauen zugeworfen. Was wahrscheinlich daran lag, dass ihm wirklich alles egal war.

Vielleicht ist es auch meine Ausstrahlung, dachte er. Als Detective war er immer professionell, aber er hatte auch die Art, so zu tun, als interessierte es ihn nicht wirklich, als stünde er über allen Dingen.

Licht flutete in die Fahrstuhlkabine, als die Türen sich öffneten. Lazaro betrat das große Penthouse. Der Fußboden unter seinen Füßen war aus dunklem Holz und glänzte wie ein Bootsdeck. Die weißen Wände hätten klinisch gewirkt, wären da nicht die Gemälde in warmen Farben und die mit beigem Stoff bezogenen Sitzmöbel. Lazaro hatte nicht viel übrig für Kunst oder Innenarchitektur, aber ihm gefiel es wirklich gut, musste er zugeben.

Ein Angestellter begrüßte ihn freundlich – es war immer ein anderer, den er zuvor nie gesehen hatte – und führte ihn in Sharkins übertrieben großes Büro.

Vadim Sharkin war gerade bei seinem Workout – er trug nur eine weiße Trainingshose und machte einarmige Push-ups auf einer Matte vor seinem Schreibtisch. Dahinter ließen die großen Fenster den Blick frei auf den Hudson und die New Yorker Skyline wie in einem Hochglanz-Fotobuch. Lazaro registrierte, dass Sharkin zwar schwitzte, die Übung allerdings ohne große Anstrengung absolvierte. Okay, er war fast zehn Jahre jünger als Lazaro, doch seine Fitness entfachte dennoch Neid beim Detective. Die Muskeln an Sharkins Oberkörper waren klar definiert, der ganze Körper straff und sehnig, kein Gramm Fett zu viel.

»Lazaro«, sagte Sharkin, als er sich erhob, »Sie kommen wie immer ein kleines bisschen zu früh.«

»Berufskrankheit.« Gespielt betroffen zog Lazaro die Schultern hoch und rollte im Geiste mit den Augen. Als ob Sharkin ihm diese Demonstration seiner körperlichen Überlegenheit nicht absichtlich vorführen würde!

Sharkin rieb sich die dunkelblonden Haare und den Oberkörper mit einem Handtuch trocken, zog sich einen kurzen, hellgrauen Haori an und ging zu einem Tischchen an der Seite des Raums.

»Ich würde Ihnen gerne Tee anbieten«, sagte er und goss sich selbst Matcha ein. »Aber Sie mögen ja keinen.«

Er nahm die Teeschale und setzte sich auf eines der üppigen Sofas. Neben Lazaro war eine bildhübsche, vollbusige Blondine mit einem

Tablett erschienen, auf dem ein Glas Ginger Ale mit Eis für ihn stand. Dankend nahm er es in Empfang und wandte sich an Sharkin.

»Woher wussten Sie das?«

»Sie trinken immer Ginger Ale, wenn Sie hier sind«, entgegnete Sharkin unbeeindruckt.

Etwas unentschlossen stand Lazaro vor ihm und kam sich blöd vor. Schnell griff er in die Innentasche seiner leichten Sommerjacke und zog den Umschlag heraus.

»Hier. Das ist Ihr Anteil an unserem letzten Geschäft.«

Sharkin nahm den dicken Umschlag und legte ihn ohne weitere Beachtung neben sich auf dem Sofa ab.

»Es ist also gelaufen wie geplant?«, fragte er.

Lazaro war es leid, dämlich herumzustehen und setzte sich zu Sharkin in einen Sessel, der bequemer aussah, als er tatsächlich war. Der Russe bedachte ihn mit einem kalten Blick und machte deutlich, dass ihm das nicht passte. Er war derjenige, der bestimmte, wann man sich wohin setzen durfte. Doch Lazaro ignorierte ihn.

»Wie Ihr Informant gesagt hat: Dominic Valente ist im Geschäft. Und, nebenbei: Wir haben Sheng und seine Jungs endlich aus dem Weg.«

Er verschwieg Sharkin, dass Joey Mazur bei dem Deal dabei gewesen war. Er kannte den Jungen schon seit vielen Jahren und hatte sich gewundert, ihn dort anzutreffen. Joey war kein unbeschriebenes Blatt, was Kleinkriminalität anging, aber er war kein Typ für solche Mafia-Aktionen, daher fragte er sich, was genau er mit Valente zu tun hatte. Und solange er nicht mehr wusste, würde er Sharkin dieses Detail vorenthalten. Der Junge interessierte ihn wahrscheinlich sowieso nicht.

»Was tun wir wegen Valente?«, fragte Sharkin. »Seine Aktionen fangen an, mich zu stören.«

»Wenn Sie mich fragen«, begann Lazaro gelassen, »ist das nur Kleinscheiß, wegen dem Sie sich nicht verrückt machen sollten.«

Sharkin nahm einen Schluck Tee, ohne ihn aus den Augen zu

lassen, und ließ sich Zeit mit seiner Antwort. »Wir können den Vorfall trotzdem zu unserem Vorteil nutzen, nehme ich an.«

Lazaro dachte einen Moment nach. Sharkin spielte auf die Sache mit Shengs Gang an.

»Noch gibt es keine Verbindung zu Valente«, sagte er schließlich. »Das heißt: Offiziell waren es untereinander rivalisierende Gangs, die sich gegenseitig abgeknallt haben.«

Sharkins Blick ruhte auf ihm. »Noch?«

Lazaro wusste, worauf er hinauswollte. Er selbst hatte auch schon darüber nachgedacht, war aber zu dem Schluss gekommen, dass es zu riskant war. Er würde sich auf verdammt dünnes Eis wagen müssen und am Ende seinen Kopf riskieren, wenn es schlecht lief. Dummerweise hatte er gerade eben mit seiner Wortwahl dafür gesorgt, dass Sharkin Blut witterte. Er biss sich innerlich auf die Lippen und nippte an dem Ginger Ale.

»Ich möchte, dass dieser Emporkömmling dorthin verschwindet, woher er gekommen ist.« Sharkin trank seinen Tee aus und stellte die Schale zurück.

Emporkömmling?, dachte Lazaro. Was für ein wulstiges Wort.

»Der Grüne Löwe und ich hatten selten Differenzen. Dann taucht plötzlich sein Neffe auf und macht Ärger?« Sharkin schüttelte wissend den Kopf.

Lazaro versuchte, ihn zu beruhigen. »Wie schon gesagt, es ist nichts, was Sie nervös machen sollte.«

»Ist es das?«

Sharkins Augen verengten sich und Lazaro spürte leichte Nervosität in sich aufkommen. Doch er ließ sich davon nicht beeindrucken und nickte betont.

Mit einem spöttischen Lächeln erhob sich Sharkin und trat an seinen Schreibtisch. Er nahm einen Stapel Papier in die Hand und hielt ihn hoch. »Das hier sind Ausdrucke unserer Server-Logfiles, Mr. Lazaro.«

Er sah den Detective auffordernd an, doch dieser zeigte keine

Regung. »Wir verzeichnen pro Monat mehrere Tausend Angriffs-versuche auf unser System. Davon ist nur eine Handvoll wirklich ernst zu nehmen, der Rest sind irgendwelche Bots.«

Lazaro konnte sich keinen Reim darauf machen, doch gewöhnlich wollte Sharkin auf etwas hinaus, also ließ er ihn reden.

»Das ist nicht ungewöhnlich. Normaler Alltag, könnte man sagen. Vor etwa zwei Monaten stiegen die ernstzunehmenden Angriffe plötzlich schlagartig an.«

Sharkin legte den Papierstapel akkurat zurück an seinen Platz, ging um den Schreibtisch herum und setzte sich.

Wie ein König thront er vor der New Yorker Skyline, dachte Lazaro und fand es affig.

»Ich beschäftige sehr fähige Spezialisten«, fuhr Sharkin fort. »Sie glauben, die Quelle für die jüngsten Angriffe gefunden zu haben.«

»Dominic Valente?« Lazaro konnte sich das nur schwer vorstellen.

»Unser Insider hat bestätigt, dass er sich der Loyalität einiger Hacker versichert hat. Und einer davon ist ein Typ mit dem Namen Chase M.«

Lazaro schüttelte ungläubig den Kopf. *Chase M.* war Joey Mazurs Hacker-Pseudonym, so viel wusste er. Plötzlich begriff er, was Mazur mit Valente zu tun hatte: Er arbeitete als Hacker für ihn. Und ihm wurde klar, dass Sharkin längst Bescheid wusste.

»Sie wissen, wer das ist?«, fragte er.

Sharkin winkte ab. »Es interessiert mich nicht, wer er ist. Tatsache ist, dass es aufhören muss. Und da kommen Sie und der unglückliche Ausgang des Geschäfts mit den Chinesen ins Spiel.«

Er hatte es befürchtet. Langsam erhob sich Lazaro aus dem Sessel und trat an den Schreibtisch.

»Sie wollen, dass ich die Sache Valente anhänge und ihn aus dem Verkehr ziehe.«

Sharkin lachte auf und schüttelte dann langsam den Kopf. »Aber nein, Lazaro, ich möchte, dass Sie so tun, als ob.«

Der Detective sah ihn sprachlos an.

»Treffen Sie sich mit ihm«, sagte Sharkin. »Lassen Sie ihn wissen, was Sie tun könnten, wenn er nicht kooperiert.«

Lazaro ließ sich den Gedanken durch den Kopf gehen. Es war eine einfache Erpressung – nicht mehr und nicht weniger. Zumindest würde er keine Probleme hinsichtlich einer Ermittlung kriegen, denn er würde ja gar nicht offiziell gegen Valente vorgehen müssen. Allerdings: Wenn er den Neffen des Capo Leonardo Valente zu hart anpackte, würde das zweifelsohne Vergeltung der Familie nach sich ziehen. War es das wert?

Er sah Sharkin in die kalten Augen und erkannte, dass er keine Wahl hatte. Sich zu verweigern, bedeutete Vergeltung der Brüderschaft. Es ging also um die Frage, was das kleinere Übel war.

»Ich sehe, dass Sie zögern«, sagte Sharkin selbstzufrieden. »Ich verstehe das. Aber bedenken Sie die Vorteile. Sie würden Ihren Job als Detective nicht durch eine fingierte Ermittlung gefährden.«

Ich habe meinen Job als Detective bereits gefährdet, Arschloch, nämlich als ich anfing, für dich zu arbeiten, dachte Lazaro grimmig, doch er sagte nichts.

Sharkin lehnte sich in seinem Stuhl zurück und lächelte. »Außerdem können Sie für sich selbst noch etwas Geld aus Valente rausholen, zusätzlich zu dem, das ich Ihnen zahle.«

Lazaro musste zugeben, dass das natürlich eine attraktive Option war. Er saß ja sowieso schon mittendrin in diesem Sumpf. Warum also nicht mitnehmen, was ging?

Er erhob sein Glas und grinste. »Sie sind ein gerissener Drecksack, Sharkin. Rechnen Sie mit mir.«

* * *

Lauren hatte Betty und ihrem Vater gesagt, sie wären zu einem Geburtstag eines Arbeitskollegen eingeladen und sie hätte vergessen, ihnen davon zu erzählen. Betty hatte Lauren versichert, dass sie sich keine Gedanken machen müsse. Doch natürlich machte sie sich eine Menge Gedanken. Sie wusste nicht, was die Mobster vorhatten, außer, dass sie wollten, dass sie für sie arbeitete. Dass das keine harmlosen Gefälligkeitsjobs sein würden, war ihr klar, doch sie hatte keine Vorstellung davon, was diese Typen eigentlich genau taten. Joey hatte ihr immer nur von irgendwelchem Cyber-Dingsbums erzählt, von dem sie nur die Hälfte verstand.

Ihr Bruder war ausnahmsweise der Entspanntere von ihnen. Er war schon öfter mit Cyrus und Dominic unterwegs gewesen und saß lässig neben ihr auf dem Rücksitz, so, als genösse er die Tatsache, dass er ihr etwas voraushatte.

»Weißt du, wo wir hinfahren?«, fragte sie ihn.

Joey zuckte die Achseln und sah nach vorne. Cyrus und Dominic diskutierten über etwas, doch der Verkehrslärm, der durch die offenen Fenster kam, machte es unmöglich, sie zu verstehen. Ein Hoch auf Autos mit Klimaanlage!, dachte Lauren. Dass sie mit so einer alten Karre unterwegs sein mussten, war extrem nervig und trug noch dazu bei, dass sie sich immer unwohler fühlte. Alles in ihr, ihr ganzer Körper schien zu schreien, dass sie nicht hier sein sollte.

Cyrus hielt auf dem Parkplatz eines alten Fabrikgeländes und Lauren erkannte, dass ein Großteil der Gebäude leer stand. In einem jedoch war ein Schießstand untergebracht. Sie hatte Dominics Worte eigentlich nicht ernstgenommen, doch es war, wie er gesagt hatte: Sie wollten mit ihr auf den Schießstand gehen.

»Was meinst du, Lola?«, holte Dominic sie aus ihren Gedanken, als sie ausgestiegen waren. »Hat Pater Kowalski heute nicht eine sehr inspirierende Predigt gehalten?«

Lauren war überrascht. Sie hatte angenommen, die beiden hätten vor der Kirche gewartet, bis die Messe zu Ende gewesen war.

»Bist du bereit, die richtigen Opfer zu bringen?« Dominic grinste.

»Was machen wir hier?«, fragte Lauren, ohne auf seine Bemerkung einzugehen.

Cyrus war am Kofferraum des Mustangs stehen geblieben und

öffnete ihn. »Was macht man auf einem Schießstand?«, fragte er, nahm zwei Pistolen heraus und reichte sie Dominic.

»Nach dem Gottesdienst auf den Schießstand?« Lauren schnaubte. »Dafür kommt ihr in die Hölle, das ist euch doch klar, oder?«

Cyrus und Dominic sahen sie verwundert an. Es gab ihr ein unverschämt gutes Gefühl, die beiden sprachlos zu machen.

Sie winkte ab. »Ach nein. Ich vergaß: Dort landet ihr Mobster ja sowieso.«

Dominic baute sich vor ihr auf. Sie hatte den Bogen überspannt.

»Nenn mich nicht noch einmal ›Mobster‹!«

»Wie soll ich dich denn nennen? ›Arschloch‹?« Lauren sah ihn fest an, doch ihr Puls raste.

Zu ihrer Erleichterung wich Dominic beschwichtigend zurück. »Hey, komm runter, Lola.«

Da war es schon wieder. *Komm runter?!* Es machte sie unglaublich wütend. »Wenn du noch einmal ›Komm runter‹ zu mir sagst, trete ich dir so fest in die Eier, dass du die ›Habanera‹ singst!«

Dominic lachte ob dieser Steilvorlage. »Ist das ein Versprechen?«

War ja klar, dass er das antworten würde, dachte Lauren grimmig. »Ist das dein Ernst?«

»Was ist eine ›Habanera‹?«, fragte Joey verwirrt von der Seite.

Lauren und Dominic sahen beide ungläubig zu Joey, der sofort getroffen wirkte und die Schultern hob. Doch die Spannung, die sich drohend aufgebaut hatte, war verflogen. Laurens Wut ebbte etwas ab.

Cyrus schlug den Kofferraumdeckel zu und tätschelte Joey kumpelhaft den Arm, so als fühlte er mit ihm. »Das ist aus 'ner spanischen Oper. Und es ist grässlich, glaub mir.«

»Genau genommen«, sagte Dominic, als sie zum Eingang gingen, »ist ›Carmen‹ eine französische Oper.«

Er zwinkerte Lauren zu, als erwartete er Applaus für sein Schulwissen. Doch er erntete nur einen gelangweilten Blick von ihr.

Der Mann am Empfang drinnen grüßte Cyrus, der noch

Munition erwarb. Offenbar kannten sie sich gut, denn der Typ verzichtete auf die üblichen Formalitäten. An den Wänden des Empfangsraums hingen dutzende Waffen, auch größere Gewehre, und die Vitrinen, die hier herumstanden, waren ebenfalls voll. Komplettiert wurde das Ganze von einem abgewetzten olivgrünen Teppich sowie Urkunden und Pokalen irgendwelcher Wettbewerbe, die Club-Mitglieder gewonnen hatten. Lauren interessierte sich nicht sonderlich dafür, doch Joey betrachtete aufgeregt die Auslage im Tresen.

»Ist das abgefahren!« Er zeigte auf ein Sturmgewehr, das hinter dem Empfang an der Wand hing. »Ob wir damit schießen dürfen?«

Der Mann am Empfang musterte Joey kritisch. »Nur, wenn du bei einem unserer Trainings mitmachst.«

Er schob einen Flyer über den Tresen und Joey schnappte ihn mit offensichtlicher Begeisterung. »Ihr macht hier Trainings? Cool.«

Lauren rollte mit den Augen. Joey verbrachte Stunden, ja manchmal Tage mit irgendwelchen Kriegsspielchen am Computer. War ja klar, dass er das hier unglaublich spannend fand.

Cyrus schob ihn weiter. »Los, Rambo. Wir fangen erst mal mit den kleinen Spielzeugen an.«

Darüber musste Lauren schmunzeln.

Der eigentliche Schießstand war in einer fensterlosen Halle untergebracht, in der sich insgesamt zehn Schießplätze befanden, dazwischen kugelsichere Trennwände, und von jedem Platz aus konnte man die Ziele elektronisch einstellen. An dem ihnen zugewiesenen Platz von dem sie nacheinander schießen würden, bereiteten Cyrus und Dominic die mitgebrachten Pistolen – zwei Glocks und zwei Colts – vor. Lauren stand neben ihnen am Tisch und sah aufmerksam zu. Sie ließen sich ganz schön Zeit, fand sie. Aber ihr war es nur recht.

»Wer will anfangen?« Dominic war dabei, das Magazin einer der Glocks zu bestücken, und sah zu Lauren auf.

Sie vermutete, dass er sie testen wollte. Sie sollte ohne jede

Einweisung drauflosballern und sich mächtig blamieren. Doch daraus würde nichts werden. Sie nahm das zweite Magazin vom Tisch und belud es ebenfalls. Ungerührt drückte sie eine Patrone nach der anderen hinein, so wie Dominic es getan hatte.

Als er sie auffordernd ansah, deutete sie auf eine der Glocks. Wortlos nahm sie die Pistole und führte das Magazin ein.

»Okay, also Lauren fängt an?« Cyrus sah fragend auf die Waffe in Laurens Hand. Er hatte das Ziel angebracht – ein Pappschild mit einem menschlichen Umriss darauf – und es 24 Yards zurückfahren lassen.

Dominic sah Lauren in die Augen. Sie hielt seinem forschenden Blick stand. Wahrscheinlich ahnte er etwas, vermutete sie.

Cyrus setzte zu einer Erläuterung der Funktionen der Glock an, doch Lauren achtete nicht auf ihn. Routiniert zog sie den Verschluss zurück und lud die Waffe durch.

Ein Grinsen erschien auf Dominics Gesicht.

Lauren drehte sich um und trat an den Schießplatz. Sie hob ihren rechten Arm und zielte auf die Pappfigur. Dann hob sie den linken Arm und unterstützte mit ihrer Hand den Griff um die Waffe. Sie atmete ein, hielt die Luft einen Moment an und mit dem Ausatmen feuerte sie drei Doppelschüsse ab. Zwei Treffer landeten im Kopf der Pappfigur, zwei in der Nähe des Herzens und zwei auf der Höhe der Leiste.

Zurück am Tisch warf sie das Magazin aus, zog den Verschluss zurück, um die Patrone zu entfernen, und legte die Pistole ab. Das Ganze dauerte weniger als fünf Sekunden und sie sah nicht einmal hin.

Dominics Grinsen verbreiterte sich und er sah kurz zu Cyrus, dessen Mund tatsächlich offen stand.

»Mir scheint, uns ist hier etwas Wichtiges entgangen.«

In seinem Blick lagen Überraschung und Anerkennung. Lauren gestattete sich ein selbstbewusstes Grinsen.

Tja, damit habt ihr nicht gerechnet, was?

»Ihr Exfreund ist ein Cop«, warf Joey glucksend von der Seite ein. Es war deutlich, dass er stolz auf seine Schwester war.

»Tatsächlich?« Dominic zog die Brauen hoch. »Und wann hattest du vor, uns das zu sagen, Joey?«

Er wirkte nicht, als erwartete er eine Antwort von ihm. Stattdessen musterte er Lauren, der die Situation nun doch unangenehm war. Warum musste Joey ausgerechnet Danny erwähnen?

Schließlich schüttelte Dominic lachend den Kopf, nahm einen Colt vom Tisch und stellte sich an den Schießplatz.

Er hatte weitere Magazine mitgenommen und trainierte mit der Stoppuhr – offensichtlich wollte er seine Schusstechnik und Geschwindigkeit verbessern. Lauren saß auf dem Tisch hinter ihm und sah zu, als Cyrus sie ansprach.

»Das war eben wirklich beeindruckend«, sagte er. »Hat dein Ex dir das beigebracht?«

Lauren nickte nur.

Eine Weile sahen sie Dominic zu, dann wandte sich Lauren an Cyrus. Sie hatte das Gefühl, mit ihm konnte man reden.

»Warum sind wir hier? Was wollt ihr damit bezwecken?«

Cyrus hob entschuldigend die Schultern. »Sorry, Dom wollte hierher.«

Das schien ihm als Erklärung auszureichen. Er hatte hier wohl nichts zu entscheiden, schlussfolgerte Lauren. Allerdings war es auch nicht einfach, sich mit dem Gehörschutz auf dem Kopf richtig zu unterhalten.

Also fragte sie Cyrus, ob er mit ihr rausgehen wolle, doch da stand Dominic schon wieder bei ihnen.

»Das ist eine gute Idee«, sagte er, obwohl er gar nicht gefragt wurde, und reichte Cyrus den Colt. »Pass auf Joey auf, damit er sich nicht selbst in die Füße schießt.«

Ohne Zögern wandte sich Cyrus Joey zu und half ihm beim Laden der Glock, mit der dieser ungeschickt herumspielte.

Dominic machte eine einladende Handbewegung und sah Lauren auffordernd an. »Nach dir, Sonnenschein.«

Er erntete einen genervten Blick von ihr, doch sie verließ mit ihm die Halle. Nun gut, dachte Lauren. Vielleicht war es besser, direkt mit Dominic zu reden, wenn er wirklich derjenige war, der das Sagen hatte. Doch sie war nervös. Dominic kam ihr unberechenbar vor, doch nicht so, dass sie Angst vor ihm haben müsste. Es war eher eine Art Spannung zwischen ihnen, die sie deutlich spüren konnte. Vielleicht war es nicht klug, ihn zu reizen, doch gleichzeitig konnte sie anscheinend nicht anders. Denn während sie nach draußen in die heiße Mittagssonne traten, überlegte sie sich schon, wie sie ihn erneut ärgern konnte.

Dominic steuerte einen Foodtruck an, der im Schatten zwischen zwei Industriegebäuden stand, und fragte Lauren, ob sie etwas essen wolle. Sie schüttelte den Kopf – ihr war nicht danach zumute –, aber sie ließ sich von ihm eine Limo ausgeben.

»Also, Lola«, begann Dominic, als sie sich an einen Tisch neben dem Foodtruck gesetzt hatten. Das Gelände wirkte wie ausgestorben. Außer ihnen war sonntags um diese Zeit noch niemand hier draußen unterwegs.

»Ich muss dich das fragen: Wie heißt dein Ex, der Cop?«

Lauren zögerte, ihm den Namen zu nennen, und Dominic zog ungeduldig die Brauen hoch.

»Danny Rivetti.«

»Habt ihr noch Kontakt?«

»Nein.« Dass Danny bei Karlovic aufgetaucht war und sie ihm vermutlich in nächster Zeit begegnen würde, verschwieg sie.

»Du verstehst sicher, dass ich da genauer nachfrage«, sagte Dominic ernst. »Da läuft absolut nichts mehr? Ihr seid nicht miteinander befreundet oder so?«

»Nein«, wiederholte Lauren energisch. »Das ist schon länger her. Er hat vor Kurzem geheiratet. Wir haben nichts mehr miteinander zu tun.«

Sie machte eine wischende Handbewegung, um deutlich zu machen, dass das Thema damit erledigt war. Innerlich zog sich etwas in ihr zusammen, wie immer, wenn sie an das Ende ihrer Beziehung mit Danny dachte. Sie hatten einander geliebt. Es war nicht gut gelaufen. Ende der Geschichte.

Dominic schien zufrieden mit ihrer Antwort. »Schon okay. Es ist nun mal so, dass ein Cop in Reichweite unserer Aktionen nicht ideal ist, wenn er nicht auf unserer Gehaltsliste steht.«

Das ist bei Danny ganz sicher nicht der Fall, dachte Lauren.

»Was genau sind das für Aktionen?«, traute sie sich zu fragen.

Dominic winkte ab, als wäre es belanglos. »Dieses und jenes. Nur Kleinigkeiten.«

»Und deshalb geht ihr mit uns auf den Schießstand? Wegen Kleinigkeiten?«

»Das ist zu eurer eigenen Sicherheit«, erwiderte Dominic und Lauren zog ungläubig die Brauen hoch.

Ihr Blick ließ ihn entschuldigend mit den Schultern zucken. »Ich rechne nicht damit, dass während unserer Aktionen noch einmal ähnliche Probleme auftreten, wie bei dem Deal mit den Chinesen. Doch es gibt Leute, die nicht auf unserer Seite stehen und uns im Fadenkreuz haben.«

Lauren musste schlucken. »Du meinst Sharkins Leute.«

»Vor allem die Leute von Sharkin, ja.«

»Gestern hast du gesagt, dass ihr dafür sorgen müsst, dass sein Einfluss sinkt.«

Lauren wollte mehr erfahren über das, was Dominics Familie tat und worin genau die Probleme mit Sharkin lagen. Für sie war die Russenmafia nur die andere Seite derselben Medaille. Sie stand bei der einen Seite in der Schuld, okay. Aber es schadete ja nichts, auch etwas über die andere Seite zu wissen.

»Warum dieser Feldzug gegen ihn?«, fragte sie.

»Mein Onkel Leo will es so«, antwortete Dominic, als wäre es selbstverständlich.

»Oh, wow!«, gab Lauren sarkastisch zurück. »Da kann aber einer ganz schlecht mit Konkurrenz umgehen, wie?«

Dominic runzelte die Stirn. »Du hast doch keine Ahnung, wovon du da redest.«

»Da hast du absolut recht. Ich habe keine Ahnung, was ich hier eigentlich tue.« Sie nahm einen Schluck von ihrer Limo und sah ihn herausfordernd an. »Wenn dein Onkel Leo es befiehlt, wird es gemacht. Schon klar. Aber warum will er es so? Territoriales Macho-Gehabe? Dafür sollen wir unseren Kopf riskieren?«

»Nenn es wie du willst«, gab Dominic patzig zurück. »Du wirst sehr schnell lernen, dass es um weit Wichtigeres geht.«

»Es geht um Macht. Oder nicht?«

»Schon. Die Frage ist nur: Wessen Macht?« Dominic ließ seinen Blick schweifen, als überlegte er, wie er seine nächsten Worte am besten rüberbekam.

»Bist du wählen gegangen, Lola?«, fragte er schließlich.

Lauren sah ihn verständnislos an.

Worauf will er denn jetzt hinaus?

»Unser Präsident«, beharrte Dominic. »Hast du ihn gewählt?«

Lauren schüttelte den Kopf. In Wahrheit war sie gar nicht zur Wahl gegangen. Es gab keinen wirklichen Grund dafür, sie hatte einfach keine Lust gehabt. Wahrscheinlich, weil die Wahl ohnehin eine Farce gewesen war – sonst wäre niemals so jemand wie Donald Trump Präsident geworden.

»Bereits kurze Zeit nach Trumps Amtseinführung flogen über fünfhundert Fake-Profile bei Facebook auf, die von russischen Servern aus kontrolliert wurden«, referierte Dominic. »Es heißt, sie haben die Wähler im Land mit bezahlten Kampagnen zu kontroversen Themen beeinflusst, damit Trump gewinnt. FBI-Chef Comey ermittelte in der Sache und wurde von Trump dafür gefeuert.«

Lauren runzelte die Stirn. »Was hat das mit Sharkin zu tun?«

»Na, rate mal, wessen IT-Spezialisten sich um die russischen Server gekümmert haben.«

Lauren verstand, was er ihr sagen wollte. Das war natürlich ungeheuerlich, dass die Russenmafia allem Anschein nach den amerikanischen Wahlkampf beeinflusst hatte.

»Sharkins Organisation ist nur ein Teil einer viel größeren Maschinerie«, fuhr Dominic fort. »Wenn die es schaffen, zu bestimmen, wer im Weißen Haus sitzt, dann kontrollieren sie bald alles.«

»Also geht es deinem Onkel am Ende doch nur um Machtverlust«, stellte Lauren fest.

»Verwechsle Macht nicht mit Kontrolle«, entgegnete Dominic. »Glaub mir, Lola, wenn die anfangen, hier alles zu kontrollieren, wird es für uns alle mehr als ungemütlich.«

Lauren registrierte, dass er vermeiden wollte, mit Sharkin und seinen Leuten in einen Topf geworfen zu werden. Deshalb fragte sie ihn provozierend: »Wer sind *die*? Die Russenmafia? Ihr seid doch auch die Mafia, oder nicht? Was unterscheidet euch denn von denen?«

Dominic schnaubte, als müsste er sich beherrschen, um nicht aus der Haut zu fahren. Er sah sich kurz um, wohl um sich zu vergewissern, dass niemand ihn hören konnte, und sagte schließlich: »Es stimmt. Wir halten uns nicht immer an das Gesetz. Ein Teil meiner Familie verdient Geld mit Korruption, Betrug und Erpressung. Auch durch den Transport von Drogen kommt Geld rein. Leos Hauptgeschäfte sind allerdings weitestgehend legal. Er ist ein reicher, angesehener Mann, dem man zuhört, wenn er redet.«

Lauren nickte, um ihm zu zeigen, dass sie ihm folgen konnte.

Doch insgeheim fragte sie sich, warum er ihr das erzählte. Es änderte nichts an ihrer Meinung über ihn oder seinen Onkel Leo. Sie waren und blieben Kriminelle.

»Willst du wissen, wie Sharkin an Geld und damit an Einfluss in dieser Gegend gekommen ist?«

Lauren erwiderte nichts, eine Antwort auf die Frage war obsolet.

»Er hat klein angefangen. Ein bisschen Kreditwucher hier, ein bisschen Zuhälterei da. Das meiste Geld machte er mit dem Handel osteuropäischer Mädchen. Sie werden von angeblichen Modelagenten angeworben, dann nehmen sie ihnen die Pässe weg und lassen sie mit falschen Papieren in die USA einreisen. Hier dürfen sie dann in einem von Sharkins Bordellen acht bis zehn Freier am Tag bedienen.«

Lauren musste schlucken. Der Gedanke an die Schicksale der Mädchen war schwer zu ertragen. Trotzdem lauschte sie aufmerksam Dominics Worten.

»Man verdient mit so etwas zwar eine Menge Geld, aber die Arbeit ist auch hart und man lebt in der Unterwelt. Also sattelte Sharkin um auf Immobilien und Versicherungsbetrug. Das ist praktisch, man kann nach außen hin ein rechtschaffener Geschäftsmann sein. Bald war er so reich, dass er mehr Geld hatte als der *Pachan*, der Kopf der Brüderschaft. Sharkin hat ihm im Beisein aller Unterbosse den Kopf mit einer Kettensäge abgetrennt und sich selbst als den neuen *Pachan* ausgerufen.«

Dominic sah ihr in die Augen. Er wirkte tatsächlich leicht erschüttert von seinen eigenen Worten. Einen kurzen Moment lang hielt sie seinen Blick, versuchte zu erkennen, welche Gedanken hinter diesen grünen Augen lagen. Dann sah sie betroffen auf ihre Hände.

»Du willst mir damit sagen, dass Sharkin wirklich böse ist und ihr natürlich viel harmloser seid.«

Es klang sarkastischer, als sie beabsichtigt hatte. Doch da es nun einmal gesagt war, konnte sie auch weitermachen.

»Ihr kontrolliert doch auch alles. Ihr betrügt, ihr bedroht, nehmt den Menschen die Freiheit, ihr Leben zu leben, wie sie wollen.«

Dominic seufzte. »Niemand hier kann sein Leben so leben, wie er es will. Irgendjemanden wird es immer geben, der das Sagen hat. Wenn es darum geht, was weniger ätzend wäre, dann frag dich selbst: Wäre das eine Familie, die seit Generationen diese Seite des Hudson kontrolliert, maßvoll, zivilisiert? Die die Gangs – die schwarzen und die lateinamerikanischen – im Zaum hält, damit sie sich nicht auf offener Straße bekriegen? Oder wäre es ein ideologischer Irrer, der anderen Menschen den Kopf absägt und Leute beschäftigt, die kontinuierlich unsere Demokratie angreifen, das Land spalten und für Unruhen auf den Straßen sorgen?«

Bei jedem Wort, das er sprach, wirkte er aufgeregter. Lauren sah ihm an, dass es ihn wirklich bewegte. Was die Frage anging, was ätzender wäre, so musste sie ihm leider zustimmen. Doch sie sagte nichts.

Dominic trank seine Limo aus. »Wir sind die Guten, Lola.«

Es wirkte auf sie wie ein schlechter Scherz.

»Oder anders gesagt: Wir sind die bessere Option. Und das weißt du auch.«

Lauren schüttelte ungläubig den Kopf und schnaubte.

Da Dominic sie abwartend ansah, hob sie ergebend die Hände. »Ja, schon kapiert.«

Eine Weile sagte keiner der beiden etwas. Lauren grübelte über Dominics letzte Worte nach. In ihren Augen war das alles eine ziemliche Scheiße. Auch wenn er recht hatte mit dem, was er über Sharkin gesagt hatte – es änderte nichts an der Tatsache, dass sie sich mit der Mafia herumschlagen musste. Ob es da wirklich eine gute und eine schlechte Seite gab, war ihr eigentlich egal.

»Wenn ihr für uns arbeitet, ist Grundwissen in Sachen Schusswaffen also nie verkehrt«, sagte Dominic schließlich.

Dann grinste er sie an. »Bei dir brauchen wir uns ja keine Sorgen zu machen, wie du eindrucksvoll demonstriert hast.«

Lauren konnte das nicht lustig finden und schnaubte erneut. Sie wich seinem Blick aus.

Was tue ich nur hier?

»Das war ein Kompliment, Lola.«

»Warum nennst du mich immer Lola? Mein Name ist Lauren.«

»Ich weiß. Aber Lauren klingt irgendwie ungeil.«

Wortlos sah sie ihn an. Erneut ergründete sie seine grünen Augen, die sie unter anderen Umständen faszinierend gefunden hätte, und fragte sich, was sie tun sollte. Eine Stimme in ihr sagte, dass sie einfach aufstehen und weggehen sollte. Weglaufen, nicht nur von hier, sondern von der ganzen Situation. Vielleicht zur Bank gehen und sich einen Kredit über die zehntausend Dollar besorgen, die Joey Dominic schuldete, doch dann würde sie Zinsen zahlen müssen. Wenn sie denn überhaupt einen Kredit bekam. Zur Polizei gehen und diese Typen verpfeifen war leider ebenfalls keine echte Option. Sie wusste ja eigentlich gar nichts und würde nur Joey in große Schwierigkeiten bringen.

Dominic sah sie an, als wüsste er, welchen inneren Kampf sie gerade führte, und sein Mund verzog sich zu einem feinen Lächeln. Es sollte wohl selbstgerecht wirken, doch etwas an diesem Lächeln war anders. Es wirkte, als heckte er etwas aus.

Lauren trank von ihrer Limo und holte tief Luft.

»Okay«, sagte sie ruhig. »Wenn es denn unvermeidlich ist, dass wir zusammenarbeiten, dann habe ich eine Bedingung.«

»Ich bin ganz Ohr.«

»Ich will bei keiner Aktion dabei sein, bei der Menschen körperliche Gewalt angetan wird. Kein Drohen, kein Zusammenschlagen und so was. Und ich will nichts mit Drogen zu tun haben.«

Dominic nickte. »Also, Ersteres kommt in der Regel nicht vor. So laufen unsere Deals normalerweise nicht ab. Garantieren kann ich aber nichts. Du weißt ja, was mit den Chinesen passiert ist.«

»Und was ist mit Drogen?«, fragte Lauren.

»Wir machen keine Drogendeals, denn das fällt in den Kompetenzbereich meines anderen Onkels Fredo. Aber manchmal helfen wir ihm beim Transport.«

Lauren fürchtete, dass Dominic ihr nicht annähernd alles erzählte. In was für einen Sumpf gerate ich hier nur rein?, fragte sie sich verzweifelt.

Dominics Gesichtsausdruck wurde weicher, beinahe versöhnlich. »Falls in nächster Zeit ein Drogentransport steigen sollte, dann halte ich dich raus. Du wirst die Drogen nicht einmal sehen. Versprochen.«

»Okay.«

Dominic wirkte zufrieden. Er langte unter den Tisch und zog einen kleinen Revolver aus einem Holster an seiner Wade. Die Waffe hatte einen kurzen Lauf und einen fein gearbeiteten, weißen Griff.

»Ich habe zwei kleine Geschenke für dich.«

Er legte den Revolver auf dem Tisch ab, zog ein altes Mobiltelefon aus der Hosentasche und reichte es Lauren.

»Du speicherst keine Nummern und löschst einmal am Tag alle Anrufe und Textnachrichten.«

Zögernd nahm Lauren das Telefon an sich. Auf der Rückseite klebte ein gelber Post-it-Zettel, auf dem eine Telefonnummer geschrieben stand.

»Du prägst dir die Nummer ein und wirfst dann den Zettel weg«, instruierte Dominic sie weiter. »Das ist die Nummer meines Diensthandys.«

Lauren sah auf den Zettel und der einzige Gedanke, der ihr durch den Kopf ging, war, dass sie nicht wusste, wann sie sich das letzte Mal eine Telefonnummer hatte merken müssen. Und die anderen Dinge, die Dominic gesagt hatte, waren so absurd, dass sie beinahe gelacht hätte.

»Hey«, sagte er und holte sie aus ihren Gedanken. »Die Nummer ist für den Notfall. Oder wenn ich dir sage, dass du anrufen sollst. Kapiert?«

Er grinste. »Nur richtige Notfälle, Lola. Wenn du abends allein in deinem Zimmer sitzt und dich einsam fühlst, dann ist das nicht die Nummer, die du anrufen solltest.«

Lauren verzog das Gesicht. »Alles kapiert«, sagte sie nur und steckte das Telefon in ihre Hosentasche.

Dann fiel ihr Blick auf den Revolver auf dem Tisch.

»Das ist mein persönliches Geschenk für dich«, sagte Dominic grinsend, nahm die Waffe und drehte sie vor Laurens Augen hin und her. Der Lauf glänzte und erst jetzt fiel ihr auf, dass der weiße Griff mit zarten Blütenmustern verziert war.

»Schön, nicht? Eine Waffe für eine Lady.«

Lässig warf Dominic sie ein Stück nach oben und fing sie schließlich am Lauf, sodass er Lauren den Griff hinhalten konnte.

»22er Kaliber. Klein und leicht. Lässt sich auch unter enger Kleidung gut verstecken.« Dabei musterte er Lauren anzüglich.

Als Lauren nach dem Revolver griff, hielt Dominic ihn weiter fest und sah ihr herausfordernd in die Augen, als wollte er ihr sagen: *Na, mach schon! Wenn du sie haben willst, nimmt sie dir.*

Wenn sie wollte, konnte sie ihm die Pistole in weniger als drei Sekunden abnehmen und ihm die Nase brechen. Auch das hatte Danny ihr gezeigt. Stattdessen zog sie energisch an der Waffe und schließlich gab Dominic mit einem Gesichtsausdruck voller Genugtuung nach.

»So ganz wohl ist mir bei der Sache eigentlich nicht«, sagte er lachend.

Lauren sah ihn fragend an.

Er deutete auf den Revolver. »Nach der Vorstellung da drin, denke ich, du könntest uns auch einfach alle abknallen.«

Lauren schenkte ihm ein falsches Lächeln. »Um ehrlich zu sein: Mir ist dieser Gedanke schon durch den Kopf geschossen.«

Kapitel 6

Mit einem flauen Gefühl im Bauch legte Lauren die 22er in die oberste Schublade ihres Nachttischs. Sie hatte lange überlegt, wo sie die Waffe aufbewahren sollte. Ihr Kleiderschrank wäre eine Option gewesen. Sie wusste, dass ihr Vater seinen alten Colt in einem Schuhkarton in seinem Schrank versteckt hatte. Beim Ausmisten hatte sie ihn eines Tages entdeckt. Auf Nachfrage hatte Nick sie allerdings nur verständnislos angestarrt. Er konnte sich nicht an die Waffe erinnern, die er einst selbst dort verstaut hatte.

Lauren hatte für sich beschlossen, dass sie die 22er lieber näher bei sich haben wollte, doch sie unters Kopfkissen zu stecken, war zu paranoid, entschied sie. Nun legte sie das Handy, das Dominic ihr gegeben hatte, neben die Pistole in die Schublade und schloss diese.

Nach dem Besuch auf dem Schießstand und die kurze Einweisung durch Dominic hatten Cyrus und er sie und Joey wieder nach Hause gebracht. Weiter war nichts passiert. Dominic hatte sich verabschiedet mit den Worten »Ihr hört von uns«, und das war es gewesen. Joey hatte zufrieden gewirkt, ja fast beschwingt. Für ihn war das alles immer noch ein großes, geiles Abenteuer. Lauren hatte ihn an die Tatsache erinnert, dass sie bei den Valentes in der Schuld standen und dass das in der nächsten Zeit kein Spaß werden würde. Doch Joey hatte abgewinkt.

»So schlimm ist es auch wieder nicht«, hatte er in seiner typisch naiven Art gesagt.

Eins muss man ihm lassen, dachte Lauren. Er macht sich wegen nichts wirklich verrückt. Sich Gedanken zu machen und ewig den Kopf zu zerbrechen, war ihre Aufgabe.

Den Rest des Tages hatte sie sich um den Haushalt und um Nick gekümmert. Gegen Abend hatte sie sich auf ihr Zimmer zurück-gezogen und grübelte nun über die Dinge nach, die Dominic ihr gesagt hatte. Er hatte versprochen, sie aus den wirklich gefährlichen Jobs rauszuhalten. Doch sie konnte ihm nicht trauen.

Ihr Smartphone vibrierte in der Hosentasche. Ein Blick darauf genügte, um ihr ein Lächeln – das erste überhaupt an diesem Tag, so schien es – auf die Lippen zu zaubern. Ihre beste Freundin Ella hatte Fotos aus den Flitterwochen geschickt. Nun ja, richtige Flitter-wochen waren es nicht – sie und ihr frisch Angetrauter Adán hatten es gerade mal für ein langes Wochenende nach Atlantic City geschafft. So zeigten die Fotos die beiden meist turtelnd vor irgendwelchen Spielautomaten oder auf der bunt beleuchteten Strandpromenade.

»Leider schon vorbei«, schrieb Ella in ihrer Textnachricht. »Morgen muss ich wieder in den Laden. Schaust du mal bei mir rein?«

Lauren bestätigte, dass sie ihre Freundin an ihrem Arbeitsplatz besuchen würde. Ella führte ein eigenes Nagelstudio in der Innen-stadt und Lauren würde es so einrichten, dass sie auf ihrer Tour morgen dort vorbeikam.

Das Geräusch eines Maschinengewehrs drang plötzlich zu ihr und sie verdrehte die Augen.

»Joey!«, rief sie über den Flur und ging zum Zimmer ihres Bruders. »Mach deine Kiste leiser!«

Joey saß natürlich vor seinem Computer. Im Zimmer war es dunkel – nur die drei großen Monitore warfen bläuliches Licht auf sein Gesicht. Er zockte irgendein Kriegsspiel, nutzte die Tastatur sowie einen Controller und saß dabei in seinem Stuhl, als würde er entspannt einen Film schauen.

»Sorry«, sagte er ohne sie anzusehen und stellte die Spielgeräusche, die über die Surround-Anlage wiedergegeben wurden, leiser.

»Hat dich der Schießstand angefixt?«, fragte Lauren.

»Hm?« Joey war derart in sein Spiel vertieft, dass er ihr nur halb zuhörte.

Lauren trat näher heran und sah ihrem Halbbruder über die Schulter. Es war ein Multiplayer-Spiel, erkannte sie, denn einer der drei Monitore zeigte einen Chatverlauf und Joey trug ein Headset mit Mikrofon. Seine Mitspieler saßen Gott-weiß-wo, wahrscheinlich noch nicht einmal in ihrer Zeitzone. Soweit Lauren erkennen konnte, durchkämmte die virtuelle Einheit in dem Spiel gerade ein Dorf.

Als sie eine Bemerkung machen wollte, hob Joey kurz die Hand. »Schsch! Moment, ich muss das hier noch erledigen.«

Irritiert registrierte Lauren, dass der Avatar ihres Bruders seine Waffe plötzlich auf einen seiner Mitspieler richtete und ihn zum Aufgeben zwang. Angst und Wut zeigten sich im Gesicht des anderen Avatars – manchmal war es erschreckend, wie realistisch diese Spiele wirkten.

»Das war's, Leute. Dankt mir später.« Joey nahm das Headset ab. »Die Aufgabe ist gelöst. Jetzt kann ich reden. Was gibt's?«

Ungläubig schüttelte Lauren den Kopf darüber, wie engagiert und konzentriert Joey wirken konnte, wenn er vor seinem Computer saß.

»Hast du gerade jemanden aus deinem eigenen Team geschlagen?«, fragte sie verwirrt.

»Er war nicht Teil meines Teams, sondern gehörte zu einem anderen. Er war ein Konkurrent.«

»Und warum war er dann die ganze Zeit bei dir?«

Joey seufzte, als wüsste er, dass sie ohnehin nicht kapieren würde, worum es in dem Spiel ging.

»Das war Teil meiner Strategie.«

Lauren zog die Brauen hoch und sofort mischte sich Unsicherheit in Joeys Blick. »Das ist wie … wie … dieser Spruch: Halte deinen Feind nah bei dir. Oder so.«

Das ließ Lauren aufhorchen. Und sie war tatsächlich beeindruckt von dieser Strategie, auch wenn es nur um ein blödes Computerspiel ging. In ihren Augen hatte es eine perfide, aber unbestreitbare Logik, seinen Feind nahe bei sich zu halten.

»Sag mal, könntest du mir einen Gefallen tun?«, fragte sie Joey. »Kannst du unauffällig etwas mehr über Leonardo Valente herausfinden?«

Ihr Bruder sah sie fragend an. »Was meinst du?«

»Du weißt schon. Woher er kommt, was er macht, was er früher gemacht hat ... Solche Sachen halt. Vielleicht entdeckst du ja etwas, das uns mal nützlich sein könnte.«

Joey nickte, auch wenn er nicht ganz überzeugt zu sein schien, dass er sie richtig verstanden hatte.

»Ja, okay. Das kann ich machen.«

»Gut«, sagte Lauren. »Zock nicht mehr so lange. Und sei leise. Ich muss morgen früh raus.«

Damit verabschiedete sie sich und ging nachdenklich zurück in ihr Zimmer. Dort setzte sie sich an den Schreibtisch und nahm ihr Tagebuch aus der Schublade. Als junger Teenager hatte sie – wie viele Mädchen in diesem Alter – ein Tagebuch geführt und es irgendwann später wieder sein lassen. Mit einundzwanzig, in der bisher schlimmsten Zeit ihres Lebens, hatte sie wieder damit begonnen. Die Psychologin, die sie zeitweise aufgesucht hatte, hatte es ihr empfohlen, um sich alles von der Seele zu schreiben.

Der Autounfall, bei dem Laurens Mutter ums Leben gekommen war, war verursacht worden von einem sturzbetrunkenen Taugenichts, der mit hundertdreißig Sachen durch die Innenstadt gerast war. Ihre Mutter war auf dem Weg von der Arbeit nach Hause gewesen und sie hatte keine Chance gehabt. Betty, die die Schicht nach Laurens Mutter im Notfall-OP gehabt hatte, hatte ihre Kollegin, der sie kurz zuvor einen schönen Feierabend gewünscht hatte, plötzlich vor sich auf dem OP-Tisch wiedergesehen. Der Unfallverursacher war im Nebenraum medizinisch versorgt worden. Als er soweit genesen gewesen war, war er dem Haftrichter vorgeführt und anschließend zu zwanzig Jahren Gefängnis verurteilt worden. Vierzehn Jahre später jedoch war er auf Bewährung freigekommen. Lauren, die bis dahin kaum an den Unfall gedacht hatte, hatte die

Nachricht von seiner Freilassung buchstäblich den Boden unter den Füßen weggerissen. In den Tagebucheinträgen, in denen sie ganz alltägliche Dinge aufschrieb, so als erzählte sie ihrer Mutter davon, hatte sie zurück ins normale Leben gefunden. Auch heute noch fühlte es sich an, als würde sie Briefe an ihre Mutter schreiben, und so begann auch dieser Eintrag mit den Worten: ›Liebe Mama‹.

Liebe Mama,
    Ich weiß nun, wie ich mit den Mobstern umgehen werde ...

* * *

Detective Lazaro horchte in sein Telefon und war kurz davor, aufzulegen, weil sich niemand meldete, als er plötzlich doch eine Stimme vernahm.

»Ja? Wer ist da?«

»Guten Abend«, sagte Lazaro ruhig, »spreche ich mit Cyrus Morello?«

»Wer will das wissen?«

Lazaro ging nicht darauf ein. »Man sagte mir, ich solle Cyrus anrufen, wenn ich mit Mr. Dominic Valente sprechen möchte. Ist das korrekt?«

»Kommt drauf an«, erwiderte Cyrus knapp.

»Ich nehme an, dass Dominic sehr großes Interesse daran haben wird, mit mir zu reden. Nachdem, was da mit Sheng und seiner Gang passiert ist.«

Eine Weile war nichts zu hören. Zufrieden registrierte Lazaro, dass sein Gesprächspartner überlegte, was er sagen sollte.

»Na gut. Geben Sie mir Ihre Nummer durch. Er ruft Sie zurück.«

Kapitel 7

Aufstehen, überleben, zu Bett gehen.

Dieses Mantra sagte Lauren fast jeden Morgen in Gedanken vor sich hin – es war zu ihrem Motto, ihrem Leitspruch geworden. Vielleicht war es etwas zu theatralisch – sie kämpfte ja nicht ums nackte Überleben, aber immerhin: Überleben bedeutete für sie, durch den Tag zu kommen, der mehr oder weniger genauso war wie der Tag davor und wie auch der nächste Tag sein würde. Es bedeutete weiterzumachen, Nick und auch Joey nicht im Stich zu lassen. Auch wenn es nicht immer einfach war.

In der Nacht hatte sie nur wenig Schlaf gefunden. Neben ihren Grübeleien hatte die Hitze sie lange davon abgehalten, einzuschlafen. Selbst nach Sonnenuntergang hatte es sich kaum abgekühlt. Die Stadt, die Häuser, der Beton – alles war aufgeheizt. Auch für diesen Tag hatte der Wetterbericht achtunddreißig Grad angekündigt.

Müde fuhr sie auf den Hof von ›*Karlovic's Technical Gases*‹, wo bereits reger Betrieb herrschte. Es war kurz vor sieben Uhr – die Be- und Entladungsteams nutzten die verhältnismäßig kühlen Morgenstunden, um die leeren Gasflaschen von den Transportern ab- und gefüllte Flaschen aufzuladen. Zwischen ihnen bellte Eric, Karlovics unsympathischer Sohn, der für die Disposition zuständig war, seine Befehle. Wie gewohnt holte Lauren bei ihm die Papiere für ihre Tour ab, nachdem sie im Containerbüro ihren Boss mit einem falschen Lächeln begrüßt und dann für den Arbeitstag eingestochen hatte.

»So willst du rausfahren?«, fragte Eric sie zur Begrüßung. »Das ist gegen die Vorschriften.«

Lauren verdrehte die Augen. Sie hatte ihren blau-grauen Overall mit dem Firmenlogo darauf nur bis zur Hüfte angezogen, das

Oberteil dort zusammengerafft und festgesteckt. Oben trug sie nur ein knappes, schwarzes Top. Sie wusste, dass das nicht vorschriftsmäßig war und dass es Sprüche von den Kollegen geben würde, doch bei dieser Hitze war ihr das scheißegal. Abgesehen davon würde ein Großteil der Kerle hier spätestens gegen Mittag mit freiem Oberkörper herumlaufen.

»Es ist verdammt heiß, Eric. Findest du nicht?«

»Das mag sein«, gab er zurück. »Es ist trotzdem nicht erlaubt. Zieh deinen Overall richtig an. Denk daran: Es muss immer das Firmenlogo zu sehen sein.«

Lauren schnaubte, klemmte die Papiere zwischen die Zähne – was Eric mit einem angewiderten Gesichtsausdruck quittierte – und schlüpfte in die Ärmel ihres Overalls. Den Reißverschluss ließ sie einfach offen.

»War wie immer nett, mit dir zu plaudern, Eric.«

Sie hörte ihn hinter sich wettern, ignorierte ihn jedoch und ging zu dem ihr zugewiesenen Truck. Eric konnte sie mal kreuzweise. Sie würde die obere Hälfte des Overalls wieder ausziehen, sobald sie außer Sichtweite war. Die Route war wie üblich so angelegt, dass sie zuerst die Großbaustellen anzufahren hatte. Im Laufe des Vormittags würden die vollen Gasflaschen abgeladen und leere Flaschen aufgeladen werden. Gegen Mittag würde sie dann zur Firma zurückfahren und – während sie Mittagspause machte – den Truck neu bestücken lassen.

Das Beste an ihrem Job bei Karlovic war, morgens mit dem Truck vom Hof zu fahren. Denn die erste Baustelle war immer auch die, die am weitesten weg lag. Somit konnte Lauren etwas Ruhe genießen, bevor es anstrengend wurde. Im morgendlichen Verkehr ging es nicht schnell voran, also schaltete sie das Radio ein und ließ ihre Gedanken davondriften.

Die erste Baustelle für diesen Tag lag in East Rutherford. Lauren hatte sie vor einiger Zeit schon einmal angefahren und war froh, sie auf ihrer Route zu haben. Die Zufahrt war breit, es gab viel Platz zum Wenden und der Vorarbeiter, Luke, war ein sympathischer Typ, der sie im Gegensatz zu vielen anderen Kunden nicht gleich mit den Augen auszog.

In der Gegend am Hackensack River wurden an mehreren Stellen Bürogebäude hochgezogen.

Unglaublich, wie schnell sie in die Höhe wachsen, dachte Lauren, als sie mit dem Truck auf das Gelände fuhr. Das Gebäude direkt an der Zufahrt war bei ihrem letzten Besuch vor circa zwei Wochen gerade mal zwei Stockwerke hoch gewesen. Nun hatte man bereits eine beachtliche Höhe erreicht und ein Ende war noch nicht in Sicht.

Lauren hielt vor einer Reihe Containerbüros, nahm ihren Schutzhelm vom Beifahrersitz und stieg aus, um sich anzumelden.

Erfreulicherweise hatte Luke auch heute Dienst und begrüßte sie freundlich. Nach der Überprüfung der Papiere ging er mit ihr zum Truck.

»Du kannst hier stehen bleiben«, sagte er. »Ich gebe bei der Staplercrew Bescheid. Die sollen direkt hier abladen, denn wir brauchen das Acetylen hier drüben.«

Er zeigte auf den Rohbau neben ihnen.

»Super. Danke, Mann.« Wenn doch nur alle Kunden so umgänglich wären, dachte Lauren.

»Ich muss leider schon wieder weiter«, sagte Luke und setzte seinen Schutzhelm auf. »Du kannst die Crew anweisen, oder?«

»Ja, klar«, antwortete Lauren schnell. »Nochmals danke. Und dir einen schönen Tag.«

»Dir auch.«

Lauren zog ihre Arbeitshandschuhe an, setzte den Schutzhelm auf und öffnete die hintere Ladeklappe des Trucks.

Nachdenklich sah sie an dem Rohbau nach oben. Im Kern des Gebäudes konnte sie das Treppenhaus sowie die Schächte für den Fahrstuhl erkennen. In den unteren Stockwerken hatte man mit den ersten Putzarbeiten begonnen und an der Seite lagen verzinkte Lüftungsschächte bereit, die wohl bald installiert werden würden.

Für Lauren war es immer spannend, auf Baustellen dem Treiben zuzusehen. Ihr Vater hatte sie schon als Kind ab und an mitgenommen. Am meisten faszinierte sie die Tatsache, dass etwas, das filigran auf Papier gezeichnet wurde, mit großen Maschinen und Muskelkraft aus dem Nichts materialisiert wurde. Nick hatte ihr immer gesagt, wenn sie Architektur oder Bauingenieurwesen studieren wolle, müsste sie sehr gut in Mathe sein. Das war sie. Doch ein Studium – egal welches Fach – war unrealisierbar.

Sie mahnte sich zur Konzentration, denn sie wollte nicht verträumt in der Gegend herumstarren, wenn das Team zum Abladen kam. Da bemerkte sie zwei Gestalten, die zwischen den Lüftungsschächten aufgetaucht waren und miteinander diskutierten. Sie erkannte Luke, dessen Gesicht deutlich an Freundlichkeit verloren hatte. Der andere wirkte irgendwie deplatziert – er war nicht für die Arbeit auf einer Baustelle angezogen. Sie dachte noch, dass ihr das Outfit aus lockerer Jeanshose und buntem Hemd bekannt vorkam, da drehte sich der Typ um und sie erkannte Dominic, der mit dem Finger auf Luke zeigte und energisch mit ihm sprach. Luke erwiderte etwas, wandte sich ab und ging davon. Auch Dominic drehte sich um und schritt zügig über den Platz an Lauren vorbei. Entweder erkannte er sie nicht oder er ignorierte sie, denn er würdigte sie keines Blickes. Stattdessen ging er zu einem schwarzen Sportwagen, stieg ein und rauschte davon.

Was war das denn?

Lauren fragte sich, ob es sein konnte, dass der Valente-Clan etwas mit dieser Baustelle zu tun hatte. Dominics Auftreten gegenüber dem Vorarbeiter und auch der Sportwagen hatten wie eine Machtdemonstration auf sie gewirkt. Nachdenklich sah sie dem Wagen nach.

Und sie war nicht die Einzige: Ein Streifenwagen der Polizei war auf dem Gelände erschienen und ein Officer stieg aus. Auch er verfolgte Dominics Abfahrt. Als der Wagen außer Sichtweite war und der Cop sich umdrehte, setzte für einen Moment ihr Herz aus.

Es war Danny. Die nächste Überraschung an diesem Morgen – und sie war noch verwirrender und unangenehmer als die erste. Er winkte, als ihre Blicke sich trafen, und kam zu ihr herüber.

»Hey, alles klar? Schön, dich zu sehen.«

»Danke«, brachte Lauren hervor und lächelte nervös. Sofort fühlte sie sich unsicher und streifte hektisch die Handschuhe ab. Förmlich reichte sie ihm die Hand, doch er ging sogar so weit, sie kurz – wenn auch etwas steif – zu umarmen.

»Gehts dir gut?«, fragte Danny. Sein Blick streifte den Truck und kehrte dann zurück zu ihr. »Du machst den Job also immer noch.«

Lauren nickte und wich seinem Blick aus. »Ja. Es läuft ganz gut.« Insgeheim kreisten ihre Gedanken nur um eine Frage, nämlich, warum sie es nicht schaffte, normal mit ihm zu reden. Ihm machte es offensichtlich nichts aus. Er war stets freundlich zu ihr, wenn sie sich begegneten. Dass er sie mit so viel Respekt behandelte, obwohl sie ihn nicht verdiente, machte alles nur schlimmer. Wäre er kalt und abweisend zu ihr gewesen, wäre sie besser damit klargekommen.

Er nickte lächelnd, doch er sagte nichts weiter. Jetzt war es an ihr, die höflichen Fragen zu stellen.

»Und wie geht es dir? Was macht der Job?«

Danny winkte ab. »Anstrengend, wie immer. Du kennst das ja.«

Ja, sie kannte es. Sie wusste, wie hart er arbeitete. Sie wusste, dass er ein guter Cop war. Mehr als einmal hatte er nach einer harten Schicht in ihren Armen gelegen und sich den Arbeitstag von der Seele geredet. Lauren war im Grunde nicht jemand, der gerne in der Vergangenheit lebte. Den Wunsch, die Zeit zurückdrehen zu können, hatte sie nie gehabt. Doch diese ruhigen Abende mit Danny vermisste sie schmerzlich. Er fehlte ihr als Freund.

»Wie geht es Willow und der Kleinen?«, fragte sie wie automatisch, ohne die Antwort wirklich hören zu wollen. War sie denn eine Sadistin, dass sie ihn ernsthaft nach seiner Frau und seiner kleinen Tochter fragte? Und: Kam es ihr nur so vor oder huschte ein kurzer Ausdruck der Unsicherheit über Dannys Gesicht? War es ihm doch irgendwo in seinem Innern unangenehm, mit ihr über seine neue Familie zu reden?

»Es geht ihnen gut, danke,« entgegnete er. »Ava läuft jetzt und sie plappert alles nach.«

»Oh, dann musst du jetzt wohl aufpassen, was du zu Hause so alles sagst, wie?«

Er lachte. »Allerdings. Neulich hat sie tatsächlich geflucht.«

Sie konnte ihm ansehen, dass er glücklich war und es freute sie aufrichtig, auch wenn es schmerzte. Er hatte es verdient. So wie sie den Schmerz verdiente.

»Ich muss sagen, ich bin beeindruckt«, sagte Danny und zeigte auf den Truck. »Ich finde es klasse, dass du den Job machst.«

Meinte er das ernst oder wollte er ihr ein Kompliment machen, damit sie sich besser fühlte? War es so bemerkenswert, dass sie in einer Männerdomäne arbeitete und noch nicht das Handtuch geworfen hatte? Dabei fiel ihr das Gespräch ein, in dem ihr Boss angemerkt hatte, Danny würde wegen Hector bei ihm herumschnüffeln.

»Karlovic sagt, du gehst ihm auf die Nerven.«

Es sollte locker und scherzhaft klingen, doch Dannys Gesicht verfinsterte sich.

»Der Alte sollte sich vorsehen, dass er nicht wegen Behinderung der Ermittlungen verhaftet wird.«

Lauren erschrak innerlich. Was auch immer vorgefallen war, sie brauchte den Job bei Karlovic. Doch natürlich konnte sie Danny um nichts bitten. Das wäre von ihrer Seite versuchte Beeinflussung, und wenn es um Recht und Gesetz ging, gab es für Danny keine Grauzone.

Die Crew mit den Staplern war gekommen, um die Gasflaschen abzuladen, und so wurde ihr verkrampftes Gespräch jäh beendet. Lauren streifte die Handschuhe über und winkte Danny zum Abschied.

»Grüß Nick von mir!«, rief er ihr nach und verschwand im Büro. Lauren vermutete, dass es um die Sache mit Hector ging, und sie ärgerte sich, dass sie ihn nicht gefragt hatte, warum er hier war. Warum hatte er Dominic so interessiert hinterhergeschaut?

Sie verdrängte den Gedanken und machte sich an die Arbeit, die Crew anzuweisen.

Später, als sie auf dem Weg zur nächsten Baustelle war, grübelte sie über ihre Begegnung nach. Danny war unverbesserlich. Für ihn waren Gut und Böse klar getrennt, alles war einfach. Danny glaubte an Fair Play, ausnahmslos. Das Spiel des Lebens – man bekam die Karten auf die Hand und es lag an einem selbst, wie man sie spielte. Natürlich bekamen manche von Anfang an ein schlechteres Blatt als andere und keine Chance, es besser zu machen. Doch auch ein gutes Blatt war keine Garantie für Erfolg. Lauren wusste: Eine gute Karte zur falschen Zeit ausgespielt, konnte alles zunichtemachen. Für immer.

Ellas laute und fröhliche Stimme schallte ihr entgegen, als Lauren das Nagelstudio ihrer Freundin betrat.

»Ich bin gleich bei dir!«

Ella hatte einen Kunden vor sich sitzen, der Lauren bekannt vorkam. Als dieser den Kopf hob und zu ihr sah, erkannte sie Ellas Mann Adán.

»Was sehe ich da?« Lauren lachte. »Ich hoffe, du zahlst wie jeder andere Kunde auch.«

»Natürlich«, entgegnete Adán. Es war offensichtlich, dass seine Empörung nur gespielt war.

Lauren zog die Brauen hoch und nahm auf einem Barhocker am Empfangstresen Platz.

Sie mochte Adán, denn er tat Ella gut. Er war klug, gutaussehend und kam aus einer guten Familie. Er trug Ella auf Händen, konnte ihr kaum einen Wunsch abschlagen.

Wenn es etwas an ihm zu bemängeln gab, dann vielleicht die Tatsache, dass er zu sehr aufs Äußere bedacht war, aber das war auch nur eine Eigenheit und mehr nicht.

Ella beendete ihre Arbeit an Adáns perfekt aussehenden Fingernägeln, gab ihm einen Kuss auf den Mund und erhob sich, um Lauren richtig zu begrüßen.

»Ich bin immer noch so müde.« Ella stöhnte, nachdem sie sich umarmt hatten. »Ich wusste ja, dass es eine blöde Idee ist, gleich nach unserer Rückkehr wieder zu arbeiten, aber ...«

»Erzähl. Wie war's?«

Lauren wusste, die Laune ihrer besten Freundin würde sich schlagartig bessern, wenn sie von ihrer kurzen Hochzeitsreise erzählte. Und genau so war es auch. Ella verfiel sofort ins Schwärmen von dem tollen Hotelzimmer, der Aussicht auf den Atlantik, dem romantischen Dinner und dem grandiosen Essen. Wie immer lauschte Lauren mit einer Mischung aus aufrichtiger Freude für ihre Freundin und leichter Skepsis. Für sie war es immer wieder ein lustiges Rätsel, wie sie und Ella so enge Freundinnen hatten werden können. Sie waren so verschieden, dass es an ein Wunder grenzte. Ella liebte das Leben und sie liebte schöne Dinge. Sie konnte ununterbrochen schwärmen, genüsslich lachen und ihre Augen glänzten dabei wie bei einem kleinen Kind. Und all das tat sie, während sie Lauren erzählte, wie viel Geld sie im Casino auf den Kopf gehauen hatten.

»Scheiß drauf. Wir hatten eine geile Zeit.«

Lauren lachte. Sie selbst würde sich für den Rest ihres Lebens über das rausgeschmissene Geld ärgern. Aber so tickte Ella einfach nicht. Und genau deshalb mochte Lauren sie so sehr. Ella sah keine Probleme, wo keine waren, war dabei aber alles andere als naiv. Im Gegenteil: Ella war zielstrebig und arbeitete hart, wenn es etwas gab, das sie wollte. So war sie von der angestellten Nageldesignerin zur Inhaberin ihres eigenen Nagelstudios geworden.

»Ich freue mich für euch, dass ihr ein paar schöne Tage hattet«, sagte Lauren.

Ella nahm ihre Hand. »Es würde dir auch mal guttun. Glaub mir ...« Entsetzt blickte sie auf Laurens Finger.

»Ew! Was ist denn das?!«

Lauren zog beschämt ihre Hand weg. »Nichts, was dich stören sollte.«

Sie hatte mal wieder an den Nägeln gekaut und natürlich hatte Ella das sofort gesehen. Und sauber waren ihre Finger darüber hinaus auch nicht gerade.

»Setz dich«, befahl Ella und schob Lauren zu einem ihrer drei Behandlungsplätze. Adán bedeutete sie, dass sie nun zu tun hatte. Ihr Mann lachte und erhob sich.

»Ich muss sowieso gleich wieder in die Firma. Aber ich nehme mir noch einen Kaffee mit, wenn ich darf.« Er warf Ella einen Blick zu und sie nickte in Richtung der Kaffeemaschine im Empfangsbereich.

»Sag mal«, begann Ella, »was stellst du da eigentlich immer an?«

Sie richtete ihren Arbeitsplatz ein, legte ihre Werkzeuge und Wattetupfer zurecht, stand kurz auf und kam schließlich mit einer Schüssel Wasser und einem kleinen Handtuch zurück.

»Lass gut sein«, meinte Lauren. »Ich muss noch arbeiten und hab' eh fast die ganze Zeit Handschuhe an.«

»Kein Grund, rumzulaufen wie eine Psychopathin.«

Lauren setzte sich seufzend. Sie war zwar der Meinung, dass manikürte Fingernägel weder zu ihrem Job noch zu ihr selbst wirklich passten, doch wenn Ella es sich in den Kopf gesetzt hatte, war es einfacher, sie machen zu lassen.

»Wie läuft es zu Hause?« Ella zog Silikonhandschuhe über und desinfizierte Laurens Hände mit einem Reinigungstuch.

»Es lief schon mal besser.«

»Immer noch Jocy und seine neuen Freunde?«

Lauren fragte sich, ob sie Ella von der Sache mit den Valentes erzählen sollte. Eigentlich wollte sie Ella nicht damit belasten. Es war in jedem Fall besser, wenn sie es nicht wusste. Doch Ella war ihre beste Freundin, schon seit der fünften Klasse. Sie würde spüren, dass etwas nicht stimmte. Sie entschloss sich für den Mittelweg und dafür, ihr nur das Nötigste zu erzählen.

»Er hat die Typen sogar schon mit nach Hause gebracht.«

»Wen hat er mitgebracht?«, fragte Ella ohne aufzusehen. Sorgfältig löste sie die überschüssige Nagelhaut.

»Dominic Valente und seinen Kumpel Cyrus.«

»Der Name Valente sagt mir was«, meinte Ella. »Ich weiß aber nicht, in welchem Zusammenhang. Kann sein, dass eine Kundin neulich was erzählt hat.«

»Die Valentes?« Adán kam langsam heran, eine Tasse Kaffee in der Hand und einen entschuldigenden Ausdruck im Gesicht. »Sorry, ich wollte nicht lauschen.«

Ella ermahnte ihn mit einem Blick.

»Du kennst die Valentes?«, fragte Lauren.

»Na ja, nicht so richtig. Aber ich weiß, dass sie sehr einflussreich sind.«

»Einflussreich? Kriminell trifft es wohl eher.«

Adán zog die Schultern hoch. »Davon weiß ich nichts. Leonardo Valente ist im Immobiliengeschäft. Wie legal es da zugeht, kann ich nicht beurteilen.«

Lauren fragte sich, ob Adán etwas wusste und es absichtlich herunterspielte. Sie seufzte nur müde.

Ella sah zu ihrem Mann und Adán schien zu verstehen.

»Ich muss wieder los. Es war schön, dich mal wieder zu sehen, Lauren.« Er trank seinen Kaffee aus, blies Ella einen Kuss zu und verließ den Laden.

»Entschuldige, dass Adán gelauscht hat«, sagte Ella. »Er sollte generell nicht so viel hier sein.«

Fragend sah Lauren ihre Freundin an.

»Er lenkt mich zu sehr ab.« Ella errötete tatsächlich.

Lauren musste schmunzeln. Es war einfach zu süß, wie verknallt die beiden waren.

Doch die Freude über das Glück ihrer besten Freundin brachte die Erinnerung an Danny und ihr verkrampftes Gespräch am Vormittag zurück.

»Ich habe Danny heute früh getroffen.«

Ella tauschte den Nagelhautschaber gegen eine Feile, sah auf und zog die Brauen hoch. »Und? Wie schlimm war es?«

»Es war ...« Wie sollte sie in Worte fassen, was sie fühlte, wenn sie es selbst nicht einmal wusste? »Es war okay. Gar nicht mal wirklich schlimm. Einfach nur etwas komisch.«

Im Nachhinein betrachtet war ihr Gespräch zwar nicht sehr angenehm verlaufen, jedoch auch nicht katastrophal. Wahrscheinlich begann sie endlich loszulassen.

»Wie immer«, fügte sie hinzu und zuckte mit den Schultern.

Ella nickte. »Vielleicht ist es an der Zeit für etwas Neues. Für *jemand* Neues.«

Lauren dachte kurz darüber nach, horchte in sich hinein und schüttelte schließlich den Kopf. »Eigentlich geht es mir ganz gut. Und ich habe andere Dinge, über die ich mir den Kopf zerbrechen muss.«

»Das mit Joey und seinen Eskapaden wird schon wieder. Oder?«

Lauren zog die Schultern hoch. »Ich hoffe es.«

Ella sah sie fest an. »Lass dich bloß nicht von ihm in irgendwas reinziehen. Hörst du? Er kann seine Scheiße schön selber ausbaden.«

Darüber konnte Lauren nur müde lächeln.

* * *

Mit einem zufriedenen Lächeln betrat Detective Lazaro die schummrige Bar in East Orange. Es war mitten am Tag und trotzdem saßen hier schon die ersten Verlierer um die runden Tische und ertranken ihre Sorgen in billigem Bier. Es dauerte einen Moment, bis er sich an das Dunkel gewöhnt hatte, dann ging er gemütlich, beinahe schlendernd, zu dem Tisch ganz hinten, an dem ihn Cyrus Morello und Dominic Valente erwarteten.

»Einen schönen guten Tag, die Herren.« Unaufgefordert nahm er Platz und bestellte sich ein Ginger Ale.

»Ganz schön heiß da draußen. Aber ich mag die Hitze.«

Da seine Gegenüber ihn wortlos musterten, sah er abwechselnd vom einen zum anderen und ließ seinen Blick schließlich auf Dominic ruhen.

Alle Achtung, dachte er. Der Typ hat vielleicht abgefahrene Augen. So ein Grün kann unmöglich echt sein. Oder doch?

»Du musst Dominic sein. Freut mich, dich kennenzulernen.«

»Spar dir die falschen Höflichkeiten und sag, was du willst.«

»Hey, ganz cool.« Lazaro nahm sein Ginger Ale in Empfang und lehnte sich entspannt zurück. »Ich will, was ihr auch wollt. Ich möchte, dass es hier zivilisiert und geordnet zugeht. Und nebenbei etwas Geld verdienen.«

»Haben dir die zehn Riesen nicht gereicht?« Dominic verzog keine Miene.

Eins muss man ihm lassen, dachte Lazaro. Der Kerl ist nicht dumm und er vergeudet keine Zeit.

»Betrachten wir die Zehntausend doch als Bezahlung dafür, dass wir Sheng und seine Bande für euch aus dem Weg geschafft haben.«

Er nahm einen weiteren Schluck von seinem Drink und legte ein selbstgerechtes Grinsen auf. »Ihr dachtet vielleicht, dass das unreife Kinder sind, doch tatsächlich hätten die euch noch richtig gefährlich werden können.«

Dominics Augen verengten sich, doch er sagte nichts. Lazaro konnte spüren, dass er seine Wut beherrschte. Es war erstaunlich, wie cool er bleiben konnte.

Der Detective tat, als kratze er sich verlegen am Kopf. »Dummerweise hat die Empfangsdame unten euch gesehen. Ein Teil der zehn Riesen ging für ihr Schweigen drauf. Also wenn ihr wollt, dass ich weiterhin dafür sorge, dass man euch nicht mit der Sache in Verbindung bringt, schlage ich vor, wir reden mal über eine kleine Aufwandsentschädigung.«

Er nickte zufrieden, weil er gesagt hatte, was er sagen wollte, trank sein Ginger Ale aus und verschränkte die Arme auf dem Tisch.

Dominic und Cyrus wechselten einen kurzen Blick. Für Lazaro

war klar, dass sie wussten, sie hatten keine andere Wahl. Jetzt kam es nur noch darauf an, sie nicht zu sehr unter Druck zu setzen. Er war sich sicher, dass die Valentes lieber etwas Kleingeld an ihn abtraten, als eine lästige Ermittlung an der Backe zu haben.

Schließlich lehnte Dominic sich nach vorne und sah Lazaro tief in die Augen, was diesen leicht nervös werden ließ.

»Du hältst dich für besonders schlau, du korruptes Arschloch«, sagte er leise. »Aber du bluffst.«

Lazaro ärgerte sich darüber, dass Dominic ihn derart herausforderte. Er hatte ja wirklich nicht vor, den Fall wieder aufzurollen und gegen die Valentes zu ermitteln. Die Sache war ihm entschieden zu heiß.

Er hielt Dominics stechenden Blick und schob einen Zettel über den Tisch.

»Ich schlage vor, ihr findet es heraus. Ihr spendet großzügig an die Organisation, die auf dem Zettel steht. Oder auch nicht. Und dann werden wir sehen, was passiert.«

Er untermalte seine Worte mit einem siegesgewissen Lächeln.

Cyrus nahm den Zettel, warf einen Blick darauf und steckte ihn in seine Hosentasche.

Da alles gesagt war, erhob sich Lazaro und legte zwanzig Dollar auf den Tisch. »Genehmigt euch ein paar Drinks, Jungs. Die gehen auf mich.«

Er wandte sich zum Gehen, zögerte kurz und drehte sich spontan zum Tisch um. Er wusste, er hielt besser die Klappe, aber er konnte einfach nicht anders. Dass Dominic so ruhig geblieben war und auch jetzt noch kommentarlos und scheinbar unbeeindruckt dasaß, stachelte ihn geradezu an.

Fühl dich nicht zu sicher, Kleiner.

»Übrigens«, sagte er, »wäre es besser, wenn ihr in nächster Zeit ein bisschen kürzerträtet. Ich meine, dass ihr an Shengs Bande geraten seid, sollte euch eine Warnung sein. Die Kohle, die ihr von Sheng kassieren wolltet, gehörte gar nicht ihm. Die hatte er sich – gewissermaßen – von einem Bekannten geliehen, der ihn insgeheim loswerden wollte. Tatsächlich hat jemand also zehntausend Dollar dafür gezahlt, die Jungs beseitigen zu lassen. Mit dem würde ich mich an eurer Stelle nicht anlegen.«

Er zwinkerte übertrieben, obwohl er wusste, dass es albern aussah, winkte zum Abschied und verließ die Bar.

* * *

Er sah dem Detective nach und stand auf. Cyrus ließ er am Tisch warten. Er ging durch den schmalen Gang neben der Bar, der an den Toiletten vorbei und schließlich nach draußen in einen mit Müll übersäten Hinterhof führte. Hier nahm er sein zweites Handy heraus und rief Cohen an.

»Lazaro macht uns Ärger«, sagte er, als Cohen sich gemeldet hatte. »Er hat gesagt, dass Sheng und seine Jungs kein Zufallsopfer waren, wie wir schon angenommen haben. Ich glaube, er vermutet oder weiß sogar, dass Sharkin dahintersteckt.«

Er lauschte eine Weile den Worten seines Gesprächspartners, wobei er mit dem Fuß einen kleinen Pappkarton hin- und herschob.

»Von mir aus«, sagte er schließlich voller Ungeduld. »Es ist mir egal, wie Sie es anstellen. Bereinigen Sie das, sonst kann ich für nichts garantieren.«

Teil II

Willkommen im Haifischbecken

Kapitel 8

Lauren wurde von Cyrus in ihren neuen Aufgabenbereich einge-
führt. Dominic hatte ihr gegen Mitte der Woche eine Nachricht
auf das Handy geschickt und sie aufgefordert, zu einer Adresse zu
kommen, die nur ein paar Straßen von ihrem Zuhause entfernt lag.
Es war das Haus, das Dominic für die Operation gegen Sharkin
eingerichtet hatte. Nach Joeys Erzählungen hatte Lauren ein nichts-
sagendes Objekt erwartet, doch als sie am folgenden Tag dort eintraf,
war sie überrascht, ein nettes kleines Häuschen vorzufinden.

Eine alte Dame, die sich als Mrs. Palermo vorstellte, öffnete ihr die
Tür und zunächst befürchtete Lauren, an der falschen Adresse zu
sein. Die Wohnung war schön eingerichtet, in der Küche duftete es
nach etwas Gebackenem und Mrs. Palermo fragte sie freundlich, ob
sie etwas trinken wolle.

Erst als Cyrus auftauchte und sie zu der Tür brachte, die in den
Keller führte, fiel ihr auf, dass hier etwas nicht ganz passte. An der
Tür befand sich ein Kasten mit einem Tastenfeld. Cyrus nannte ihr
den Code und zeigte ihr, wie sich die Tür damit öffnen ließ. Dann
führte er sie in den Keller.

Lauren hatte absolut keine Ahnung von diesen Dingen, doch
der Keller glich in ihren Augen einer Kommandozentrale für eine
hochkomplexe Cybermission. Mehrere Schreibtische mit Computern standen in dem Raum, in dem sich außerdem Schränke mit
blinkenden Geräten befanden – wohl für die Server. Hier saß Joey
mit zwei anderen Typen, die Lauren noch nie gesehen hatte. Eine Tür
führte in einen weiteren Raum, in dem ein großer Tisch mit einem
Beamer darauf stand, vermutlich, um Besprechungen abzuhalten.

Joey hat nicht übertrieben, dachte Lauren.

Das hier war komplett durchdacht. Zum ersten Mal beschlich sie das Gefühl, dass das alles vielleicht doch zu groß für sie war.

Was hast du dir bloß dabei gedacht?, fragte sie sich besorgt.

Cyrus führte sie zu einem kleinen Schreibtisch an der Seite des Raums. Von hier aus hatte man Blickkontakt mit den Männern an den Rechnern. Joey nickte ihnen kurz zu und Cyrus bat ihn, zu ihm zu kommen.

»Wir werden gleich losziehen, du und ich«, sagte Cyrus zu Lauren. »Ich muss nur ein paar Dinge mit Joey besprechen.«

Joey kam herangeschlurft und setzte sich rittlings auf einen freien Stuhl vor Cyrus' Schreibtisch.

»Was gibt's?«, fragte er.

»Wir sollen übernächsten Freitag eine Lieferung für Fredo durchziehen. Es geht von Newark rüber nach Manhattan. Wahrscheinlich durch den Tunnel. Ich möchte, dass du dir das mal anschaust. Check mal, was du von hier aus über die Sicherheitsmaßnahmen rauskriegst.«

Joey nickte. »Okay, mach ich. Sonst noch was?«

Cyrus schob einen Zettel über den Tisch. »Diese Organisation, die da draufsteht – ich will alles darüber wissen.«

»So gut wie erledigt.« Schnell nahm Joey den Zettel an sich und stand auf.

Lauren war erstaunt, ihren Bruder so engagiert zu sehen. Nachdenklich sah sie ihm nach, als er zurück zu den anderen Hackern ging. Zweifellos war das hier etwas, das er gerne machte.

»So, dann kommen wir nun zu deiner Aufgabe«, begann Cyrus und öffnete ein Fach unter dem Schreibtisch. Lauren hörte das schnelle, mehrfache Knacken eines Safe-Schlosses. Cyrus griff hinein, zog eine Pistole daraus hervor und prüfte das Magazin. Mit einem lauten Klacken schob er es zurück und lud die Waffe durch. Dann steckte er sie hinter seinem Rücken in den Hosenbund.

»Hast du die 22er bei dir, die Dom dir gegeben hat?«

Lauren nickte und hob ihr T-Shirt an. Sie hatte keine Ahnung, was Cyrus vorhatte und wo er mit ihr hinwollte. Doch die Waffe gab ihr tatsächlich ein Gefühl der Sicherheit.

»Wo gehen wir hin? Was machen wir?«

Cyrus schloss den Safe und sah Lauren offen an. »Wir holen nur etwas Geld ab. Das ist alles.«

Er nahm eine Umhängetasche vom Schreibtisch, wies zur Treppe und gemeinsam gingen sie nach oben und hinaus auf die Straße zu dem alten Ford Mustang, mit dem er immer unterwegs war. Wortlos stieg er ein und öffnete Lauren von innen die Beifahrertür. Zögernd nahm sie neben ihm Platz. Zum ersten Mal saß sie mit einem Mobster allein im Auto. Doch sie war froh, dass es Cyrus war, denn er war umgänglicher als Dominic.

Sie fuhren nicht lange und Cyrus parkte den Wagen schließlich vor einer Pfandleihe auf der Main Ave. Hier reihten sich Geschäfte, Bars und Nachtclubs aneinander. Direkt neben der Pfandleihe lag ein Obst- und Gemüseladen und dahinter pries ein Schild Videokabinen für Erwachsenenfilme an.

»Der Job ist einfach«, sagte Cyrus. »Die Geschäftsleute hier zahlen uns regelmäßig Geld. Wir holen es gewöhnlich wöchentlich ab. Und dabei können wir ruhig erwähnen, dass wir jetzt ein Cyberteam haben, aber das zeige ich dir noch. Du wirst das ganz schnell lernen, da bin ich sicher.«

»Wofür zahlen die Geschäftsleute euch Geld?«, fragte Lauren lauernd.

»Dafür, dass sie in Ruhe ihren Geschäften nachgehen können.«

»Du meinst, dafür, dass ihr sie in Ruhe lasst«, stellte Lauren fest.

Cyrus zuckte mit den Achseln, erwiderte aber nichts.

Lauren schluckte.

Schutzgeld!, dachte sie verzweifelt. Warum ich? Was zur Hölle soll ich hier?

»Überlass mir das Reden«, sagte Cyrus und öffnete die Fahrertür.

Na, das wird ja sicher toll, dachte Lauren verdrossen und stieg aus dem Wagen.

Cyrus hatte die Umhängetasche vom Rücksitz genommen und bat Lauren, diese mitzunehmen. Betont gemütlich schritt er auf die Pfandleihe zu. Lauren hängte sich die Tasche um und folgte ihm in kurzem Abstand.

»Was ist da drin?«, fragte sie.

»Ware. Wirst du schon sehen«, gab Cyrus knapp zurück und betrat den Laden.

»Guten Tag, Herb«, grüßte er den Mann, der hinter dem Tresen stand. Ein dichtes Drahtgitter und eine verkratzte Plexiglasscheibe schützten ihn vor allzu unangenehmen Kunden. Herb war schwarz, von kleiner, rundlicher Statur und sein Kopf war bedeckt von einem lichter werdenden grauen Haarkranz.

»Cyrus!«, flötete er geradezu überschwänglich. »Schön, dass du mal wieder persönlich vorbeikommst.«

»Ja, ich hatte in letzter Zeit leider viel zu tun.« Lässig stützte Cyrus den Ellenbogen auf den Tresen. »Wie läuft das Geschäft?«

»Kann mich nicht beklagen. Warte, ich hab' was für dich.« Der Mann wandte sich zur Seite und öffnete die Kasse. Blitzschnell wanderte ein Bündel Geldscheine durch die Öffnung am Gitter.

»Besten Dank.« Cyrus nahm das Geld in Empfang und warf kurz einen Blick darauf. Dann reichte er Lauren das Bündel. »Steck es in die Tasche.«

Lauren tat, wie ihr geheißen, ließ aber den Blick nicht von ihm und dem alten Mann hinter dem Tresen.

Cyrus nickte in ihre Richtung.

»Das ist Lola. Lola, das ist Herb.«

Zunächst war Lauren verärgert darüber, dass Cyrus sie als Lola vorstellte, doch dann spürte sie Erleichterung darüber, dass er nicht ihren richtigen Namen genannt hatte.

»Freut mich«, sagte Herb und tippte sich selbst an eine imaginäre Hutkrempe.

An Cyrus gewandt, fragte er: »Ein neuer Laufbursche?«

»Ja. Gewissermaßen.«

»Na, hoffentlich ist sie besser als der Typ, der in letzter Zeit immer kommt.«

Abwartend sah Lauren zwischen den beiden hin und her. Dieses Gespräch verlief ganz anders, als sie sich vorgestellt hatte, wie solche Gespräche laufen würden. Der Alte, Herb, wirkte kein bisschen verärgert oder gar verängstigt darüber, dass ein Mobster ihm Geld abknöpfte. Im Gegenteil: Es wirkte, als wären die beiden alte Freunde.

Sie wechselten noch ein paar lockere Worte über Leute, die Lauren nicht kannte, dann klopfte Cyrus zum Abschied zweimal auf den Tresen und wandte sich zum Gehen.

»Ganz einfach, wie du siehst«, sagte er, als sie die Pfandleihe verlassen hatten. Und schon lotste er sie zum nächsten Laden.

Lauren folgte ihm von Geschäft zu Geschäft. Lediglich die Sexkinos ließen sie aus, da das Rotlicht-Geschäft, so erläuterte Cyrus, von einem anderen Zweig des Valente-Clans bearbeitet wurde. Was Lauren jedoch am meisten überraschte, war die Tatsache, dass die Geschäftsleute anscheinend keine Probleme damit hatten, Cyrus einen Teil ihres Verdienstes abzugeben. Vielleicht hatten sie sich damit arrangiert oder resigniert, doch keiner von ihnen verhielt sich Cyrus gegenüber feindselig. Sie hatte Bilder von Drohgebärden mit gezückten Waffen im Kopf gehabt und kein lockeres Geplänkel.

Die Umhängetasche füllte sich mit Geldbündeln, und hin und wieder bat Cyrus Lauren, eine CD oder einen USB-Stick herauszunehmen, die dann gegen weiteres Bargeld den Besitzer wechselten. So arbeiteten sie sich vor und je weiter sie nach Süden kamen, desto vertrauter war ihr die Umgebung und sie wurde leicht nervös. Was, wenn sie auf jemanden trafen, den sie kannte? Tatsächlich konnte sie weiter unten an der Straße bereits das satte Rot der Markise vor Ellas Nagelstudio erkennen. Lauren fragte sich augenblicklich, ob Ella ebenfalls Geld abdrücken musste.

Sie wollte Cyrus gerade fragen, da bog er nach links um die Ecke in die Passaic Street ein.

»Südlich von hier ist Kartell-Gebiet«, erklärte er knapp.

Darauf konnte Lauren sich nur bedingt einen Reim machen. Sie vermutete, dass die unterschiedlichen Clans der Mafia die Gebiete untereinander aufgeteilt hatten. Möglich, dass die mexikanische Drogenmafia hier ebenfalls tätig war. In dieser Gegend Passaics gab es viele Geschäfte, Restaurants und Versicherungsbüros mit mittel- oder lateinamerikanischen Besitzern und die Schilder über den Türen der meisten Läden hier waren auf Spanisch. Sie beschloss, Ella bei Gelegenheit nach möglichen Schutzgeldzahlungen zu fragen.

Cyrus stoppte vor einer kleinen Bar neben einer Pizzeria und gab ein kurzes Lachen von sich.

»Oh ja, das wird spaßig werden.« Er deutete auf die Eingangstür. »Du wirst Bekanntschaft mit Maddie machen.«

Obwohl Lauren ihn fragend ansah, ging er ungerührt zur Tür und versetzte ihr einen kleinen Stoß, um sie zu öffnen. Dann ließ er ihr den Vortritt. Sie betrat den schummrigen Gastraum und sah sich um. Die Bar hatte noch nicht geöffnet. Die Stühle standen auf den Tischen und in der Ecke wartete ein Putzwagen mit Wischmopp. Langsam ging sie weiter in den Raum hinein und schlug schließlich den Weg zur Bar ein. Durch eine offene Tür dahinter waren Geräusche zu hören.

Lauren sah sich zu Cyrus um, der in einigem Abstand stehen geblieben war. Er verzog keine Miene, verschränkte nur die Arme und nickte in Richtung der Tür. Lauren kam sich dumm vor und war versucht, zu rufen, ob jemand da sei, als sie plötzlich das Geräusch eines Gewehrs hörte, das durchgeladen wurde.

Ehe sie in der Lage war, sich zu rühren, tauchte in der Tür eine junge, blondhaarige Frau auf, die mit der Waffe auf sie zielte.

»Eine Bewegung, ein Wort von dir, und ich knall dich ab.«

Lauren erstarrte. Sie wagte es nicht einmal, die Hände zu heben.

»Das hier ist meine Bar und meine Kohle. Also scher dich zum Teufel, sonst sorge ich dafür, dass du auf direktem Weg in der Hölle landest.«

Wie gebannt starrte Lauren der Frau in die Augen. Ihr Blick war entschlossen und ihr starkes Make-up verlieh ihrem Gesicht eine Wildheit, wie Lauren sie noch nie bei jemandem gesehen hatte.

Okay, dachte sie bei sich. Das war's dann jetzt wohl.

Cyrus hatte sie mit Absicht in eine Falle tappen lassen. Und er hatte nichts Besseres zu tun, als zu lachen. Wirklich, er lachte!

Irritiert wandte Lauren ihren Blick vom Gesicht der jungen Frau ab und sah zu Cyrus, der sich kaum einkriegen konnte. Als sie nun zurück zu der Frau sah, senkte diese die Waffe und verdrehte die Augen.

»Mensch, Cyrus!«, donnerte sie. »Kannst du mir nicht vorher Bescheid geben, wenn du jemand Neues anschleppst?«

»Sorry, Maddie«, gab Cyrus glucksend von sich. »Aber das konnte ich mir nicht entgehen lassen.«

Lauren stand immer noch völlig verstört da, während Maddie das Gewehr sicherte und an den Türrahmen lehnte. Dann reichte sie Lauren die Hand über die Theke.

»Sorry, dass ich dich erschreckt hab'. Ich bin Maddie.«

Das Adrenalin rauschte noch in ihren Ohren, trotzdem nahm Lauren Maddies Hand. »Kein Thema.«

Cyrus, der bis jetzt schräg hinter ihr gestanden hatte, setzte sich auf einen Barhocker. Ohne dass er ein Wort sagte, stellte Maddie ihm ein Bier hin.

»Maddie, das ist Lola, unser neues Mädchen.«

Sie nickte Lauren zu und fragte sie, ob sie etwas trinken wolle.

»Ich nehme auch ein Bier.« Langsam, da ihre Knie immer noch zitterten, schob auch Lauren sich auf einen Barhocker.

»Maddie ist immer etwas impulsiv.« Cyrus lachte immer noch.

»Tut mir wirklich leid«, sagte Maddie erneut. »Hier spazieren manchmal Leute rein, mit denen man nicht lange fackeln sollte.«

Lauren konnte sich vorstellen, dass die junge Frau als Barbesitzerin in dieser Gegend schon einiges erlebt hatte. Da musste man vermutlich einfach knallhart sein.

Maddie hatte sich an Cyrus gewandt. »Wie sieht's aus? Hast du das, worum ich Dom gebeten habe?«

Cyrus forderte Lauren auf, ihm die Umhängetasche zu reichen. Er griff hinein, zog einen USB-Stick heraus und schob ihn über den Tresen. Mit einem Seufzen nahm Maddie den Stick an sich und betrachtete ihn einen kurzen Moment in ihrer Hand.

»Verdammte Scheiße,« murmelte sie mehr zu sich selbst. »Ich hoffe, dass das funktioniert.«

Sie sah Cyrus dankbar an, zog ein Geldbündel aus der Gesäßtasche ihrer engen Jeans und legte es auf den Tresen. Cyrus bedeutete Lauren, das Geld in die Tasche zu stecken.

»Ich hoffe, es hilft dir weiter«, sagte er zu Maddie, die den USB-Stick immer noch in der Hand hielt.

Lauren wusste nicht, worum es genau ging, doch es schien etwas zu sein, das Maddie wohl unheimlich wichtig war. Sie hatte vermutlich Informationen von Dominic gekauft, die ihr bei irgendetwas helfen sollten. Wahrscheinlich hatte Joey oder einer der anderen Hacker sie beschafft.

Mit einem weiteren Seufzen steckte Maddie den USB-Stick in ihre Hosentasche und wandte sich nun an Lauren.

»Du bist also die Neue?«, fragte sie. »Wo kommst du her?«

»Sie ist von hier«, schaltete sich Cyrus ein, ehe Lauren antworten konnte. »Dom hat sie rekrutiert.«

Er wechselte einen vielsagenden Blick mit Maddie und diese gab einen grunzenden Laut von sich.

»Was ist so komisch?« Lauren war es langsam leid, dass sie sie derart übergingen.

Maddie machte ein entschuldigendes Gesicht. »Dom hat nicht immer das beste Gespür. Er kann nicht gut mit Leuten arbeiten, die ihm Widerworte geben.«

Lauren sah ihr in die großen Augen und verstand, was sie meinte. Maddie hatte offenbar eine gute Menschenkenntnis, denn sie hatte sofort begriffen, dass Lauren sich nicht alles gefallen lassen würde.

Vielleicht sind wir vom Typ her gar nicht so verschieden, dachte Lauren.

Cyrus' Telefon klingelte und er wandte sich ab, rutschte vom Barhocker und entfernte sich ein paar Schritte, um zu telefonieren.

Maddies Blick ruhte auf Lauren. »Ich hab' diesen Job früher gemacht«, sagte sie und deutete auf die Umhängetasche. »Lass dir von den Typen nicht ans Bein wichsen. Sei schlau und leg ein bisschen Geld zurück. Dann hast du bald etwas Kohle auf der hohen Kante, steigst aus und kannst dich selbstständig machen.«

Lauren schnaubte. »Netter Tipp. Aber ich habe Schulden bei Dom und seiner Familie.«

Maddie nickte verständnisvoll und blies die Wangen auf. »Puh, das ist hart. Aber du kannst sicher etwas tricksen und trotzdem ein bisschen was zur Seite legen. Diese Typen sind keine netten Nachbarn. Kein Grund, höflich und korrekt zu sein. Verstehst du?«

»Ja, ich weiß, was du meinst«, entgegnete Lauren.

Cyrus kam zurück an die Bar. »Das war Dom. Wir sollen uns beeilen und dann schnell ins Haus kommen.«

Er nahm noch einen Schluck von seinem Bier und klopfte dann zweimal mit der Faust auf die Bar. »Mach's gut. Ein andermal haben wir sicher mehr Zeit.«

Auch Lauren verabschiedete sich und folgte ihm nach draußen.

»Das war Maddie«, sagte Cyrus grinsend.

»Ja, vielen Dank auch«, gab Lauren patzig zurück, weil er sie anfangs hatte auflaufen lassen.

Da sie vor ihm keine Schwäche zeigen wollte, fügte sie düster hinzu: »Das nächste Mal gehe ich besser mit gezogener Waffe da rein.«

Cyrus hob beschwichtigend die Arme. »Hey, jetzt kennt ihr euch ja. Außerdem solltest du ihr lieber kein Haar krümmen.«

Lauren sah ihn fragend an.

»Maddie ist Doms Liebling«, erklärte Cyrus belustigt. »Ich bin mir sicher, die zwei hatten Sex miteinander.«

Lauren sparte sich einen Kommentar.

Dominic hatte sie zurück zum Haus beordert und Cyrus hatte Lauren auf dem Weg erklärt, worum es ging: Detective Lazaro machte Ärger. Er erpresste Dominic mit der unglücklich gelaufenen Aktion mit den Chinesen und hatte ihnen eine gemeinnützige Organisation genannt, an die sie großzügig spenden sollten. Deshalb hatte Cyrus Joey aufgetragen, Nachforschungen anzustellen.

»Es ist ein Fond für verwundete ehemalige Cops«, referierte Joey nun, als Lauren zusammen mit ihm, Cyrus und Dominic im Besprechungsraum saß. »Ihr wisst schon, die sammeln Geld, um Operationen, Physiotherapie und so weiter zu bezahlen.«

»Das ist rührend, nicht wahr?«, fiel Dominic ein, dem Joey bereits alles erzählt hatte.

Lauren beobachtete ihn genervt. Es ging ihr ziemlich gegen den Strich, dass er sie und Cyrus herzitiert hatte, um nun über so einen Schwachsinn zu reden. Sie war immer noch der Ansicht, dass er sich das Problem mit Lazaro selbst zuzuschreiben hatte. Es mochte ja sein, dass Joey es mit seiner Dummheit noch schlimmer gemacht hatte, doch eigentlich verspürte Lauren innerlich eine Art Genugtuung. Vielleicht hatten diese Mobster es einfach verdient, dass ein korrupter Cop ihnen Ärger machte. Dann fielen ihr die toten chinesischen Gangster wieder ein und sie schob den Gedanken schnell von sich. Es gab keine Fairness in dieser Sache.

»Und nun ratet mal«, fuhr Dominic mit überheblichem Grinsen fort. »Lazaro steckt da voll mit drin.«

Er sah zu Joey und bedeutete ihm mit einem Kopfnicken, weiter auf den Sachverhalt einzugehen.

Joey räusperte sich nervös. »Ja, also, wie es aussieht, ist Lazaro einer der Gründer der Fondsgesellschaft. Er zahlt sich selbst ein Geschäftsführergehalt aus.«

»Er veruntreut Fondsgelder?«, fragte Cyrus.

Joey wiegelte ab. »Na ja, oberflächlich sieht das alles sauber aus.«

»Aber er würde nicht von uns verlangen, hier Geld einzuzahlen, wenn es wirklich sauber *wäre*«, schloss Dominic.

Cyrus pustete deutlich hörbar Luft aus. Dann fragte er Dominic: »Was heißt das für uns?«

Dominics Augen leuchteten kurz auf, doch dann zuckte er mit den Schultern. »Ich habe nicht die Absicht, auf Lazaros Forderung einzugehen. Aber wir müssen seine Aktivitäten und die des Fonds im Auge behalten.«

Lauren vermutete, dass Joey weitere Informationen beschaffen sollte. Und ihr Bruder machte sich tatsächlich eine Notiz auf einem kleinen Zettel, den er vor sich liegen hatte, als wäre dies hier ein harmloses Meeting, nichts weiter.

Sie schüttelte ungläubig den Kopf, sagte aber nichts. Dominic, der ihr Kopfschütteln bemerkt hatte, bedachte sie mit einem abschätzenden Blick.

»Seid ihr fertig mit eurer Runde?«, fragte er und sah zwischen ihr und Cyrus hin und her.

Cyrus bejahte dies und fasste den Tag kurz zusammen. »Lauren hat sich gut eingefunden. Ich denke, sie kann das nächste Mal allein los.«

Na toll, dachte Lauren. Es gab nichts, was sie weniger gerne gemacht hätte.

»Gut«, sagte Dominic zufrieden, und sah ihr in die Augen. »Kann sein, dass ich dir demnächst ein paar kleine Aufträge mit auf die Arbeit gebe, Lola.«

»Was für Aufträge?« Lauren war alarmiert, denn dass er ihre Arbeit ansprach, gefiel ihr ganz und gar nicht.

»Du fährst doch für Karlovic Zeugs aus oder nicht?«

Lauren nickte knapp.

»Es geht nur um kleine Botengänge bei unseren Baustellen.«

Sie hatte also richtig vermutet, dass die Valentes bei einigen der Baustellen, die sie anfuhr, mitmischten. Sie wollte Dominic keine Zusage geben, ohne zu wissen, worum es konkret ging, deshalb sah sie ihn nur unverwandt an.

Er hielt ihren Blick einen Moment lang forschend, dann wandte er sich wieder an Cyrus. »Okay, dann reden wir jetzt über Fredos Lieferung.«

»Ein richtig fetter Deal, den Fredo da mit den Dominikanern eingegangen ist«, sagte Cyrus voller Begeisterung. »Es geht um die übliche Menge Coke und Pot, plus zwanzig zusätzliche Kilo für die Wall Street.«

»Das heißt, die Lieferung geht nach Lower Manhattan?«, fragte Dominic. Lauren bemerkte, dass er weniger angetan war.

Cyrus nickte. »Ausnahmsweise, ja. Und der Deal muss übernächsten Freitag über die Bühne gehen. An diesem Wochenende ist allerdings die Brücke wegen Bauarbeiten gesperrt.«

Dominic holte tief Luft und schien nachzudenken.

Lauren wusste nicht, worum es genau ging, doch anscheinend sollten sie Drogen für Dominics Onkel Fredo nach Lower Manhattan transportieren. Vielleicht hatten ein paar Wall Street-Fuzzis Bedarf an einer fetten Party.

»Wir prüfen gerade die Sicherheitsvorkehrungen am Holland Tunnel«, fuhr Cyrus fort und sah zu Joey.

Joey schreckte auf, als wäre er mit seinen Gedanken ganz woanders gewesen, und nickte eifrig. »Es gibt Kameras und Nummernschildscanner.«

Dominic nickte ein paarmal vor sich hin und klopfte schließlich mit der flachen Hand auf den Tisch. »Okay, wir lassen uns etwas einfallen. Halte dich zur Verfügung, Lola. Kann sein, dass wir dich für die Aktion brauchen.«

Lauren schnaubte. »Du hast gesagt, dass du mich aus Drogendeals raushältst.«

Sie erntete einen kalten Blick von Dominic, der deutlich machte, dass ihr Einsatz nicht zur Diskussion stand. Darauf wusste sie nicht, was sie sagen sollte.

Arschloch, dachte sie.

Dominic und Cyrus besprachen noch weitere Dinge, doch Lauren hörte kaum hin. In ihr wuchs das Verlangen, endlich aus diesem Loch rauszukommen, und sie war froh, als Joey sich erhob und zurück in den Raum mit den Computern ging. Sie folgte ihm.

»Dir macht das hier wirklich Spaß«, sagte sie leise zu ihm. Joey drehte sich zu ihr um und zog die Schultern hoch.

Ehe er etwas sagen konnte, stand Dominic neben ihnen.

»Lola, komm doch mal bitte kurz mit«, sagte er ruhig, aber bestimmend. »Wir zwei haben etwas zu besprechen.«

Er nahm ihren Arm, doch sie wand sich aus seinem Griff und funkelte ihn an.

Ungerührt zeigte er zur Treppe. »Nach dir, Sonnenschein.«

Er bedeutete Joey, sich wieder an die Arbeit zu machen, und schob Lauren vor sich her, die Treppe nach oben. In Mrs. Palermos Wohnzimmer packte er erneut ihren Arm und drehte sie zu sich.

Entschlossen schlug Lauren seine Hand zur Seite. »Was willst du?«

»Hey, sachte, Lola. Komm wieder runter.«

Lauren holte tief Luft und Dominic wich zurück. Dann lachte er. »Okay, ich hab's verstanden. Bitte tu meinen Eiern nichts.«

»Was willst du von mir?«, fragte sie erneut.

»Kannst du mir sagen, was das da unten sollte?« Dominics Blick huschte zur Kellertür. »Wieso widersprichst du mir vor den Jungs?«

Lauren begriff, dass es um den Drogentransport ging. So, er wollte also nicht, dass sie ihm vor Cyrus und den anderen Widerworte gab. Seine Art machte sie wütend.

»Ich hab' dir gesagt, dass ich nichts mit Drogen zu tun haben will!«, zischte sie.

Dominic breitete die Arme aus. »Das weiß ich. Und ich habe dir versprochen, dass du keine Drogen zu Gesicht bekommen wirst.«

Er sah sie einen Moment lang erwartungsvoll an, doch sie stand mit verschränkten Armen vor ihm und wartete ab.

»Hey, ich halte meine Versprechen. Immer. Okay? Du wirst keine Ware transportieren, sondern eher sowas wie ein Lockvogel sein.«

Lauren entspannte sich etwas. Konnte sie ihm vertrauen?

»Okay?«, fragte er erneut und sah ihr bittend in die Augen.

Sie erforschte sein Gesicht, suchte nach einem Anzeichen für Unsicherheit oder Hinterhältigkeit, fand aber nur eine Bitte darin. Schließlich zuckte sie mit den Schultern.

»Okay.«

Dominic atmete hörbar aus. Er wirkte tatsächlich erleichtert.

»Gut, dann hätten wir das geklärt.« Er grinste. »Aber das Beste kommt noch.«

Erneut sah Lauren ihn forschend an. Er zog die Brauen hoch und seine grünen Augen schienen zu leuchten.

»Es geht um eine siebenstellige Summe bei diesem Deal«, sagte er und sie konnte hören, wie er es genoss, davon zu erzählen. »Das heißt, wenn alles glatt läuft, bekommt Fredo ein fünfstelliges Honorar. Dein Anteil könnte bei mehreren tausend Dollar liegen, je nachdem, welche Aufgabe du übernimmst.«

Seine Worte verfehlten ihre Wirkung nicht. Lauren rechnete nach. Wenn es stimmte, was er sagte, dann würden sie Joeys Schulden vielleicht schneller zurückzahlen können als zunächst befürchtet. Das war zu schön, um wahr zu sein.

»Ich kann dir keine genaue Zahl nennen«, fuhr Dominic fort. »Nicht, solange wir nicht wissen, wie der Deal ablaufen wird.«

Aha, dachte Lauren, da ist also schon das Schlupfloch. Damit konnte sich Dominic im Zweifelsfall einfach herausreden.

Aber was für eine Wahl habe ich?

Sie schüttelte den Kopf, weil sie nicht glauben konnte, was sie hier tat, und wandte sich ab. Sie musste nach Hause zu Nick. Außerdem türmte sich in der Küche das Geschirr, da sie mal wieder nicht dazu gekommen war, die Spülmaschine auszuräumen. Sie sollte nicht hier sein und sich fragen müssen, ob sie bei einem Drogendeal mitmachte oder nicht. Und doch hörte sie sich sagen: »Okay, dann sag Bescheid, wenn ihr mich braucht.«

Dominic grinste. »Und ob ich das werde.«

Kapitel 9

Detective George Lazaro saß in dem unbequemen Stuhl vor Lieutenant Johnsons Schreibtisch und hatte eine vage Ahnung, weshalb ihn sein Boss zu sich ins Büro gerufen hatte. Er hatte ihm gegenüber bereits angedeutet, dass er mit seiner Arbeit nicht zufrieden war, und Lazaro hatte keinen guten Stand bei Johnson.

Der Lieutenant teilte nicht nur den Nachnamen mit dem Schauspieler Dwayne Johnson, sondern auch das Aussehen: ein Muskelprotz, der allein durch sein Erscheinen den bösen Jungs das Pipi in die Hosen trieb. Er musste so auftreten, damit die Gangs Respekt vor ihm hatten. Als Cop war er ehrgeizig und penibel. Auf der Straße nannten sie ihn wegen seines kometenhaften Aufstiegs bei der Polizei gehässig ›Oreo‹ – außen schwarz, innen weiß. Lazaro glaubte, dass sie ihn nur aufgrund seiner Hautfarbe so schnell befördert hatten. Nach ›*Black Lives Matter*‹ tat die Polizei gut daran, afro-amerikanische Cops in öffentlichkeitswirksame Positionen zu hieven.

Johnson schloss die Tür zu seinem Büro und kam zum Schreibtisch gelaufen. Mit grimmigem Gesichtsausdruck setzte er sich Lazaro gegenüber. »Danke, dass Sie sich Zeit für mich nehmen, Detective.«

Ich habe ja keine andere Wahl, dachte Lazaro, doch er legte ein Lächeln auf und sagte nichts.

Johnson räusperte sich.

»Ich habe Sie zu mir gebeten, weil es Unstimmigkeiten bei einem Ihrer Fälle gegeben hat.«

Lazaro hielt für einen Moment die Luft an.

Es musste um die Sache mit Shengs Gang und Dominic Valente gehen. Er fand, dass es klüger war, nichts zu erwidern.

»Und leider passiert das nicht zum ersten Mal«, fuhr Johnson fort. »Lazaro, Sie sind ein guter Ermittler. Aber Sie arbeiten schlampig.«

Nun horchte Lazaro auf. Johnsons Wortwahl überraschte ihn. »Schlampig, Sir?«

Der Lieutenant seufzte deutlich genervt. »Zum Job eines guten Detective gehört auch die sorgfältige Dokumentation der Fälle, an denen Sie arbeiten. Es kann nicht sein, dass ich zu einem Fall, für den sich der Commissioner interessiert, nur schlampige, unvollständige Aufzeichnungen finde.«

Lazaro wurde leicht nervös. »Der Commissioner? Für welchen Fall interessiert er sich?«

»Offiziell darf ich Ihnen das gar nicht sagen«, blaffte Johnson zurück. »Aber inoffiziell sage ich Ihnen, dass es um die Fehde der chinesischen Gangs geht. Lazaro, was haben Sie sich dabei gedacht?«

Es blieb ihm nichts anderes übrig, als den Unwissenden zu spielen, deshalb zog Lazaro die Schultern hoch und tat verwirrt. »Wieso? Sie haben doch selbst gesagt, dass die Sache klar ist.«

»Das mag ja sein. Sie müssen trotzdem sorgfältig arbeiten. Und Ihr Bericht ist unvollständig.«

Lazaro fragte sich, wieso der Commissioner sich ausgerechnet für diesen Fall interessierte. Ja, er hatte den Bericht fingiert. Natürlich. Aber der Fall war abgeschlossen. Auf der Wache waren alle froh, dass sich das Gang-Problem nicht ausgeweitet hatte. Niemand interessierte sich dafür, ob der Bericht komplett war oder nicht.

Normalerweise.

»Okay, was wollen Sie?«, fragte er seinen Boss. »Soll ich mich nochmal dransetzen, oder wie?«

Johnson schüttelte den Kopf. »Sie sind aus der Sache raus, Lazaro. Ich werde einen anderen Detective bitten, den Fall zu überprüfen.«

Lazaro schluckte heftig.

Sein Boss lehnte sich über den Schreibtisch und deutete mit seinem Kugelschreiber in Lazaros Richtung, als wäre er eine Lanze.

»Und ich schwöre Ihnen, wenn es hier Ungereimtheiten gibt,

dann wird die Sache neu aufgerollt. In meinem Zuständigkeitsbereich gibt es keine Schlamperei.«

Schon klar, dachte Lazaro. Du Mistkerl willst auch nur deinen eigenen Arsch schützen.

Also würde er dasselbe tun. Er musste nur rausfinden, welcher Detective sich der Sache annahm, und seinen Charme spielen lassen. Vielleicht würde er auch etwas Kohle dabei loswerden, denn schließlich war jeder käuflich. Zunächst aber musste er Sharkin mitteilen, dass er ihm für gewisse Zeit nicht zur Verfügung stehen würde. Zu blöd, denn das Geld könnte er verdammt gut gebrauchen. Tja, da konnte er jetzt nichts dran ändern.

Er nickte demütig und ließ sich von seinem Boss aus dem Büro komplementieren.

Kapitel 10

An dem Tag, an dem der Drogentransport stattfinden sollte, bestellte Dominic Lauren nachmittags in Mrs. Palermos Haus ein. Sein Onkel Fredo Valente war selbst nur ein Fuhrunternehmer in dieser Sache – die Drogen, die sie transportieren sollten, gehörten nicht ihm, sondern einer Gang von Dominikanern, die den Markt in Manhattan weitestgehend kontrollierten. Für gewöhnlich nahmen die Kuriere die George Washington Bridge, weil die Brücke weniger streng überwacht wurde. Außerdem konnten sie die Ware leichter in einem größeren Truck verstecken. Allerdings würde die Brücke an diesem Abend für Instandhaltungsmaßnahmen gesperrt werden, was die Fahrt durch den Tunnel notwendig machte. Durch den Holland Tunnel durften seit kurz nach den Anschlägen vom 11. September jedoch keine Trucks mehr fahren, weshalb die Lieferung auf drei Vans aufgeteilt werden musste. Joey hatte erfolgreich einen Weg gefunden, die Überwachungskameras im Holland Tunnel zu deaktivieren.

All das erfuhr Lauren in dem von Cyrus geleiteten Briefing, das im Besprechungsraum stattfand. Als sie gekommen war, war sie überrascht gewesen, dass drei weitere Personen anwesend waren, die sie nicht hatte zuordnen können. Dominic hatte sie schließlich als die Fahrer der Transporter und Fredos Männer vorgestellt. Nach und nach waren weitere Typen erschienen, allesamt herbestellt von Dominic, und hatten sich rund um den großen Tisch versammelt. Ihre Namen – sofern es ihre echten Namen waren – hatte Lauren bereits nach kurzer Zeit wieder vergessen. Sie schienen sich untereinander allerdings gut zu kennen, hatten wohl schon öfter für Dominic gearbeitet.

Cyrus hatte eine kleine Präsentation vorbereitet, die einen

Stadtplan von Jersey City zeigte, um allen die Lage möglichst gut zu erklären. Denn im Laufe des Tages hatte sich ein weiteres Problem aufgetan.

»Es sieht so aus: Wir wissen von einer Polizeikontrolle, die morgen Abend auf der 12th Street an der Zufahrt zum Holland Tunnel stattfinden soll. Offiziell heißt es, es sei eine routinemäßige Kontrolle. Wir vermuten allerdings, dass die Port Authority von der Sache Wind bekommen hat. Und die DEA hängt wohl auch mit drin.«

»Eine Verschiebung des Deals kommt allerdings nicht infrage«, sagte Dominic.

Bei den anderen herrschte allgemeines Schweigen. Lauren beobachtete sie. Diese Typen wirkten äußerlich wie große Kinder, doch sie konnte sehen, dass sie die Informationen ganz sachlich aufnahmen. Das war nichts weiter als ein Businessmeeting für sie, und die Tatsache, dass die Drug Enforcement Administration ihnen womöglich auf den Fersen war, schien sie nicht im Geringsten zu beeindrucken.

»Das ist ärgerlich, aber lösbar«, fuhr Cyrus fort. »Wir machen Folgendes.«

Er wandte sich der Projektion des Stadtplans zu und erklärte ihnen in aller Ruhe und detailliert die Route, die die Transporter nehmen sollten. Lauren folgte der Erklärung stirnrunzelnd. Die Route machte in ihren Augen wenig Sinn. Sie würden einen Großteil der Strecke in kleinen Seitenstraßen zurücklegen, teilweise parallel zueinander, nur je einen Häuserblog versetzt. Schön und gut, damit wurden sie vielleicht nicht sofort entdeckt, aber der Tunnel war das Nadelöhr, und hier gab es eine Mautstelle. Spätestens auf Höhe der Grove Street mussten die Transporter sich in die richtigen Fahrspuren einfädeln, denn eine andere Zufahrt gab es nicht. Deshalb würden sich die Cops auch genau hier postieren und auffällige Wagen per Funk an die Kollegen an der Mautstelle oder an der Ausfahrt auf der Manhattan-Seite durchgeben, damit diese sie dann überprüfen konnten. Also war der erste wichtige Schritt zum Erfolg, der Streife nicht aufzufallen.

Oder ihnen etwas Besseres zu tun zu geben.

»Das wird die Aufgabe unseres neuen Mädchens Lola«, sagte Dominic und zeigte auf Lauren.

Sie horchte auf und bemerkte, dass nun sie alle ansahen. »Was genau soll ich da machen?«

»Du wirst die Cops ein wenig beschäftigen«, erklärte Cyrus. »Wir geben dir einen sauberen, aber verdächtig aussehenden Wagen. Wenn du die Streife entdeckst, biegst du kurzentschlossen auf die Erie Street ab und erweckst somit den Eindruck, du würdest einer Kontrolle entgehen wollen. Die Cops fahren dir nach und bringen dich zum Anhalten. Genau in diesem Moment biegen die Transporter auf die Zufahrt zum Tunnel ein.«

Lauren nickte, um zu bestätigen, dass sie verstanden hatte, worum es ging. Insgeheim war sie erleichtert. Das klang jedenfalls nicht sehr kompliziert und sie musste keine Drogen transportieren. Dominic hatte also Wort gehalten, was das anging.

Cyrus erklärte weiter, dass sie mehrere Fahrzeuge direkt auf die Mautstelle beim Tunnel zufahren lassen würden. Dahinter stand eine einfache Wahrscheinlichkeitsrechnung: Sie hofften, dass eine der verdächtig aussehenden Karren rausgewinkt und gefilzt wurde, während die eigentlichen Transporter ohne Probleme durchkamen.

Zum Schluss verkündeten er und Dominic die Zeiten und Treffpunkte der einzelnen Teammitglieder. Sie selbst würden mit den tatsächlichen Kurierfahrern die Ware abholen und das Verladen überwachen. Die anderen Fahrer, die Lockvögel, einschließlich Lauren, würden sich kurz vor dreiundzwanzig Uhr auf dem Parkplatz eines Einkaufszentrums im Süden von Jersey City treffen.

»Gibt es noch Fragen?« Dominic sah in die Runde. Da sich niemand rührte, klatschte er in die Hände. »Dann geht jetzt nach Hause. Wir sehen uns heute Abend.«

Lauren war nicht ganz bei der Sache, als sie Nick beim Anziehen seines Schlafanzugs half. Sie war mit ihren Gedanken bei der bevorstehenden Aktion.

Natürlich hatte sie ihrem Vater nichts davon gesagt.

»Wo ist Joey?«, fragte Nick.

»Ach, der ist doch bei seinen Freunden, Pops«, erwiderte Lauren um einen lockeren Tonfall bemüht.

»W-Welche Freunde?«

»Erinnerst du dich an den Besuch von neulich? Dominic Valente und sein Kumpel Cyrus?«

Nick schlurfte zu seinem Bett und ließ sich mit einem Seufzen nieder. »Valente?«, fragte er.

Lauren nickte.

Ihr Vater runzelte die Stirn und schien angestrengt nachzudenken. »Der ... der Name s-sagt mir etwas ...«

Gespannt horchte Lauren auf.

»Ja, genau. Jetzt w-weiß ich wieder.« Nicks Gesichtszüge klärten sich. »Sein V-Vater ... Leo.«

»Nein, Leonardo ist Dominics Onkel, Pops.«

Nick wirkte nachdenklich und nickte schließlich. Doch sie erkannte, dass er einer Erinnerung nachhing und sein Gedächtnis nach Verknüpfungen absuchte. Lauren stellte es sich immer so vor, dass ihr Vater durch ein imaginäres großes Lagerhaus ging, auf der Suche nach einem bestimmten Gedanken oder einer Erinnerung. Manchmal dauerte die Suche nicht lange, doch immer öfter war sie vergebens. Dann trat ein leerer Ausdruck in sein Gesicht, als hätte er bei der Suche vergessen, wonach er suchte. Mit der Zeit würde es für ihn immer schwerer werden, sich zu erinnern, und irgendwann würde er sogar sie vergessen haben.

Lauren deckte ihn liebevoll zu. »Schlaf gut. Joey wird wahrscheinlich vor mir nach Hause kommen. Aber da schläfst du längst, nicht wahr?«

Sie hatte Nick erzählt, dass sie mit Ella ins Kino gehen würde.

Als sie sein Schlafzimmer verließ, fragte Lauren sich, ob sie ihn mal wieder zu schnell abgefertigt hatte. Manchmal überkam sie ein schlechtes Gewissen deswegen. Er hatte es verdient, dass sie sich mehr

Zeit für ihn nahm, doch oft war es ihr einfach nicht möglich. Nicht, weil sie keine Zeit gehabt hätte, sondern weil es kräftezehrend war. Neben den anderen alltäglichen Sorgen hatte sie oft nicht mehr die Substanz dazu.

Sie schlug die Zeit, die ihr noch blieb, mit Fernsehen tot, da sie es nicht über sich brachte, etwas Sinnvolles zu tun. Kurz nach zweiundzwanzig Uhr hörte sie ein Motorengeräusch von draußen und spähte vorsichtig zwischen den Gardinen hindurch. Ein Van parkte vor ihrem Haus. Dahinter war ein Kleinwagen zum Stehen gekommen. Der Fahrer des Vans stieg aus und ging lässig zum Briefkasten. Er legte einen Umschlag hinein, wandte sich um und stieg zu dem anderen Fahrer in den Kleinwagen. Nach einem knappen Hupzeichen fuhren sie davon. Vorsichtig öffnete Lauren die Haustür und ging zu dem Van hinüber.

Der Chevy Equinox stand da wie ein Geschenk. Obwohl es wahrscheinlich unnötig war, sah Lauren sich um, bevor sie den Umschlag mit dem Wagenschlüssel darin aus dem Briefkasten nahm. Die Straße war ruhig, niemand war unterwegs. Ihre direkten Nachbarn zu ihrer Rechten waren ein älteres Ehepaar, das mit Sicherheit schon schlief, und das Haus links von ihnen stand zurzeit leer.

Lauren ging wieder hinein, um sich fertig zu machen. Bevor sie sich auf den Weg machte, warf sie einen Blick in Nicks Schlafzimmer. Er schnarchte friedlich.

Also dann.

Sie trug roséfarbenen Lippenstift auf.

Showtime.

Mit verschränkten Armen lehnte Lauren am Kotflügel des Chevy und beobachtete die anderen. Sie standen im Halbkreis zusammen, rauchten und scherzten locker miteinander. Einer hatte sogar den Kofferraum seiner getunten Karre geöffnet und beschallte die Gruppe mit Musik aus der völlig übertriebenen Soundanlage. Es wirkte wie ein Zusammentreffen von jungen Menschen, die sich nur etwas die Zeit vertreiben wollten. Vielleicht waren sie im nahen Kino gewesen und wollten noch nicht nach Hause. Es wirkte jedenfalls so. Die Autos waren allesamt vorher noch in der ›Waschanlage‹ gewesen, einer kleinen Hinterhofwerkstatt in Passaic, die sich darauf spezialisiert hatte, Autos zu säubern – und zwar nicht mithilfe von Bürsten und Seifen. Die Autos, die heute Nacht zum Einsatz kamen, waren speziell präpariert worden und hatten falsche Nummernschilder erhalten. Alle Autos – bis auf Laurens Chevy. An diesem Auto war tatsächlich alles echt: Serienausstattung, ein aufgeräumter Innenraum, ein echtes Nummernschild. Der Wagen war zugelassen auf eine echte Person: Lourdes Lamaire.

Lauren sah auf die Uhr. Noch zehn Minuten.

An ihr selbst war überhaupt nichts echt. Angefangen bei ihren Klamotten. Dominic hatte ihr aufgetragen, das langweiligste Outfit anzuziehen, das sie besaß, denn sie sollte eine gewöhnliche Bürokraft darstellen, die nach Feierabend mit Kolleginnen etwas essen und ins Kino gegangen war. Lauren besaß einen dunkelgrauen Hosenanzug, den sie sich mal für ein Bewerbungsgespräch gekauft hatte. Davon trug sie nun die Hose und dazu eine unförmige, hellblaue Bluse, die eigentlich Betty gehörte und an ihr hing wie ein Sack. Eine schlichte schwarze Strickjacke und flache schwarze Schuhe rundeten das Bild ab. Sie hatte sich geschminkt – für ihre Verhältnisse geradezu zugekleistert –, doch es war dezent, also genau richtig. So stand sie hier und wartete darauf, dass es losging.

Es hatte sich kaum abgekühlt, seit die Sonne untergegangen war, und sie schwitzte ein wenig unter der Strickjacke. Sie war nicht sehr nervös, was wahrscheinlich daran lag, dass die Jungs sie behandelten, als wäre sie ein Teil des Teams, und als einer von ihnen einen flachen Witz machte, fiel sie in das Gelächter mit ein, als würde sie alle schon ewig kennen. Lauren kannte ihre Beweggründe, weshalb sie bei der Aktion mitmachten, nicht. Brauchten sie dringend Geld oder standen sie bei Dominic in der Schuld? Oder war es der Nervenkitzel? Manch einer hatte vielleicht noch nie etwas anderes gemacht. Entgegen ihren Vorurteilen verhielten sie sich nicht im Geringsten wie Kriminelle, ja nicht einmal respektlos.

Noch fünf Minuten.

Einer der Typen – sie glaubte, sich zu erinnern, dass sein Name Chad war – kam auf sie zu und bot ihr eine Zigarette an, die sie dankend annahm. Sie rauchte selten und nur zum Spaß. Ihr Geldbeutel gab eine Nikotinsucht nicht her.

»Alles klar?«

Lauren nickte. »Macht ihr öfter solche Aktionen?«

Chad deutete in Richtung der Gruppe. »Die beiden da in den Trainingsanzügen sind meine Kumpels Tiger und Carlo. Wir drei arbeiten als Fahrer.«

Er zog die Schultern hoch. »Wir halten uns schön von Waffen und Drogen fern. Wir fahren nur.«

»Verstehe«, entgegnete Lauren.

»Seit wann kennst du Dominic?« Lauren kam es so vor, als fragte Chad aus Verlegenheit, weil er sonst nicht wusste, was er mit ihr reden sollte. Sie dachte kurz nach.

Soll ich ehrlich sein?

Sie entschied sich für eine vage Antwort. »Eine Weile.«

Chad nickte und ihm war anzusehen, dass es ihm völlig egal war. »Cool. Wir treffen uns später übrigens im Paradise Club in der 3rd Street. Wenn der Job erledigt ist. Komm doch auch.«

Lauren mühte sich ein Lächeln ab. Der Gedanke, dass sie in wenigen Stunden schon wieder aufstehen und zur Arbeit musste, machte nicht gerade Lust auf eine Party. Doch sie sagte: »Klar ... Ich meine, ich überleg's mir.«

Chad lächelte zufrieden und wollte etwas sagen, als sein Handy klingelte. Er hob wedelnd die Hand und wandte sich an die Gruppe. »Ruhe, Leute! Das ist Cyrus.«

Er ging ran, das Telefonat dauerte nicht mal zwei Sekunden und er steckte sein Handy zurück in die Tasche seines Kapuzenpullis.

»Okay, los gehts.«

Die Gruppe kam in Bewegung. Von einer Sekunde zur anderen war das Chillen zu Ende und alle stiegen in ihre Fahrzeuge. Lauren war einen Moment lang verwundert darüber und stieg als Letzte ein. Die Reihenfolge, in der die anderen abfuhren, schien zufällig, doch es war alles durchorganisiert. So war es auch kein Zufall, dass Chad wartete und ihr kurz die Lichthupe gab, um ihr zu zeigen, dass sie losfahren sollte. Sie verließ den Parkplatz. Von nun an war sie auf sich allein gestellt und ein Rädchen in der ausgefeilten Maschinerie dieser Aktion. Sie schaltete das Navigationsgerät ein, wie Dominic es ihr erklärt hatte.

Es war immer noch dichter Verkehr in Jersey City, obwohl es schon nach dreiundzwanzig Uhr war. Lauren hatte den Tempomat eingeschaltet und fuhr auf der I-78 nach Norden. Von der Hochstraße aus konnte sie rechts von sich die Lichter von Lower Manhattan sehen. Sie war immer noch nicht nervös, allenfalls etwas gespannt darauf, was passieren würde. Wenn das mit den Cops nicht funktionierte, würde sie eben einfach weiterfahren, kurz vor der Mautstelle rechts abbiegen und zusehen, dass sie nach Hause kam. Es würde funktionieren oder eben nicht. Doch sie stellte fest, dass es ihr nicht völlig egal war. Sie wollte, dass die Aktion erfolgreich verlief. Sie wollte es, weil sie Dominic und Cyrus beweisen wollte, dass sie in der Lage war, es durchzuziehen. Sie wollte es, weil sie Teil des Teams war.

Die Fahrspuren der Interstate teilten sich und sie hielt sich rechts. Beschilderungen wiesen auf eine Baustelle hin. Dort wo die 139 und die Interstate aufeinandertrafen und die Fahrbahn auf insgesamt sechs Spuren verbreiterten, fädelte Lauren sich auf der dritten Spur von links ein und hielt an einer roten Ampel. Hier waren weniger Autos unterwegs. Um diese Zeit wollte kaum einer nach Manhattan, im Gegensatz zur Rush Hour jeden Morgen. Irgendwo vor oder hinter ihr waren die anderen Lockvögel, doch sie hatte keine Ahnung, wo genau sie waren. Weiter vorne konnte sie sehen, dass die beiden linken Spuren wegen Bauarbeiten gesperrt waren. Folglich war sie auf ihrer Spur genau richtig, um in den Tunnel zu fahren.

Doch das hatte sie ja gar nicht vor.

Ein Block weiter vorne, an der nächsten Ampel, parkte ein Streifenwagen auf der Höhe einer Tankstelle.

Da seid ihr ja, dachte sie.

Nun kam es darauf an, dass die Cops sie auch bemerkten. Sie ließ den Motor aufheulen und spielte scheinbar nervös am Gas. In dem Moment, in dem die Ampel auf Grün wechselte, gab sie Vollgas und zog quer über die Fahrspuren ganz nach links. Die Reifen quietschten leicht, als sie in die Seitenstraße abbog.

Nicht einmal eine Minute war vergangen, da sah sie Blaulicht im Rückspiegel und fuhr rechts ran.

Sie blieb ruhig und stellte den Motor ab. Sie hatte nichts verbrochen – außer vielleicht einen nicht ganz vorschriftsmäßigen Spurwechsel – und sie wusste, wie sie mit Cops umzugehen hatte. Aus dem Streifenwagen, der hinter ihr zum Stehen gekommen war, waren zwei Officer ausgestiegen und näherten sich nun langsam von hinten – je einer an der Fahrer- und der Beifahrerseite.

Sie ließ das Fahrerfenster herunter. »Guten Abend, Officer.«

»Guten Abend, Ma'am.«

Der Polizist leuchtete mit einer Taschenlampe herein, streifte kurz ihr Gesicht und kontrollierte dann ihre Hände und den Fußraum.

»Führerschein und Fahrzeugpapiere bitte. Darf ich Sie fragen, warum sie eben gerade so plötzlich nach links gezogen sind?«

Lauren seufzte schuldbewusst und griff nach ihrer Tasche, die auf dem Beifahrersitz lag. Sie registrierte, dass der andere Cop mit seiner Taschenlampe durch das Fenster leuchtete und ihre Bewegungen beobachtete.

»Tut mir leid. Mein Navi hat mich hier langgeschickt. Eigentlich wollte ich auf die 139 rüber nach Newark.«

Sie deutete auf das Display in der Mitte des Armaturenbretts, auf dem die Route angezeigt wurde. Dann reichte sie dem Officer die Papiere.

Etwas heikel würde es wegen Lourdes Lamaires Führerscheinfoto werden. Lauren sah ihr ähnlich, doch bei genauem Hinsehen würde man womöglich erkennen, dass sie nicht Lourdes war.

»Für uns sah das gerade so aus, als wollten Sie vor uns abhauen«, sagte der Cop. Er wirkte regelrecht grimmig, als er das Mikro seines Funkgeräts von der Halterung an der Schulter hakte. »Ich benötige eine Zulassungsüberprüfung«, sagte er, als die Leitstelle sich meldete.

Lauren beobachtete im Rückspiegel, wie er hinter den Wagen trat und das Kennzeichen durchgab. Dann kam er wieder an das Fahrerfenster gelaufen. »Also, wie war das nun? Sie wollen nicht nach Manhattan fahren?«

Lauren schüttelte den Kopf. »Nein, ich wohne in Newark. Ich war mit meinen Kolleginnen im Kino und will nur noch nach Hause. Das Navi hat mir gesagt, ich soll geradeausfahren. Aber eben habe ich bemerkt, dass ich dann in den Tunnel fahre. Weiter vorne komme ich ja nicht mehr nach links.«

Der Officer nickte. »Das ist richtig. Vielleicht haben Sie die Route falsch programmiert.«

Der Plan ging auf. Wie die meisten Männer ging dieser hier einfach davon aus, dass sie als Frau weder das Navi richtig bedienen konnte noch einen funktionierenden Orientierungssinn hatte.

»Das wird das Problem sein«, sagte sie. »Und dabei kenne ich mich hier eigentlich gut genug aus und bräuchte das Navi gar nicht.«

Das Funkgerät des Cops meldete sich knisternd und er nahm den Ruf entgegen. Dann reichte er Lauren die Papiere und den Führerschein zurück.

»Ms. Lamaire, es ist alles in Ordnung, wie es scheint.« Es klang leicht enttäuscht, ja sogar frustriert. Lauren konnte nachvollziehen, dass er angefressen war. Er hatte auf einen großen Fang gehofft und hatte nun nichts in der Hand. Er sprach kurz mit seinem Kollegen an der Beifahrerseite. Lauren glaubte zu hören, dass sie berieten, ob sie ihre Position wieder einnehmen sollten.

Lasst euch Zeit, dachte sie. Umso mehr Zeit haben die Transporter, hoffentlich unbemerkt durch den Tunnel zu fahren.

Der Officer wandte sich wieder an Lauren. »Entschuldigen Sie, dass wir Sie aufgehalten haben, Ma'am. Aber etwas seltsam war ihr Fahrmanöver schon, müssen Sie zugeben.« Sein Blick sagte: *Mach so etwas nicht nochmal, klar?*

Wieder lächelte sie schuldbewusst. »Ich weiß. Tut mir leid.«

»Dann kommen Sie gut nach Hause, Ma'am.«

Er klopfte zweimal auf das Dach des Wagens und ließ Lauren weiterfahren. Sobald sie auf die 139 nach Westen eingebogen war, atmete sie laut aus. Jetzt erst stellte sie fest, dass sie wohl doch angespannter gewesen war, als sie sich selbst hatte eingestehen wollen. Nun war sie erleichtert. Mehr als das: Sie war regelrecht aufgekratzt. Sie hatte ihre Aufgabe erledigt und damit die Aktion bestmöglich unterstützt. Wenn es jetzt schieflief, dann lag es nicht an ihr. Es gab ihr ein zutiefst befriedigendes Gefühl, vor allem auch deshalb, weil sie selbst quasi sauber geblieben war bei der ganzen Sache. Sie hatte eine falsche Identität angenommen, aber nichts an den Papieren war gefälscht. Wer auch immer die echte Lourdes Lamaire war, sie würde ebenso wenig Probleme bekommen, denn ihr Wagen war sauber und die Cops hatten von einer offiziellen Verwarnung wegen des irregulären Spurwechsels abgesehen.

Lauren bekam eine Gänsehaut. So einfach war es. Sie hatte soeben einen großen Drogendeal unterstützt, ja eigentlich überhaupt erst möglich gemacht. Und sie kam damit davon. Einfach so.

Wer hätte das gedacht? Und wer hätte gedacht, dass es ihr tatsächlich gefallen würde? Denn es war die Wahrheit: Zunächst, so schien es, war sie nur erleichtert gewesen, dass dieser Job nicht gefährlich war. Doch nun freute sie sich sogar, dass es gut gelaufen war. Ihr war bewusst, dass die gesamte Aktion dazu diente, Drogen nach Manhattan zu bringen. Drogen, die verantwortlich waren für Gewalt und noch mehr Kriminalität. Drogen, die Familien, ganze Leben, zerstörten. Und sie war nun ein Teil dieses teuflischen Spiels. Trotzdem fühlte sie kaum belastende Schuld, was wahrscheinlich daran lag, dass sie die Drogen gar nicht zu Gesicht bekommen hatte.

Ja, nicht einmal die Transporter hatte sie gesehen. Tief in ihrem Innern war sie sich bewusst, dass sie das Unangenehme verdrängte. Aber zur Hölle damit. Ändern konnte sie es jetzt auch nicht mehr. Es wurde Zeit, dass sie die Soundanlage des Equinox mal austestete, beschloss sie, drehte die Lautstärke hoch und genoss die kühle Nachtluft, die ihre Haare umspielte.

Am liebsten hätte sie jetzt Ella angerufen und ihr berichtet, was passiert war. Das war natürlich ein ziemlich dummer Gedanke, denn sie würde das absolut niemandem erzählen können. Und auf einmal wurde das Bedürfnis, über das Erlebte zu reden, beinahe übermächtig. Sie wollte ihr Gefühl der Euphorie teilen, und natürlich wollte sie auch wissen, ob der Transport erfolgreich verlaufen war. Im Navi suchte sie nach der 3rd Street in Passaic und machte sich auf den Weg zum Paradise Nachtclub.

Eine halbe Stunde später parkte sie den Chevy vor dem Club. Es wäre das Beste, jetzt nach Hause zu fahren und zu schlafen, fand ein Teil ihres Selbst, doch eine Stimme in ihr sagte ihr, dass es womöglich wichtig war, sich bei den anderen zu zeigen. Also beschloss sie, hineinzugehen.

Überraschenderweise wollte der Türsteher sie nicht reinlassen. »Geschlossene Gesellschaft«, sagte er, doch Cyrus, der im Eingangsbereich herumlungerte, erspähte sie und wies ihn an, Lauren durchzulassen.

»Schön, dass du gekommen bist, Lauren.«

»Wie ist es gelaufen?«, fragte sie direkt heraus und konnte es insgeheim kaum erwarten.

Cyrus legte ihr einen Arm um die Schulter und schob sie weiter. »Nicht hier. Komm mit.«

Er führte sie in den großen Club, in dem fast nichts los war. Ein paar Leute standen herum und Tänzerinnen waren auf kleinen Tischen und an Stangen im Raum verteilt.

Lauren erkannte Tiger – einen von Chads Jungs – auf der

Tanzfläche mit einem leichtbekleideten Mädchen. Doch von den anderen war nichts zu sehen.

Cyrus führte Lauren in einen kleineren Nebenraum. Hier vergnügten sich zwei weitere Lockvögel mit Tänzerinnen und Kokain, und in einer Sitzecke saß Dominic mit einem Drink in der einen und seinem Handy in der anderen Hand. Als Lauren sich zu ihm setzte, sah er kurz auf und nickte.

»Mach's dir bequem«, sagte Cyrus. »Ich hole dir was zu trinken.«

»Wie ist es gelaufen?«, fragte Lauren, als er gegangen war.

Dominic schien sie nicht zu beachten. Er tippte schnell auf dem Telefon, trank aus seinem Glas und stellte es mit einem Klirren auf dem Tisch vor sich ab. Dann erst steckte er das Handy weg.

»Sie sind auf dem Weg zurück«, sagte er. »Es ist alles glatt gelaufen. Nur Chad wurde auf der Manhattan-Seite des Tunnels erwischt.«

Als Lauren ihn fragend ansah, fügte er hinzu: »Der Idiot hatte Amphetamine bei sich im Auto.«

So viel zum Thema, sie halten sich von Drogen fern und fahren nur, dachte Lauren und schnaubte.

»Wir kümmern uns darum«, sagte Dominic und winkte ab.

Cyrus stellte Laurens Drink vor ihr auf den Tisch, doch sie rührte ihn nicht an. Stattdessen taxierte sie Dominic und fragte sich, was er damit meinte. Sie kümmern sich darum?

Er bemerkte offenbar ihren forschenden Blick und wandte sich an Cyrus: »Chad hat's erwischt.«

Cyrus nahm diese Worte wohl als Aufforderung, drehte sich augenblicklich um und ging davon.

Lauren sah ihm nach und dann wieder zu Dominic, der sie nun seinerseits mit aufmerksamem Blick musterte.

»Was passiert mit Chad?«, wollte sie wissen.

»Hast du dich mit ihm angefreundet?«, fragte Dominic zurück und grinste anzüglich.

Laurens Augen verengten sich zu schmalen Schlitzen. »Was heißt das: ›Ihr kümmert euch darum‹?«

Wieder winkte Dominic ab. »Das braucht dich nicht zu interessieren.«

Er nahm seinen Drink und prostete ihr zu. »Dir muss ich danken«, sagte er anerkennend. »Das war gute Arbeit.«

Da sie ihr Glas immer noch nicht angerührt hatte, sah er sie auffordernd an, doch Lauren tat ihm den Gefallen nicht. Sie würde ganz bestimmt nicht mit ihm anstoßen und feiern, was sie getan hatten.

Dominics Gesicht verschloss sich und er nahm einen Schluck von seinem Drink, ohne sie dabei aus den Augen zu lassen. Schließlich lehnte er sich lässig zurück und grinste.

»Morgen schon könnte ein Großteil deiner Schulden getilgt sein. Möchtest du das nicht feiern?«

Einen Moment lang hielt Lauren seinen Blick. Dann nahm sie ihren Drink und erhob sich.

»Nicht mit dir.« Sie wandte sich um und ging Richtung Bar davon.

Kapitel 11

»Pops, bitte iss deine Nudeln.« Lauren hielt ihrem Vater Nick die Gabel hin.

Heute war einer der schlechteren Tage, einer der Tage, an denen er ihr vorkam wie ein kleines Kind. Ihr Blick glitt über den Tisch zu Betty, in deren Blick Verständnis und Bedauern lag.

Nick nahm Lauren mit zitternder Hand die Gabel mit den aufgedrehten Spaghetti ab und legte sie lustlos auf seinem Teller ab.

»Ich ... h-habe k-keinen ... Hunger.«

Lauren seufzte resigniert. »Von mir aus.«

Sie registrierte, dass Ella, die an diesem Sonntagmittag ebenfalls zu Besuch war, die Situation unangenehm war. Lauren hatte ihr erzählt, wie es um Nick bestellt war, doch es selbst mitzuerleben, war etwas anderes.

Ella schien zu überlegen und plötzlich hellte sich ihre Miene auf. »Hey, wie wäre es denn, wenn ich meinen Dad mal frage, ob wir alle zusammen Angeln gehen?«

Ein Leuchten erschien in Nicks Augen und er lächelte. »Das ... w-wäre ... t-toll.«

Lauren warf Ella einen dankbaren Blick zu.

Das war wirklich eine gute Idee, denn Nick war immer schon ein passionierter Angler gewesen, genau wie Ellas Vater. Es würde ihm sicher guttun, mal wieder rauszukommen.

Wie so oft hat Ella den Tag gerettet, dachte Lauren.

Nach dem Essen ging Ella ihr beim Einräumen der Spülmaschine zur Hand, und Betty ging mit Nick noch eine Runde spazieren. Joey hatte sich in sein Zimmer verkrümelt.

»Tut mir leid, das mit deinem Dad«, sagte Ella.

»Ich meine, er … er war immer so aktiv.«

Lauren nickte seufzend. »Wir müssen einen Platz in einem Pflegeheim finden, bevor es wirklich schwierig wird. Ich will nicht von Alzheimer sprechen, aber er vergisst immer mehr.«

»Was sagt er dazu, dass er in ein Heim gehen soll?«, fragte Ella. Sie klang aufrichtig besorgt.

»An besseren Tagen sagt er selbst, dass es das Beste wäre und recherchiert im Internet nach guten Häusern. Er braucht Betreuung, aber er ist noch nicht völlig hinüber. Weißt du, was ich meine?«

Ella nickte.

»Aber genau das macht es so schwer, etwas Passendes und Bezahlbares zu finden«, schloss Lauren.

»Das wird schon«, sagte Ella mit ihrem typischen, unschlagbaren Optimismus. »Ich sage nicht, dass es leicht wird, aber ihr schafft das. Und der Angelausflug mit meinem Dad bringt ihn mal raus aus seinem Trott.«

Lauren war wie immer weniger optimistisch. Trotzdem taten ihr Ellas Worte gut. Und es stimmte: Sie würden es irgendwie hinkriegen. Irgendeine Möglichkeit tat sich immer auf und manchmal musste man eben improvisieren. Lauren kannte es im Grunde nicht anders.

Ein Klingeln an der Tür ließ sie die Stirn runzeln. Wer kam denn sonntags um diese Zeit vorbei?

»Ich mach auf«, verkündete Ella, da Lauren die Hände voll hatte, und eilte zur Haustür. »Und wenn es jemand ist, der nur was verkaufen will – ich bin gut im Abwimmeln von … Oh! Hallo, schöner Mann.«

Lauren kam hinter Ella her, sah ihr freudig überraschtes Gesicht und hörte ein bekanntes Lachen, bevor sie sehen konnte, wer an der Haustür war.

»Was für eine charmante Begrüßung«, säuselte Dominic.

Er hatte einen großen, braunen Umschlag in der Hand. »Ich wollte eigentlich zu Joey, aber vielleicht überlege ich es mir gerade anders.«

Leicht entsetzt sah Lauren, wie Dominic galant mit ihrer besten Freundin flirtete.

»Joey ist oben.« Sie schob Ella sanft zur Seite und sah Dominic auffordernd an.

Er hielt den Umschlag hoch.

»Ich habe Comics für ihn.« Seine grünen Augen fixierten sie. »Die, über die wir am Freitag gesprochen haben.«

Lauren verstand die Andeutung. Sie rief nach ihrem Bruder.

In dem Umschlag befand sich mit ziemlicher Sicherheit ein Auftrag für Joey, Informationen oder vielleicht sogar ein Teil des Geldes, das sie mit ihrer Mitwirkung an dem Drogentransport verdient hatten.

Obwohl sie das Geld natürlich direkt wieder an Dominic abtreten mussten, wollte sie wissen, wie viel ihnen der Job eingebracht hatte. »Um wie viele Comics geht es insgesamt?«

Dominic wog den Umschlag ein seiner Hand. »Vier. Aber die sind nur geliehen.«

Viertausend Dollar für ihren Einsatz bei dem Deal! Es war unglaublich, wie leicht sie dieses Geld verdient hatten.

Joey erschien, bat Dominic herein und die beiden verschwanden nach oben.

»Ein Freund von Joey?« Ella sah ihnen nach.

Mit einem lauten Seufzen schloss Lauren die Haustür. »Das«, sagte sie, »ist Dom Valente. Einer von Joeys neuen Mafia-Freunden.«

Ella wirkte enttäuscht. »Jammerschade. Wäre er nicht ein Mobster, hätte ich dir geraten, ihn zu vernaschen.« Auch sie seufzte, doch sofort darauf lachte sie.

Lauren traute ihren Ohren nicht und forschte in Ellas Gesicht nach Ironie.

Ella winkte ab, doch in ihren Augen konnte Lauren erkennen, dass hinter dem lockeren Spruch eine ernste Wahrheit lag.

»Du weißt schon«, sagte Ella versöhnlich. »Nur zum Spaß natürlich. Ich meine, es würde dir vielleicht guttun.«

»Du hast Glück, dass du meine beste Freundin bist«, entgegnete Lauren.

Zur Entschuldigung hob Ella die Schultern. Sie wusste: Jeden anderen hätte Lauren nach so einer Aussage entsprechend rundgemacht. Nur Ella durfte so direkt zu ihr sein. Mit ihrer Bemerkung sprach sie aus, was Laurens Unterbewusstsein ihr schon länger sagte: Es wurde Zeit, dass sie Danny endgültig losließ und nach vorne schaute. Ein bisschen flirten, vielleicht etwas unverbindlichen Sex haben, einfach mal wieder spüren, wie es sich anfühlte, von jemandem begehrt zu werden. Doch Dominic Valente war natürlich keine Option, wenngleich er äußerlich durchaus attraktiv war. Wenn man auf so etwas stand. Mit einem Kopfschütteln verdrängte sie diesen Gedanken.

* * *

Mit einem entnervten Seufzen drehte sich Vadim Sharkin mit seinem Schreibtischstuhl um und faltete die Hände auf dem Tisch. Es gab Tage, an denen er spürte, dass das Schicksal einem früher oder später in den Arsch treten würde. So ein Tag war heute. Und es war nur einer von vielen in letzter Zeit. Er mochte hier in einem teuren Penthouse-Büro sitzen, in einer der besten Lagen diesseits des Hudson, doch er hatte sich verspekuliert. Er war zu gierig gewesen und seine Freunde in Russland hatten bereits deutlich gemacht, dass sie dem Ganzen nur noch begrenzte Zeit zusehen würden, bis sie ihn fallen ließen. Noch wusste kaum jemand, wie es um ihn bestellt war, doch einige seiner Feinde hatten Lunte gerochen. Zum Beispiel der junge Valente. Nun saß Lazaro vor seinem Schreibtisch und machte einen Rückzieher.

»Ich habe keine Ahnung, wie es dazu kommen konnte«, verteidigte sich der Detective. »Wieso der Commissioner sich ausgerechnet für Shengs Gang interessiert. Wahrscheinlich hat irgendeiner von weiter oben, die Bürgermeisterin vielleicht, die Bandenkriminalität als Problem Nummer Eins ausgerufen. Was weiß ich!«

Sharkin beobachtete ihn desinteressiert. Dieser Cop war für ihn nun nicht mehr zu gebrauchen. Bei dem ersten Anzeichen von Problemen zog er den Schwanz ein. Aber gut. Es war nicht so, dass Sharkin das nicht vorher geahnt hätte. Er hatte Lazaro vor allem wegen Shengs Gang, beziehungsweise für die Beseitigung dieser Gang, gebraucht. Und er hatte die Sache eigentlich dazu nutzen sollen, um Dominic Valente in die Schranken zu weisen, doch wenn das nicht funktionierte, dann musste Sharkin sich eben selbst darum kümmern.

Er brauchte nur diesen einen großen Deal, in den er Monate investiert hatte. Er war den Chinesen um den Bart gegangen wie ein Bittsteller und nun waren sie endlich darauf eingegangen. Dieser Deal würde ihn sanieren und seine Macht wiederherstellen. Und mehr noch: Er würde sich vor seine Vorgesetzten zu Hause stellen und ihnen klarmachen, dass sie ihn nicht noch einmal unterschätzen sollten.

Er wandte sich an seine hübsche Assistentin. »Bring mir Maxim hierher.«

Lazaro schluckte schwer.

Als Sharkin weiterhin nichts zu ihm sagte, erhob er sich langsam. »Ich glaube, es ist besser, wenn ich jetzt gehe. Ich nehme an, Sie haben Wichtiges zu besprechen.«

»Setzen Sie sich«, befahl Sharkin mit einer gefährlich leisen Stimme. »Da die interne Ermittlung gegen Sie meinen Plan durchkreuzt, möchte ich, dass Sie mitkriegen, wie wir dieses Problem lösen werden.«

Lazaros rechtes Augenlid zuckte, als er Sharkin halb entsetzt, halb lauernd ansah.

»Sie mögen es ja als Kleinkram bezeichnen, doch Valentes Aktionen gegen mich sind ein Problem.«

Lazaro wusste nicht, was auf dem Spiel stand. Sharkin konnte sich keine Störungen bei dem bevorstehenden Deal leisten. Also musste er Dominic Valente aus dem Weg haben.

Er hatte ein paar Männer fürs Grobe, doch für Valente brauchte er seine besten. Er konnte nicht einfach ein paar Schläger oder Killer losschicken, denn noch bevor Dominics Leichnam erkaltet wäre, hätte er Leonardo Valentes Soldaten am Hals. Sharkin machte sich keine Illusionen. Er hatte gute und loyale Männer. Leonardo Valente jedoch hatte Brüder und jeder von ihnen war ein eigener Boss mit einer eigenen Kleinarmee. Es ging also darum, den Neffen des Grünen Löwen subtiler auszuschalten.

Sharkins loyalster Mitarbeiter, sein fähigster Soldat und langjähriger Freund, seit sie in Russland zusammen im Gefängnis gesessen hatten, Maxim Alexejew, erschien im Büro. Er war drei Jahre jünger als Sharkin und hatte ein Gesicht so jugendlich wie das eines Engels. Er kleidete sich stets nach der neuesten Mode und wirkte damit äußerlich wie ein hübscher, harmloser Junge.

Tatsächlich hatte Maxim weit mehr Morde zu verantworten als Sharkin selbst. Maxim zögerte nicht, er fragte nicht. Er schien einzig und allein dafür zu leben, zu tun, was Sharkin ihm befahl, aus Dankbarkeit dafür, dass er ihn im Gefängnis vor den anderen Häftlingen beschützt hatte. Gleichzeitig war Maxim der Einzige, der sich Sharkin gegenüber kritisch äußern durfte.

»Warum siehst du so fertig aus, Bruder?«, begrüßte er Sharkin, ohne Lazaro zu beachten.

Er kam mit lässigem Schritt angeschlendert und blieb vor dem Schreibtisch stehen, die Hände hinter dem Rücken gekreuzt.

»Detective Lazaro wird uns keine Hilfe mehr sein«, antwortete Sharkin mit einem düsteren Blick auf Lazaro, dem sichtlich unwohl war.

»Er hat Ärger auf dem Revier und muss eine Zeit lang den braven Bullen spielen.«

»Pussy«, kommentierte Maxim abfällig und sah auf Lazaro herab.

Der Detective schien sich nicht entscheiden zu können, ob er seine Ehre verteidigen oder lieber weiter die Klappe halten sollte.

Ungerührt fuhr Sharkin fort: »Dom Valente darf uns bei dem

Deal mit den Chinesen nicht in die Quere kommen. Ich möchte, dass du dich mit ihm triffst.«

Maxim zog überrascht die Brauen hoch. »Du meinst, er würde sich darauf einlassen?«

»Mach ihm deutlich, dass es nur darum geht, zu reden. Wähle einen neutralen Treffpunkt. Keine Spielchen. Er soll allein kommen.«

Maxim ließ seinen Blick aus dem Fenster schweifen und dachte nach. Schließlich sagte er: »Gut. Wenn du es so willst. Was darf ich ihm anbieten, damit er sich raushält?«

Sein Tonfall und sein selbstgerechtes Grinsen machten deutlich, dass er diese Option für schwachsinnig hielt. Er schien sicher, dass Dominic Valente sich nicht kaufen lassen würde.

Sharkin ignorierte sein Verhalten. »Das erfährst du von mir, sobald das Treffen klargeht.«

»Das können Sie vergessen,« warf Lazaro von der Seite ein. »Eher friert die Hölle zu, als dass Dom Valente sich ködern lässt. Glauben Sie mir. Ich habe mit ihm geredet. Hinter diesen scheiß grünen Augen versteckt sich ein eiskalter Typ, der sich seiner Sache absolut sicher ist.«

Sharkin lehnte sich in seinem Schreibtischstuhl zurück und bedachte Lazaro mit einem vernichtenden Blick. Sollte er diesen Wichser nicht einfach töten?, fragte er sich. Schließlich seufzte er. »Ihr Einwand ist zur Kenntnis genommen.«

Dann wandte er sich an seinen besten Mann. »Du krümmst ihm kein Haar, Maxim. Hast du das verstanden?«

»Ja, Bruder. Natürlich. Aber was, wenn er sich wirklich nicht ködern lässt?«

Sharkins Blick huschte zu Lazaro und zurück zu Maxim. »Dann bringst du ihn zu mir. *Unversehrt.*«

Kapitel 12

»Was zur Hölle ist so wichtig?«, fragte Lauren, als sie den unterirdischen Besprechungsraum in Mrs. Palermos Haus betrat.

Dominic hatte sie tatsächlich auf der Arbeit aufgesucht, ihr einen Umschlag für den Vorarbeiter Luke mitgegeben – natürlich mischte der Valente-Clan bei der Großbaustelle mit – und gesagt, dass sie unbedingt direkt im Anschluss ins Haus kommen musste. Angeblich gab es etwas Wichtiges zu besprechen. Entgeistert stellte sie nun fest, dass er gar nicht da war, sondern nur Cyrus sie erwartete.

»Wo ist Dom?«

»Setz dich«, sagte Cyrus gelassen. »Dom wird gleich hier sein.«

»So läuft das nicht. Ich muss arbeiten. Ich habe noch Kunden zu beliefern. Mein Boss macht mir die Hölle heiß.«

Cyrus hob die Hände. »Alles cool. Dom hätte dich nicht so kurzfristig hierhergebeten, wenn es nicht wirklich wichtig wäre.«

Lauren schnaubte und wischte sich mit dem Handrücken den Schweiß von der Stirn. Die Luft hier unten in dem Keller war angenehm kühl, doch draußen war es so heiß wie in einem Backofen.

Wahrscheinlich haben diese Umwelt-Typen doch recht mit dem Klimawandel, dachte sie.

Dass Dominic sie warten ließ, ärgerte sie ungemein, denn sie hatte wirklich Besseres zu tun.

»Mal ehrlich, Cyrus. Wo bleibt er denn? Muss er sich noch die Sackhaare rasieren oder sowas?«

»Das mach ich doch nicht selbst«, hörte sie Dominic hinter sich sagen.

Mit einem breiten Grinsen betrat er den Besprechungsraum. »Das macht die kleine Thailänderin, die mich immer massiert.«

Lauren zweifelte nicht daran, dass er nur dummes Zeug laberte, und sah ihn abwartend an.

Er war vor ihr stehen geblieben und musterte sie interessiert von oben bis unten. Als er am Morgen bei Karlovic aufgetaucht war, hatte sie ihren Arbeitsoverall vorschriftsmäßig getragen. Doch nun hatte sie mal wieder das Oberteil heruntergeschält.

»Arbeiten bei Karlovic noch mehr so heiße Frauen?«, fragte er unverblümt.

Lauren schenkte ihm ein falsches Lächeln. »Nein, ich bin die Einzige. Einzigartig, sozusagen.«

»Das bist du mit Sicherheit.« Dominic zog bedeutungsvoll die Brauen hoch, ging an ihr vorbei und nahm am Besprechungstisch Platz. »Hast du Luke den Umschlag gegeben?«

Lauren nickte nur und setzte sich ebenfalls. Ein Blick auf die Uhr zeigte ihr, dass sie sich beeilen musste, wenn sie keinen Anschiss von Karlovic bekommen wollte.

»Worum geht es hier? Mach schnell, ich muss zurück zur Arbeit.«

»Hast du mit dem Russen telefoniert?«, fragte Cyrus von der Seite.

»Ja, gerade eben.« Dominic warf Lauren einen Blick zu, der wohl dazu gedacht war, ihr deutlich zu machen, dass er mit Wichtigerem beschäftigt gewesen war als seiner Intimbehaarung.

»Der Typ nennt sich Maxim. Er besteht auf einem Treffen. Neutraler Boden. Keine Waffen, keine Begleitung.«

»Ist das einer von Sharkins Leuten?«, fragte Lauren.

Dominic nickte. »Er hat gestern schon einmal angerufen. Es sieht so aus, als hätte Sharkin ein Angebot für mich.«

»Joey glaubt, dass es um seine Finanzen nicht so gut bestellt ist«, sagte Cyrus. »Aber, wer weiß? Kann auch gut sein, dass Sharkin es nur so aussehen lassen will, als wäre er nicht sehr flüssig.«

Dominic dachte einen Moment nach und rieb sich das Kinn – eine Geste, die ihn älter und ernster wirken ließ, fand Lauren.

»Wirst du dich mit ihm treffen?«, fragte sie ihn.

»Ich denke schon. Leo hat mir freie Hand gegeben.«

Cyrus sog deutlich hörbar Luft ein. »Dom, überleg dir das gut. Das könnte eine Falle sein.«

Als Dominic nicht reagierte, fuhr er erregt fort: »Stell dir vor, du gehst da hin, allein, unbewaffnet. Was hindert diesen Maxim daran, dir eine Kugel in den Kopf zu jagen?«

Kurz sah Dominic zu Lauren, in der ebenfalls ein ungutes Gefühl reifte, und dann zu Cyrus. Er schüttelte den Kopf. »Ich glaube nicht, dass Sharkin so dumm ist. Nein, ich vermute dahinter eine andere Taktik.«

Zu Laurens Überraschung schwieg Cyrus. Er hatte in ihren Augen berechtigte Bedenken geäußert. Damit, dass er Dominics Worte so schnell akzeptierte, hatte sie nicht gerechnet.

»Wie dem auch sei«, sagte Dominic schließlich, »ich gehe stark davon aus, dass Maxim nicht allein zu dem Treffen kommen wird. Sie werden mindestens zu zweit sein. Wenn ich aber will, dass sie mit mir reden, muss ich zumindest so tun, als käme ich allein, und mich offen zeigen.«

»Gut«, meinte Cyrus, »aber wer begleitet dich?«

»Jemand, den sie nicht kennen. Und nicht verdächtigen«, antwortete Dominic und sah zu Lauren.

Lauren glaubte, zu verstehen.

»Aber natürlich. Wir brauchen Lola«, sagte Cyrus und seine Miene hellte sich auf.

»Wir brauchen Lola«, bestätigte Dominic.

Nun sahen beide Lauren abwartend an. Sie schluckte und holte tief Luft. Wieder einmal sollte sie eine Aktion unterstützen. Andererseits war die Sache mit dem Drogentransport ja auch gut verlaufen.

»Was soll ich tun?«

Dominic schenkte ihr einen anerkennenden Blick. »Du hast einen prima Lockvogel abgegeben bei Fredos Deal. Dieses Mal musst du einfach nur in einen Diner gehen, dir etwas zu Essen bestellen und die anderen Gäste im Auge behalten. Das kriegst du hin, oder?«

»Klar«, sagte Lauren. »Ich meine, das ist euch ja sicher auch etwas wert, oder nicht?«

Der einzige Grund, weshalb sie hier saß, waren Joeys Schulden. Sie würde diese Sache also nicht machen, ohne dass es ihnen dabei half, die Schulden zu tilgen.

Dominics grüne Augen leuchteten auf. »Ich mag deine Art, Lola. Du hast mein Wort: Wenn wir beide heil von diesem Treffen zurückkommen, hast du fünfhundert Dollar weniger Schulden.«

Er und Cyrus wechselten einen Blick des Einverständnisses.

»Achthundert«, entgegnete Lauren und sah Dominic unverwandt an.

Für einen Moment fürchtete sie, zu weit gegangen zu sein, denn Dominics Augen verengten sich. Doch schließlich lachte er ergeben.

»Scheiße, Lola. Ich kann dir nichts abschlagen, solange du in diesem heißen Outfit vor mir sitzt.«

Lauren musste darüber schmunzeln. »Wirklich?«

Sie lehnte sich über den Tisch und sah Dominic tief in die grünen Augen. Zufrieden registrierte sie, dass es ihn nervös machte. Allerdings ging auch ihr Puls schneller.

»Dann will ich eintausend«, sagte sie und grinste.

»Schutzgeld?«, fragte Ella und schloss die Ladentür zu ihrem Nagelstudio ab. Die Verwunderung war ihr deutlich anzuhören. »Wie kommst du denn darauf?«

»Nur so.« Lauren half ihrer Freundin dabei, das Gitter vor den Eingangsbereich und das große Schaufenster zu ziehen.

Sie erntete einen kritischen Blick von Ella, mit dem sie sie aufforderte, sie nicht zu veräppeln.

»Ich habe darüber nachgedacht«, erklärte Lauren schnell, »weil Joeys Mafia-Freunde hier in der Gegend wohl mitmischen.«

Sie hatte beschlossen, Ella weiterhin nur das Nötigste zu sagen.

»Meinst du, ich sollte mir Sorgen machen?«, fragte Ella stirnrunzelnd.

»Nein, ich glaube, dazu gibt es keinen Grund.« Lauren winkte ab. »Wie gesagt, ich habe nur gemutmaßt. Wenn sie dich bis jetzt noch nicht besucht haben, dann wirst du wohl deine Ruhe haben.«

Ella verriegelte das Gitter und schien bereits wieder bester Laune, als sie sich bei Lauren einhakte. Sie holte tief Luft und warf einen zufriedenen Blick auf ihr Geschäft.

»Ist das nicht irre? Das ist *mein* Laden. Ich bin mein eigener Boss.«

»Ich bin echt stolz auf dich«, sagte Lauren und sah hoch zu der knallroten Markise, auf der Ellas Name und die Telefonnummer zur Terminvergabe in goldenen Lettern prangten. Anfangs hatte sie es übertrieben gefunden, doch mittlerweile fand sie es richtig gut.

»Was hältst du davon, wenn ich das Schaufenster noch etwas mehr dekoriere?«, fragte Ella. »Ich finde, ein Einhorn würde gut aussehen.«

Entgeistert sah Lauren ihrer Freundin ins Gesicht. »Das ist doch nicht dein Ernst! Es gibt nichts Dämlicheres als Einhörner.«

Ella zuckte mit den Schultern. »Ich finde sie lustig.«

Sie betrachtete ihr Schaufenster, als hätte sie bereits eine gute Vorstellung davon, wo das Glitzervieh seinen Platz bekommen könnte.

Lauren zog sie weiter. »Komm mit. Du hast jetzt Feierabend. Und ich auch.«

Sie freute sich auf einen gemeinsamen Abend mit trashigen Liebesfilmen aus den Neunzigern bei ihr zu Hause. Zusammen gingen sie zu Ellas Auto.

»Sag mal«, begann Ella, »hast du Lust mit mir am Donnerstag in das neue kubanische Restaurant zu gehen, das hier drüben aufgemacht hat?«

Sie deutete hinter sich die Main Ave entlang. »Die haben donnerstags Happy Hour.«

Lauren hätte liebend gerne zugesagt, doch das war der Abend, an dem sie Dominic zu dem Treffen mit diesem Maxim begleiten sollte. Sie konnte Ella unmöglich davon erzählen, doch eine lapidare Absage würde ihr komisch vorkommen, also sagte sie scherzhaft: »Noch ein Mädelsabend? Was sagt dein Mann dazu?«

Ella zuckte mit den Schultern. »Wir waren doch auch vor der Hochzeit öfter zusammen weg, du und ich.«

Tja, das war eine Sackgasse, stellte Lauren fest. Also musste sie Ella wohl oder übel doch eine Absage erteilen. Nur wie?

»Also, kommst du nun mit?«, fragte Ella.

Lauren seufzte. »Sorry, aber Donnerstag kann ich nicht. Ich habe Joey versprochen, ihm bei einer Sache zu helfen.«

Sie erntete einen kritischen Blick von ihrer Freundin. »Du weißt, ich bin dir nicht böse, wenn du mir absagst. Aber hör auf, Joeys Fehler auszubügeln.«

»Was soll ich tun? Er ist mein Bruder.«

Nun seufzte Ella ebenfalls. »Ich weiß.«

An ihrem Auto blieb sie stehen und nahm Lauren in die Arme. »Du schaffst das. Du bist ein Stinkefinger-Typ, weißt du?«

Überrascht sah Lauren ihre beste Freundin an. »Ich bin was?«

Ella lachte. »Na ja, es gibt Menschen, die bei Problemen zum Taschentuch greifen und heulen. Und es gibt Menschen, die dem Problem den Stinkefinger zeigen und sich nicht unterkriegen lassen. Du bist ein Stinkefinger-Typ.«

Darüber musste auch Lauren lachen. Doch es passte irgendwie. So banal es klang, Ella hatte nicht ganz unrecht. Mehr noch: Lauren beschloss insgeheim, sich diese Analogie zunutze zu machen.

Teil III

Gangster-Braut

Kapitel 13

»Du hattest recht«, sagte Dominic im Plauderton und sah auf die Uhr. »Dein Weg war wirklich schneller.«

Sie saßen in East Newark in einem schwarzen Camaro und beobachteten den Diner auf der gegenüberliegenden Straßenseite, in dem Dominic sich mit diesem Maxim treffen sollte. Lauren hatte ihn von Passaic aus auf die River Road gelotst, da sie von einer Baustelle auf der 21 nach Süden wusste, und nun hatten sie jede Menge Zeit.

Auf Dominics nett gemeinten Kommunikationsversuch erwiderte sie nichts. Sie war angespannt und mit einem Mal bereute sie, dass sie ihm den schnelleren Weg gewiesen hatte. Diese Warterei hier im Auto war nervenaufreibend.

»Du hast gesagt, du bist öfter in der Gegend«, sagte Dominic. Er wirkte ehrlich interessiert. »Beruflich?«

Lauren nickte nur.

»Was ist das eigentlich für ein Job?« Dominic lehnte lässig mit dem Ellbogen am Fahrerfenster und sah zu ihr herüber.

Lauren blickte ihn genervt an. Er wusste es doch schon längst, wieso fragte er sie dann? »Ich fahre Gasflaschen aus. Für Karlovic.«

Er zog die Brauen hoch. »Das ist sicher ein harter Job für eine Frau.«

»Wenn du meinst.«

Dominic hielt ihren Blick und seine Augen verengten sich kurz, als machte ihn ihre Art wütend.

Nur zu, dachte Lauren. Es war deine Idee, mich mitzunehmen.

Schließlich holte er tief Luft und sah aus dem Fenster.

»Das erinnert mich an die Geschichte vom alten Fire Marshal Craig«, sagte er unverwandt. »Kanntest du den alten Craig?«

Dominic Valente erzählte gerne Geschichten, das hatte Joey schon mehr als einmal erwähnt. Was deren Wahrheitsgehalt anging, war er sich natürlich nicht sicher gewesen. Da Lauren vermutete, dass Dominic die Geschichte so oder so erzählen würde, ob sie wollte oder nicht, nickte sie und sagte: »Klar kannte ich ihn.«

Der alte Craig war der zuständige Fire Marshal in Passaic gewesen, bis er sich im Suff mit seinem Truck um einen Baum gewickelt hatte. Er war dafür bekannt gewesen, ein Waffennarr und ein verdammter Nazi zu sein, der Menschen mit anderer Hautfarbe gerne das Leben schwermachte. Jeder, der einen Laden eröffnen wollte – eine Boutique, ein Restaurant, ein Nagelstudio oder sonst was – brauchte die Abnahme vom Fire Marshal. Und wenn dem alten Craig dein Gesicht oder deine Hautfarbe nicht passte, dann hattest du eben Pech.

Was, der Feuerlöscher hängt links neben dem Klo und nicht rechts davon? Nicht in meiner Stadt, Freundchen!

Ella hatte er vor der Eröffnung ihres Nagelstudios auch ziemlich gepiesackt.

»Vor zwei Jahren oder so«, begann Dominic, »da gab's einen Brand auf einer Baustelle der Familie. Und ich meine einen echten Brand. Also keine Brandstiftung, falls du das denkst. Jedenfalls brannte es da, wo die Gasflaschen fürs Schweißen rumstehen. Und die Dinger wurden heiß, richtig heiß. Ich muss dir sicher nicht erzählen, wie heikel das war. Die halbe Stadt hätte in die Luft fliegen können.«

Man brauchte Gase wie Sauerstoff und Acetylen, um eine ausreichend heiße Flamme zum Schweißen zu erzeugen. Es gehörte zu Laurens Job, zu wissen, was mit Gasflaschen passieren konnte, wenn sie großer Hitze ausgesetzt waren. Sie verschränkte die Arme und sah ihn gelangweilt an.

Dominic ignorierte es. »Ich nehme an, du weißt, was man mit erhitzten Gasflaschen macht. Richtig?«

»Man kühlt sie.«

»Genau«, sagte Dominic belehrend. »Jetzt stell dir vor: Das Feuer ist gelöscht, aber die Flaschen sind superheiß. Sie könnten immer noch explodieren. Die Feuerwehr hält mit dem Wasserschlauch drauf, aber es ist brütend heiß von dem gerade erst gelöschten Feuer und noch dazu stehen die Dinger in der prallen Sonne. Die Lösung: Man schießt auf die Gasflaschen und lässt den Druck ab. Aber dazu braucht man spezielle Munition. Irgendwas mit größerem Kaliber, nehme ich an. Mit 'ner 9mm draufzuschießen, bringt jedenfalls nichts. Da schwirren die Kugeln wie wild durch die Gegend und die Flasche kriegt bestenfalls ein paar Kratzer.«

Lauren seufzte deutlich hörbar, um Dominic zu zeigen, dass ihre Geduld erschöpft war. In Gedanken war sie bei dem bevorstehenden Treffen.

»Komm zum Punkt«, sagte sie genervt.

»Leo wusste zufällig, dass der alte Craig genau die richtige Waffe und Munition hatte, und hat ihn angerufen. Der Alte kam rotzbesoffen zur Baustelle, schoss auf diese scheiß Flaschen und rettete damit ein ganzes Viertel. Einfach so.«

»Eine nette Geschichte«, erwiderte Lauren sarkastisch.

Sie bemerkte, dass Dominic sie von der Seite ansah, wahrscheinlich weil er nicht verstand, wieso sie seine Erzählung nicht zu schätzen wusste. Nun kam ihr der Gedanke, dass er vielleicht auch nervös war, genau wie sie, und sie betrachtete ihn aufmerksam.

»Du bist nervös, stimmt's?«, fragte er. Er hatte tatsächlich ihren Gedanken erraten. »Ich auch.« Er gab ein ironisches Lachen von sich. »Ich quassele zu viel, wenn ich nervös bin. Aber keine Sorge, Ich bin mir sicher, die Sache wird gut laufen.«

Trotz seiner Worte langte er zu ihr rüber, öffnete das Handschuhfach und zog eine Pistole heraus.

»Es stört dich doch nicht, wenn ich dir zwischen die Beine fasse, oder?«

Lauren schüttelte ungläubig den Kopf bei diesem Spruch, doch sie musste auch schmunzeln. Etwas an Dominics abgedroschener

Macho-Art war komisch, und zwar im wirklichen Sinne komisch wie lustig. Zuvor war es ihr nicht so sehr aufgefallen, doch mittlerweile kam es ihr vor wie eine Maskerade.

Dominic prüfte die Waffe.

»Werden die dich nicht filzen?«, fragte Lauren.

Er schüttelte den Kopf. »Nein. Die wollen kein Aufsehen da drin erregen. Also werden die ihre Waffen schön verdeckt lassen. So wie wir auch. Die ist nur für den Fall, dass es … na ja, ungemütlich wird.«

Er beobachtete den Diner einen Moment lang, zupfte an seiner Unterlippe und schien nachzudenken. Lauren griff nach unten, zog das rechte Hosenbein etwas nach oben und nahm die 22er. Auch sie warf einen prüfenden Blick auf ihre Waffe und vergewisserte sich zum wiederholten Mal, dass sie geladen war. Dann steckte sie die Pistole zurück ins Holster und ließ die Hose darüber gleiten.

»Okay, dann ist jetzt Showtime. Hauen wir ab, bevor die Russen auftauchen.« Dominic wendete den Wagen und fuhr um die Ecke.

Vier Blocks weiter hielt er an, um Lauren aussteigen zu lassen. Sie sollte sich ein Taxi zurück zum Diner nehmen, hineingehen und die Leute dort im Auge behalten.

»Alles klar?« Darauf erntete Dominic nur einen müden Blick von ihr.

Er wusste verdammt noch mal genau, dass sie keine Lust hatte, hier zu sein. Aber er wusste auch, dass sie es durchziehen würde. Was also sollte die Frage?

»Bestell dir ruhig was Richtiges zu essen«, meinte er. »Geht auf mich.«

Sie wechselten einen kurzen Blick, ehe Lauren die Tür öffnete. Sie glaubte, leichte Besorgnis in seinen grünen Augen zu sehen, deshalb sagte sie mit fester Stimme: »Bis später.«

Er sagte noch etwas, das wie »Pass auf dich auf« klang, doch Lauren war bereits ausgestiegen und schlug die Tür zu.

Sie betrat den Diner mit selbstbewusster Mine und wurde von einer Kellnerin freundlich begrüßt, die sie fragte, ob sie einen Tisch brauche. Lauren verneinte dies und ging zur großen Theke, zu der drei Stufen hinaufführten. Durch die leicht erhöhte Lage konnte man von hier aus die Vierertische am Fenster und die in zweiter Reihe gut überblicken. Sie beherzte den Rat, den Dominic ihr gegeben hatte, achtete darauf, dass sie nicht mit dem Rücken zur Tür sitzen musste, und nahm seitlich an der Theke Platz. Kurz ließ sie ihren Blick schweifen und erfasste die Gäste. Von ihrem Platz aus hatte sie direkte Sicht auf einen Vierertisch, an dem zwei Typen saßen und – wie sie vermutete – Russisch sprachen.

An der Theke neben ihr saßen ebenfalls Gäste, bis auf eine Ausnahme alles Männer, wahrscheinlich Trucker oder Fahrer von Lieferwagen, die hier ihren Feierabend einleiteten. Als die Kellnerin ihr die Speisekarte gebracht hatte, bemerkte Lauren, dass viele der Männer sie interessiert beobachteten. Wahrscheinlich waren es Stammgäste, die sich fragten, wer diese fremde Frau war, die hier allein etwas essen wollte. Sie bestellte sich den größten Burger, der auf der Speisekarte angepriesen wurde, und eine große Limo, und warf einen freundlichen Blick in Richtung der anderen Gäste. Wie erwartet, wandten sie sich ab und aßen weiter. Am liebsten hätte sie ja gefragt: ›*Was glotzt ihr so?*‹ Doch sie wusste auch, dass es ein Vorteil wäre, von den Typen hier als sympathisch und unbedenklich eingestuft zu werden. Erstens würden sie sie dann schneller wieder vergessen und zweitens würden sie eher bereit sein, sie in Schutz zu nehmen, falls das hier hässlich werden sollte.

Lauren checkte ihr Telefon.

Dominic hatte noch nicht geschrieben, dass er auf dem Weg sei. Daher ließ sie nun ihren Blick zu dem Tisch mit den Russen schweifen. Sie war sich sicher, dass es Sharkins Leute waren. Aus ihrer Unterhaltung hatte sie die Namen Maxim und Sharkin vernommen, und selbst wenn das nicht stimmte, so war doch offensichtlich, dass sie auf jemanden warteten. Auf den ersten Blick konnte sie keine

Waffen ausmachen, doch sie wusste, dass sie sie ebenso versteckt hielten wie sie ihre 22er.

Das Handy in ihrer Hand vibrierte. Dominic war auf dem Weg. Wie vereinbart teilte sie ihm mit, was sie beobachtet hatte: »Sie sind zu zweit. Keine weiteren verdächtigen Gestalten anwesend. Waffen verdeckt.«

Sie nahm ihr Getränk und ihren Burger in Empfang und begann zu essen. Da sie tatsächlich Hunger hatte, kam es ihr ganz gelegen. Mit einem Ohr lauschte sie der unverständlichen Unterhaltung von Sharkins Männern, blickte abwechselnd auf ihr Handy und verstohlen zu dem Tisch. Als sie Dominics Wagen draußen ankommen sah, stellte sie das Essen ein und tat, als spielte sie mit ihrem Handy. Sie sah kurz zur Tür, als Dominic den Diner betrat, doch er sah sie nicht an und ging – nachdem er sich kurz umgesehen hatte – zu dem Tisch mit den Russen.

Beide erhoben sich und gaben ihm nacheinander die Hand zur Begrüßung. Als sie sich vorstellten, bekam Lauren mit, dass einer von ihnen tatsächlich Maxim war. Er sah gut aus und hatte einen leicht verschlagenen Zug um die Augen, als er Dominic aufforderte, sich zu ihnen zu setzen. Lauren konnte nur Bruchstücke der Unterhaltung verstehen. Sie schnappte auf, dass es Sharkin darum ging, einen bestehenden Waffenstillstand zu erhalten. Und sie erwähnten einen Deal, den sie gemeinsam machen wollten. Dominic lauschte angespannt, doch seine Miene wirkte ganz cool. Schließlich hörte sie ihn sagen, dass er sich nicht bescheißen ließe und sie sich ihren Vorschlag in den Arsch stecken konnten. Die Russen taten belustigt, doch Lauren konnte erkennen, dass der Mann, der Maxim gegenübersaß, hinter dem Rücken die Hand unter sein T-Shirt schob.

Sie diskutierten weiter. Leider konnte Lauren nichts verstehen, da sich in diesem Moment ein Mann hinter ihr vorbeidrückte, der von den Toiletten aus dem hinteren Bereich kam und sie dabei wohl versehentlich anrempelte. Er nuschelte eine Entschuldigung – Lauren registrierte einen starken Akzent – und ging an ihr vorbei. Es dauerte nur eine Sekunde, doch sie konnte deutlich erkennen, wie sich eine Waffe unter seinem Shirt abzeichnete. In diesem Moment fiel ihr auf, dass sie, seit sie hier angekommen war, niemanden auf die Toilette hatte gehen sehen. Sie tippte eine Nachricht für Dominic. »Korrektur: Sie sind zu dritt. Bewaffnet. Hau besser ab.«

Sie sah, dass Dominic kurz auf sein Handy blickte, sich jedoch nichts anmerken ließ. Der Typ, der von der Toilette gekommen war, ging unbeteiligt an dem Tisch vorbei, steuerte auf den Ausgang zu und verließ den Diner. Lauren atmete kurz durch und überlegte, was sie tun konnte. Was, wenn der Kerl draußen auf Dominic wartete? Sie fummelte ein paar Geldscheine heraus, um ihr Essen zu bezahlen, damit sie schnell verschwinden konnte.

Aus dem Augenwinkel sah sie, dass Dominic sich erhob und verabschiedete. Maxim stand ebenfalls auf und zischte ihn an: »Treib es nicht zu weit, Valente. Sonst hast du bald eine Kugel in deinem Kopf.«

Das Gespräch war nicht gut gelaufen, so viel war sicher.

»Tu, was du nicht lassen kannst«, erwiderte Dominic, augenscheinlich ungerührt.

Lauren hielt die Luft an.

Dominic ging zum Ausgang und sofort hatte Maxim sein Handy am Ohr. Lauren verstand nicht, was er sagte, es war kurz und knapp, seine Augen zeigten dabei ein kaltes Leuchten.

Sie warf ihr Geld auf den Tresen, stand auf und tat, als müsste sie ihre Schuhe binden. Stattdessen nahm sie die 22er und steckte sie sich unters T-Shirt. Dann ging sie mit schnellen Schritten zum Ausgang. Sie spürte die Blicke der Russen auf sich, doch sie widerstand dem Drang, sich nach ihnen umzusehen.

In dem Moment, in dem sie durch die Tür trat, sah sie, wie der Mann von der Toilette zielstrebig von hinten auf Dominic zuging. Er hatte etwas in der Hand, das wie eine dunkle Stoffhaube aussah.

Sie zog die 22er.

»Dom! Pass auf, hinter dir!«

Dominic wandte sich um. Der Russe hatte nur den Bruchteil einer Sekunde Zeit, um zu entscheiden, wen er zuerst fertigmachen sollte. Er entschied sich für Dominic, ließ die Stoffhaube fallen und griff nach seiner Waffe.

Nein! Tu es nicht!, dachte Lauren verzweifelt.

Sie musste eingreifen, zielte auf seine Beine und drückte zweimal ab.

Im selben Moment wurde Dominic von der Kugel des Russen am Arm getroffen. Kurz darauf ging der Angreifer zu Boden. Geduckt rannte Lauren zu Dominic hinüber, als sie hinter sich Maxim und den anderen aus dem Diner kommen hörte. Von drinnen war Geschrei zu hören. Wahrscheinlich würde das Personal die Polizei rufen.

Dominic war hinter einem geparkten Wagen in Deckung gegangen und hatte seine Waffe gezogen, als Lauren sich neben ihn hockte. Ihr rechter Arm vibrierte. Der Kerl, auf den sie geschossen hatte, stöhnte laut, doch noch löste dies keine Gefühlsregung in ihr aus, so, als stünde es in keinem Zusammenhang mit dem Vibrieren in ihrem Arm.

»Netter Schuss«, sagte Dominic außer Atem.

Lauren konnte das Blut an seinem linken Oberarm sehen. Doch sie kam nicht dazu, ihn zu fragen, wie schlimm es ihn getroffen hatte, denn er feuerte auf Sharkins Männer, die hinter einer Mülltonne in Deckung gingen. Das verschaffte ihnen etwas Zeit.

»Los, weg hier!« Er griff nach ihrem Arm und zog sie mit sich.

Kugeln schossen an ihnen vorbei, als sie geduckt zu seinem Auto rannten. Dort angekommen, warf Dominic Lauren die Wagenschlüssel zu.

»Du musst fahren.«

Sein linker Hemdsärmel hatte sich rot gefärbt von seinem Blut, sein Gesicht war schweißnass. Lauren blieb keine Zeit zum Nachdenken. Sie rannte um das Auto herum zur Fahrerseite und sprang hinein. Aus der Ferne waren Sirenen zu hören. Jetzt ging es darum, so schnell wie möglich zu verschwinden, ehe Maxim und der andere weiter auf sie schossen und ehe die Cops hier waren. Und dann musste sie Dominic schleunigst zu einem Arzt bringen.

Die Reifen des Camaro drehten durch, als Lauren aufs Gas trat. Sie hatte noch nie so eine Karre gefahren, und die Kraft des Motors überraschte sie derart, dass sie kurz die Kontrolle über den Wagen verlor. Das Heck brach aus und beinahe wären sie in die Schaufensterfront einer Ladenzeile geschlittert. Doch dann griffen die Reifen wieder auf dem Asphalt und sie jagten davon.

Die ersten roten Ampeln überfuhr Lauren einfach. Dann ging sie etwas vom Gas, um nicht auch noch von einem Verkehrspolizisten angehalten zu werden. Ganz toll – mit ihrem angeschossenen Beifahrer. Andere Gedanken schossen durch ihren Kopf. Gedanken an Schüsse und Blut, das schmerzvolle Stöhnen des Mannes am Boden. Doch sie flogen vorbei wie die Gebäude, Menschen und Straßen, an denen sie vorbeifuhren.

Dominic presste sich ein Taschentuch an die Stelle seines Oberarms, wo das Blut herkam. Mit der anderen Hand tippte er auf seinem Smartphone herum. Dabei schrie er unentwegt Flüche und Verwünschungen heraus. Lauren war es schleierhaft, wie er mit dem verwundeten Arm telefonieren wollte, doch es schien kein Problem zu sein. Wahrscheinlich pumpte in diesem Moment das Adrenalin durch seinen Körper und er spürte nicht viel, schlussfolgerte sie. Auch ihr Puls raste, sie begann zu zittern und bemühte sich, ihre Konzentration auf die Straße zu lenken.

»Die scheiß Russen haben die Waffenruhe gebrochen und ich bin angeschossen!«, bellte Dominic ins Telefon. Lauren vermutete, dass er mit Leo oder einem seiner Männer sprach. »Ich brauche einen sauberen Wagen, und zwar pronto!«

Plötzlich nahm er das Handy vom Ohr und deutete auf die Rechtsabbiegerspur. »Lola, fahr hier rechts rein.«

Lauren verstand ihn nicht. Er konnte offensichtlich nicht mehr klar denken. »Dom, du musst in die Notaufnahme.«

»Fahr rechts, wie ich es dir sage!«, fauchte er zurück und wandte sich wieder seinem Telefonat zu.

Lauren bog rechts ab, obwohl sie nicht wusste, wohin er wollte.

»Schickt jemanden, der das bereinigt. Den Wagen bringt ihr zum Doc.« Mit diesen Worten beendete Dominic sein Gespräch und warf einen kurzen Blick auf die Wunde.

»Du brauchst einen Arzt«, drängte Lauren. »Ich fahr dich ins Krankenhaus.«

»Mit einer Schusswunde in die Notaufnahme? Sei nicht so naiv, Lola. Die sind verpflichtet, das den Cops zu melden. Nein, wir fahren zu einem Doc, den ich kenne.«

Lauren nickte nur und folgte weiter seinen Ansagen. Sie hatte genug damit zu tun, sich auf die Straße und den Wagen zu konzentrieren, während irgendwo in ihrem Kopf die auf dem Parkplatz erlebte Szene wie ein Film ablief und immer wieder ihre Aufmerksamkeit auf sich zog wie ein lauter Fernseher in einem anderen Zimmer.

Dominic hatte aufgehört zu fluchen und wirkte nun nachdenklich. Vermutlich ging er im Kopf die Konsequenzen aus dem heutigen Abend durch. Dabei war sein Gesicht angespannt, denn nun kam der Schmerz. Das Taschentuch war bereits von seinem Blut durchtränkt.

Die Zufahrt zum Flughafen Newark ließen sie hinter sich und fuhren in ein trostloses Industriegebiet, immer weiter aus der Stadt hinaus. Danach gelangten sie in eine Gegend, in der kleine, billige Häuser und Wohntrailer standen. Lauren drosselte die Geschwindigkeit und sah fragend zu Dominic hinüber.

»Was für ein Doc ist das?«

»Einer von unserer Gehaltsliste.«

Lauren dachte sich ihren Teil. Was auch immer das für ein Arzt sein sollte, er lebte offensichtlich nicht in einer Villa, denn die Behausungen in dieser Gegend wurden immer schäbiger, je weiter sie kamen. Hier wohnten in der Regel Leute, denen es noch schlechter ging als ihr. Sie hatte ja immerhin ein Einkommen und Nick hatte einen kleinen Sparsocken. Doch hier lebten Menschen, die vom

Leben nichts mehr erwarteten. Unvermittelt stellte sie sich den Arzt als einen abgehalfterten alten Säufer vor, der nach einigen unglücklichen Wendungen in seiner Karriere hier gelandet war.

Als Dominic sie vor einem winzigen Bungalow anhalten ließ und sie den Motor abstellte, donnerte ein startendes Flugzeug über sie hinweg. Vor dem kleinen Haus wucherte das Unkraut, drei morsche Holzstufen führten zur Eingangstür hinauf. Drinnen brüllte ein Fernseher.

»Lass den Schlüssel und deine Waffe im Wagen«, instruierte Dominic sie, stieg aus und klopfte gegen die hölzerne Tür.

Es dauerte einen Moment, dann hörten sie, dass der Fernseher drinnen leiser gedreht wurde und kurz darauf ein metallisches Klicken und Klirren, als würde jemand eine ganze Reihe zusätzlich angebrachter Schlösser aufschließen. Endlich öffnete sich die Holztür mit quietschenden Angeln. Lauren sah ihre Erwartungen bestätigt, als vor ihnen ein Mann in Bademantel, Socken und mit unrasiertem Gesicht an der Fliegentür erschien.

»Hey Doc«, grüßte Dominic und nahm kurz das blutgetränkte Taschentuch von seiner Wunde.

Der Mann an der Tür kniff die Augen zusammen, dann drehte er sich wortlos um und ging zurück ins Haus. Anscheinend war das die Aufforderung, hereinzukommen, denn Dominic folgte ihm wie selbstverständlich. Lauren betrat nach ihm das kleine, dunkle Wohnzimmer, das überraschenderweise sehr ordentlich war. Rechts befand sich eine kleine offene Küche und im hinteren Bereich gab es eine Tür, die vermutlich in ein Schlafzimmer führte. Die Möbel waren nicht die neuesten, aber sie waren nicht sehr abgewohnt. Alles in allem war für Lauren der Zustand hier drinnen nicht mit der Umgebung draußen in Einklang zu bringen.

Der Doc zeigte auf seine Küchenablage und knipste eine Lampe darüber an. »Setz dich. Ich seh' mir das an.«

Dominic tat, wie ihm geheißen, und der Doc hielt ihm einen Eimer für das vollgesogene Taschentuch hin. Lauren hatte keine Probleme damit, Blut zu sehen. Trotzdem schluckte sie und atmete tief durch, in der Hoffnung, ihren Puls etwas herunterzubringen.

»Doc, das ist Lola«, sagte Dominic.

»Freut mich sehr.« Höflich reichte der Doc ihr die Hand.

Aus der Nähe betrachtet wirkte er weniger ungepflegt als sie zunächst angenommen hatte. Er hatte sich seit ein paar Tagen nicht rasiert, aber die Haut darunter war sauber und seine Zähne waren strahlend weiß. Nur die Tatsache, dass er hier in einem dunkelgrünen Bademantel vor ihr stand, war etwas unangemessen.

»Wenn sie nicht gewesen wäre, würde ich nicht hier sitzen«, sagte Dominic. Er sah sie an und aus seinen Augen sprach tatsächlich Dankbarkeit.

Lauren wich seinem Blick aus und sah sich stattdessen in dem kleinen Wohnzimmer um. Im Fernsehen lief eine Doku über imposante Bauwerke, auf dem Couchtisch stand eine Schüssel mit Popcorn. Der Doc hatte es sich wohl gerade gemütlich gemacht, als sie gekommen waren. Na ja, so gemütlich es eben sein konnte, dachte Lauren, denn in diesem Moment flog erneut ein Flugzeug dröhnend über das Haus hinweg.

Der Doc half Dominic dabei, sein Hemd auszuziehen.

»Kugel?«, fragte er.

Dominic schüttelte den Kopf. »Streifschuss. Hätte schlimmer ausgehen können.«

Aus einem Fach unter der Küchenablage nahm der Doc Papiertücher, Wundkompressen und eine Flasche Desinfektionsmittel. Er reinigte die Wunde kurz und betrachtete sie genauer.

»Tja«, gab er schließlich von sich. »Ich habe eine gute und eine schlechte Nachricht für dich.«

Er sah Dominic an und vergewisserte sich dann mit einem Blick auf Lauren, dass er offen sprechen konnte.

»Die gute Nachricht ist: Die Blutung hat schon nachgelassen, der Muskel ist kaum betroffen. Die schlechte Nachricht ist: Ich muss es nähen und hab kein Morphium mehr da.«

Als Dominic etwas sagen wollte, fiel der Doc ihm ins Wort: »War ein krasser Monat. Ich hatte mehr Patienten als üblich. Und Nachschub ist nicht immer leicht zu bekommen.«

Dominic winkte ab. »Dann eben eine örtliche Betäubung. Dafür hast du doch was, oder?«

Der Doc nickte grunzend, schlurfte zu einem Tischchen an der Seite und kam mit einer Dose Pillen zurück, die er Dominic reichte.

»Nimm die hier, die helfen fürs Erste auch.«

Schmerzmittel, schlussfolgerte Lauren. Unter ihrem abwartenden Blick schüttelte Dominic zwei Tabletten heraus und schluckte sie. Der Doc reichte ihm eine kleine Flasche Wasser zum Runterspülen.

»Jetzt schafft euch hier raus, ich muss alles vorbereiten.«

Dominic erhob sich, griff in seine Gesäßtasche und zog ein Bündel Geldscheine heraus. Wortlos deutete der Doc auf die Küchenablage, wo sein Patient gerade noch gesessen hatte, und Dominic legte die Scheine dort ab.

Das stille Einverständnis zwischen ihm und dem Doc, die Tatsache, dass sie kaum Worte wechselten, ließ Lauren vermuten, dass Dominic nicht zum ersten Mal hier war. Er legte seine Hand auf ihre Schulter und schob sie zur Tür hinaus, damit der Doc sich vorbereiten konnte.

Mit einem flauen Gefühl im Bauch trat sie ins Freie. Die ganze Sache war komplett aus dem Ruder gelaufen. Sie hatte jemanden angeschossen. Es war fast wie von allein passiert, sie hatte reagiert, ganz automatisch. Sie hatte dem Russen auf die Beine gezielt, damit er umfiel und so sein Ziel verfehlen würde. Ganz, wie Danny es ihr erklärt hatte. Zum ersten Mal konnte sie nachvollziehen, was er ihr immer wieder gesagt hatte: Man zog keine Waffe, wenn man nicht bereit war, abzudrücken. Und wenn man zum ersten Mal auf eine andere Person schoss, vergaß man das nie. Wenn man die Nachrichten verfolgte, konnte man meinen, dass es den meisten Menschen leichtfiel, auf andere zu schießen. Doch das war es nicht. Die Tatsache, dass sie nun zu der Sorte Mensch gehörte, die auf andere schossen, konnte Lauren für sich noch nicht einordnen.

»Hey«, sagte Dominic, der auf den Holzstufen zur Haustür saß. »Setz dich doch zu mir.«

Zögernd trat Lauren zu ihm. Die Stufe war nicht sehr breit und als sie sich gesetzt hatte, berührten sich ihre Körper.

Dominic sah zu ihr herüber.

»Du hättest das nicht tun müssen. Aber danke, dass du mir den Arsch gerettet hast«, sagte er mit einem dünnen Lächeln.

»Du nimmst das ziemlich locker.« Lauren fragte sich, ob er wirklich so hart im Nehmen war oder nur vor ihr den Helden spielte.

Dominic zog die Schultern hoch und verzog kurz vor Schmerz das Gesicht. »Wenn man sich für dieses Leben entscheidet, wird man irgendwann abgeknallt. So ist das eben. Wenn es so weit ist, dann kann ich nur hoffen, dass ich im Himmel bin, bevor der Teufel herausfindet, dass ich tot bin.«

Lauren erforschte sein Gesicht. Sie fragte sich, ob es die Schmerzmittel waren, die ihn das sagen ließen. Er klang betrübt und das weckte in ihr das Bedürfnis, ihn aufzumuntern.

»Warum änderst du es nicht?«, fragte sie ruhig. »Du hast die Wahl.«

Toll, hör dich an, dachte sie. Danny wäre stolz auf dich.

Dominic schnaubte lachend und sah ihr in die Augen. »Habe ich das?«

Ein trauriger Ausdruck lag in seinem Blick. Er schüttelte den Kopf, als erwartete er kein Verständnis von ihr.

»Ein Fehltritt, eine falsche Entscheidung, und ich bin im Arsch«, sagte er mehr zu sich selbst.

Lauren holte tief Luft und überlegte, was sie sagen sollte. Sie war die falsche Person, um seine Beichte zu hören, fand sie.

Dominic kam ihr zuvor: »Ich weiß, dir ist das wahrscheinlich scheißegal. Vielleicht freut es dich auch, zu hören, dass ich nicht unangreifbar bin. Die Wahrheit ist: Du hast nicht die geringste Ahnung.«

Eine Weile saßen sie schweigend nebeneinander. Lauren wusste nicht, was er andeuten wollte und auch wenn sie gerne nachgefragt hätte, hielt sie lieber den Mund. Bis zu diesem Moment hatte sie nie wirklich darüber nachgedacht, wie Dominics Leben aussehen könnte. Dafür wusste sie zu wenig über ihn. Neugierig war sie schon, doch sie wollte nicht, dass er es als ehrliches Interesse interpretierte.

Schließlich fragte sie, um das Thema zu wechseln: »Tut es noch weh?«

Er sah zu ihr herüber und ein weicher Ausdruck erschien auf seinem Gesicht. »Ist schon besser.«

Kurz schien er zu zögern. »Du hättest das nicht tun müssen«, sagte er erneut, ernster diesmal, und es klang nun eher wie eine Belehrung oder Warnung.

Lauren erwiderte nichts und wich seinem Blick aus. Als ob sie eine Wahl gehabt hätte! Was würde seine Familie wohl mit ihr und ihrem Bruder machen, wenn Dominic Valente bei einem Job mit ihr ums Leben käme? Oder war es ihnen am Ende egal? War es das, was Dominic ihr damit sagen wollte?

Hinter ihnen öffnete sich die Haustür und der Doc rief sie herein. Lauren war überrascht, dass der Doc einen grünen Operationskittel angezogen hatte. In dem kleinen Wohnzimmer stand nun eine Liege – das Rückenteil leicht aufgerichtet – und auf einem Tischchen daneben lagen eine Spritze und weitere Instrumente, vorbereitet für die Prozedur.

Der Doc deutete auf die Liege und schlurfte zum Waschbecken in der Küche, wo er sich gründlich die Hände wusch. Dominic zog vorsichtig sein Unterhemd aus und nahm Platz. Laurens Blick fiel sofort auf die große, längliche Narbe an der rechten Seite seines Oberkörpers. Dominic registrierte es, doch er sagte nichts.

Der Doc zog ein Paar Latexhandschuhe über und kam heran. »Leg dich bitte hin.«

Lauren war es unangenehm und sie wandte sich ab. Wenn sie versuchte, den Blick von der blutenden Wunde abzuwenden, blieben ihre Augen stattdessen an der großen Narbe hängen.

»Hey, hey«, sagte der Doc tadelnd, während er mit einem Alkoholtupfer die Wunde erneut säuberte.

»Schön hiergeblieben, Sonnenschein.« Er winkte Lauren mit zwei Fingern zu sich und bedeutete ihr, sich ihm gegenüber auf die andere Seite der Liege zu stellen. Er nahm die Spritze in die Hand.

»Der gute Dom bekommt nur eine örtliche Betäubung. Die hilft zwar, aber Schmerzen wird er trotzdem haben. Also bleib schön da und halt ihn fest.« Er grinste und Lauren war klar, dass er mächtig übertrieb.

»Vielleicht sollte er lieber auf ein Stück Holz beißen«, sagte sie trocken.

Der Doc zog belustigt die Brauen hoch und sah hinunter zu Dominic. »Die Kleine gefällt mir.«

Behutsam führte er mehrere kleine Injektionen rund um die Schusswunde durch. Dominic zuckte kurz, holte tief Luft und auf seinem Gesicht erschien ein angestrengter Ausdruck. Lauren zweifelte nicht daran, dass es höllisch wehtat.

Sie beschloss, ihn abzulenken und deutete auf die große Narbe an seiner Flanke. »Wo hast du die her?«

»Aus Afghanistan«, sagte er. »Schrapnell. Von einer Granate.«

Lauren musste schlucken. Es bestätigte, was sie beim Anblick der Narbe schon vermutet hatte: Das war übel gewesen. Dagegen wirkte die Schusswunde beinahe lächerlich.

»Du warst in Afghanistan?«, fragte sie mit einem Kloß im Hals. Dominic nickte knapp.

Sie hatte nicht einmal gewusst, dass er beim Militär gewesen war.

»Ist ein ungeschriebenes Gesetz in Doms Branche«, merkte der Doc an. Vorsichtig betastete er die Wundränder, wohl um zu prüfen, ob die Betäubung wirkte. »Entweder, sie waren im Knast oder im Krieg.«

Dominic schnaubte und biss die Zähne zusammen.

»Das Schlimmste hast du hinter dir«, sagte der Doc und griff zu Nadel und Faden.

Es war wirklich kein schöner Anblick, fand Lauren, doch am meisten setzte ihr Dominics Gesicht zu. Er versuchte, sich nichts anmerken zu lassen, doch sie konnte ihm ansehen, dass es ihn anstrengte.

Er hob die Hand, als wollte er abwinken. »Glaub mir. Das hier ist auch nicht schlimmer als die Tätowierung.«

Lauren sah kurz zu dem Amor, den die Kugel fast komplett zerfetzt hatte, und dann wieder in Dominics Gesicht. Er hielt seine Hand immer noch hoch und Lauren griff danach. Ganz automatisch. Mit jedem Stich, den der Doc ausführte und jedem Zug, der auf die Fäden und damit Dominics Haut ausgeübt wurde, drückte er fest zu. Lauren hatte zunächst das Gefühl, ihre Hand würde zerquetscht, doch sie sah ihm in die Augen.

Warum drückst du so zu? Denkst du, ich lasse los?

Er wandte seinen Blick nicht ab. Seine Augen waren wie ein tiefes, grünes Meer. Oder wie Smaragde. Ein Paar Augen, das einen bannen konnte – im positiven wie im negativen Sinn. Sie war kurz davor, sich darin zu verlieren.

Die Stimme des Docs riss sie zurück in die Wirklichkeit. »Fertig. In etwa einer Woche sollten sich die Fäden aufgelöst haben.«

Er legte eine sterile Kompresse auf die sauber vernähte Wunde und verband den Oberarm mit einer Mullbinde.

»Du solltest den Verband täglich wechseln. Hallo, hörst du mir zu?«

Nun wandte endlich auch Dominic seinen Blick von Laurens Augen und richtete sich auf. »Danke, Doc.«

Mit einem klatschenden Geräusch zog der Doc die Latexhandschuhe aus, ging zu einem kleinen Schrank in der Zimmerecke und nahm eine Packung Tabletten heraus. Diese warf er Dominic in den Schoß.

»Zweimal täglich, mindestens sieben Tage lang. Damit du keine Infektion kriegst. Und nimm die Schmerztabletten auch mit.«

Antibiotika, dachte Lauren. Betty hatte einmal erzählt, dass Opfer von Schussverletzungen nicht selten die größten Probleme durch anschließende Infektionen bekamen.

Dominic seufzte und schlüpfte umständlich zurück in sein Unterhemd. »Hast du vielleicht was Sauberes zum Drüberziehen für mich?«

Wortlos trottete der Doc ins Schlafzimmer und erschien kurz darauf mit einem dunkelgrünen Kapuzen-Pulli mit dem Logo der New York Jets darauf. Dominic nahm es mit bedauerndem Gesichtsausdruck an und zuckte dann die Achseln. »Ich darf nicht wählerisch sein, hm?«

Er schlüpfte in den rechten Ärmel und zog den Pullover über den Kopf. Den bandagierten linken Arm ließ er unten heraushängen.

»Sag ›Auf Wiedersehen‹ zum Doc, Lola.«

Lauren schüttelte dem Doc die Hand.

»Alles Gute für Sie«, sagte er und lächelte. »Passen Sie auf ihn auf«, fügte er schmunzelnd mit einem Blick auf Dominic hinzu.

Als sie vor den Bungalow traten, war der Camaro tatsächlich verschwunden. Dafür stand ein Ford Pick-up bereit. Die Schlüssel steckten. Jemand vom Clan war losgeschickt worden, um ihnen einen unbelasteten Wagen hinzustellen. Dominic öffnete Lauren übertrieben galant die Beifahrertür.

»Bist du nicht zu benebelt, um zu fahren?«, fragte sie.

»Das hoffe ich doch«, gab Dominic zurück. »Denn sonst würde es verdammt noch mal richtig scheiße wehtun.«

Zu Laurens Unbehagen fuhren sie nicht zu ihr nach Hause. Stattdessen fuhr Dominic in die Innenstadt von Passaic und hielt auf dem Parkplatz vor einer Bar.

»Das ist doch nicht dein Ernst«, gab Lauren von sich. Sie war abgekämpft, es war bereits nach Mitternacht und sie hatte Frühschicht. Alles, was sie wollte, war die Decke über den Kopf zu ziehen und diesen ätzenden Tag einfach zu vergessen.

»Ich brauch jetzt 'nen Drink. Und du auch, Lola, glaub mir.«

Als sie die Bar betraten, schallte ihnen kitschige Countrymusik entgegen. Dominic steuerte direkt den Tresen an. Ohne Lauren zu fragen, bestellte er für sie einen doppelten Scotch und für sich selbst ein alkoholfreies Bier.

Von mir aus, dachte Lauren.

Vielleicht war es doch keine so schlechte Idee. Es würde ihr helfen, einzuschlafen.

Sie schob sich auf einen Barhocker und bemerkte, dass Dominic sie auffordernd von der Seite ansah.

»Na, mach schon. Frag, was du wissen willst.«

Lauren schluckte, doch sie nahm die Herausforderung an. »Was ist passiert in Afghanistan?«

Dominic nahm sein Bier in Empfang und prostete ihr zu.

»Was immer passiert«, sagte er wie selbstverständlich. »Man passt nicht auf und … Bumm!«

Lauren nahm einen Schluck von dem Scotch und ließ ihn langsam über ihre Zunge rollen. Das würzige Aroma und die Alkoholdämpfe stiegen ihr in die Nase und sie atmete tief durch. Dann sah sie Dominic abwartend an.

»Ich war bei einer der letzten Einheiten kurz vor dem Abzug aus der Region. Wir haben die meiste Zeit nur rumgestanden und die Leute kontrolliert, die in den Stützpunkt wollten. Da wir die lokalen Sicherheitsteams trainiert haben, gab es immer viel Kommen und Gehen. Hin und wieder gab es irgendwelche Idioten, die rein wollten, obwohl sie da nichts zu suchen hatten. Die haben wir dann manchmal zurück in die Stadt eskortiert. Bei einer dieser Aktionen gab es irgendwie auf einmal einen riesigen Tumult auf der Straße. Schubsereien, schreiende Frauen …«

Er nahm einen weiteren Schluck Bier, setzte die Flasche ab und starrte für einen Moment nachdenklich auf das Etikett. »Ich bekam den Befehl, auszusteigen und nachzusehen, was da los ist. Ich stieg aus und dann … ganz plötzlich …«

Sein Blick war in die Vergangenheit gerichtet, das konnte Lauren sehen. Wahrscheinlich erlebte er in Gedanken die ganze Sache gerade ein weiteres Mal.

Schließlich seufzte er und sah sie an. »Sie haben mich zusammengeflickt und nach Hause fahren lassen.«

»Das muss heftig gewesen sein. Hattest du Angst?«

Dominic nickte.

»Musst du manchmal dran denken? Du weißt schon.«

»Du fragst, ob ich traumatisiert bin?«, fragte Dominic leicht belustigt, doch er wurde sofort wieder ernst und schüttelte den Kopf. »Nein. Aber ich denke jeden Tag daran.«

Lauren verstand, was er meinte. So etwas ließ einen nicht mehr los. Auch wenn man sein Leben weiterlebte und im Grunde zurechtkam – man war danach nicht mehr ganz derselbe. Zum ersten Mal gestattete sie sich, Mitgefühl zu haben. So einfach war das Leben nicht. Auch nicht für jemanden wie Dominic Valente.

Er musterte sie aufmerksam, so, als wollte er erkunden, inwieweit seine Geschichte ihre Meinung über ihn beeinflusste.

Schließlich winkte er ab. »Im Nachhinein betrachtet bin ich glimpflich davongekommen. Und ich hatte Leos Respekt erworben. Das allein ist der Grund, weshalb er mich eingeweiht hat und mich für sich arbeiten lässt. Davor hat er mich nicht mal mit dem Arsch angesehen.«

Lauren runzelte die Stirn. »Das heißt, du arbeitest erst für deinen Onkel, seit du wieder zurück bist?«

Dominic grinste lakonisch. »Auch, wenn du es nicht für möglich hältst, ich war nicht immer ein Arschloch.«

Lauren schnaubte. Es interessierte sie nicht, was er war oder nicht. Oder doch?, fragte sie sich. Musste sie sich nicht eingestehen, dass sie mehr über ihn wissen wollte?

»Vorhin hast du gesagt, du hättest keine Wahl. Was meinst du damit?«, fragte sie.

Dominic seufzte, als wäre es kompliziert. »Meine Mutter ist in Ungnade gefallen, weil sie sich mit einem Kerl eingelassen hat, der keiner von uns war, verstehst du? Bei den alten Valentes herrscht noch ein ziemlich traditionelles Weltbild.«

Auf Laurens fragenden Blick erklärte er: »Man tut sich nicht mit jemandem zusammen, der der Familie nicht passt. Und dann hat er sie auch noch sitzenlassen. Mein Dad ... Ich habe ihn nie kennengelernt. Für Leo und die anderen war ich so etwas wie ein Bastard. Und dann komme ich aus dem Krieg heim, habe keine Arbeit mehr, und plötzlich ist Onkel Leo da und nimmt mich unter seine Fittiche. Weil er angeblich erkannt hat, dass ich doch zu was tauge. Ich musste natürlich ganz unten anfangen.«

Er sah Lauren direkt in die Augen. »Leo ist nicht jemand, zu dem man ›Nein‹ sagt. Vor allem nicht, wenn man eigentlich das schwarze Schaf in der Familie ist.«

Lauren nickte nachdenklich. Wie unterschiedlich Familien sein konnten, stellte sie fest. Ihre Eltern hatten ihr nie das Gefühl gegeben, unerwünscht oder nicht gut genug zu sein. Sie fragte sich, ob sie Dominic zu vorschnell verurteilt hatte. Doch auch, wenn ihn die Umstände zu dem gemacht hatten, was er heute war – er hatte sich selbst dazu entschlossen, ein Verbrecher zu werden.

Sie nahm einen weiteren Schluck Scotch.

»Du hast also dein altes Leben einfach aufgegeben. Was ist mit Verwandten, Freunden und Bekannten, die du hattest?«, fragte sie.

»Die waren praktisch schon weg, als ich in den Krieg gezogen bin«, erwiderte Dominic.

Es klang einstudiert, so plötzlich war diese sachliche Antwort gekommen. Lauren zweifelte nicht daran, dass es da etwas gab, das er ihr nicht erzählen wollte. Prompt war sie umso gespannter darauf, mehr zu erfahren.

»Hattest du eine feste Freundin?« Vielleicht war es der Whiskey, der ihre Zunge lockerte, doch es erfüllte sie mit einem beinahe perversen Vergnügen, Dominic über sein Privatleben auszufragen.

Zu ihrer Überraschung zögerte er nicht.

»Ja«, sagte er.

Oha!, dachte sie und zog die Brauen hoch. Er hat eine feste Freundin gehabt. Haben sie sich getrennt, bevor oder nachdem er in Afghanistan war?

Wenn sie zusammen gewesen waren, bevor Dominic angefangen hatte, für Leo zu arbeiten, dann war sie vielleicht ein ganz normales Mädchen.

»Wie war sie so?«

Dominic, der auf die Bierflasche gestarrt hatte, sah zu ihr auf. Ein trauriger Ausdruck lag in seinen Augen, mit dem Lauren nicht gerechnet hatte. Er wich ihrem Blick aus.

»Sie war ...«, kurz schien er nach dem richtigen Wort zu suchen, »verletzlich.«

Auch das überraschte sie. Was für ein seltsames Wort, jemanden zu beschreiben, mit dem man mal zusammen gewesen ist, dachte sie.

Dominic sah sie an und schien ihre Verwirrung zu bemerken. »Ich habe die Sache beendet, als ich anfing, für Leo zu arbeiten«, sagte er mit Bedauern in der Stimme. »Das war besser für sie.«

Lauren atmete deutlich hörbar aus. Das musste sie erst einmal sacken lassen.

»Was?«, fragte Dominic herausfordernd. »Gib es zu, Lola. Du denkst, ich bin das Letzte, weil ich mit ihr schlussgemacht habe. Alles Bullshit, von wegen, ich hätte es zu ihrem Schutz getan. Nicht wahr?«

Lauren zog die Schultern hoch. »Ehrlich gesagt, weiß ich nicht, wie ich darüber denken soll.«

Eine Weile sah sie ihn forschend an und winkte dann ab. »Aber es geht mich ja auch nichts an.«

»Es gibt Jobs, die vertragen sich nicht mit Beziehungen«, sagte Dominic mehr zu sich selbst und er wirkte ehrlich geknickt. Doch dann sah er neugierig zu ihr auf.

»Wie war das bei dir?«, fragte er direkt heraus, als wäre seine Geschichte nicht weiter beachtenswert. »Du warst doch mit einem Cop zusammen.«

Lauren wich seinem Blick aus und sah betroffen in ihr Glas. Nun entwickelte sich dieses Gespräch in eine Richtung, die sie lieber vermieden hätte. Bisher – so schien es – hatte sie die Oberhand gehabt und Dominic hatte den Verletzten gespielt. Doch mit einem Mal hatte sich das Blatt gewendet. Nun war es an ihm, Fragen zu stellen.

»Eins würde mich ja interessieren«, begann er und seine flaschengrünen Augen musterten sie selbstgerecht.

»Wie ist es dazu gekommen, dass ihr nicht mehr zusammen seid? Hast du ihm den Laufpass gegeben oder er dir?«

Lauren schluckte schwer. »Ich.«

Sie kippte den restlichen Scotch herunter in der Hoffnung, er könnte den Schmerz betäuben, der sich in ihr ausbreitete. Nur mit Mühe konnte sie die Tränen zurückhalten.

»Warum?«

Natürlich wollte Dominic mehr wissen.

»Das geht dich nichts an.« Lauren schüttelte den Kopf, doch ihre Worte wirkten halbherzig.

Dominics Blick ruhte auf ihr und schließlich holte sie tief Luft. »Weil er ein viel besserer Mensch ist als ich. Das ist die Wahrheit.«

Diese Erkenntnis hatte ihr mehr als nur schlaflose Nächte beschert. Sie hatte sich in sie gebohrt wie eine Klinge. Und auch, wenn es nun nicht mehr so sehr wehtat – die Verletzung saß tief. Denn Tatsache war, dass sie sich diese Verletzung selbst zugefügt hatte.

Dominic schnaubte und rollte mit den Augen.

»Komm schon«, sagte er. »Das ist jetzt aber wirklich übertrieben. Oder glaubst du das etwa im Ernst?«

Auch Lauren schnaubte, erwiderte aber nichts. Sie starrte abwesend in das leere Glas vor sich und ärgerte sich über sich selbst. Wieso hatte sie ihre Klappe nicht halten können und ausgerechnet Dominic davon erzählt? In ihrem Magen grummelte es und sie dachte mürrisch, dass sie den Whiskey nicht so schnell hätte trinken sollen.

Das war aber auch ein Scheißtag gewesen. Nun ja, warum sollte er nicht genauso scheiße enden?

»Ich weiß, es war nicht einfach«, sagte Dominic. Seine Stimme war sanft. »Aber du warst toll heute. Danke.«

Wieder schnaubte sie und sah ihn an. »Soll das ein Kompliment sein?«

Dass er sie anscheinend dafür loben wollte, dass sie einen Menschen angeschossen hatte, verstärkte das flaue Gefühl in ihrem Magen.

Er nickte und erntete ein sarkastisches Lachen von ihr. »Na super. Da fühle ich mich doch gleich viel besser.«

Dominik runzelte die Stirn.

»Du glaubst tatsächlich, dass es erstrebenswert ist, so zu sein wie du, was?« Lauren erhob sich von dem Barhocker und trat nahe an ihn heran.

»Ich habe eine Neuigkeit für dich: Ist es nicht.«

Sie klopfte auf die Bar und wandte sich zum Gehen. Sie wollte hier raus, nach Hause und endlich Ruhe haben. Dominic griff nach ihrem Arm.

»Lass mich los. Ich nehm' mir ein Taxi.«

Dominics Griff war fest und sie konnte sich nicht losreißen. Sein Blick war wie eine Warnung. Offensichtlich war er der Meinung, dass er entschied, ob sie gehen durfte oder nicht.

Sie starrte zurück und für einen kurzen Moment, der ihr wie eine Ewigkeit vorkam, sahen sie einander fest in die Augen. Taxierten einander. Ein seltsames Gefühl kam in Lauren auf. Hatte sie seinen Blick falsch gedeutet? Nun kam es ihr eher so vor, als wollte er sie bitten, zu bleiben. Doch aus irgendeinem Grund schien er diesem Wunsch selbst nicht zu trauen.

Dominics Gesichtsausdruck änderte sich nicht, doch er lockerte seinen Griff und ließ sie schließlich los.

»Tu, was du willst«, sagte er und wandte sich wieder seinem Bier zu.

Lauren verließ die Bar, ohne sich zu verabschieden.

Kapitel 14

Fuck! Verdammte Scheiße!

Hektisch schlug Lauren die dünne Bettdecke zur Seite und sprang aus dem Bett. Sie hatte verschlafen. Das erste Mal überhaupt, seit sie für Karlovic arbeitete, hatte sie verschlafen! Sie musste im Halbschlaf ihren Wecker ausgeschaltet haben und nun würde sie es nicht mehr pünktlich zur Frühschicht schaffen. Ihr Kopf brummte und in ihrem Mund hing ein säuerlicher Geschmack, der sie an den Scotch erinnerte, den sie in der Bar runtergekippt hatte. Schnell schnappte sie sich ihre Klamotten und rannte ins Bad, um eine Katzenwäsche zu machen und sich anzuziehen. Normalerweise half sie ihrem Vater morgens beim Anziehen und machte das Frühstück für ihn, ehe sie das Haus verließ. Das würde heute ausfallen müssen.

Als Lauren in die Küche rauschte, fand sie Nick vor. Er saß im Schlafanzug am Küchentisch und löffelte trockene Cornflakes in seinen Mund.

»Pops, tut mir leid. Ich habe total verschlafen.«

Sie eilte zum Kühlschrank und nahm die Milch heraus. Während sie sie vorsichtig in Nicks Cornflakes schüttete, warf sie einen bangen Blick auf die Uhr. Das würde mehr als Ärger geben. Karlovic würde ihr garantiert Lohn abziehen für die verpasste Zeit.

Nick seufzte nur und löffelte weiter. Zum Glück, dachte Lauren und fühlte sich sofort schlecht deswegen. Aber sie hätte jetzt einfach keinen Nerv gehabt, sich mit Nick zu beschäftigen, wenn er sich angestellt hätte. Sie eilte in den kleinen Garten und nahm ihren Overall von der Wäscheleine. Sie würde ihn erst anziehen, wenn sie bei Karlovic war.

Zurück in der Küche stellte sich allerdings zunächst die Frage, was sie mit Nick machen sollte. Würde er es schaffen, sich allein etwas zum Anziehen rauszusuchen?

Es half nichts. Sie weckte Joey, der zusammengerollt in seinen Klamotten geschlafen hatte, in seinem stets dunklen Zimmer, in dem es noch wärmer und stickiger war als im restlichen Haus, da er seine Computer niemals ausschaltete. Er würde sich heute darum kümmern müssen, dass Nick sich richtig wusch und anzog. Lauren hoffte, er würde das hinkriegen.

Vor dem Haus erwartete sie die nächste böse Überraschung: Vor ihrer Einfahrt parkte ein Umzugslaster. So wie es aussah, zogen nebenan endlich neue Nachbarn ein, nachdem das Haus lange leer gestanden hatte. Es kostete sie weitere Minuten, den Fahrer des LKW ausfindig zu machen, damit er den Weg für sie frei machte und sie mit ihrem Camry endlich loskam.

Bei Karlovic angekommen, traf sie das erwartete Donnerwetter, zunächst von Eric – der sie wie immer wegen ihres nicht vorschriftsmäßig getragenen Overalls rügte – und dann von ihrem Boss, dessen gewaltige Stimme durch den Blechcontainer hallte.

»Ich bin wohl zu gutmütig, oder was? Steht auf meiner Stirn vielleicht, dass ich die Heilsarmee bin?«

Lauren schluckte es, weil sie wusste, dass sie es verdient hatte. Sie hatte mit Dominic in der Bar gesessen und billigen Scotch getrunken, obwohl sie nach der ganzen Sache einfach nach Hause hätte gehen sollen.

Schließlich sagte sie kleinlaut: »Es tut mir leid, Boss. Mir ist das noch nie passiert und es wird nicht mehr passieren.«

»Das will ich dir auch raten«, brummte Karlovic. Kurz wurde sein Gesichtsausdruck weicher, beinahe väterlich, so, als vermutete er, dass sie ein Problem zu Hause hatte. Doch da Eric im Büro herumlungerte, gestattete er sich diese Rührseligkeit nicht.

»Jetzt sieh zu, dass du deine Arbeit machst.«

Lauren rauschte aus dem Büro und lief zu ihrem Truck. Zu ihrem Entsetzen wartete dort Dominic auf sie.

»Vergiss es«, sagte sie zur Begrüßung. »Ich habe schon genug Stress mit meinem Boss. Ich mach heute keine Botengänge für dich.«

Vorsichtig sah sie sich um. Schon an den anderen Tagen, an denen er hier aufgetaucht war, hatte sie Bedenken gehabt, dass jemand sie mit Dominic auf Karlovics Hof sehen könnte. Noch dazu hatte sie heute einen Streifenwagen draußen auf der Straße stehen sehen und vermutete, dass Danny oder ein Kollege mal wieder den Hof überwachte, wegen der Sache mit Hector.

»Guten Morgen, Sonnenschein«, sagte Dominic. »Schon gut, ich wollte nur sehen, ob mit dir alles in Ordnung ist.«

»Nichts ist in Ordnung«, gab Lauren zurück. »Danke der Nachfrage.«

Vielleicht ist es nicht ganz fair ihm gegenüber, dachte Lauren kurz. Vielleicht will er wirklich nur sichergehen, dass ich okay bin.

Doch er war ja nicht ganz unbeteiligt an dem Schlamassel, in dem sie jetzt steckte. Dem Impuls, ihn zu fragen, wie es seinem Arm ging, widerstand sie.

»Was willst du noch?«, fragte sie stattdessen.

Dominic sah sie einen Moment abwartend an. »Wir lassen es mal ein paar Tage ruhiger angehen. Wir glauben, dass Sharkin ziemlich mit dem Rücken zur Wand steht, wenn er so einen Schritt macht wie gestern.«

»Was genau meinst du?«

»Erst ein Gesprächsangebot und dann die Attacke auf dem Parkplatz«, sagte Dominic nachdenklich. »Das wirkt, als wisse er nicht, was er tun soll. Dieser Maxim hat von einem wichtigen Deal geredet. Sie wollen, dass wir uns raushalten. Leider konnte ich ihm nichts versprechen. Das muss Leo entscheiden.«

Für Lauren hatte sich das in dem Diner etwas anders angehört, aber sie hatte schließlich nicht alle Informationen. Zweifelsohne erzählte Dominic ihr nur das Nötigste. Und wenn schon! Sie hatte wirklich andere Probleme.

»Ich muss jetzt los«, sagte sie betont ungerührt und legte ihre

Hand an den Türgriff des Trucks. Sie zog die Brauen hoch und funkelte Dominic an, der an der Tür lehnte und ihr somit im Weg stand.

Er ließ sich absichtlich viel Zeit und trat schließlich zur Seite. »Okay, viel Spaß.«

Er tat, als würde er ihr die Tür aufhalten, doch Lauren entriss sie ihm unsanft und zog sie mit lautem Knall zu. Ohne ihn weiter zu beachten, ließ sie den Motor an, setzte zurück und fuhr vom Hof.

* * *

Noch am Abend hatte Sharkin von Maxim erfahren, wie das Gespräch gelaufen war – dass Dominic Valente sie nur verhöhnt hatte und nicht auf den Vorschlag eingegangen war, sich gegen eine geringe Beteiligung aus dem Deal rauszuhalten. Er hatte Maxim daraufhin am nächsten Tag in sein Büro bestellt. Sein bester Mann saß – selbstbewusst wie immer – in einem Sessel vor ihm und hörte sich an, wie er die ganze Sache beurteilte. Aus Sharkins Sicht war es zwar ärgerlich, dass sie Valente nicht hatten überzeugen können – und noch viel ärgerlicher war die Tatsache, dass sie ihn hatten davonkommen lassen –, doch es lohnte sich nicht, sich im Nachhinein zu fragen, was hätte anders laufen können.

»Wie geht es Lev?«, fragte Sharkin.

»Mit Krücken kann er schon wieder gehen«, antwortete Maxim, »macht sich aber ziemliche Vorwürfe, dass er versagt hat. Dass er Valente entwischen ließ.«

Sharkin wandte sich an seine Assistentin: »Bitte, schick seiner Familie Geld und meine Grüße.«

Sie nickte ergeben und verließ das Büro.

»Du hast erzählt, dass Valente Hilfe von einer Frau hatte«, sagte Sharkin und setzte sich zu Maxim.

»Ja, Lev meinte, sie habe Dominic gewarnt, als er ihn angreifen wollte. Allein dadurch konnte er abhauen.«

»Kennen wir sie?«

»Nein.« Maxim schüttelte langsam den Kopf. »Eine Unbekannte.«

Sharkin schwieg und dachte nach. Er wusste, dass Maxim von Anfang an der Meinung gewesen war, dass sie ihre Zeit mit Dom Valente verschwendeten. Vielleicht hatte er recht. Was brachte es schon, zu reden?

»Bruder«, begann Maxim vorsichtig, »ich finde, wir sollten mal wieder unseren Freund im Valente-Clan zu einem Gespräch bitten. Bisher haben uns seine Infos immer geholfen.«

Sharkin musterte ihn kühl.

Sie hatten einen Informanten in Valentes Dunstkreis, jemand, der sich einst mehr erhofft und für seine Leistungen für die Familie leider zu wenig Anerkennung erfahren hatte. Doch diese Sorte Insider barg immer ein gewisses Risiko: Man konnte nie wissen, ob sie sich nicht auch noch von anderen Konkurrenten bezahlen ließen oder nicht sogar so etwas wie Doppelagenten waren.

Sharkin war der Ansicht, dass man diese Quellen regelmäßig, aber nicht zu oft anzapfen durfte. Man musste sie pflegen wie eine Pflanze, doch man durfte sie auf keinen Fall überdüngen.

»Es wird Zeit, entschlossener vorzugehen«, fügte Maxim hinzu. »Und wenn es sein muss, dann eben mit entsprechender Härte.«

Ein Leuchten trat ins Sharkins Augen und Maxims Mund verzog sich zu einem feinen Lächeln.

Wenn der Hai Blut roch, dann konnte ihn nichts mehr aufhalten.

»Ich diene dem Gesetz der Diebe«, sagte Sharkin, »und tue, was getan werden muss.«

Er sah Maxim erwartungsvoll an und dieser antwortete so, wie es sich gebührte: »Eher will ich in der Hölle schmoren, als dass ich das Gesetz der Diebe verrate.«

Sie beide hatten diesen alten Schwur geleistet, als sie im russischen Gefängnis gesessen hatten, und seither immer wieder voreinander bekräftigt.

Sie taten es, um ein neues Projekt einzuläuten oder wenn schwere Aufgaben vor ihnen lagen. Und wenn sie – wie jetzt – in den Krieg zogen.

Kapitel 15

Lauren saß vor ihrem Tagebuch, starrte auf die leere Seite und wusste nicht, was sie schreiben sollte. Sie hatte jede Menge zu erzählen, doch sie brachte es nicht über sich.

Liebe Mama, …

Es war, als würde sie persönlich vor ihre Mutter treten und ihr beichten müssen, dass sie Scheiße gebaut hatte. Sie ging Mafiageschäften nach. Sie unterstützte Drogendeals und dann hatte sie auch noch jemanden angeschossen. Sie wusste genau, dass ihre Mutter schimpfen und toben würde, wenn sie das wüsste. Lauren hatte ihr immer alles erzählen können, jede noch so kleine Dummheit, und ihre Mutter hatte ihr stets verständnisvoll zugehört und sie danach beruhigt. Doch bei ernsthaften Lügen und Gewalt hatte sie kein Pardon gekannt.

Seufzend schloss Lauren ihr Tagebuch und legte es zurück in die Schreibtischschublade. Heute war kein guter Tag zum Schreiben. Überhaupt war sie heute lustlos, konnte sich zu nichts aufraffen – ja, sie schwänzte sogar den Gottesdienst, zu dem sie sonntags sonst immer ging. Tatsächlich tat sie es nur Nick zuliebe. Sie selbst verband mit der Kirche nicht wirklich viel, außer langweilige Stunden im Kommunionsunterricht als Kind, eine unendliche Zahl von Gottesdiensten, in denen sie mit ihren Gedanken ganz woanders gewesen war. Unzählige Male hatte sie die Bilder in den hohen Fenstern oder die aus Holz geschnitzten Heiligenfiguren betrachtet und sich Geschichten dazu ausgedacht. Die meiste Zeit jedoch war ihr einfach nur langweilig gewesen. Gleichzeitig quälte sie ein schlechtes Gewissen deswegen. Wenn man schon in die Kirche ging, dann sollte man auch voll und ganz dabei sein. Hinzugehen und sich zu langweilen, hatte stattdessen etwas Heuchlerisches. Und jetzt, da sie Kriminelle unterstützte und Menschen anschoss, war es erst recht absurd. Vielleicht sollte sie mal wieder zur Beichte gehen?

Lauren dachte mittlerweile anders über die Schießerei vor zwei Tagen: Sie hatte auf den Russen geschossen, um Dominic zu schützen. Der Grund dafür war allerdings nicht die Sorge um die Reaktion seiner Familie, es war keine Pflichterfüllung gewesen, weil sie bei ihnen in der Schuld stand, sondern einzig der Wunsch, dass ihm nichts passierte. Wie auch immer man zu der Art stand, wie er lebte, und zu dem, was er tat – das hatte er nicht verdient. Er war auch nur ein Mensch mit Fehlern. Genau wie sie.

Sie schlurfte nach unten ins Wohnzimmer und um ihr schlechtes Gewissen ein wenig zu beruhigen, räumte sie ein bisschen auf. Sie war allein. Joey hatte Betty und ihren Vater in die Kirche begleitet und wollte danach direkt zu Cyrus. So blieb ihr etwas Zeit für sich, doch wie es aussah, bekam sie heute einfach nichts auf die Reihe.

Das Geräusch eines Wagens, der vor dem Haus hielt, ließ sie aufhorchen und sie sah aus dem Fenster. Dort stand ein Streifenwagen, zwei Cops stiegen aus. Ein ungutes Gefühl machte sich in ihr breit und – wie befürchtet – kamen die Polizisten über den schmalen Weg zum Haus und klingelten kurz darauf an der Tür.

Lauren mahnte sich selbst zur Ruhe. Es konnte genauso gut sein, dass sie etwas wegen Joey wollten. Doch sie ahnte bereits, dass es mit ihren eigenen Tätigkeiten für Dominic zusammenhing. Sie hatte jemanden angeschossen, verdammt.

»Lauren Mazur?«, fragte der Officer, der geklingelt hatte. Sein Kollege stand schräg hinter ihm.

In dem Moment, in dem sie bestätigend nickte, griff er zu den Handschellen an seinem Gürtel.

»Sie sind vorläufig festgenommen. Ihnen wird vorgeworfen, an einer Schießerei vor dem ›Tops‹ Diner an der Passaic Ave verwickelt gewesen zu sein.«

Ehe Lauren etwas sagen konnte, klickten die Handschellen hinter ihrem Rücken. Was sollte sie auch sagen? Vor ihrem inneren Auge sah sie sich bereits in einem Verhörzimmer sitzen, dann in einem orangefarbenen Overall einen dunklen Gefängniskorridor entlanggehen.

Die Cops führten sie zum Streifenwagen. Kurz erhaschte sie einen Blick auf das Namensschild des zweiten Officers und erkannte ihn. Es war Pezzulo, ein Kollege von Danny. Als sich ihre Blicke trafen, machte er ein versöhnliches, beinahe entschuldigendes Gesicht. Sie taten nur ihren Job.

Eine Hand wurde auf ihren Kopf gelegt und sie wurde in den Wagen geschoben.

»Sie haben das Recht, die Aussage zu verweigern ...«

Die Worte drangen kaum zu ihr durch. Sie konnte nur daran denken, dass sie nun richtig in der Scheiße saß und es nicht so schnell zu klären sein würde. Als der Wagen abfuhr, sah sie zurück zum Haus und fragte sich unvermittelt, wann sie es wiedersehen würde. Was wurde aus ihrem Vater? Was war mit Joey? Sie fühlte sich völlig machtlos und dieses Gefühl schnürte ihr beinahe die Luft ab, als hätte man ihr den Boden unter den Füßen weggezogen. Den ganzen Weg zur Polizeiwache von Passaic starrte sie nur nach unten und versuchte, die Welt draußen auszublenden.

Nach der üblichen Prozedur mit Papierkram, Fotos und Fingerabdrücken wurde ein Abstrich von ihren Händen genommen und direkt ins Labor gegeben. Danach saß sie an einem Schreibtisch einem mürrischen weiblichen Officer gegenüber, die ihr weitere Fragen stellte: Ob sie Drogen nahm? Ob sie irgendwelche gesundheitlichen Einschränkungen hätte? Schließlich fragte die Frau, ob sie telefonieren wolle.

Lauren nickte.

Die Polizistin deutete auf eine Telefonkabine im Gang zu ihrer Linken.

»Bitte sehr«, sagte sie in unfreundlichem Tonfall. »Ein Officer wird Sie dann abholen.«

Langsam erhob Lauren sich und ging zu dem Telefon. Dabei ließ sie ihren Blick unauffällig schweifen, in der Hoffnung, Danny zu erspähen. Vielleicht konnte er ihr helfen oder wenigstens dafür sorgen, dass die Sache nicht ganz so unangenehm wurde. Doch er war nirgends zu sehen.

Als sie vor dem Telefon stand, wurde ihr bewusst, dass sie keine Ahnung hatte, wen sie anrufen sollte. Sie hatte keinen Anwalt. Und sie glaubte nicht, dass sie sich überhaupt einen leisten konnte. Vielleicht konnte Ella ihr helfen. Aber was, wenn nicht? Sie hatte nur einen Anruf. Und neben der Telefonnummer von Ellas Nagelstudio gab es nur eine Nummer, die Lauren auswendig kannte.

Sie nahm den Hörer, klemmte ihn sich an die Schulter und rief Dominic an.

Langsam und sachlich schilderte sie ihm ihre Situation. Dominic hörte sich alles an und verabschiedete sich mit den Worten: »Ich kümmere mich darum.«

Wenigstens etwas beruhigt hängte Lauren den Hörer ein. Ein Officer wartete bereits neben ihr und griff nach ihrem Arm.

Daran werde ich mich gewöhnen müssen, dachte sie. Daran, ständig die Hände anderer an mir zu haben.

Man brachte sie in eine Wartezelle und ließ sie dort – natürlich – erst einmal warten.

* * *

Er rief zunächst Cohen an, dann Leonardo, das Oberhaupt der Valente-Familie. Der Capo, der Boss, der auch zu einer Art Mentor für ihn geworden war. Er wusste, dass er die Neuigkeit über Laurens Verhaftung nicht mit Begeisterung aufnehmen würde.

»Wie konnte das passieren?« Leonardo Valentes volle Stimme klang am Telefon ebenso gebieterisch wie unnahbar.

»Cohen vermutet, dass sie für ihre Arbeit bei Karlovic eine Lizenz zum Befördern von Gefahrengut braucht. Dadurch haben die Cops sie in der Datenbank. Wenn es auf dem Parkplatz vor dem Diner Videoüberwachung gab ...«

»Schon gut, spar dir die Details«, fiel Leonardo ihm ins Wort. »Meine Güte, manchmal glaube ich, ich bin von Flachpfeifen umgeben. Du weißt, was du zu tun hast. Was hat Cohen noch gesagt?«

»Er sagte, dass wir kurz vor dem Ende der Operation stehen. Der nächste Schritt gilt nun der Familie Mazur. Von Joey weiß ich, dass sie eine betreute Wohneinrichtung für ihren Vater suchen. Cohen meinte, dass wir das nutzen könnten, um ihn schon mal in Sicherheit zu bringen.«

»Ach was«, blaffte Leonardo zurück. »Ich würde, weiß Gott, ruhiger schlafen, wenn ich mir nicht ständig Sorgen machen müsste, dass Cohen, dieses Wiesel, alles versaut.«

Er machte eine kurze Pause und seufzte, ehe er fortfuhr: »Ich werde alles mir Mögliche in die Wege leiten, was die Unterbringung von Nick Mazur angeht. Die Details lasse ich dich wissen, wenn es so weit ist. Cohen soll die Sache mit Lauren bereinigen. Wenigstens dazu taugt das FBI. Ich möchte, dass du Lauren abholst und dich um sie kümmerst.«

»Alles klar, Leo. Das werde ich. Und den Rest kläre ich dann mit Cohen.«

Er war versucht, Leonardo zu fragen, was genau er wegen Nick Mazur vorhatte, doch ein Knacken in der Leitung verriet, dass der Capo das Telefonat beendet hatte.

* * *

Dominic musste etwas erreicht haben, denn nach einiger Zeit – Lauren kam es wie mehrere Stunden vor – wurde sie in ein Verhörzimmer gebracht. Ein Tisch, ein paar Stühle und ein großer Spiegel –, Lauren hatte keine Probleme mit engen Räumen ohne Fenster, doch sie fühlte sich plötzlich stärker eingeengt als in der Zelle. Wieder musste sie warten. Nervös kaute sie an ihren Fingernägeln

– Ella würde ausflippen – und grübelte über das nach, was ihr bevorstand. Vielleicht hatten sie nun das Ergebnis aus dem Labor und wollten sie damit konfrontieren. Sie hatte immer noch keine Ahnung, was sie sagen sollte. Am besten gar nichts.

Als sie draußen Stimmen und Schritte hörte, setzte sie sich kerzengrade hin und versuchte, ein neutrales Gesicht zu machen, um den Cops ja nicht zu zeigen, dass sie etwas ausgefressen hatte. Doch durch die Tür trat ein Mann in einem perfekt sitzenden dunklen Anzug, mit schwarzen Haaren und einem makellosen Gesicht.

»Guten Tag, Ms. Mazur«, sagte er höflich. »Mr. Valente schickt mich. Ich bin Ihr Anwalt.«

Sein Auftreten war so elegant und eloquent, dass Lauren sich erhob, als sie ihm die Hand schüttelte. Mit seinem Erscheinen schien er den Raum völlig zu verändern, als wäre die Zusammensetzung der Luft nun eine ganz andere als zuvor. Und das lag nicht allein an seinem Parfum, das deutlich vernehmbar, aber dennoch nicht aufdringlich war.

»Mein Name ist Anthony Sanders. Nennen Sie mich Tony.«

Er zwinkerte, so, als wollte er damit sagen, dass nicht jeder ihn so nennen durfte, sie aber eine Ausnahme war.

Obwohl es einstudiert wirkte, fühlte Lauren sich tatsächlich sofort besser.

Sanders zog einen Stuhl aus der Ecke heran und setzte sich neben sie. Er legte ein Tablet auf den Tisch, schlug die Beine übereinander und faltete die Hände.

»Ich habe schon mit den zuständigen Ermittlern gesprochen. Sie, Ms. Mazur, sind hier, weil Sie auf einem Überwachungsvideo vom Parkplatz des Diners zu sehen sind. Vom Innenraum des Diners gibt es keine Aufzeichnungen.«

Er schüttelte ungläubig den Kopf, als wäre es absolut lächerlich. Dann nahm er ihre Hand und sah sie fürsorglich an.

»Machen Sie sich keine Sorgen. Die haben nur Indizien, weiter nichts. Ohne die Tatwaffe können die Sie nicht hierbehalten. Ich habe bereits erreicht, dass Sie bis zur Anklage freikommen. Und diese wird niemals erhoben, glauben Sie mir.«

Verwirrt sah Lauren ihn an. Was er da sagte, passte nicht zu dem Szenario, das sie sich bereits ausgemalt hatte. Sie würde nicht ins Gefängnis gehen?

»Nur noch ein paar Formalitäten und Sie spazieren hier wieder raus«, schloss er lächelnd und erhob sich wieder. »Ich bin gleich zurück. Falls jemand kommt, um Sie zu verhören, sagen Sie nichts, bevor ich wieder an Ihrer Seite bin.«

Damit nahm er sein Tablet und verließ den Raum.

Lauren saß immer noch völlig perplex da. War das gerade wirklich passiert? Dominic hatte ihr einen der Anwälte der Valentes geschickt. Einen höchstwahrscheinlich überaus gewieften und unglaublich hochbezahlten Anwalt. Der Gedanke dahinter war natürlich klar: Das war kein Akt der Nächstenliebe, sondern reiner Selbstschutz. Sie mussten verhindern, dass Lauren plauderte, dass sie gegen Dominic aussagte, um einen Deal für sich zu machen. Und selbst wenn sie einen Deal hätte machen wollen, dann würden sie wenigstens durch den Anwalt im Bilde sein und sich entsprechend vorbereiten können. Ihr wurde plötzlich klar, dass sämtliche Kriminelle aus ähnlichen Gründen mit einem blauen Auge davonkamen – weil die Organisationen, für die sie arbeiteten, ihnen fähige Anwälte schickten, die sie raushauten. Wahrscheinlich war genau das bei Chad passiert, als Dominic gemeint hatte, sie würden sich darum kümmern. Und nun war sie ebenfalls eine Kriminelle, die von einem Mafia-Anwalt vor der Haft bewahrt wurde. Es sollte sie beschämen. Doch stattdessen verspürte sie Erleichterung. Und noch etwas: Sie war tatsächlich dankbar dafür, dass Dominic ihr Anthony ›Nennen Sie mich Tony‹ Sanders geschickt hatte.

Keine zehn Minuten später stand sie an dem Schalter in der Eingangshalle der Wache und nahm ihre persönliche Habe – Telefon, Geldbeutel, Autoschlüssel und Ausweis – in einem Plastikbeutel in Empfang. Der diensthabende Beamte schob ihr ein Klemmbrett mit einem Zettel herüber, auf dem sie den Erhalt quittieren musste. Tony Sanders bot ihr an, sie in seinem Wagen mitzunehmen, und sie nahm dankend an.

»Lauren? Was machst du denn hier?«

Erschrocken wandte sich Lauren zu Danny um, der hinter ihr erschienen war. Sein Blick ging zu dem Plastikbeutel mit ihren Sachen, zu Sanders und dann zurück zu ihr. Er runzelte besorgt die Stirn.

»Danny, hi ... ich ...« Lauren wusste, dass Danny die Situation sofort erfasst hatte und fühlte sich augenblicklich ertappt.

»Ist alles in Ordnung?«, fragte er. Sein Blick huschte erneut irritiert zu Sanders, der sich entschuldigte.

»Ich hole den Wagen und treffe Sie draußen.« Diskret zog sich der Anwalt zurück und verließ die Wache.

Lauren stand wie angewurzelt da. Als sie hier angekommen war, hatte sie gehofft, Danny zu sehen. Doch nun war es ihr unendlich peinlich.

Danny hatte Sanders hinterhergeblickt und sah sie nun fragend an. »Das eben war doch Tony Sanders. Was hast du mit dem zu schaffen?«

»Du kennst ihn?«, fragte Lauren vorsichtig. Etwas Besseres fiel ihr nicht ein.

»Sanders geht hier ein und aus«, erwiderte Danny wissend. »Er arbeitet oft für die Mafia.«

Er musterte sie kritisch und auch etwas vorsichtig. Sie konnte ihm ansehen, dass er nicht ganz glauben konnte, was er soeben gesehen hatte.

»Ehrlich gesagt, wundert es mich, dass *du* ihn kennst«.

Lauren zuckte mit den Schultern. »Er ist mein Anwalt.«

Danny zog die Brauen hoch und fuhr sich mit der Hand übers Gesicht, als müsste er sich vergewissern, dass er wach war und nicht träumte. »Was ist bei dir los, Lauren?«

Sie wich seinem Blick aus. »Gar nichts ist los.«

»Nichts?« Er sah sie besorgt an. »Ich habe dich vor Kurzem mit Dom Valente gesehen. Bei Karlovic. Und jetzt bist du hier mit deinem Anwalt – einem stadtbekannten Mafia-Anwalt. Sei ehrlich, du bist da in was verwickelt, stimmt's?«

Lauren wünschte, sie könnte sich einfach in Luft auflösen. Sie sah ihn an und schüttelte den Kopf.

Danny legte ihr die Hände auf die Schultern und sah ihr fest in die Augen. »Falls es da etwas gibt, lass mich dir helfen.«

Es war beinahe unerträglich, ihm so nahe zu sein. Lauren war kurz davor, ihm in die Arme zu fallen und an seiner Brust schluchzend alles zu erzählen. Doch sie stand steif da und atmete tief ein und aus, um sich wieder zu fassen.

»Das war nur ein Missverständnis. Weiter nichts«, sagte sie und sah ihm in die Augen, weil sie wusste, dass er ihr sonst nicht glauben würde.

Sein Blick wurde versöhnlich, auch wenn er immer noch besorgt wirkte. Er schien zu akzeptieren, dass sie ihm nichts sagen wollte und zog sich etwas zurück.

»Okay«, sagte er. »Aber versprich mir, dass du dich meldest, wenn du Hilfe brauchst. Lass dich nicht auf diese Typen ein. Sie sind gefährlich.«

Lauren nickte. »Das werde ich«, versprach sie und fühlte sich dabei, als würde ihr eine Schlinge um den Hals gelegt. Sie schnappte sich ihre Sachen und verdrückte sich.

Zu ihrer Überraschung wartete Dominic vor der Wache. Er stand an seinen Wagen gelehnt, ein protziger, schwarzer Cadillac CTS-V, und musterte sie interessiert. Als sie näherkam, öffnete er die Beifahrertür.

»Ich war grad in der Gegend und habe Tony gesagt, dass ich dich mitnehme.«

Das erübrigte zumindest die Frage, wo der Anwalt war. Doch Lauren zögerte. Unsicher sah sie zurück zur Polizeiwache, denn viel wichtiger war: Hatte Danny Dominic gesehen, bevor sich die Tür geschlossen hatte? Er hatte mit dem Rücken zur Tür gestanden, also konnte sie hoffen, dass es nicht so war.

Dominic sah sie auffordernd an und sie stieg wortlos ein.

»War das dein Ex-Cop?«, fragte er, als er eingestiegen war.

Entsetzt sah Lauren zu ihm hinüber.

»Ich habe euch reden sehen«, erklärte Dominic. »Das wirkte sehr vertraut.«

Lauren brauchte gar nichts zu sagen, er hatte die Sache bereits durchschaut. Es schien ihn zu belustigen, denn er grinste breit.

»Können wir bitte einfach losfahren«, sagte Lauren trübsinnig.

Schlimmer kann dieser Tag nun wirklich nicht mehr werden, dachte sie.

»Gut, dann bring ich dich nach Hause ...«, sagte Dominic, doch es klang wie eine Frage.

Tatsächlich stellte Lauren fest, dass sie nicht nach Hause wollte. Während die Polizeiwache im Rückspiegel kleiner wurde, merkte sie, dass sie jetzt weder Joey noch ihren Vater würde ertragen können.

»Bitte fahr mich woandershin.«

Dominic horchte auf. »Du willst nicht nach Hause?«

Er sah herüber und ein verständnisvoller Ausdruck erschien auf seinem Gesicht. Er verstand, was sie durchmachte.

»Okay, aber zum Saufen ist es noch etwas früh«, meinte er.

Jetzt erst wurde Lauren bewusst, dass sie tatsächlich an die Möglichkeit gedacht hatte, einen Drink zu sich zu nehmen.

»Mir ist egal, wohin«, sagte sie nur.

Kapitel 16

Dominic hielt schließlich vor einem großen Apartmentkomplex. Mehrere Wohneinheiten waren in Häusern aus braunem Backstein untergebracht, die um einen vernachlässigten Innenhof mit dreckigem Pool angeordnet waren. Lauren sah gespannt zu ihm hinüber.

»Hier wohne ich«, sagte Dominic.

Kurz betrachtete sie ihn forschend. Was hatte er vor?

»Du kannst dich hier erst einmal frisch machen und dann sehen wir weiter.«

Wahrscheinlich hat er recht, dachte sie.

Und sie verspürte tatsächlich das Bedürfnis, erst einmal von der Straße zu verschwinden und sich zu vergewissern, dass sie normal aussah und nicht wie völlig im Arsch.

Als sie durch den Innenhof liefen, wurde ihr bewusst, dass sie Dominics Wohnung in einer besseren Gegend vermutet hätte. Geld war doch bei den Valentes kein Thema, dessen war sie sich sicher. Zwei flache Stufen führten hinauf zu seiner Wohnungstür, und nachdem er aufgeschlossen hatte, ließ er ihr den Vortritt. Sie sah sich um. Hier drin war es dunkel. Einbauschränke zogen sich den gesamten Flur entlang. Rechts befand sich eine winzige Küche. Links führte der Gang ins Schlafzimmer.

»Durch das Schlafzimmer kommst du ins Bad«, sagte Dominic, ging in die Küche und warf einen Blick in den Kühlschrank.

Zögernd ging Lauren durch den Flur ins Schlafzimmer. Das Bett sah aus, als hätte bis vor Minuten noch jemand darin gelegen. Doch abgesehen davon sah die Wohnung sehr aufgeräumt aus. Sie wirkte unpersönlich, es gab keine Gegenstände oder Fotos, die mehr über den Bewohner ausgesagt hätten. Die Möbel gehörten anscheinend alle zu dem Apartment dazu. Lauren schlussfolgerte daraus, dass Dominic sich hier wohl nur zum Schlafen aufhielt. Auch das angrenzende Bad gab nicht viel mehr her. Durch ein kleines Fenster, das sich nur einen spaltbreit öffnen ließ, hörte sie Straßenlärm von draußen. Sie schloss die Tür hinter sich.

Zum ersten Mal, seit sie am Morgen aufgestanden war, warf sie einen Blick in den Spiegel. Was sie sah, beruhigte sie. Sie sah aus wie immer. Ihr Gesicht zeigte nicht das Gefühlschaos, das in ihr tobte. Trotzdem warf sie sich Wasser ins Gesicht, stützte sich auf dem Waschbecken ab und atmete tief durch. Dann sah sie erneut in den Spiegel.

Was tust du hier?, fragte sie sich. Warum hast du dich von ihm hierherbringen lassen?

»Lola.« Dominic klopfte an die Tür. »Ist alles okay bei dir da drin?«

»Ja, alles okay.«

»Wirklich?«

Lauren seufzte und öffnete die Tür. Dominic wirkte ehrlich besorgt, doch sein Gesicht entspannte sich, als er sie sah.

»Ich habe nichts mehr zu trinken da und zieh kurz los. Brauchst du noch etwas?«

Lauren schüttelte den Kopf.

Dominic sah sie mitfühlend an und tätschelte kurz ihren Arm. »Lauf nicht weg. Ich bin gleich wieder da.«

Als er gegangen war, nutzte Lauren die Gelegenheit, um sich weiter umzusehen. Doch wie zuvor fand sich nichts von Interesse. Hier hätte jeder x-beliebige Typ wohnen können. Es hatte etwas von einem günstigen Kettenmotel mit funktionalen, fest verbauten Möbeln. Nichts verriet ihr mehr über Dominic. Einzige Ausnahmen waren eine Reinigungslösung für Kontaktlinsen und Augentropfen im Schrank über dem Waschbecken, und ein Buch, ein Thriller, der irgendetwas mit asiatischen Kampfkünsten zu tun hatte. Augenblicklich stellte Lauren sich vor, wie Dominic abends mit Brille im

Bett las, während die Kontaktlinsen im Reinigungsbad schwammen. Irgendwie ein ulkiger Gedanke.

Nach ihrer kurzen Inspektion des Apartments war sie unschlüssig, was sie tun sollte. Sie dachte darüber nach, einfach zu gehen, doch etwas sträubte sich in ihr. Zu Hause erwartete sie nichts außer lästigen Aufgaben, und zumindest Joey würde fragen, wo sie gesteckt hatte. Resigniert setzte sie sich auf das Bett, denn sonst gab es nichts zum Sitzen im Zimmer, und ließ ihren Blick noch einmal schweifen.

Was tue ich hier?, fragte sie sich erneut. Ist es schlau, sich hier bei ihm aufzuhalten? Andererseits: Wieso sollte es ein Problem sein? Lauren runzelte die Stirn über sich selbst. Sie grübelte mal wieder zu viel.

Tatsache war: Sie war froh, dass er ihr geholfen hatte und sich weiter um sie kümmerte.

Dominic kam mit Bier und Traubenlimonade zurück. Das Bier stellte er in den Kühlschrank für später, Lauren drückte er eine Limo in die Hand.

»Draußen ist es heiß wie in der Hölle«, fluchte er. Er war verschwitzt und zog sein kurzärmeliges Hemd aus.

Der Anblick des Pflasters am linken Oberarm brachte die Erinnerung an den Abend zurück, als sie beim Doc gewesen waren, und an das Gespräch in der Bar im Anschluss. Niemals hätte sie zu diesem Zeitpunkt gedacht, dass sie heute hier sitzen und froh darüber sein würde, dass sie Dominic hatte anrufen können.

Sie beobachtete ihn, als er sein dreckiges Hemd in einen Wäschesack stopfte und dann zum Kleiderschrank ging, um ein frisches herauszusuchen. Im Schrank herrschte effiziente Ordnung. Das einzig Bemerkenswerte war ein Safe, doch Lauren überraschte das nicht. Sie wunderte sich vielmehr über die Tatsache, dass Dominic allem Anschein nach so ordentlich war. Von seinem Verhalten her – stets etwas von oben herab und unverschämt – hätte sie ihn eher als jemanden eingeschätzt, der sich gerne bedienen ließ und dem Ordnung zu halten zu mühselig war. Er schien sie immer wieder positiv zu überraschen, ohne dies bewusst zu tun und sie musste zugeben, dass Dominic – zumindest ihr gegenüber – kein komplettes Arschloch war. Im Gegenteil: Abgesehen von seinen abgedroschenen Sprüchen, die er wirklich jedem an den Kopf warf, war er eigentlich sogar ganz in Ordnung. Sie stellte fest, dass der Anblick seines freien Oberkörpers ihren Puls beschleunigte. Als er sich umdrehte, sah er, dass sie ihn beobachtete, und zog herausfordernd die Brauen hoch. Doch Lauren wich seinem Blick aus.

»Du kannst so lange hierbleiben, wie du willst. Ich kann bei Leo pennen.« Er nahm ein Unterhemd aus dem Schrank und schlenderte ins Bad.

Lauren nickte nur. Sie war sich nicht sicher, ob sie länger hierbleiben wollte. Sie musste früher oder später nach Hause, da führte kein Weg dran vorbei. Außerdem: Wie würde das denn aussehen, wenn sie hierbliebe? Wieder legte sie die Stirn in Falten. Es scherte sie doch sonst nicht, was Dominic dachte. Oder sollte sie hinter seinem Angebot eine Absicht vermuten? Wollte er sie vielleicht verführen? Nein, schloss sie für sich. Das war wohl eher Wunschdenken.

Ihre Gedanken glitten zu Danny und ihrem Zusammentreffen auf der Wache. Obwohl sie beide nicht mehr zusammen waren und keiner dem anderen etwas schuldete, machte er sich Sorgen um sie und wollte nicht, dass sie in Schwierigkeiten geriet. Er war immer noch gut zu ihr. So gut, dass es schmerzte. Denn es konnte nicht darüber hinwegtäuschen, dass sie im Grunde einsam war. So einsam, dass sie sogar begonnen hatte, die Gesellschaft von Dominic Valente zu schätzen.

Dominic kam aus dem Bad und fummelte an dem Pflaster über seiner Schusswunde herum, das inzwischen den Verband ersetzt hatte. »Verdammt, die Scheiße juckt. Ich muss das Pflaster wechseln.«

Seine Worte rissen Lauren aus ihren Gedanken. »Lass mich mal sehen«, sagte sie und winkte ihn zu sich.

Er setzte sich zu ihr auf die Bettkante und Lauren löste das Pflaster vorsichtig. Die Wunde war sauber, das Gewebe sah rosig aus, die Fäden waren zum Teil bereits mit der Haut verwachsen. Der Amor hatte allerdings keine Flügel mehr.

Keiner der beiden sprach ein Wort.

Lauren stand auf, ging ins Bad und kam mit einem feuchten Waschlappen zurück. Langsam und vorsichtig wusch sie die letzten Klebereste des Pflasters ab. Sie konzentrierte sich auf diese Tätigkeit, damit sich ihre Gedanken beruhigten. Kurz fragte sie sich, ob dieser Akt der Intimität ihr nicht unangenehm sein oder wenigstens komisch vorkommen sollte. Doch es war ganz und gar nicht komisch.

Sie beendete die Prozedur mit dem Waschlappen und warf diesen auf den Nachttisch. Dann nahm sie Dominic das frische Pflaster aus der Hand, das er aus dem Bad mitgebracht hatte, und klebte es behutsam auf die Wunde. Sie seufzte laut.

Dominic beobachtete sie aufmerksam. »Ist wirklich alles okay mit dir? War ein krasser Tag heute.«

Lauren wusste nicht, was sie sagen sollte und sah ihn nur abwartend an. Nach dem, was heute passiert war, hätte sie nichts dagegen gehabt, in den Arm genommen zu werden. Selbst von Dominic Valente. Doch wenn sie ehrlich zu sich war – hatte sie nicht früher schon einmal darüber nachgedacht?

»Danke«, brachte sie hervor, »dass du mich da rausgeholt hast.«

Dominic gab ein sarkastisches Lachen von sich. »Ohne mich wärst du da gar nicht reingeraten.«

Es stimmte ja, was er sagte. Sie war ihm dankbar dafür, dass er sie aus einer Situation befreit hatte, in die sie niemals gekommen wäre, hätte Joey sich nicht mit dem Valente-Clan eingelassen und diesen Mobster mit nach Hause gebracht. Trotzdem war es so. Und es war noch mehr als bloße Dankbarkeit. Sie fühlte eine Verbindung zu Dominic.

»Was denkst du?«, fragte Dominic, dem es offensichtlich unangenehm war, dass sie nichts sagte.

Sie holte tief Luft. »Haben die Cops dich auch verhört?«

Er nickte, winkte aber ab. »Mir geschieht nichts.«

Es klang so selbstverständlich und hochmütig, dass Lauren ihn ungläubig ansah. »Was muss passieren, dass du dich nicht wie ein überhebliches Arschloch verhältst?«

Dominic wirkte verletzt, doch er fing sich schnell. »Vielleicht, wenn du ein bisschen netter zu mir wärst«, gab er patzig zurück.

»Ich bin nicht nett«, erwiderte Lauren und er nickte. Es war die Wahrheit. Das wusste er so gut wie sie. Sie war kein nettes Mädchen.

»Das ist schon okay«, sagte Dominic nach einer Weile. »Auf nette Gesellschaft kann ich verzichten. Ich schätze Frauen, die wissen, was sie wollen.«

Er sah sie fest mit seinen flaschengrünen Augen an. Ein Paar Augen, das einen bannen konnte – im positiven wie im negativen Sinn.

»Frauen, die sich nehmen, was sie wollen.«

War das eine Aufforderung? Lauren versuchte, an seinem Gesicht abzulesen, was er dachte. Doch es verschloss sich sofort wieder, so, als hätte er Angst, sie könnte in sein Innerstes blicken. Wieder spürte sie, dass er etwas in sich verbarg. War es vielleicht eine alte Verletzung? Oder war es ein so abgrundtiefes, furchtbares Geheimnis, dass er es selbst nicht ertragen konnte? In ihr reifte der Wunsch, ihn irgendwie zu beruhigen, zu beschwichtigen.

Ihr Herz schlug schneller. Was wäre, wenn ...?

Ohne groß nachzudenken, beugte sie sich vor und küsste ihn auf den Mund, weil sie wissen wollte, wie es sein würde. Sie spürte ein deutliches Zögern bei ihm, doch dann gab er nach. Es fühlte sich erstaunlich gut an – ein Kribbeln durchfuhr sie – und war viel zu schnell vorbei.

Überraschung spiegelte sich in seinem Blick. »Was war das denn?«

Ihr Kopf warnte sie, doch ihr Körper wollte mehr. Sie griff sein Unterhemd und zog ihn zu sich.

»Ich nehme mir, was ich will.«

Er wirkte immer noch überrumpelt, doch in seinen Blick mischte sich Begehren. Schließlich fanden sich ihre Lippen wieder und er drängte sich an sie. Eine herrliche Gänsehaut zog über ihren Körper, als er sich auf sie legte und ihren Hals küsste. Es überrollte sie wie eine Welle. Sie verdrängte die letzte Skepsis aus ihrem Kopf.

Verdamm mich, dachte sie. Und wenn es das Letzte ist, was wir tun.

Dominic arbeitete sich küssend nach unten, schob seine Hände unter ihr T-Shirt und unter ihren BH. Es tat so gut, berührt zu werden. Sie wusste nicht, ob es daran lag, dass sie schon so lange allein war oder an der Tatsache, dass es ausgerechnet Dominic war, der ihr gerade die Hose öffnete, doch ihr Körper reagierte ungewohnt stark. Es war, als könnte sie fühlen, wie das Blut durch ihre Adern rauschte und sich auf den Weg nach unten zu der feuchten Stelle zwischen ihren Schenkeln machte. Als er ihr die Hose auszog und auch den Slip, um dann sein Gesicht in ihrem Schoß zu versenken, atmete sie schneller und konnte es kaum noch aushalten.

»Oh, Mann!«, hauchte sie.

Er küsste und leckte, schien es auszukosten, dass sie sich wand und stöhnte. Sie hätte am liebsten geschrien: Hör auf damit, komm endlich her und steck ihn rein! Doch auch dies fühlte sich gut an, so wahnsinnig gut.

Schließlich griff sie nach seinem Kopf und sagte: »Komm schon. Ich will ihn in mir haben.«

Sie richtete sich auf und drückte ihn auf den Rücken. Fasziniert blickte er sie an, fast als könne er nicht glauben, was gerade geschah. Sie öffnete seine Hose und nahm seinen harten Schwanz in den Mund. Einmal, zweimal – dann setzte sie sich auf ihn und beugte sich vor.

»Ich will, dass du mich fickst«, sagte sie ihm mit heißem Atem ins Ohr. »Hart.«

Er warf sie herum und sie glaubte, einen leicht besorgten, fragenden Ausdruck in seinem Gesicht zu erkennen.

»Willst du das?«, fragte er und griff in die Ablage seines Nachttischs, um ein Kondom herauszunehmen.

»Ja, verdammt!«

Er lächelte. »Du hast ein dreckiges Schandmaul, weißt du das?«

Sie half ihm mit dem Kondom und als er endlich in sie eindrang, schlang sie die Beine um seine Hüften, um ihn noch tiefer in sich aufzunehmen. Ihre Körper rieben sich aneinander, als er sich in ihr bewegte – zunächst langsam, dann immer schneller, immer fordernder. Ihr Schweiß vermischte sich mit seinem, an den Armen, Beinen, auf der Brust, zwischen den Hüften. Er küsste ihr Gesicht, ihren Hals – und schließlich kam sie mit einem kurzen Schrei, spürte, dass auch er gleich so weit war, legte ihre Hände auf seinen Hintern und presste ihn noch fester an sich.

Doch er zog sich zurück, nahm sie am Arm und zeigte ihr, was er wollte. Nur zu gern ließ sie sich von ihm auf den Bauch drehen, stützte sich auf die Hände und hob ihm ihre Hüfte entgegen.

Tob dich ruhig aus, dachte sie.

Es tat so gut, ihn zu spüren, sich *selbst* einmal wieder zu spüren. Ihr ganzer Körper schrie danach. Als könnte Dominic ihre Gedanken lesen, stieß er von hinten in sie, immer fester, ritt sie auf der Welle ihres Orgasmus und bescherte ihr so den nächsten. Sie keuchte, und dann spürte sie, dass auch er kam, dass sein Rhythmus sich veränderte. Einen Moment lang hielt er sie fest und kam dann in ihr mit einem heftigen Stöhnen.

Schnell atmend beugte er sich vor, umschlang ihren Oberkörper, küsste ihren Rücken. Das brachte die Gänsehaut zurück und sie sackte zufrieden auf das Laken. Erschöpft ließ er sich neben sie fallen.

Grundgütiger!, dachte Lauren. Es stimmte, was man sagte: *If you want it to be good, girl, get yourself a bad boy.* Mädchen, wenn du willst, dass es gut wird, besorg dir einen Bad Boy. Bevor Dominic etwas sagen konnte, stand sie auf und ging ins Bad.

Das Tageslicht schwand bereits und sie konnte sich im Spiegel nur schemenhaft erkennen, doch sie spürte, dass ihr Haar an ihr klebte, wie auch ihr ganzer Körper zu kleben schien. Diese Scheißhitze, dachte sie. Spontan stieg sie in die Dusche, ließ lauwarmes, dann kaltes Wasser laufen, und spülte den Sex von ihrem Körper, aus ihren Haaren. Sie atmete die feucht-schwere Luft um sich herum ein, sog ihren und auch seinen Duft in sich auf und eine tiefe Ruhe überkam sie.

Das sollten wir unbedingt nochmal machen, dachte sie.

Doch dann wurde sie nachdenklich. Vielleicht war es doch besser, hier nicht weiterzugehen. Immerhin war der Hintergrund ihrer Bekanntschaft mit Dominic, gelinde gesagt, problematisch. Sie würden weiterhin zusammenarbeiten müssen. Er war kein Freund, rief sie sich ins Gedächtnis.

Als sie zurück ins Zimmer ging, lag Dominic, die Hände hinter dem Kopf verschränkt und halb zugedeckt, im Bett und starrte an die Decke. Er wirkte nachdenklich.

Dieser Moment nach dem Sex, den man in keinem Film zu sehen bekam – es sei denn, es war besonders unangenehm oder komisch. Wie man sich in dieser Situation verhielt, zählte mehr als das, was man vor dem Sex getan oder gesagt hatte. Hier wurden oft mehr Erwartungen enttäuscht. Auch Lauren hatte etwas anderes erwartet – nämlich, dass er sich beeilen würde, zu verschwinden. Ein schneller Fick und raus. Dass er im Bett geblieben war, bedeutete wohl, dass er sich feiern lassen wollte. Oder er wollte, dass *sie* verschwand. Vielleicht, weil er damit rechnete, dass sie es bereute. Sie gehörte nicht zu den Menschen, die diese Dinge bereuten. Kein schnelles Verschwinden, auch kein heimlicher Abgang. Sie weigerte sich einfach, diesen Moment peinlich und unangenehm werden zu lassen. Langsam kroch sie zu ihm unter die Decke, schmiegte sich aber nicht an ihn.

Dominic sah zu ihr herüber. Kurz wirkte er, als wollte er etwas sagen, doch er schien es sich anders zu überlegen.

Sie drehte sich auf die Seite, lag mit dem Gesicht zu ihm und schloss die Augen.

»Lass uns schlafen«, murmelte sie und seufzte.

Er lag noch lange wach neben ihr, auch noch, als er an ihrem gleichmäßigen Atem hören konnte, dass sie eingeschlafen war.

Oh Mann, was hast du dir dabei gedacht?, schalt er sich selbst.

Gar nichts hatte er gedacht, wenn man es genau nahm. Tatsächlich hatte sich ein Teil seines Verstandes schon ausgeklinkt, als sie seinen Arm gewaschen hatte. Sie war einfach unglaublich gewesen, so sinnlich und voller Verlangen. Und er hatte auch so etwas wie Wut in ihren Augen gesehen. Der heutige Tag hatte sie aufgewühlt, ganz klar. War es unter diesen Vorzeichen nicht verwerflich, dass er die Situation ausgenutzt hatte? Hatte er sie überhaupt ausgenutzt?

Er schob den Gedanken von sich. Diese Fragen waren rational nicht zu beantworten. Faktisch saß er in einer bittersüßen Zwickmühle. Mit ihr zu schlafen war – nüchtern betrachtet – falsch gewesen. Doch es nicht zu tun, nachdem sie ihm deutlich gemacht hatte, wie sehr sie es wollte, wäre ebenso fatal gewesen. Dominic Valente war nicht der Typ, der sich eine solche Gelegenheit entgehen ließ.

Doch es war absurd, auf diese Weise darüber nachzudenken. Als er zu ihr hinübersah, in ihr schlafendes Gesicht, das noch gerötet war von seinen Bartstoppeln, und sah, wie sich ihr feuchtes Haar beim Trocknen anfing zu kräuseln, da spürte er eine zufriedene Wärme in sich aufsteigen. Wenn er alle äußeren Umstände ausklammerte und sich dann fragte, ob es das Richtige gewesen war, dann war die Antwort einfach: Er hatte eine umwerfende Frau kennengelernt und sie hatte ihn nicht nur für würdig befunden, sondern ihn gnadenlos verführt. Neben ihr zu liegen und ihr beim Schlafen zuzuschauen, gab ihm ein Gefühl ruhiger Zufriedenheit, so, als wäre hier, genau hier, sein Platz im Leben. Es fühlte sich so richtig an, wie es sich nur anfühlen konnte.

Mit dieser Erkenntnis jedoch kam ein wohlbekannter Schmerz, genährt von Pflichtgefühl, Loyalität und bangen Zweifeln. Was hier passiert war, wäre besser nicht passiert. Das war die blanke Wahrheit. Nun, ändern konnte er es nicht mehr, doch er würde von nun an vorsichtiger sein. Auch wenn es ihm persönlich gegen den Strich ging – er wäre nicht der erste Wichser, der nichts mehr von einer Frau wissen wollte, nachdem er sie flachgelegt hatte. Und es passte ganz hervorragend zu Dominic Valentes Profil, fand er.

Ein erneuter Blick in ihr Gesicht und er wusste jetzt schon, dass es ihn fertigmachen würde, sie so zu behandeln. Er seufzte.

Er würde noch lange brauchen, um einzuschlafen.

* * *

Lauren erwachte mit einem seltsamen Gefühl des Friedens. Noch ehe sie die Augen aufschlug, wusste sie, dass sie allein war. Die andere Seite des Bettes war bereits kühl.

Als sie sich aufrichtete, fiel ihr Blick sofort auf einen dunklen Gegenstand auf dem verknitterten Laken. Da lag ein Revolver – ganz ähnlich wie derjenige, den sie zuvor von Dominic bekommen hatte – auf einem Zettel mit einer kurzen Notiz.

Zunächst dachte Lauren, dass es ein schlechter Scherz sein sollte. Doch dann wurde ihr bewusst, wie sie hierhergekommen und in dieser Situation gelandet war. Natürlich hatte Dominic sich verdrückt. Wäre sie vor ihm wach geworden, hätte sie dasselbe getan. Im fahlen Licht des Morgens wirkte das, was sie getan hatten, weniger eindrucksvoll, doch Lauren bereute es trotzdem nicht. Wer hätte gedacht, dass sie und Dominic auf sexueller Ebene so gut harmonierten? Doch auch diese Tatsache änderte nichts. Er war immer noch Dominic Valente, der Neffe des Capo Leonardo Valente, und sie – beziehungsweise ihr Bruder – hatte immer noch etwa fünftausend Dollar Schulden bei ihm.

Lauren warf einen Blick auf ihr Handy und fand Nachrichten von Ella und Joey vor, die sich beide besorgt erkundigten, wo sie steckte. Sofort bekam sie ein schlechtes Gewissen. Sie hatte sich nach ihrer Verhaftung am Vortag bei niemandem gemeldet. Joey und ihr Vater hatten nach dem Gottesdienst das Haus verlassen vorgefunden. Selbstverständlich fragten sie sich, wo sie war.

Sie schlüpfte aus dem Bett und zog sich schnell an. Dann las sie Dominics Notiz.

Guten Morgen, Sonnenschein.
   Danke für diese Nacht. Frühstück gibt's in der Küche.
   Nimm den Revolver, damit du wieder eine Waffe hast.
   Gruß, Dom

Sie musste lächeln und unterdrückte es, als ihr das bewusst wurde. Er bedankte sich und hatte ihr Frühstück besorgt? Das war beinahe süß. Dass neben dieser netten Nachricht ein geladener Revolver lag, war jedoch so grotesk, dass Lauren schnauben musste.

Na super, dachte sie. Wenn das hier mal nicht romantisch ist.

Doch das hier hatte nichts mit Romantik zu tun, schloss sie für sich. Im Grunde hatte sie ihn wahrscheinlich nur ausgenutzt.

Vor dem Spiegel im Bad übte sie kurz, was sie ihrem Vater und Joey erzählen würde. Sie beschloss, ihnen die Verhaftung zu verheimlichen. Ella gegenüber würde sie so ehrlich sein wie möglich. Vielleicht behaupten, dass sie wegen eines Missverständnisses auf die Wache gebracht worden war, das schnell aufgeklärt werden konnte. Missmutig betrachtete sie ihr Spiegelbild. Dass sie die Menschen, die ihr am nächsten standen, anlügen würde, war wahrscheinlich das Schäbigste an der ganzen Sache. Doch wenn sie ehrlich zu sich war, tat sie es nicht zum ersten Mal. Seufzend suchte sie ihre Sachen zusammen.

Ihre Miene hellte sich auf, als sie in die kleine Küche ging und einen Teller mit Bagels vorfand. Schnell schnappte sie einen der runden Teigkringel, steckte ihn sich zwischen die Zähne, den Revolver in den Hosenbund und verließ die Wohnung.

Kapitel 17

»Ich habe wahnsinnig gute Nachrichten«, flötete Betty, als Lauren die Haustür hinter ihr geschlossen hatte. Sie begrüßte Nick, der wie immer in seinem Fernsehsessel saß, und wandte sich dann an Lauren. »Ich musste einfach vorbeikommen und es euch gleich sagen.«

Lauren sah Betty erwartungsvoll an. Nach allem, was in letzter Zeit passiert war, und ihrem kurzen Besuch im Gefängnis waren ihr gute Neuigkeiten mehr als willkommen.

»Was ist denn mit dir los?«, fragte sie Betty. »Du bist ja ganz aufgekratzt.«

Betty holte tief Luft, wartete einen Moment lang theatralisch und begann schließlich zu erzählen: »Ich habe doch gesagt, dass ich meine Kontakte spielen lasse. Wegen einer Unterbringung für dich, Nick.«

Nick lächelte versonnen, doch auch er schien aufgeregt, als wollte er mehr wissen.

»Ich hatte zunächst keinen Erfolg. Ihr könnt euch ja denken, dass es nicht so einfach ist.«

»Aber?«, fragte Lauren ungeduldig.

Betty strahlte über das ganze Gesicht, was sie jünger aussehen ließ, beinahe wie ein Mädchen voller freudiger Aufregung. »Ich hatte fast schon aufgegeben, aber heute früh hat mich die Leiterin der Senioren-Residenz in Maplewood angerufen und mir mitgeteilt, dass sie kurzfristig doch einen Platz hätten.«

Laurens Herz machte einen Satz. »Wirklich?«

Das wäre ja das Beste, das ihnen seit langem passierte. Doch so gut die Nachricht über diesen freien Platz auch war, die Finanzierung war eine andere Frage.

»Maplewood ist wirklich eine ganz tolle Einrichtung«, sagte Betty an Nick gewandt.

»Sie haben verschiedene Gebäude mit unterschiedlichen Unterkünften. Von kleinen Apartments, in denen die Senioren sich selbst versorgen, bis hin zu richtiger Vollzeitpflege, wenn man sie braucht.«

Ein hoffnungsvolles Leuchten trat in Nicks Augen. »D-Das klingt t-toll.«

»Wie teuer ist das Ganze?«, fragte Lauren vorsichtig. Sie wollte ungern ihrem Vater die Vorfreude verderben, doch es musste angesprochen werden.

Betty hob die Schultern.

»Das weiß ich nicht genau. Kommt darauf an, welche Leistungen man bezieht, nehme ich an. Mrs. Bernardini, die Leiterin, meinte, ihr solltet zu einem Gespräch vorbeikommen. Dann könnt ihr alles klären.«

Sie griff in ihre Gesäßtasche und reichte Lauren einen kleinen Zettel mit einer Telefonnummer darauf.

»Ich würde an eurer Stelle nicht zu lange überlegen und auf jeden Fall heute noch anrufen. Das Finanzielle könnt ihr immer noch regeln, wenn ihr den Platz sicher habt.«

Dankbar nahm Lauren den Zettel und drückte Betty fest an sich. »Was wären wir nur ohne dich?«

Als sie sie aus ihrer Umarmung entließ, waren Bettys Wangen gerötet. »Ach, das tue ich doch gern für euch.«

Lauren ging neben ihrem Vater in die Hocke. »Was meinst du, Pops? Wäre das etwas für dich?«

Es fühlte sich seltsam an, ihm diese Frage zu stellen. Es war, als würde sie ihren Vater bitten, das Haus zu räumen, als wollte sie ihn loswerden. Sie hatten zuvor offen über dieses Thema gesprochen und Nick hatte immer betont, dass er seinen Kindern nicht zur Last fallen wollte. Doch nun, da der Moment da war – dass ein Auszug tatsächlich möglich schien –, war Lauren sich nicht mehr sicher, ob es wirklich das war, was ihr Vater wollte.

Nick lächelte. Er wirkte zufrieden, als er nickte. »Ja. Ich denke, wir s-sollten uns den L-Laden mal ansehen.«

* * *

Chad hatte einen wirklich beschissenen Tag. Er hatte sich nur mit seinen Kumpels Tiger und Carlo ein paar Burritos reinziehen wollen, ein bisschen chillen und dann vielleicht noch ein paar Pillen einwerfen und Party machen. Doch daraus würde nichts werden. Denn Chads Gesicht schmerzte wie die Hölle und er saß an einen Stuhl gefesselt in einem dunklen Loch.

Ganz unerwartet war er nicht in diese missliche Situation gelangt. Er hatte schon befürchtet, dass die Valentes ihn drankriegen würden. Nachdem er bei dem Drogentransport von den Bullen aufgegriffen und von Dominics Anwalt rausgehauen worden war, hatte er in jedem Augenblick damit gerechnet, dass sie ihn aufgriffen. Doch nichts war passiert. Nach und nach hatte Chad sich wieder auf die Straße gewagt. Schließlich war er sich sicher gewesen, dass sie ihm die Sache nicht übelnahmen.

Doch dann hatte ihm Cyrus plötzlich und unerwartet auf die Schulter getippt, als er sich gerade seinen Burrito genehmigen wollte.

»Lass es dir ruhig schmecken, Chad«, hatte Cyrus mit gespielter Freundlichkeit gesagt. »Aber danach kommst du schön mit mir. Sonst wirst du für die nächste Zeit durch einen Schlauch ernährt. Kapiert?«

Chad hatte hilfesuchend zu seinen Kumpels geblickt, doch auch denen war das Essen buchstäblich aus der Fresse gefallen. Die kleine Gruppe war umringt von Cyrus' Schlägertrupp, fünf seiner härtesten Männer. Damit war das Essen vorbei gewesen. Ehe Chad etwas hätte sagen oder tun können, hatten sie ihn in eine kleine Gasse gezerrt, ordentlich vermöbelt und dann in dieses Loch geschleppt.

Chad zitterte. Wenn sie ihn derart bestraften, dann war nicht sein Patzer bei Fredos Deal der Grund dafür, sondern diese andere Sache.

Diese dumme, einmalige Sache. Er hatte sich von der Kohle locken lassen und jetzt saß er hier und zitterte vor Panik, denn die Strafe würde furchtbar werden.

Die kleine Lampe, die über seinem Kopf hing, spendete nicht genug Licht, um den gesamten Raum auszuleuchten. Er befand sich in einer alten Industriehalle. Chad kannte diesen typischen Geruch – vor allem Rost, doch darunter lag auch eine Note von Vergangenheit: Überbleibsel von Schmieröl und Metall, das sich beim Betrieb der Maschinen aufgeheizt hatte.

Er hörte Schritte auf der Treppe, die hier runterführte, und ihn streifte der Gedanke, dass dieser Geruch vielleicht das Letzte sein könnte, das er riechen würde. Mehrere Männer kamen die Treppe herunter und auf ihn zu. Doch nur einer trat in den Lichtkreis der kleinen Lampe: Dominic Valente.

Chad war für einen kurzen Moment erleichtert, denn er hatte befürchtet, dass einer von den Schlägern ihm weitere Prügel verpassen würde. Doch als Dominic näherkam, verstärkte sich sein Zittern. Scheiße, er war kurz davor, sich in die Hose zu machen.

Er ließ den Kopf hängen, um Dominic nicht ansehen zu müssen.

Der blieb zwei Schritte vor Chad stehen, seufzte und ging in die Hocke, damit er ihm in die Augen sehen konnte.

»Du enttäuschst mich, Mann«, sagte er. »Ich gebe dir Arbeit, du verbockst es. Dann hole ich dich aus dem Knast und verlange nichts dafür. Nicht mal einen Dank.«

Er sah kurz über seine Schulter zu den Männern im Schatten. »Und dann muss ich von Cyrus erfahren, dass du mich verarschst. Dass du eine kleine Ratte bist, die sich von Sharkin bezahlen lässt.«

»Dom, bitte ... lass dir erklären«, stammelte Chad, weil ihm nichts anderes übrig blieb.

»Es war nur dieses eine Mal. Und ich ... ich wusste gar nicht, dass Sharkin dahintersteckt. Ich hab' nur mit einem Typen namens Maxim geredet. Scheiße, Mann! Wir können doch darüber reden. Ich meine, ich ...«

Sein Redefluss wurde schlagartig gestoppt, als einer von Cyrus' Schlägern ins Licht trat. Er hatte eine Eisenstange bei sich.

Dominic hob die Hand und der Mann zog sich etwas zurück.

»Genau das ist dein Problem, Chad«, sagte er mit düsterer Miene. »Du redest viel zu viel. Natürlich hast du bei den Bullen ausgepackt, um einen Deal für dich zu machen. Das ist schon in Ordnung. Dafür habe ich dir ja Tony vorbeigeschickt.«

Er schüttelte tadelnd den Kopf. »Aber dann solltest du nicht so dumm sein und Tony Dinge erzählen, die beweisen, dass du für die Russen arbeitest.«

Chad wich Dominics stechendem Blick aus.

Ja, es war dumm von ihm gewesen. Er hätte sich ja denken können, dass Tony Sanders Dominic alles berichtete, was sie besprochen hatten. Es half nichts, es zu leugnen.

Ihm kamen tatsächlich die Tränen.

»Macht mit mir, was ihr wollt.«

Dominic seufzte. »Ich will dir nichts tun, Chad.«

Cyrus trat zu ihm. »Wenn ein Laufbursche zu einem Zuträger wird, brechen wir ihm die Beine. Strafe muss sein.«

Voller Angst sah Chad zu Cyrus auf, der nur kalt auf ihn herabsah. Dann sah er Dominic flehend in die Augen. In dessen Gesicht regte sich etwas und in Chad keimte Hoffnung auf. Vielleicht meinte er es ernst und würde ihm nichts weiter tun, würde es bei einer Warnung belassen.

Dominic fuhr sich mit der Hand durchs Gesicht. Er wirkte müde und resigniert.

»Was, glaubst du, wird passieren, wenn ich dich einfach hier rausspazieren lasse?«, fragte er und erwartete keine Antwort.

»Unsere Leute werden denken: ›Hey, cool. Ich kann mir Geld dazu verdienen, indem ich für Sharkin arbeite, und Dominic wird nichts tun. Alles kein Thema‹.«

»Nein, nein«, versicherte Chad verzweifelt. »Wenn du mich gehen lässt, dann werde ich allen erzählen, dass du das nur gemacht hast, damit ich sie warnen kann. Damit sie gar nicht erst auf die Idee kommen.«

Dominic seufzte abermals. »Und du tust es nie wieder?«

»Glaub mir, Dom. Das war 'ne einmalige Sache. Ich schwöre es.«

»Ich weiß nicht«, meinte Cyrus. »Irgendwie kaufen wir dir das nicht ab.«

Dominic richtete sich auf und wandte sich ab.

Cyrus griff nach seiner Schulter. »Dom, wir dürfen ihm das nicht durchgehen lassen«, sagte er ernst. »Er hat einmal Geld von Sharkin genommen, also wird er es wieder tun. Und wer weiß, was er diesem Maxim so alles erzählt hat.«

Chad wollte noch etwas sagen, doch Dominic und Cyrus steckten die Köpfe zusammen. Er konnte kaum hinsehen. Resigniert senkte er den Blick und wartete auf sein Urteil.

* * *

Cyrus redete auf ihn ein, sprach von einem Exempel und davon, dass man nicht nachgiebig sein dürfe. In seinem Kopf rauschte das Blut und er hätte am liebsten geschrien. Chad tat ihm unendlich leid, doch er hatte letztendlich aus Dummheit sein Schicksal besiegelt. Verflucht sollte er dafür sein!

Er nickte Cyrus zu und wandte sich dann an die Männer.

»Tut es.«

Er trat in den Schatten, doch er zwang sich hinzusehen, wie immer. Chads Schreie versuchte er auszublenden, natürlich vergeblich. Ein saurer Geschmack stieg ihm in den Mund und er hatte Tränen in den Augen. Zum Glück konnten Cyrus und die anderen es nicht sehen.

Als es vorbei war, eilte er die Treppe hinauf und nach draußen. Ohne auf Cyrus zu warten, stieg er in seinen Wagen und jagte davon. Unterwegs hielt er vor einem Liquor Store, kaufte sich eine Flasche Scotch und trank ein paar große Schlucke direkt auf dem Bürgersteig.

Der Whiskey half gegen den ekligen Geschmack in seinem Mund. Und vielleicht würde er auch die bösen Geister vertreiben, die ihn in solchen Momenten immer heimsuchten. Die Geister derjenigen, die durch ihn hatten leiden müssen, und derjenigen, deren Tod er zu verantworten hatte.

Er setzte sich ins Auto und wartete darauf, dass er ruhiger wurde, lehnte sich zurück und schloss die Augen, aus denen sich einzelne Tränen lösten. Wie so oft in solchen Momenten musste er an Mickey B. denken, den ersten Menschen, den er für Leonardo getötet hatte. Der Capo hatte ihn anfangs mit seinem jüngsten Bruder Aurelio arbeiten lassen, dem kältesten und brutalsten der Valente-Brüder. Aurelio hatte ihn als Bodyguard zu einem Treffen mit dem Boss einer Biker-Gang mitgenommen, das damit geendet hatte, dass Aurelio seinem Gesprächspartner eine Gabel in den Hals gerammt hatte. Daraufhin hatte der Leibwächter des Bikers, Mickey B., eingreifen wollen, war aber nicht mehr dazu gekommen.

Ein Bauchschuss. Er war nicht sofort tot gewesen.

Danach hatte Aurelio zu Leo gesagt: »Dominic ist jetzt einer von uns.«

Es war nicht gut, jetzt daran zu denken. Er musste sich ablenken, deshalb fuhr er in die Innenstadt und betrat die nächstbeste Bar, um seine Gedanken mit Musik und Stimmengewirr zu übertönen. Es war nicht seine Art, sich derart zu betrinken. Schon allein, um den Job nicht zu gefährden. Doch zur Hölle damit. Er hatte diese Scheiße so satt.

Als er später zu seiner Wohnung lief, torkelte er leicht. Er schloss die Tür hinter sich und blieb unvermittelt im Flur stehen. In der Dunkelheit fühlte sich die Ruhe hier drinnen noch stiller an, als wäre sie endgültig, doch er brachte es nicht über sich, das Licht einzuschalten. In seinem Kopf rauschten der Alkohol und die Erinnerung an Chads Schreie. Und hier gab es keine Musik, keinen Lärm, der diese Gedanken hätte übertönen können.

Im Dunkeln ging er in die Küche zum Kühlschrank und nahm

ein Bier heraus. Ihm fiel ein, dass er es geholt hatte, als Lauren hier gewesen war. Der Gedanke an sie ließ ihn für einen Moment die Dose in seiner Hand leicht verträumt betrachten. Natürlich war er betrunken, doch wenn er ehrlich zu sich war, dann musste er sich eingestehen, dass er ziemlich oft an sie dachte. Voller Sehnsucht. Und gleichzeitig quälte es seine ohnehin schon malträtierte Seele auf eine Weise, die ihm völlig fremd war. Die bittersüße Zwickmühle, in der er saß, entwickelte sich immer mehr zu einem Alptraum.

Er öffnete die Bierdose und nahm einen großen Schluck. Scheiß auf Cohen! Scheiß auf Leo! Und wenn er schon mal dabei war: Scheiß auf alles! Er hatte so viel Gewalt gesehen, in so viele tote Augen geblickt – er war sowieso im Arsch. Er für seinen Teil wäre schon irgendwie damit klargekommen, doch nun geisterte Lauren durch seinen Kopf wie ein Phantom, wie eine ständige Ermahnung an das, was bei ihm falsch lief. Mit sich selbst nicht im Reinen zu sein, weil man Dinge tun musste, die man verachtete, war das Eine. Aber sich selbst zu verachten für das, was man war, wen man darstellte, war ungleich schlimmer. Er hasste Dominic Valente mehr als jemals zuvor und dabei schrie er innerlich: *›Ich bin er, aber er ist nicht ich, verdammt!‹*

Angewidert sah er nun auf die Bierdose und warf sie achtlos in die Spüle. Der Alkohol half nicht. Im Gegenteil: Er brachte nur noch mehr dieser Gedanken ans Licht. Müde schlurfte er ins Schlafzimmer und ließ sich ins Bett fallen, doch an Schlaf war nicht zu denken. Stattdessen nahm er sein Handy und tippte eine Nachricht für Lauren. Kurz zögerte er. Dann drückte er auf *›Senden‹*.

Mal sehen, ob sie noch wach ist, dachte er.

* * *

Lauren lag im Bett und war bereits in einen leichten Dämmerschlaf gesunken, als das Handy in der Nachttischschublade vibrierte. Sofort setzte sie sich auf. Dass Dominic um diese Zeit etwas von ihr wollte, konnte nichts Gutes bedeuten. Sie horchte auf weitere Nachrichten, doch das Handy blieb stumm. Es war wahrscheinlich besser, nicht nachzusehen. Sie konnte immer noch behaupten, geschlafen zu haben, und die Nachricht erst am nächsten Morgen lesen. Doch ein unerklärlicher Drang brachte sie dazu, die Schublade zu öffnen und das Handy herauszunehmen.

»Bist du der Engel aus meinem Alptraum?«, lautete die Nachricht.

Ein Satz, eine Frage. Mehr nicht.

Lauren sah mit gerunzelter Stirn auf die Worte auf dem Display. Sie ergaben keinen Sinn, doch etwas sagte ihr, dass die Frage nicht bedeutungslos war. Dominic träumte? Träumte er von ihr? In einem Alptraum?

Noch während sie darüber nachdachte, vibrierte das Handy in ihrer Hand. Eine weitere Nachricht von Dominic: »Sorry, ich sollte nicht schreiben, wenn ich besoffen bin. Vergiss es.«

Lauren schnaubte lachend. Alles klar. Dominic hatte einen sitzen. So viel zu dem Gedanken, dass die Frage etwas bedeuten könnte. Sie legte das Handy zurück in die Schublade und drehte sich müde auf die andere Seite. Sie gähnte.

Doch sie hatte kaum die Augen geschlossen, da kam ihr ein Gedanke: Betrunkene sagten immer die Wahrheit. Dominic hatte sie zuvor nur geschäftlich kontaktiert. Wenn sie ihn anrufen sollte. Wenn sie irgendwohin kommen sollte. Und jetzt war die erste Nachricht, nachdem sie mit ihm geschlafen hatte, diese im Suff geschickte Frage?

Nun lag sie wach und konnte lange nicht einschlafen.

Teil IV

Der Grüne Löwe

Kapitel 18

Mit vor Aufregung zitternden Händen las Lauren den Brief von der Maplewood Senioren-Residenz, den Nick ihr gegeben hatte. Als sie von der Arbeit nach Hause gekommen war, hatte er sie zu sich gewinkt und ihr das Schreiben vor die Nase gehalten.

»Es h-hat g-geklappt.«

Lauren hatte die Nachricht zweimal lesen müssen, ehe sie deren Inhalt in seiner ganzen Tragweite erfasst hatte. Dann hatte sie sich setzen müssen.

Nun las sie es noch einmal, doch dieses Mal arbeitete ihr Verstand bereits eine Liste von Dingen ab, die sie nun zu erledigen hatten. Schließlich wandte sie sich an ihren Vater, der sie abwartend musterte.

»Du weißt, was das heißt, Pops«, sagte sie mit einem Kloß im Hals.

»Willst du wirklich dorthin?«

Sie waren eine Woche zuvor gemeinsam mit Betty rüber nach Maplewood gefahren, um sich alles anzusehen und anschließend mit der Leiterin Mrs. Bernardini zu sprechen.

Für Nick kam das Seniorenheim infrage. Er würde hier zwischen verschiedenen Freizeitangeboten und Ausflügen auswählen können oder für sich bleiben, wenn er Ruhe brauchte. Auf die Frage der Finanzierung hatte Mrs. Bernardini ihnen vorgerechnet, was sie monatlich zahlen müssten, und Lauren war erstaunt gewesen. Mit Nicks Sparsocken würden sie eine Zeitlang auskommen, und hätten sie die Schulden bei den Valentes nicht, ginge es sogar mit Laurens Einkommen, wenn sie und Joey sich etwas einschränkten.

Das Heim selbst war Teil einer größeren Anlage mit mehreren Wohngebäuden, Parks und einer Klinik, die sich auf Demenz- und

Alzheimer-Patienten spezialisiert hatte. Nick hatte es dort gefallen und sie hatten noch vor Ort einen Aufnahmeantrag gestellt.

Lauren saß ihrem Vater gegenüber und betrachtete sein Gesicht. Die kühlen blauen Augen strahlten, doch sie wirkten auch müde. Erschöpft von einem Leben voller Arbeit und Entbehrungen. Lauren fragte sich manchmal, ob ihr Vater ihre Mutter nur geheiratet hatte, weil er sie geschwängert hatte. Seine erste Frau, Joeys Mutter, war früh verstorben und Nick hatte sich allein um Joey gekümmert, bis er in Rosa eine liebevolle Ersatzmutter für ihn gefunden hatte. Für Lauren hatte es keine Bedeutung. Nick in ein Heim ziehen zu lassen – auch wenn er selbst immer wieder sagte, dass er es so wollte – fühlte sich komisch an.

Er griff ihre Hand. »Ich m-möchte zusagen. D-Dann wird hier m-mehr Ruhe einkehren.«

Lauren seufzte, doch Nick drückte ihre Hand und bat sie damit, ihn anzusehen. »Du hast es doch verdient, Schatz.«

»Du weißt, dass es nicht an dir liegt, wenn es hier Unruhe gibt«, sagte Lauren ernst.

Ihr Vater nickte und zog schließlich die Schultern hoch. »Ich w-weiß, dass ich dich n-nicht bitten muss, auf Joey aufzupassen. Er braucht dich.«

»Ja«, flüsterte Lauren. Sie wusste, was er nicht aussprach: *Er braucht dich mehr als ich.*

Und das Bittere daran war, dass es stimmte.

Nick würde in Maplewood großartig zurechtkommen. Wahrscheinlich sogar besser als hier zu Hause, wo er fast nur vor dem Fernseher saß, weil sie keine Zeit für ihn hatte und Joey hatte sowieso immer nur andere Dinge im Kopf. Lauren war sich nicht sicher, wie viel ihr Vater von der Sache mit den Valentes wusste. Er wusste, dass Dominic und Cyrus hier gewesen waren, doch sie hatte ihm nichts weiter erzählt.

»Joey hat sich mit Dominic Valente eingelassen«, sagte sie mehr zu sich selbst. »Ich helfe ihm, so gut ich kann.«

Wieder schien der Name Valente bei Nick eine Erinnerung auszulösen. »Leo«, sagte er, »Leo ist ein G-Guter.«

Fragend sah Lauren ihren Vater an.

»Du kennst Leonardo Valente?«

Nick winkte ab. »Ist lange her. W-Wir waren K-Kinder.«

Lauren legte die Stirn in Falten. Sie wusste praktisch nichts über Leonardo Valente und hatte Joey deshalb gebeten, ein paar Informationen über ihn zu beschaffen. Doch noch hatte sie nicht die Zeit gefunden, sich die Sachen genauer anzusehen. Nun sagte Nick, dass er ihn von früher kannte. Ihr wurde klar, dass sie sich endlich mal näher mit diesem Mann befassen sollte.

* * *

Für die wöchentliche Telefonkonferenz mit Cohen und Leonardo hatte er sich in sein Apartment zurückgezogen. Nur mit Boxershorts bekleidet, saß er auf seinem Bett und hatte seine Akten vor sich ausgebreitet. Wie so oft war sein Blick an Laurens Foto hängen geblieben und seine Gedanken waren abgeschweift. Cohens Worte brachten ihn zurück ins Hier und Jetzt.

»Im Untergrund rumort es.«

Dieser Phrasendrescher Cohen! Er fragte sich, wo sie diese Typen nur immer herbekamen.

»Seit Shengs Gang eliminiert wurde, sind sämtliche Banden der Asiaten mächtig nervös«, fuhr Cohen fort. »Unsere Informanten berichten von einem großen Waffendeal, den Sharkin mit den Chinesen eingefädelt hat.«

»Lazaro hat angedeutet, dass jemand Sheng aus dem Weg haben wollte, Sheng die Zehntausend für den Deal mit uns geliehen und dann Lazaro beauftragt habe, ihm die Kohle wieder abzunehmen. Dabei sollte die Gang eliminiert und uns das Ganze in die Schuhe geschoben werden.«

Cohen bestätigte dies. »Es sieht so aus.«

Leonardo, der zunächst nur stumm zugehört hatte, räusperte sich. »Dann ist Lazaro von Sharkin gekauft.«

»Das wissen wir nicht«, warf Cohen ein.

»Bullshit, Cohen!«, donnerte Leonardo zurück. »Was sollte denn die versuchte Erpressung? Und kurz danach, als klar war, dass wir uns von diesem Bullen nicht erpressen lassen, hat Sharkin ein Treffen verlangt. Das ist alles kein Zufall, Cohen, und das wissen Sie so gut wie ich.«

»Sie haben ja recht«, lenkte Cohen ein. »Vermutlich versucht Sharkin, sich vor dem großen Deal abzusichern. Aber ohne handfeste Beweise können wir uns so einig sein wie Gebetsschwestern und es würde nichts bringen.«

Genau das, diese ewigen Diskussionen zwischen Cohen und Leo, gingen ihm mächtig auf die Nerven. Diese beiden Männer waren so fundamental unterschiedlich in ihren Überzeugungen, dass es ein Wunder war, dass die Operation bisher ohne große Katastrophen abgelaufen war. Er hoffte, dass sie es nun nicht auf den letzten Metern versauten. Denn er saß zwischen den beiden und würde ohne Zweifel dabei draufgehen, wenn sie übereinander herfielen.

»Ich aktiviere unsere Informanten auf dem Polizeirevier«, schlug er vor, um die Wogen etwas zu glätten. »Sie sollen uns Material zu den internen Ermittlungen gegen Lazaro beschaffen.«

»Mach das«, sagte Leonardo besänftigt.

Wie immer beendete er das Telefonat abrupt und auch Cohen verabschiedete sich.

»Wir sind kurz vor dem Ziel, Agent. Sie müssen nicht mehr lange aushalten.«

Herzlichen Dank, Arschloch.

Seufzend fuhr er sich mit der Hand durchs Gesicht. Kurz vor dem Ziel bedeutete, dass es noch mal richtig ätzend wurde, fürchtete er. Aber immerhin war ein Ende in Sicht. Doch als er erneut auf das Foto und in Laurens Augen blickte, war er sich nicht mehr sicher, ob er ein Ende wirklich wollte.

Kapitel 19

Herb, der Besitzer der Pfandleihe, stellte sich mal wieder an. Angeblich liefen die Geschäfte schlecht und er habe nicht so viel Geld beiseitelegen können. Lauren war es leid, sich dieses Lamentieren zum wiederholten Male anzuhören. Als sie zum ersten Mal hier gewesen war – mit Cyrus vor ein paar Wochen – da war Herb locker, kommunikativ und äußerst kooperativ gewesen. Doch bei ihr glaubte er, sich Spielchen erlauben zu können. Beim letzten Mal hatte Lauren dann doch irgendwie Mitleid gehabt. Ja, er hatte sie weich gelabert, und sie hatte ihm weniger abgenommen als gewöhnlich. Das hatte Cyrus allerdings gar nicht witzig gefunden.

Da sie Herb einmal nachgegeben hatte, versuchte er es natürlich wieder.

»Herb, ich habe keine Lust auf deinen Bullshit«, sagte Lauren. »Du weißt, wie die Sache läuft.«

»Hey, du kannst da doch sicher was machen«, jammerte er, doch es klang gespielt. »Ich werde es später nachzahlen. Versprochen.«

Lauren seufzte und dachte nach. Sie wollte keinen unnötigen Druck ausüben, doch Herb ging ihr tierisch auf die Nerven. Wenn Dominic hier wäre, würde es kein gespieltes Gejammer geben, dessen war sie sich sicher. Da kam ihr ein Gedanke.

»Wenn du ein Darlehen willst, Herb, dann musst du das mit Dom besprechen. Nicht mit mir.« Sie holte ihr Handy aus der Tasche und legte es vor dem Gitter ab, hinter dem Herb wie immer stand. »Soll ich ihn direkt anrufen? Was meinst du?«

Der Alte hob beschwichtigend die Hände.

»Das ist doch kein Darlehen, ich meine ... das ist sicher nicht nötig.«

Lauren seufzte abermals und zog die 22er hinter dem Rücken hervor. Herb schluckte schwer, doch dann sah er sie feindselig an.

»Lass deine Finger schön oben«, sagte Lauren ruhig. Sie zielte nicht auf ihn, doch die Waffe in ihrer Hand machte deutlich, dass auch ihre Freundlichkeit Grenzen hatte.

Sie nahm das Handy. »Ich rufe Dom an und dann wollen wir mal sehen, was er von deinem Bullshit hält.«

»Latinofotze!«

Nur zur Hälfte, dachte Lauren verärgert, doch sie überging die Beleidigung. Sie schielte an ihm vorbei zur Kasse. Mit der Pistole deutete sie kurz in deren Richtung, damit er verstand. Er hatte kapiert, dass er keine andere Wahl hatte. Seine Angst vor Dominic war größer als seine Klappe.

Keine Minute später trat Lauren vor der Pfandleihe auf die Straße. Sie hatte das Geld, sowie den Teil, den sie Herb beim letzten Mal nachgelassen hatte. Wann, fragte sie sich, wann war sie zu einem Menschen geworden, der anderen Leuten unter Drohung Geld abknöpfte? Nun konnte sie das Abzocken eines alten, schwarzen Mannes ihrer Schlechte-Taten-Liste hinzufügen. Vielleicht war sie eben einfach ein schlechter Mensch. Danny würde ihr da sicher zustimmen.

Sie setzte ihre Runde fort und glücklicherweise stellten sich die anderen Geschäftsleute nicht so an. Wegen Herb würde sie mit Cyrus reden müssen. Der Gedanke daran, wie ihr Besuch heute verlaufen war, ließ in ihr ein beunruhigendes Gefühl aufkommen. Sie wollte nicht mehr da reingehen, nach dem, was heute passiert war.

Als sie Maddies Bar betrat, war sie erleichtert. In den letzten Wochen war Maddie zu einer Art Freundin geworden. Na ja, vielleicht nicht ganz, doch mit ihr konnte sie über Dinge reden, die sie Ella gegenüber nicht einmal erwähnen konnte.

Sie seufzte, setzte sich an den Tresen und wartete.

Maddie erschien mit einer Getränkekiste, die sie ächzend auf dem Boden abstellte.

»Wieso muss es die ganze Zeit so heiß sein?« Maddie räumte Bierflaschen aus der Kiste in den Kühlschrank unter der Theke.

»Willst du eins?«, fragte sie Lauren, doch die lehnte ab.

Maddie schloss den Kühlschrank und schob die leere Kiste zur Seite. »Du siehst fertig aus.«

Lauren nickte müde. »Ich hasse diese Hitze.«

Einen Moment lang sah Maddie sie forschend an. »Raus mit der Sprache. Was ist vorgefallen?«

»Was genau meinst du?«

Wieder beobachtete Maddie sie einen kurzen Moment, ehe sie sprach.

»Du kommst jetzt seit fünf Wochen hier vorbei und lästerst mit mir über Dom und Cyrus. Du bist noch nicht richtig zur Tür rein, da fängst du schon an. Heute hast du noch keinen Ton gesagt. Also, was ist los?«

Lauren war das gar nicht bewusst gewesen. Wenn sie so darüber nachdachte, gab es aktuell nichts Nennenswertes, das sie mit Maddie bereden konnte – oder wollte.

»Wahrscheinlich habe ich mich einfach an die beiden gewöhnt«, sagte sie mit einem Schulterzucken. Maddie sah sie unverwandt an und Lauren spürte, dass sie noch nicht überzeugt war.

»Cyrus habe ich in den letzten Tagen kaum gesehen. Wer weiß, was er so macht. Und Dom ...«

Sie zögerte, da sie sich fragte, ob es klug war, Maddie gegenüber zu erwähnen, dass er sie aus dem Knast rausgehauen hatte. Schließlich winkte sie ab.

»Na ja, ich meine ... du weißt ja, wie er ist.« Aus irgendeinem Grund geriet sie ins Stammeln.

Nun trat ein Funkeln in Maddies Augen und sie verzog ihre knallroten Lippen zu einem feinen Lächeln.

»Du hattest Sex mit ihm, nicht wahr?«

Lauren brauchte gar nicht zu antworten, Maddie deutete ihren entsetzten Gesichtsausdruck genau richtig. Sie pustete laut aus, griff unter den Tresen und stellte eine Flasche Scotch und zwei Gläser vor ihnen ab. Sie schenkte Lauren ein, dann sich selbst.

Fragend sah Lauren zu Maddie hinüber. Da fiel ihr ein, dass Cyrus ihr ganz am Anfang gesagt hatte, dass sie auch etwas mit Dominic gehabt hatte. Mit einem Mal fühlte Lauren sich ertappt und unwohl. Was, wenn Maddie ein Problem damit hatte?

»Ich …«

»Lass gut sein«, entgegnete Maddie. »Lass uns lieber anstoßen.«

Lauren wusste zwar nicht, worauf Maddie anstoßen wollte, doch sie nahm ihr Glas und prostete ihr zu.

Maddie kippte den Scotch beherzt runter und wirkte einen Moment lang etwas verträumt.

»Ist schon 'ne ganze Weile her, dass ich was mit ihm hatte. Ich nehme an, das wusstest du schon?«

Lauren sah Maddie fragend an.

»Cyrus ist eine Laberbacke.«

Damit erklärte sich für Lauren immerhin, wieso Maddie davon ausging, dass sie Bescheid wusste.

»Soweit ich mich erinnere, war es echt gut«, sagte Maddie grinsend. »Ich meine, für uns beide war das nichts Ernstes. War nur so zum Spaß.«

»Ich verstehe«, sagte Lauren und war insgeheim erleichtert. »Für mich war das auch eine einmalige Sache.« Sie trank ihren Scotch aus.

»Hat es dir nicht gefallen?«, fragte Maddie.

Lauren zog die Stirn kraus. »Selbst wenn, was macht das für einen Unterschied?«

»Auch wieder wahr«, gab Maddie zu.

»Er hat mir danach im Suff eine Nachricht geschickt.«

Maddie zog die Brauen hoch.

»Ja, er hat gefragt, ob ich der ›Engel seines Alptraums‹ bin.« Lauren schnaubte lachend, weil es laut ausgesprochen noch komischer klang.

»Wirklich?«, fragte Maddie. »Das ist irgendwie creepy.«

Lauren nickte. »Allerdings. Und ich frage mich ständig, ob da irgendwas dahintersteckt.«

»Na, das ist ja wohl offensichtlich«, meinte Maddie. »Besoffen oder nicht, er denkt an dich. Also wenn du mich fragst ... du solltest vielleicht mit ihm klären, ob es für ihn auch nur ein One-Night-Stand war.«

Dazu hatte Lauren nicht die geringste Lust. Es war besser, kein Thema daraus zu machen, fand sie. Doch sie spürte, dass Maddies Worte ihr nicht völlig gleichgültig waren. Denn sie hatte recht: Die Nachricht bewies, dass Dominic an sie denken musste. Dummerweise schien das einem Teil ihres Selbst zu gefallen. Sie schüttelte sich den Gedanken aus dem Kopf.

»Besser nicht«, sagte sie.

Maddie nickte, wirkte aber so, als wollte sie noch etwas sagen. Schließlich nahm sie die leeren Gläser und stellte sie in die Spüle. Dann stützte sie die Hände auf die Bar und sah Lauren forschend an.

»Ich hoffe ... also hoffentlich ist das jetzt nicht zu persönlich, aber ... Magst du ihn denn?«

Lauren blickte auf und für einen kurzen Moment spürte sie eine Art Aufregung, ähnlich dem Gefühl, das man in einer Achterbahn bekam, kurz bevor es losging. Doch es verflog sofort wieder, als sie in Maddies große Augen sah.

»Er ist okay«, sagte sie schnell und war selbst überrascht von ihren Worten.

»›Okay‹?«

»Ja. Er ... er ist jedenfalls nicht das Arschloch, das er vorgibt zu sein. Da ist etwas an ihm, etwas, das nicht ganz passt. Weißt du, was ich meine? Er ist ...«

»Widersprüchlich?«, fragte Maddie wissend.

»Ja, genau. Das trifft es ziemlich gut«, sagte Lauren und kicherte. »Es ist, als wäre er unter dieser Mobster-Fassade irgendwie ... anders. Weicher? Ehrlicher?«

Sie hob die Schultern.

»Ich weiß nicht, wie ich es besser ausdrücken soll. Klingt das wie ein Klischee?«

»Nein, du hast recht. Mir ist auch aufgefallen, dass er etwas in sich trägt. Irgendein Geheimnis, etwas, das ihn angreifbar und verletzlich macht, nehme ich an.«

Lauren erkannte, dass Maddie genau das ausgesprochen hatte, was sie selbst auch von Dominic dachte. Doch was fing sie nun mit dieser Gewissheit an?

»Vielleicht sollte ich versuchen, herauszufinden, was es ist«, sagte sie verschwörerisch und lachte.

Auch Maddie lachte. »Na, dann viel Glück. Wenn du das schaffst, gehört er für immer dir.«

Lauren stieg darauf ein, weil es so absurd war. Und erfreulicherweise fühlte es sich an wie immer, wenn sie mit Maddie zusammensaß und sie über Dominic lästerten. Jetzt erst stellte sie fest, wie gut ihr das tat und dass sie Maddie wirklich ins Herz geschlossen hatte. Die blöde Sache mit Joey und ihren Schulden bei den Valentes brachte also nicht nur Schlechtes mit sich. Sie beschloss, dass sie Maddie auch in Zukunft hin und wieder mal besuchen würde, wenn sie nicht mehr für Dominic arbeiten musste.

* * *

Endlich, dachte Sharkin.

Er drehte sich mit seinem Schreibtischstuhl um, und genoss die Aussicht auf den Hudson und die New Yorker Skyline. Endlich würde er allen zeigen können, dass er noch da war. Dass mit ihm zu rechnen war. In wenigen Tagen würde das Schiff in den Frachthafen von New Jersey einlaufen. Im Container mit der Identifikationsnummer XCF-U-3050438-3 befand sich seine Ware, eine feine Waffenlieferung von den Chinesen, Kalaschnikows und M16 sowie kleinere Handfeuerwaffen. Er würde ein Vermögen damit verdienen. Genau genommen hatte er einen Großteil davon bereits verkauft

– ein paar Dschihadisten im Süden schienen sich ausrüsten zu wollen. Doch das Beste an allem war: Diese Waffen würden die Unruhe auf den Straßen dieses Landes weiter verstärken. Die Vorfälle in Ferguson, die Proteste nach Trumps Wahlsieg und die rechten Ausschreitungen in Charlottesville – all das war reines Gift für die Demokratie und ein freiheitsliebendes Volk. Die Destabilisierung würde weitergehen. Und ihre Marionette im Weißen Haus würde schön ihren Teil dazu beitragen.

Er wandte sich zu Maxim um, der breitschultrig und mit zufriedenem Lächeln vor seinem Schreibtisch stand.

»Es wird Zeit, den schlafenden Löwen aufzuwecken.« Sharkins Augen leuchteten. »Spielen wir ein bisschen mit ihm. Veranlassen wir ihn, sich um seine Nächsten zu kümmern, seinen engsten Kreis zusammenzuziehen.«

»Er ist zurzeit nicht in der Stadt«, sagte Maxim. »Er feiert nächstes Wochenende eine riesige Party in seinem Casino.«

»Umso besser. Fahr ihm hinterher. Sorg ein bisschen für Aufruhr. In der Zwischenzeit können wir uns hier um alles kümmern.«

Maxim nickte lächelnd und verließ Sharkins Büro.

Kapitel 20

Dominic hatte gesagt, dass er hoffe, im Himmel zu landen, bevor der Teufel ihn holte. Vielleicht ging es ihr genauso.

Lauren hatte Dominic und Cyrus zu einem Job begleitet und saß nun – genau wie Joey, bevor er alles verkackt hatte – am Steuer des alten Mustangs und beobachtete die Straße. Auf der gegenüberliegenden Seite konnte sie Dominic und Cyrus sehen, die mit zwei Cops in Zivil sprachen. Cops, die auf der Gehaltsliste der Valentes standen. Mittlerweile hatte sie eine gute Vorstellung davon, womit die Valente-Familie ihr Geld machte. Die Infos, die Joey ihr beschafft hatte, waren zwar lückenhaft, doch so wie es aussah, mischte Leo Valente groß im Baugeschäft mit. Hier floss eine Menge Geld. Das klassische Mafia-Geschäft: Sie schmierten Beamte, die für die Vergabe von Bauprojekten zuständig waren, und kassierten die Kohle von den Bauunternehmern, den Baustofflieferanten und den Subunternehmern, die verschiedene Gewerke ausführten. Wenn sich einer querstellte, drohten sie mit der Gewerkschaft, die sie ebenfalls in der Tasche hatten. Dafür bediente sich der Capo einer großen Zahl an Laufburschen, Geldeintreibern, Schlägern und Fußsoldaten. Da die ›sauberen‹ Beamten in der Baubehörde nicht gerne mit Mobstern gesehen werden wollten, erledigten ebenfalls geschmierte Cops die Geldübergabe. So konnte sich Leonardo Valente als respektabler Bauinvestor inszenieren. Die Homepage seines Unternehmens zierte ein professionelles Foto von ihm, doch darauf sah er wenig bemerkenswert aus – ein rechtschaffener Geschäftsmann im grauen Anzug.

Es hatte eine Zeit gegeben, da hatte Lauren sich selbst und ihre Familie auch zu den Rechtschaffenen gezählt. Doch vielleicht war das am Ende nur Wunschdenken gewesen. Sie selbst war kein guter

Mensch, das war sicher. Joey war zu naiv, um zu checken, dass er etwas Illegales tat und sich damit in ernste Schwierigkeiten brachte. Und ihr Vater?

Nick hatte offensichtlich eine Vergangenheit, von der sie keine Ahnung gehabt hatte. Bis zu dem Zeitpunkt, als ein Kurier an der Haustür geklingelt und ihr einen Brief von Leonardo Valente überreicht hatte. Verwundert hatte Lauren auf die handgeschriebene Nachricht geblickt und sich gefragt, was der Grund dafür war, dass der Capo der Valente-Familie ihr persönlich schrieb. Doch Leonardos Worte in diesem Brief waren noch unbegreiflicher für sie.

Sehr geehrte Ms. Mazur,

wie mir berichtet wurde, haben Sie kürzlich meinem Neffen Dominic das Leben gerettet. Ich würde mich gerne persönlich bei Ihnen bedanken und lade Sie deshalb herzlich zu einem ungezwungenen Abendessen ein.

Außerdem habe ich vernommen, dass es Ihrem Vater leider gesundheitlich nicht gut geht. Vielleicht überrascht es Sie zu erfahren, dass Nick ein guter, alter Freund von mir ist und ich auch bei ihm in der Schuld stehe. Von Dominic weiß ich, dass Sie lange nach einem geeigneten Wohnheim für Ihren Vater gesucht haben. Ich habe mir erlaubt, ein paar Anrufe zu tätigen und den Vorstand des Maplewood Wohnprojektes für Senioren auf meine großzügigen Spenden hingewiesen. Ich gehe daher davon aus, dass Sie eine Zusage erhalten haben. Machen Sie sich keine Sorgen, das Finanzielle ist geregelt.

Ich würde mich freuen, Sie bald als meinen Gast begrüßen zu dürfen.

Mit freundlichen Grüßen,

Leo V.

Das alles schwirrte ihr durch den Kopf, während sie hier im heißen Auto saß und wartete. Sie hatte kein Wort über den Brief verloren.

Nicht zu Joey, nicht zu Dominic und auch nicht zu ihrem Vater, den sie vor zwei Tagen mit erstem Gepäck nach Maplewood gebracht hatten. Die ersten zwei Wochen wohnte er dort auf Probe, in einem kleinen gemütlichen Einzelzimmer mit Fernseher, Internetanschluss und Blick auf den Park. Leonardos Brief hatte sie erhalten, als sie wieder zu Hause gewesen war. Danach hatte sie eigentlich vorgehabt, ihren Vater sofort darauf anzusprechen. Doch als sie Nick am nächsten Tag noch ein paar Sachen vorbei gebracht hatte und ihn fragen wollte, war es ihr unpassend vorgekommen. Auf der Hand lag: Leonardo und ihr Vater kannten sich von früher und der Capo hatte geschrieben, dass er in Nicks Schuld stehe.

Grund genug, dafür zu sorgen, dass wir den Platz in Maplewood bekommen haben?, fragte sie sich. Wie weit reichte Leonardos Einfluss hier wirklich? Verdankten sie ihm am Ende diesen nahezu perfekten und auch noch bezahlbaren Platz?

Darüber wollte Lauren am liebsten gar nicht nachdenken, geschweige denn Nick damit belasten, dem es im Maplewood sichtlich gefiel.

Während sie nun Dominic beobachtete, fragte sie sich, ob er Bescheid wusste. Wenn, dann ließ er sich nichts anmerken. Sie hatten allerdings kaum miteinander geredet, seit sie im Bett gelandet waren, was hauptsächlich daran lag, dass es praktisch keine Gelegenheit dazu gegeben hatte. Die Aktionen gegen Sharkin waren nach der Attacke auf Dominic reduziert worden. Es war zwei Wochen her, dass Lauren zuletzt im Haus von Mrs. Palermo gewesen war. Ihr war nur aufgefallen, dass Dominic ihr gegenüber etwas zurückhaltender war. Er verzichtete auf Macho-Sprüche und sein übliches Gehabe. Einerseits war es ihr recht, dass er kein Thema aus der Sache machte. Andererseits war ihr nicht wohl dabei, dass er nun so normal mit ihr umging. Denn sie musste zugeben, dass sie doch ziemlich oft an ihn dachte. Einmal war sie sogar versucht gewesen, ihn abends anzurufen und zu fragen, ob er Lust habe, sie zu treffen, doch sie hatte gekniffen.

Dominic und Cyrus kamen zum Mustang zurück und sie kletterte auf den Rücksitz.

»Das ist doch mal eine Neuigkeit«, sagte Cyrus, als sie eingestiegen waren. Er nickte Lauren im Rückspiegel zu und startete den Wagen.

»Was ist los?«, fragte Lauren. Offensichtlich hatte es für den obligatorischen braunen Umschlag mit Bestechungskohle heute eine brauchbare Information gegeben.

Dominic drehte sich zu ihr um. »Lazaro steht unter Beschuss. Er wird wohl nicht mehr lange Detective sein.«

»Ja, und?« Lauren bezweifelte, dass dies die tolle Neuigkeit war, die Cyrus angesprochen hatte und sah Dominic auffordernd an.

Er schien zu überlegen, wie viel er ihr sagen wollte.

»Im Zusammenhang mit den internen Ermittlungen gegen ihn sind Details zu dem großen Deal aufgetaucht, den Sharkin plant. So wie es aussieht, hat Lazaro Beweise gesammelt. Vielleicht wollte er sich mit einem prestigeträchtigen Fall rehabilitieren.«

Er zog die Schultern hoch. »Wer weiß, was im Kopf dieses geldgeilen Sacks so vorgeht.«

Lauren schnaubte. Beim Gedanken an diesen korrupten Polizisten und daran, wie er für einen Koffer voll Geld die Chinesen hatte abknallen lassen, wurde ihr übel vor Wut.

»Was heißt das für uns?«, fragte sie.

»Das kann uns nur recht sein«, meinte Dominic. »Ein Bulle weniger, der uns Sorgen macht. Und die Informationen zu Sharkins Deal sind Gold wert.«

»Meinst du nicht, dass Lazaro uns noch Ärger machen könnte, wenn er unter Druck gesetzt wird?«, warf Cyrus ein.

»Wird sich zeigen.«

Als sie vor Mrs. Palermos Haus hielten und ausstiegen, sagte Lauren zu Dominic: »Danke, dass du mich einweihst.«

Sie hatte das Gefühl, ihm zeigen zu müssen, dass sie sein Vertrauen zu schätzen wusste.

Oder ist es doch etwas anderes?, fragte sie sich nun.

Sie stellte fest, dass es ihr darum ging, ihm zu zeigen, dass sie auf seiner Seite war. Was auch immer das bedeuten sollte.

»Soll ich dich nach Hause fahren?«, bot Dominic an. Die Frage klang harmlos. Oder war da ein Leuchten in seinen grünen Augen?

Lauren lehnte ab. »Ich wollte mit Joey gehen.«

Dominics Gesicht zeigte keine Regung. Unbeeindruckt drehte er sich um und folgte Cyrus ins Haus. Es lag also wohl doch keine weitere Absicht hinter seiner Frage, schlussfolgerte Lauren, und die Tatsache, dass sie darüber leicht enttäuscht war, gefiel ihr nicht. Sie schob den Gedanken beiseite, ging ebenfalls ins Haus und mit Cyrus und Dominic in den Keller.

»Was zum ...?!«

Dominic war in dem dunklen Raum stehen geblieben und rümpfte die Nase. Joey und die zwei anderen Hacker wirkten ertappt.

»Ihr habt nichts Besseres zu tun, als hier unten zu kiffen?«

Auch Lauren nahm nun den eindeutigen Geruch wahr und sah mit strengem Blick zu Joey, der sofort heftig den Kopf schüttelte und auf die anderen zeigte. Na, wenigstens schien er nicht mitgeraucht zu haben.

Dominic war zu Cyrus' Schreibtisch in der Ecke getreten und legte seinen Colt mit einem lauten Geräusch ab.

»Wenn ihr das noch einmal macht, ramme ich euch eure Joints in die Augen. Wenn ihr kiffen wollt, macht das gefälligst draußen und weit weg von hier. Ist das klar?«

Eifriges Nicken. Mit Dominic wollten sie sich offensichtlich nicht anlegen.

Er gab Cyrus ein Zeichen und dieser scheuchte die Hacker – einschließlich Joey – hinaus.

»Feierabend für heute, Jungs. Bis morgen.«

Lauren war verdutzt, folgte Joey aber nach draußen.

»Was war denn das da drin?«, fragte sie ihren Bruder, als sie nebeneinander nach Hause gingen.

Joey sah zu ihr rüber. »Wegen dem Gras? Dom mag es nicht, wenn die anderen kiffen. Er sagt, Mrs. Palermos Haus soll sauber bleiben.«

Lauren fand das irgendwie ulkig. »Wusste gar nicht, dass Dom so spießig ist.«

Joey lachte unsicher und Lauren sah ihn forschend an.

»Du denkst viel über Dom nach, nicht wahr?«, fragte er. Es klang vorsichtig.

Tue ich das?, fragte sich Lauren. Aber natürlich hatte Joey recht.

»Mehr, als mir lieb ist«, sagte sie um einen neutralen Tonfall bemüht, doch gleichzeitig wurde ihr bewusst, dass sie mit ihren Grübeleien über Dominic und nun auch Leonardo ziemlich allein dastand. Sie hatte niemanden, mit dem sie über all das reden konnte. Außer Joey, strenggenommen.

»Ich habe einen Brief von Leonardo Valente bekommen.«

Joey blieb abrupt stehen und sah sich verstohlen um, als befürchtete er, sie könnten belauscht werden.

»Was für ein Brief?«

Lauren gab ihm eine Zusammenfassung des Inhalts. Wie so oft sah Joey keine Probleme, sondern zeigte sich sogar beeindruckt.

»Er lädt dich zum Essen ein? Wow!«

Auf Laurens leicht entsetzten Blick fügte er hinzu: »Du weißt gar nicht, was das für eine Ehre ist, vom Capo persönlich eingeladen zu werden.«

»Okay, das macht es für mich nicht weniger unheimlich«, entgegnete Lauren und ging weiter. »Die Sache mit Pops ... wusstest du, dass er und Leo sich kennen?«

»Ich glaub nicht.« Joey fuhr sich durch die wilden Haare. »Er hat mal was gesagt, ich habe es nicht richtig verstanden.«

Lauren erwiderte nichts und so gingen sie eine Weile schweigend nebeneinander her.

Schließlich sagte sie, um das Thema zu wechseln: »Lazaro wird wahrscheinlich suspendiert.«

Joey zog dazu nur die Schultern hoch.

»Ich kann ihn noch vor mir sehen, wie er nach Mamas Tod bei uns im Wohnzimmer stand.« Lauren atmete tief ein und aus, als sie die Erinnerung zuließ. »Er hatte uns Bonbons mitgebracht, um uns zu trösten. Erinnerst du dich?«

Joey war zehn Jahre alt gewesen, als Laurens Mutter den tödlichen Unfall gehabt hatte. Lazaro – damals noch ein Officer in Uniform – hatte den Unfall aufgenommen und anschließend mit einer Kollegin ihrem Vater die Nachricht überbracht. Sie und Joey waren bereits im Bett gewesen und hatten sich nach unten geschlichen, als sie gehört hatten, dass jemand zu Besuch war. Von all den Dingen und Geschehnissen rund um den Tod ihrer Mutter hatte Lauren vor allem diese Szene im Kopf behalten: ihr Vater Nick am Küchentisch, das Gesicht in den Händen vergraben. Ein weiblicher Officer, die behutsam auf ihn einredete. Und Lazaro, der sich vor der Schiebetür zur Küche herumgedrückt hatte, als wäre es ihm unangenehm, mit dem Mann der Verstorbenen zu reden. Er hatte Lauren und Joey bemerkt und sich zunächst um sie gekümmert.

Joey seufzte laut. »Ja, ich weiß.« Plötzlich kicherte er unsicher. »Komisch. Ich habe schon ewig nicht mehr daran gedacht.«

Lauren beobachtete ihn forschend von der Seite. Wenn sie ehrlich zu sich war, dann hatte sie sich nie wirklich gefragt, wie es ihm bei der ganzen Sache gegangen war. Rosa war nicht seine leibliche Mutter gewesen, doch er war noch keine zwei Jahre alt, als Nick mit ihr zusammengekommen war. Gewissermaßen hatte er nie eine andere Mutter als Rosa gekannt. Lauren erinnerte sich, dass er sich nach ihrem Tod sehr verschlossen hatte und seine Noten in der Schule immer schlechter geworden waren. Doch wie es ihm heute ging, wie er heute darüber dachte, wusste sie nicht. Wenn es stimmte, dass er kaum daran hatte denken müssen, dann ging es ihm vielleicht besser damit als ihr.

»Was geht dir durch den Kopf?«, fragte er von der Seite und ein lauernder Ausdruck lag auf seinem Gesicht. Laurens Schweigen war ihm sichtlich unangenehm.

Sie winkte ab. »Nichts weiter.«

»Na, das wäre aber das erste Mal«, entgegnete Joey und lachte. »Dir geht nämlich immer was durch den Kopf. Immerzu grübelst du und heckst Pläne aus oder sowas.«

Lauren musste lächeln. »Der Punkt geht an dich.«

Sie hatte seine Frage nicht beantwortet, doch er bohrte nicht weiter nach.

Als sie zu Hause ankamen, wandte sie sich an ihn. »Ich bin dir nicht mehr böse wegen der Sache mit den Mobstern. Ich will, dass du das weißt. Es ist dumm gelaufen, aber wir schaffen das schon.«

Joey nickte verhalten, doch Lauren bemerkte, dass ihn etwas quälte.

Deshalb fügte sie hinzu: »Du kannst mit mir über alles reden. Okay?«

»Okay.«

»Ist irgendwas?«

Mit einem Mal wirkte Joey verlegen und druckste herum.

»Was ist los, Joey?«

»Na ja ... ich ...« Er wich ihrem Blick aus. »Läuft da was zwischen dir und Dom?«

Natürlich hatte er etwas mitbekommen und selbstverständlich beschäftigte es ihn.

Lauren versuchte, ehrlich zu ihm zu sein. »Ich war an dem Sonntag bei ihm.«

Sie hob langsam die Schultern und tat dann so, als wäre es ihr egal. »Es ist unwichtig. Wenn wir unsere Schulden los sind, werden wir nichts mehr mit denen zu tun haben.«

»Unsere Schulden«, sagte Joey nachdenklich. »Leo wird uns die doch erlassen, oder nicht?«

Lauren stutzte. »Wie kommst du denn darauf?«

Joey wirkte ertappt und fuhr sich nervös durch die blonden Haare. »Also ... ich meine ... hattest du nicht gesagt, in dem Brief stand, dass wir uns ums Finanzielle keine Sorgen machen sollen?«

»Ja, das stimmt.« Lauren runzelte die Stirn. »Ich dachte, er bezieht sich damit auf Maplewood. Du weißt schon. Dass er was an den Kosten gedreht hat oder so.«

Konnte Joey recht damit haben, dass Leonardos Bemerkung mehr beinhaltete? Diese Vorstellung jagte ihr einen Schauder über den Rücken.

Joey fuhr sich erneut durchs Haar. Er wirkte, als wäre es ihm unangenehm, dass er diese Möglichkeit erwähnt hatte.

»Du … du kannst ihn ja fragen, wenn du bei ihm zum Essen bist«, schlug er vor und kicherte nervös.

Lauren bedachte ihn mit einem strengen Blick. Daran würde sie nicht einmal denken.

Mit einem Schulterzucken verdrückte Joey sich nach oben in sein Zimmer. Stirnrunzelnd sah Lauren ihm nach. Ein Gefühl beschlich sie, dass es da noch etwas anderes gab, das ihn beschäftigte. Etwas, dass er ihr nicht sagen wollte.

Sie bekam keine Gelegenheit, sich darüber weiter den Kopf zu zerbrechen, da ihr Handy klingelte. Ella rief sie an und fragte, ob sie am Abend schon etwas vorhabe.

»Nein«, sagte Lauren. »Ich habe große Lust auf einen feucht-fröhlichen Abend.«

»Abgemacht. Dann gibt es heute frische Margueritas.«

Lauren seufzte zufrieden. »Weißt du, was das Beste ist? Ich habe ein freies Wochenende vor mir.«

* * *

George Lazaro stellte seinen Wagen auf dem südlichen Parkplatz des State Liberty Parks ab, der der Freiheitsstatue gegenüberlag. Dies schien ihm passend für sein Vorhaben.

Eure Freiheit, zu bleiben, ist meine Freiheit, zu gehen.

Er hatte seine private Waffe mitgebracht, eine kleine Beretta 8000. Bei seinen Kollegen auf dem Revier in Jersey City – bei jenen, denen er noch vertrauen konnte – hatte er Anweisungen hinterlassen. Sie würden es als unglücklichen Unfall hinstellen, damit seine Frau und Kinder die Kohle aus seiner Altersvorsorge ohne Abzug bekamen. Die konnte sich bei Cops durchaus sehen lassen, doch die Versicherung zahlte nicht bei Selbstmord.

Er hatte immer geglaubt, er hinge an seinem Leben. Deshalb war er ein so guter Cop – er hatte sich nie anschießen oder anderweitig fertigmachen lassen. Wie alle Polizisten hatte er die unangenehmen Details seines Jobs nicht mit nach Hause genommen, doch natürlich führte dies zu einem Doppelleben. Da war ein ganzes Leben, das seine Familie nicht mitbekam. Wenn sie ihn nun feuerten, weil sie einen Sündenbock brauchten, dann war das nichts anderes, als wenn seine Frau mit einem seiner Freunde ins Bett gehen würde. Es war Verrat. Es war Betrug. Das Problem reichte bis ganz nach oben, doch hin und wieder musste halt mal einer abgesägt werden, um wenigstens den Eindruck zu erwecken, man würde etwas gegen die Korruption tun. Dieses Mal würde es ihn treffen.

Oder auch nicht.

Kapitel 21

Vielleicht waren es zwei oder drei Margueritas zu viel, dachte Lauren, als sie den Korb mit der nassen Wäsche aus dem Hauswirtschaftsraum in den Garten trug. Ihr brummte ein wenig der Kopf und die Hitze machte es nicht besser. Doch der Abend mit Ella hatte ihr gutgetan, wenn er auch kürzer gewesen war als sonst, denn Ella musste an diesem Samstagmorgen natürlich in ihrem Nagelstudio arbeiten. Lauren war es vor allem darum gegangen, ihre Gedanken ein bisschen zur Ruhe kommen zu lassen. Na ja, eigentlich hatte sie sich davon ablenken wollen. Joey hatte wirklich recht: Sie grübelte immerzu.

Auch während sie hinter dem Haus die Wäsche aufhängte, gingen ihr die Worte aus Leonardos Brief nicht aus dem Kopf. Doch es war so heiß, dass sie kaum einen Gedanken festhalten konnte. Alles schwirrte scheinbar ziellos umher. Ihr lief der Schweiß von der Stirn und die Wäsche trocknete beinahe schon in ihren Händen.

Leo hatte dafür gesorgt, dass ihr Vater so schnell in Maplewood unterkam – das war einfach so unwirklich, weshalb sie erwartete, aus einem Traum aufzuwachen. Nein – sie erwartete vielmehr eine unheimliche Wendung dieses Traums, der harmlos, beinahe schön begonnen hatte und sich unweigerlich zu einem Alptraum entwickeln würde. Tatsächlich fürchtete sie, nicht rechtzeitig aufzuwachen.

Sie hörte ein Geräusch aus dem Haus und kurz darauf ein Klopfen. Sie schob das Handtuch, das sie gerade auf die Wäscheleine gehängt hatte, beiseite und erblickte Dominic, der an der Hintertür stand und sich umsah.

»Hinreißend«, sagte er und grinste sie an. »Selbst beim Wäscheaufhängen strahlst du wie die Sonne.«

Lauren sah ihn finster an und wischte sich den Schweiß von

der Stirn. Sie wusste, dass sie scheiße aussah und konnte Dominics Bemerkung nicht witzig finden.

»Ich frag dich jetzt nicht, wie du hier reingekommen bist.«

»Der Hausschlüssel liegt in dem Blumentopf neben der Tür«, entgegnete Dominic. »Ein sehr schlechtes Versteck übrigens. Da kommt ja jeder Idiot drauf.«

»So wie du?«, gab Lauren zurück und freute sich darüber, dass sie es ihm heimgezahlt hatte. »Also, was willst du?«

»Joey meinte, du hast die nächsten drei Tage frei. Stimmt das?«

Lauren seufzte entgeistert. Da ging ihr freies Wochenende dahin. Sie war sich sicher, dass Dominic sie für irgendeine Aktion einspannen wollte. Sie zuckte die Achseln und nickte.

»Das trifft sich gut«, meinte Dominic. »Lust auf einen kleinen Ausflug?«

»Nein.« Lauren wandte sich wieder der Wäsche zu.

»Du hast doch eine Einladung von Leo erhalten, oder nicht?«

Sie schob das Handtuch erneut zur Seite.

»Woher weißt du davon?«, fragte sie, doch insgeheim konnte sie es sich schon denken.

Natürlich würde Dominic mit Leonardo über sie gesprochen haben. Ja, vielleicht war die Einladung zum Essen sogar seine Idee gewesen.

»Du hast ziemlich Eindruck auf Leo gemacht«, sagte Dominic.

Lauren war fertig mit der Wäsche und trat nun langsam auf ihn zu. Abwartend sah sie ihn an.

Er tat verlegen und sah sich in dem kleinen Garten um. Kurz ließ er den Blick interessiert zum Nachbargrundstück wandern. Schließlich zuckte er mit den Schultern.

»Ich fahre heute zu ihm. Und er hat gemeint, dass ich dich ruhig mitbringen könnte. Er will sich dafür bedanken, dass du seinem ›Lieblingsneffen‹ das Leben gerettet hast.«

Lauren dachte einen Moment darüber nach und beschloss, ihm gegenüber ehrlich zu sein. »Ich bin mir nicht sicher, ob ich das will.«

»Keine gute Tat bleibt ungestraft«, erwiderte Dominic trocken. »Aber es ist nur ein Abendessen, Lola. Überleg es dir.«

Lauren wollte sich an ihm vorbei ins Haus schieben, doch er lenkte ihre Aufmerksamkeit unvermittelt auf das Nachbargrundstück.

»Kennst du deine Nachbarn gut?«

Stirnrunzelnd folgte sie seinem Blick. »Nein, die sind erst Anfang des Monats eingezogen. Wieso fragst du?« Sie konnte sich keinen Reim auf sein Interesse machen.

»Wusstest du, dass sie hier Meth kochen?«

»Was?!« Ungläubig wandte Lauren sich um und ging einen Schritt auf den Zaun zu.

Dominic trat neben sie und deutete auf eine Reihe Kanister, die vor einem kleinen Gartenschuppen standen. »Das ist 'ne Menge Phenylaceton. Wofür brauchen die das Zeug, wenn nicht zum Meth-Kochen?«

Kann das möglich sein?, fragte Lauren sich. Sie hatte keine Ahnung, wer diese Leute waren, und sie achtete auch nicht darauf, was sie taten, ja nicht einmal, ob sie sich oft im Garten aufhielten. Doch Dominic hatte recht, was die Kanister betraf – zumindest der Beschriftung nach. Am Ende befand sich tatsächlich eine Meth-Küche in dem Schuppen. Sie schüttelte sich das Bild aus dem Kopf, wandte sich um und ging ins Haus. Aber sie würde in nächster Zeit ein Auge auf die Nachbarn haben müssen.

»Und? Kommst du nun mit?«, fragte Dominic, der ihr langsam gefolgt war.

Sie seufzte.

Also würde sie Leonardo kennenlernen. Nun gut, war das nicht ohnehin das, was sie wollte: mehr über die Valentes erfahren? Besonders interessierte sie die Verbindung von Leonardo zu ihrem Vater. Sie hatte keine Alternative zu Maplewood, doch sie konnte sich vorstellen, Nick über kurz oder lang woanders unterzubringen. Der Gedanke, dass er den Platz nur hatte, weil Leonardo seinen Einfluss geltend gemacht hatte, verursachte in ihr ein ungutes Gefühl, und das lag nicht allein an der Tatsache, dass sie ihm nichts schuldig bleiben wollte. Sie traute ihm einfach nicht.

»Okay«, sagte sie zu Dominic. »Ich muss mich umziehen und Joey Bescheid sagen. Wo ist er überhaupt?«

»Der ist im Haus und genießt wahrscheinlich Mrs. Palermos köstlichen Apfelkuchen«, erwiderte er mit einem Schmunzeln.

»Gut, warte hier. Ich bin gleich so weit.«

Mit diesen Worten ließ sie ihn stehen und ging nach oben, um sich umzuziehen. Eigentlich wollte sie nur aus den verschwitzten Klamotten raus, doch als sie vor ihrem Kleiderschrank stand, war sie sich nicht mehr sicher, was sie überhaupt anziehen sollte.

»Findet das Essen mit Leo bei ihm zu Hause statt?«, rief sie nach unten.

»Ich nehme es an.«

Lauren hörte, wie er langsam die Treppe nach oben kam. So mussten sie nicht so schreien, doch auf einmal war es ihr unangenehm, dass er in ihr Zimmer kommen könnte. Nicht, weil sie sich umzog, sondern weil es unaufgeräumt war. Ihr war das irgendwie peinlich, weil ihr Zimmer etwas Persönliches war, das sie sträflich vernachlässigt hatte. Sie entschied sich schnell für Jeans-Bermudas und ein frisches T-Shirt, und huschte hinaus.

»Meinst du, ich kann so gehen?«

Dominic musterte sie offen.

»Wie ein Diamant«, sagte er. »Ein Rohdiamant.«

Lauren verzog das Gesicht.

Sie wusste sehr wohl, dass Rohdiamanten aussahen wie gewöhnliche Kieselsteine und dass erst der richtige Schliff daraus etwas wirklich Kostbares machte. Was für eine seltsame Formulierung, dachte sie.

»Wenn du meinst«, erwiderte sie. »Ich mag mich so wie ich bin.«

»Ich auch.« Er lächelte.

Für einen kurzen Moment betrachtete sie sein Gesicht und suchte nach einem Anzeichen von Spott oder Ironie, doch er sah sie offen an. Sofort wich sie seinem Blick aus. Wenn das ein ernst gemeintes Kompliment war, dann war es besser, sie dachte nicht weiter darüber nach.

Sie drückte sich an ihm vorbei und ging die Treppe hinunter, nahm ihr Handy in die Hand und tippte eine Nachricht für Joey.

»Okay, lass uns fahren.«

Dominic war mit seinem schwarzen Sportschlitten gekommen, mit dem er sie auch von der Polizeiwache abgeholt hatte.

Gott sei Dank, dachte sie. Diese Kiste hat wenigstens eine Klimaanlage.

Auf der Bundesstraße 3 fädelte Dominic sich in den Verkehr westlich nach Clifton ein. Lauren war gespannt darauf, zu sehen, wo und wie Leonardo wohnte.

»Lehn dich zurück und entspann dich«, sagte Dominic. »Wir haben zwei Stunden Fahrt vor uns.«

Lauren sah ihn entgeistert an. »Was?! Ich dachte, wir fahren zu deinem Onkel.«

»Tun wir auch. Leo ist nur gerade nicht in der Stadt. Er verbringt das Wochenende in seinem Casino.«

Lauren registrierte, dass Dominic auf den Garden State Parkway nach Süden einbog. »Casino? Das heißt, wir fahren runter nach Atlantic City?«

»Leo schmeißt morgen Abend eine Party zur Wiedereröffnung seines Hotels. Und wir sind eingeladen.«

Lauren stutzte. Hatte Leonardo sich denn nicht schon großzügig genug gezeigt? Sie vermutete, dass mehr dahinter steckte, und sah Dominic abwartend an.

Er spürte wohl ihren Blick von der Seite und tat verlegen. »Na ja, streng genommen ist das nicht ganz richtig. Leo hat dich zum Dinner eingeladen, weil er dich kennenlernen will, wie ich gesagt habe. Die Party morgen war nicht direkt Teil der Einladung. Aber ich brauche eine Begleitung.«

Lauren entfuhr ein ironisches Lachen. »Ich als deine Begleitung? Ist das dein Ernst?«

»Warum nicht?«

Tja, das war eine gute Frage. Warum eigentlich nicht? Doch Lauren war trotzdem alles andere als begeistert.

»Weil du mich vielleicht vorher hättest fragen sollen«, gab sie patzig zurück.

»Hättest du ›ja‹ gesagt?«

»Ich ... ähm ...«, brachte Lauren hervor und ärgerte sich darüber. Hätte er ihr das mit der Party nicht früher sagen können? Nun hatte sie nichts dabei, außer einer kleinen Handtasche.

Offensichtlich belustigt zog Dominic die Brauen hoch. »Lass mal gut sein, Lola. Du kannst es dir ja noch überlegen.«

Darauf wusste Lauren erst einmal nichts zu sagen. Sollte das so etwas wie eine Einladung zu einem Date sein? Oder war es ihm am Ende scheißegal, mit wem er zu der Party erschien? In diesem Moment lag es ihr auf der Zunge, ihn nach der Textnachricht zu fragen. ›*Bist du der Engel aus meinem Alptraum?*‹ Hatte er wirklich sie gemeint? War er wirklich betrunken gewesen, als er die Nachricht verschickt hatte?

Sie traute sich nicht zu fragen, denn irgendwie hatte sie Angst vor der Antwort. Und ganz andere Sorgen: Es würde seltsam werden bei Leonardo. Natürlich war sie ihm dankbar für die Unterstützung und vielleicht war es in seinen Augen wirklich nur die Begleichung einer alten Schuld, doch sie fühlte sich furchtbar bei dem Gedanken, etwas von ihm angenommen zu haben. Sie beschloss, sich höflich und respektvoll zu verhalten, doch sie wollte nicht, dass er dachte, sie schaue zu ihm auf. Sie wollte ihn weder abweisen noch zu nah an sich heranlassen, denn im Grunde wollte sie mit Seinesgleichen nichts zu tun haben.

Dominic schien zu spüren, dass sie sich unwohl fühlte. »Machst du dir Gedanken wegen Leo?«

Lauren nickte zögernd.

»Mach dir keine Sorgen. Der Löwe ist zahm.«

Wieder einmal hatte er mit einem lockeren Spruch geantwortet, als wäre alles nur ein Spiel. Stirnrunzelnd sah sie ihn an. Es war ihr einfach unbegreiflich, wie Dominic sich so bereitwillig von seinem Onkel und dessen kriminellen Machenschaften hatte abhängig machen können. Ja, es war mitunter sehr leicht, Geld zu verdienen. Das hatte auch sie schnell festgestellt. Aber reichte das aus, um seinen moralischen Kompass komplett über Bord zu werfen?

»Wieso tust du das?«, fragte sie.

»Was?«

»Wieso machst du die Drecksarbeit für ihn?«

Dominic schnaubte. »Soll das jetzt 'ne Grundsatzdiskussion werden?«

Ihr Blick bohrte sich in ihn und er schüttelte den Kopf. »Ich soll dir beantworten, weshalb ich mich nicht mehr am Arsch der Welt für mein Land zusammenschießen lasse? Oder in einem Laden schufte, der irgendwann von geldgeilen Managern und Heuschrecken zugrunde gerichtet wird? Damit ich dann für den nächsten Sklaventreiber arbeiten kann, der mir nicht einmal eine Krankenversicherung zahlt? Du weißt so gut wie ich, dass ich bei Leo besser dran bin.«

»Aber es ist nicht richtig«, warf Lauren ein. »Was ist mit deinem Gewissen?«

Dominic rollte mit den Augen. »Komm mir nicht mit Gewissen. Oder mit Moral. Du profitierst genauso von Leos Geschäften, auch wenn du's nicht wahrhaben willst.«

»Tue ich das?«, fragte sie schnippisch.

Dominic seufzte genervt. »Frag doch mal deinen Boss. Leo hat Karlovic immer wieder Aufträge zugeschanzt. Für seine Baustellen. Nur deshalb ist der Betrieb so gewachsen und noch nicht bankrott wie andere Lieferanten in der Gegend. Nur deshalb hast du einen Job.«

Konnte das sein?, fragte Lauren sich. Konnte es sein, dass sie einfach nur blind gewesen war? Tatsache war, dass sie keine Ahnung hatte, wie es genau um Karlovics Geschäfte bestellt war. Immerhin konnte sie sich gut vorstellen, dass Dominic die Wahrheit sagte.

»War Hector euer Kontakt?«, fragte sie. Sie kombinierte in Gedanken einfach das, was sie mitbekommen hatte.

»Nein. Hector war der Verbindungsmann für das Kartell.«

Lauren zog fassungslos die Brauen hoch. »Das Kartell? Du meinst, die Mexikaner mischen da auch mit?«

»Ja, klar. Natürlich«, erwiderte Dominic. »Hector hat mit Eric zusammen dafür gesorgt, dass manche Transporter, zum Beispiel mit Methylamin beladen und dann an diverse Adressen des Kartells zur Auslieferung geschickt wurden.«

Lauren war entsetzt. Deshalb waren die Cops also hinter Hector her. Methylamin war einer der Grundstoffe für Crystal Meth und andere Drogen. Wenn er mit Eric die Frachtlisten manipuliert hatte, konnten große Mengen davon inoffiziell ausgeliefert werden, ohne dass den Drogenfahndern die Käufe aufgefallen wären.

»Das ist ... Ich kann's nicht fassen. Weiß Karlovic davon?«

Dominic zuckte mit den Schultern. »Würde mich wundern, wenn er es nicht wüsste.«

In diesem Moment fragte Lauren sich, ob sie wirklich die Einzige war, die von alledem nichts mitbekam. Es fing mit der Geschichte um ihren Vater an, der angeblich ein alter Freund von Leonardo war, und nun erfuhr sie, dass sie nur deshalb einen Job hatte, weil ihr Boss mit Kriminellen wie der Mafia und einem mexikanischen Drogenkartell zusammenarbeitete.

»Ich wundere mich, dass dich das erschüttert«, meinte Dominic. »Den Einfluss des Kartells müsstest du doch schon kennengelernt haben.«

Nun begriff Lauren gar nichts mehr. Fragend sah sie zu ihm hinüber.

»Deine Freundin ... Ella, richtig?«, fragte Dominic. »Ist sie nicht seit Kurzem mit Adán Rodriguez verheiratet?«

»Ja, wieso?«

»Na, ist es nicht interessant, dass einer der Typen, den das Kartell hier oben bei uns hat, auch Rodriguez heißt?«

»Und? Rodriguez ist ein ziemlich häufiger Name«, gab Lauren zurück. »Außerdem ist Adán Buchhalter.«

Dominic tat, als würde ihm das erst jetzt einfallen. »Ach ja, stimmt. Er ist ›Buchhalter‹.«

Er ließ kurz das Lenkrad los und malte Anführungszeichen in die Luft. »Im Logistikunternehmen seiner Eltern. Was die wohl so importieren?«

»Was soll das? Willst du jetzt den Mann meiner Freundin diskreditieren und behaupten, er arbeite für das Kartell? Das ist lächerlich.«

»Wie du meinst«, erwiderte Dominic. »Ich weiß nur, dass deine Freundin Ella ihr Nagelstudio zunächst nicht wie geplant eröffnen konnte, weil der alte Fire Marshal Craig, dieser Nazi, ihr die Abnahme verweigert hat. Praktischerweise hatte er dann ja diesen Unfall und war damit aus dem Weg.«

Es war ungeheuerlich, was Dominic damit andeutete. Am liebsten hätte Lauren sich die Ohren zugehalten, um das Folgende nicht hören zu müssen.

»Ich weiß auch, dass das Kartell den Alten aus dem Weg haben wollte. So schlägt man zwei Fliegen mit einer Klappe, würde ich sagen.«

Lauren schüttelte den Kopf und sah aus dem Fenster. Es war schwer, das Gehörte zu akzeptieren.

Dominic fand wohl, dass er ihr genug zugemutet hatte, deshalb sagte er in beruhigendem Tonfall: »Mach dir keine Sorgen. Die Mexikaner ziehen so eine Nummer wie die mit dem alten Craig nicht ab, ohne Leos Einverständnis zu haben.«

Mit anderen Worten: Ella hatte es indirekt Leonardo zu verdanken, dass sie ihren Laden hatte eröffnen können? War das möglich? War es möglich, dass Ella von den Machenschaften des Kartells profitierte, ja vielleicht sogar wusste, dass Adán mit drinsteckte? Ihr fiel das Gespräch ein, bei dem sie Ella gefragt hatte, ob auch sie Schutzgeld bezahlen müsste, und ihre Freundin dies ganz verwundert verneint hatte. Es war möglich, dass sie nichts ans Kartell abdrücken musste, wenn ihr Mann selbst dazugehörte. In Lauren reifte eine bittere Erkenntnis: Sie hingen alle irgendwie mit drin. Ob sie wollten oder nicht. Ob sie es *wussten* oder nicht. Und sie war allen Ernstes besorgt wegen der Tatsache, dass Leonardo Valente sie zum Abendessen eingeladen hatte. Wie dumm sie doch war!

Kapitel 22

Leonardo Valente – *Il Leone Verde*, der Grüne Löwe – residierte im Penthouse Apartment seines Hotelcasinos *Five Kings* direkt an der Strandpromenade von Atlantic City. Für Lauren hatte dieser Ort etwas Surreales. Einerseits war es ihr unbegreifbar, wie man hier freiwillig Urlaub machen konnte, andererseits konnte sie die Faszination fühlen, die er auslöste. Ende der Siebzigerjahre war hier das Glücksspiel legalisiert worden, um der Stadt einen Aufschwung zu verpassen, und seither waren die Hotels und Casinos nur so aus dem Boden geschossen. Soweit Lauren wusste, war es für die Gangster von New York – genau wie in Las Vegas – eine perfekte Möglichkeit, Leuten Geld aus der Tasche zu ziehen und gleichzeitig einen Haufen Geld aus illegalen Quellen zu waschen. Und ebenso wie in Las Vegas musste das unheimlich gut funktionieren: Die Leute, die hierherkamen, um ihren Urlaub zu verbringen, feierten die Tatsache, dass sie ihr Geld verpulverten, schossen Fotos auf dem berühmten Boardwalk der Promenade und gaben damit zu Hause vor Freunden und Familie an. Währenddessen freuten sich die Gangster über die Kohle, die sie völlig legal verdienten.

Lauren konnte sich vorstellen, dass dies der Grund war, weshalb ein Teil der Valente-Familie hier schließlich nur noch legale Geschäfte betrieb. Leonardo stand an der Spitze und überwachte alles. Nach außen hin war er erfolgreicher Bauunternehmer und Investor. Dabei nutzte er die illegalen Geschäfte seiner jüngeren Brüder, um seinen Erfolg abzusichern und auszubauen.

So hatte der Valente-Clan wohl auch den 2008 durch die Finanzkrise ausgelösten Niedergang der Stadt überlebt, wohingegen viele Casinos – einschließlich der großen Protzburgen von Donald Trump

– hatten schließen müssen. Nun erlebte Atlantic City einen erneuten Aufschwung.

Lauren war schon zuvor bewusst gewesen, dass die Casinos und Hotels hier hauptsächlich Leuten gehörten, die es mit dem Gesetz nicht so genau nahmen. Doch als sie nun vor dem *Five Kings* aus dem Wagen stieg, um den Capo Leonardo Valente persönlich zu treffen, wurde ihr erst richtig bewusst, in welche Kreise sie sich begab.

Dominic warf dem Mann vom Parkservice seinen Wagenschlüssel zu und ließ ihr den Vortritt. In der Lobby waren noch Umbau- und Dekorationsarbeiten im Gange, trotzdem bot sich Lauren ein Bild absolut pompöser, ja majestätischer Eleganz. Es kam ihr vor, als hätte sie ein Schloss betreten. Sie konnte nicht anders und blieb mitten in der großen Halle stehen, um nach oben an die mit Fresken verzierte Decke zu starren.

»Richtig übertrieben dekadent, nicht wahr?«, warf Dominic von der Seite ein und Lauren glaubte, einen leicht abfälligen Unterton herauszuhören. Es schien ihm nicht zu gefallen, wie es hier drin aussah, und er widmete auch der Dekoration für die kommende Party keine Aufmerksamkeit. Stattdessen schob er sie weiter zu einer großen Wand aus Spiegeln, vor der ein Concierge an seinem Tisch saß.

»Guten Tag, Sir«, grüßte der. Sein Blick fiel auf Lauren. »Ms. Mazur? Guten Tag. Mr. Valente hat Ihren Besuch angekündigt. Bitte folgen Sie mir.«

Er betätigte einen Knopf an seinem Tisch und wandte sich um. Lautlos fuhr der Spiegel hinter ihm zur Seite und gab den Blick frei in einen kleineren Empfangsraum mit einem Fahrstuhl.

Für einen kurzen Moment staunte Lauren über diesen hinter der Spiegelwand verborgenen Zugang. Doch es war wahrscheinlich sinnvoll, wenn man in seinem eigenen Hotel etwas Privatsphäre wollte. Der Concierge begleitete Dominic und Lauren zum Fahrstuhl, ließ sie einsteigen und wählte mit einem kleinen Schlüssel ihr Ziel, das Penthouse.

Dann trat er zurück. »Ich wünsche Ihnen einen angenehmen Abend.«

Als sich die Aufzugtür geschlossen hatte, wandte Lauren sich an Dominic. »Warum wohnst du in dieser billigen Wohnung, wenn du das hier haben kannst?«

Dominic wirkte nachdenklich und seufzte schließlich. Kam es ihr nur so vor oder war er angespannter als sonst?

»Würdest du hier wohnen wollen?«, fragte er zurück.

Erneut wusste Lauren nicht, was sie sagen sollte. Sie hatte nie davon geträumt, derart pompös zu leben, doch jetzt wusste sie einfach nicht, wie sie darüber denken sollte.

»Erstens ist Leo nicht oft hier«, setzte Dominic nun zu einer Erklärung an. »Und zweitens bin ich lieber in der Nähe meiner Arbeit.«

Lauren ließ das gelten, obwohl sie spürte, dass es da noch etwas anderes gab. Und Dominic war tatsächlich angespannt. Das konnte sie jetzt deutlich sehen, denn er wippte leicht mit den Füßen. Lag es an dem Aufzug, der mit rasender Geschwindigkeit nach oben rauschte, oder lag es an Leonardo?

Oben wurden sie von einem Bediensteten empfangen, der ihnen kalte Getränke reichte und sie bat, kurz zu warten. Lauren hielt erneut den Atem an. Der Empfangsbereich des Penthouse allein hatte in etwa die Größe ihres Hauses. Mehrere Korridore gingen davon ab und eine Treppe führte ins Obergeschoss. Der Einrichtungsstil war ähnlich elegant wie unten in der Lobby; am Fuße der Treppe stand eine edle Sitzgruppe rund um einen Tisch mit Marmorplatte und einem riesigen Blumenarrangement darauf. Lauren fühlte sich nicht wie im oberen Stockwerk eines Hochhauses, sondern eher so, als hätte sie soeben eine mediterrane Villa betreten.

»Das ist also die Höhle des Löwen, ja?«, fragte sie, weil sie das Gefühl hatte, die Stille unterbrechen zu müssen.

»Löwen leben nicht in Höhlen«, gab Dominic zurück. »Ich würde es eher als Drachenhöhle bezeichnen.«

Überrascht von seiner Wortwahl sah sie ihn an. »Drachen sind Fantasiewesen.«

Ein beinahe wehmütiges Lächeln zog über Dominics Gesicht. »Und bei ihnen ist es meist wärmer, als man denkt.«

Ehe Lauren sich einen Reim auf seine Worte machen konnte, drang eine weibliche Stimme aus dem Obergeschoss zu ihnen. Einer kurzen Fluchtirade folgte ein genervtes Seufzen.

»Du schon wieder.«

Eine Frau war an der Treppe erschienen und schritt nun selbstsicher die Stufen hinab. Sie trug ein elegantes, cremefarbenes Etuikleid und ihre nussbraunen, von hellen Strähnen durchzogenen Haare fielen nahezu perfekt auf ihre Schultern.

»Was verschafft uns die Ehre?« Missbilligend sah sie Dominic an und würdigte Lauren keines Blickes.

»Ich freue mich auch, dich zu sehen, Tante Allegra«, erwiderte Dominic ungerührt ob der unfreundlichen Begrüßung.

»Nenn mich nicht Tante!«

Dominic ignorierte ihre Art weiterhin und stellte Lauren vor. »Das ist Lauren Mazur. Lola, das ist Allegra Valente, Leos Frau.«

Jetzt erst schien Allegra sie zu bemerken und reichte ihr höflich, wenn auch etwas kühl, die Hand. Sie war kaum älter als Dominic, schätzte Lauren, und damit war es wirklich etwas schräg, wenn er sie Tante nannte.

»Sie sind unser Gast für heute Abend, nicht wahr?« Allegra schlug sich theatralisch mit der Hand vor die Stirn. »Natürlich! Leo hat es mir gegenüber ja erwähnt. Entschuldigen Sie. Sie sind uns herzlich willkommen.«

Ein Seitenblick auf Dominic verriet, dass das nicht für ihn galt.

»Fühlen Sie sich wie zu Hause, Ms. Mazur. Wenn Sie sich frisch machen wollen ...« Sie stutzte. »Wo ist denn Ihr Gepäck?«

Lauren sah Dominic fragend an und dann zu Allegra.

»Ähm ... ich habe nichts dabei. Dom hat mir nicht gesagt, dass wir hierherfahren ...«

»Ich verstehe schon«, sagte Allegra und tätschelte ihr den Arm. Erneut bedachte sie Dominic mit einem kalten Blick. »Dann ist sie ein Fall für Sal.«

Dominic lachte. »Sal? Oh, das wird lustig werden.«

»Wer ist Sal?« Verständnislos sah Lauren zwischen Allegra und Dominic hin und her.

»Theo!«, rief Allegra. »Bring mir Sal hierher. Wir haben so eine Art Notfall«, fügte sie hinzu, als der Butler erschien.

Lauren stand immer noch völlig verwirrt da und wusste nicht, was vor sich ging. Dominic grinste nur wissend.

Allegra teilte weiter Befehle aus. »Bring sie in meinen Salon. Los, mach dich ausnahmsweise einmal nützlich.«

Langsam setzte sich Dominic in Bewegung. »Komm mit, Lola. Wenn die Herrin des Hauses es so wünscht.«

Lauren folgte ihm ins Obergeschoss in einen kleinen Salon, der sich direkt an Allegras Räumlichkeiten anschloss. Hier wirkte alles etwas wohnlicher. Ein Teil der Möbel sah klassisch aus, doch es gab auch moderne Elemente. Der größte Blickfang jedoch war ein riesiges Gemälde an der Stirnseite des Raums, das eine junge Frau im Abendkleid zeigte. Lauren glaubte, Allegra zu erkennen, doch so richtig gut hatte der Maler ihr Gesicht nicht eingefangen, fand sie. So oder so: Es war völlig übertrieben.

Sie wandte sich an Dominic, der wortlos in der Tür stehen geblieben war. »Was tue ich hier?«

»Allegra will dich ausstatten«, antwortete er gleichgültig. »Damit du für das Dinner was zum Anziehen hast.«

Lauren sah an sich hinunter. Ja, ihr Freizeitlook passte nicht zu der edlen Umgebung hier, trotzdem wäre ihr nie in den Sinn gekommen, dass sie sich für das Abendessen fein machen musste.

»Und wer ist dieser Typ? Sal? Ist das so etwas wie ein persönlicher Stylist oder so?«

»*Sie* ist die Leiterin der Boutique unten im Hotel.«

Dominic stand immer noch in der Tür und hatte die Hände in

den Hosentaschen. »Ich vermute, sie wird dir ein paar Sachen rauf-bringen, aus denen du auswählen kannst.«

»Aber ... das kann ich mir nicht leisten.«

Dominic tat genervt. »Du wirst nichts davon bezahlen müssen. Sal wird das als Werbeausgaben abschreiben oder so.«

Er wirkt so ganz anders als sonst, dachte Lauren.

Er schien verstimmt zu sein. Außerdem war die Begrüßung durch Allegra geradezu feindselig ausgefallen. War es möglich, dass Dominic und die Frau seines Onkels sich einfach nicht mochten? Oder war da mehr?

Sie sah zu dem Bild. »Ist Allegra hier so etwas wie die Königin?«

»Das ist nicht Allegra.«

Dominic ging nun doch ein paar Schritte in den Raum hinein, seinen Blick auf das große Gemälde gerichtet. »Das ist Juliana. Leos erste Frau.«

Aufmerksam betrachtete Lauren das Gesicht der Frau auf dem Bild. Aber ja, dachte sie. Zunächst war es ihr so vorgekommen, als hätte sich der Maler etwas künstlerische Freiheit gegönnt, doch nun erkannte sie, dass die Frau auf dem Bild Allegra einfach nur ähn-lichsah. Unvermittelt fragte sie sich, wie es Allegra wohl fand, dass ein riesiges Gemälde ihrer Vorgängerin in ihrem Wohnzimmer hing. War sie am Ende nur so etwas wie eine billige Kopie von Leonardos erster Frau?

»Und Allegra hat kein Problem damit?«, fragte sie Dominic.

Er zuckte mit den Schultern. »Genau wie ich ist Allegra eben nur die zweite Klasse dieser Familie. Ich schätze, sie kommt damit klar, solange sie Zugang zu Leos Bett und seinem Bankkonto hat.«

Für einen Moment sah Lauren ihn forschend an. Er hatte seine Worte ganz sachlich gesprochen, beinahe emotionslos. Es wunderte sie, dass er so negativ eingestellt schien, denn sie hatte angenommen, dass er gerne in Leonardos Nähe war.

»Was?«, fragte Dominic herausfordernd. »Was denkst du?«

Sie fühlte sich ertappt und wich seinem Blick aus.

»Du denkst, du würdest dich nie dazu herablassen. Nicht wahr?«
Dominics Augen funkelten, doch dann winkte er ab. »Alles klar.
Schon verstanden.«

Gewissermaßen hatte er recht mit dem, was er sagte. Doch es war
nicht das, was ihr durch den Kopf gegangen war. Ihr wurde bewusst,
dass sie erwartet hatte, Dominic würde sich hier wohlfühlen und
genauso selbstsicher aufführen wie sonst auch.

»Was meinst du mit ›zweiter Klasse‹?«, fragte sie vorsichtig.

Dominic wandte sich ab, und für einen kurzen Moment dachte
Lauren, er würde sie einfach ohne eine Antwort stehen lassen. Doch
er ließ seinen Blick durch den Raum schweifen und schien nachzudenken.

»Allegra und ich sind beide nur hier, weil Leo so gnädig war,
uns aufzunehmen«, sagte er schließlich mehr zu sich selbst. »Ich
kam verletzt aus dem Krieg heim und hatte nichts. Keinen Job, keine
Perspektiven. Ich hatte nichts außer einer depressiven, alkohol-
kranken Mutter. Und Leo bot mir das hier.« Erneut ließ er seinen
Blick schweifen.

»Bei ihm zu sein, für ihn zu arbeiten, bedeutet dazuzugehören.
Zu einer Familie«, schloss er.

Er war langsam zur Tür gegangen und sah nun zurück in den
Raum zu Lauren. »Du würdest doch auch alles für deine Familie
tun, oder nicht?«

Lauren nickte zögernd, da sie zu verstehen glaubte. Es war nie so
einfach wie es auf den ersten Blick zu sein schien. Zum ersten Mal
hatte sie das Gefühl, dass Dominic in Bezug auf sich selbst absolut
ehrlich zu ihr gewesen war. Und sie fühlte mit ihm, verstand die
Zwickmühle, in der er steckte.

Allegra schob sich an Dominic vorbei und betrat den Salon, gefolgt
von einer zierlichen Frau, die vollbepackt mit Kleidern auf Bügeln
war. Hinterdrein kam auch noch Theo, der Butler, mit Tüten und
Schachteln beladen.

Dominic verdrückte sich und Lauren war froh darüber. Denn

die kleine Frau, die mit Allegra erschienen war, begrüßte sie mit den Worten: »Dann wollen wir Sie mal ausziehen, Ms. Mazur.«

In einem leichten, dunkelbraunen Cocktailkleid schritt Lauren die Treppe hinab und wartete bei der Sitzgruppe, wie Allegra ihr aufgetragen hatte. Sie hätte es niemals offen zugegeben, aber ihr gefiel das Kleid sehr. Es war schlicht, elegant und erstaunlich bequem. Und ihr gefiel, wie sie darin aussah. Sie hatte befürchtet, dass Allegra sie wie eine Puppe anziehen wollte, doch was sie im Spiegel gesehen hatte, hatte rein gar nichts davon. Sie sah aus wie eine erwachsene Frau, die hierhergehörte, selbstbewusst und schön. Sally ›Sal‹ DeLuca verstand ihr Handwerk. Sie hatte Lauren außerdem noch Schuhe – zum Glück waren es flache – aus der Boutique holen lassen. Als sie während der Anprobe auf die Party am kommenden Abend zu sprechen gekommen waren, war Sal völlig aus dem Häuschen geraten und hatte Lauren versprochen, ihr später ein atemberaubendes Kleid aufs Zimmer bringen zu lassen. Da Lauren ohnehin keine Ahnung hatte, was sie anziehen sollte, war ihr das nur recht. Immerhin hatte Sal ein gutes Auge für diese Dinge bewiesen.

»Man fühlt sich gleich ganz anders, nicht wahr?«

Allegra war in der Halle erschienen – auch sie hatte ein dunkles Kleid für den Abend angezogen – und lächelte Lauren zufrieden an.

»Das stimmt.« So schön sie das Kleid auch fand, es fiel Lauren trotzdem schwer, dieses Geschenk anzunehmen. In ihrem Innern hatte sie bereits beschlossen, es auf keinen Fall zu behalten. Doch sie wollte nicht unhöflich sein.

»Ich möchte Ihnen danken.«

Allegra winkte ab. *Keine Ursache.*

»Haben Sie Hunger, Lauren? Ich sterbe vor Hunger.«

Sie nahm Laurens Arm, hakte sich bei ihr unter und führte sie in einen Korridor, der von der Eingangshalle abging. Am Ende des Gangs konnte Lauren einen warmen Lichtschein ausmachen und ein köstlicher Geruch drang in ihre Nase.

»Wo ist Dominic?«, fragte sie. Irgendwie beschlich sie die Angst, er könnte bei dem Essen gar nicht anwesend sein.

Allegra holte tief Luft und nahm deutlich Haltung an.

»Die Herren erwarten uns bereits. Wir sind ein paar Minuten zu spät, fürchte ich«, sagte sie und lächelte verschmitzt. »Aber dafür haben wir jetzt den großen Auftritt.«

Darüber musste Lauren schmunzeln. Allegra lebte wirklich in einer völlig anderen Welt, begriff sie. Aber sie war freundlich zu ihr, überaus freundlich sogar, fast, als wären sie alte Bekannte.

Der Korridor führte in einen Raum mit hoher Decke und großen Fenstern mit Blick auf den Atlantik. Die Sonne stand tief und das Gebäude warf einen Schatten, doch draußen auf den Wellen glitzerte das Sonnenlicht. Zweifelsohne hatte der Architekt dieses Lichtspiel genau so für das Penthouse eingeplant. Passend zu den großen, hohen Fenstern war der Raum offen gehalten. Auf der einen Seite befanden sich Sofas und einige Sessel sowie eine Bar. Rechts gelangte man in den Essbereich und dahinter schloss sich direkt die halboffene Küche an, in der ein Koch arbeitete. Eine Steintreppe an der Seite führte auf eine Galerie und so entstand der Eindruck, dass man sich außerhalb aufhielt, beinahe so, als befände man sich auf der Terrasse einer Villa.

Dominic saß auf der Treppe und hatte die Ellenbogen auf die Beine gestützt. Auch er hatte sich für das Essen feingemacht und trug einen dunklen Anzug ohne Krawatte. An der Fensterfront stand ein Mann in grauer Anzughose und hellem Hemd, seinen Blick nach draußen gerichtet. Das musste Leo sein, vermutete Lauren. Zu ihrer Überraschung saß ein weiterer Gast, den sie nicht zuordnen konnte, lässig in einem der Sessel.

»Guten Abend«, sagte Allegra. »Bitte entschuldigt die Verspätung.«

Der Mann am Fenster drehte sich um und lächelte.

»Lauren«, sagte er mit warmer Stimme und ging auf sie zu. »Ich freue mich, dass Sie hier sind.«

Er reichte ihr die Hand.

»Danke für die Einladung«, brachte Lauren hervor.

Es war unverkennbar Leonardo. Doch sein Gesicht wirkte jünger als auf den Fotos, die sie im Internet gesehen hatte. Seine Haare waren teilweise ergraut und die wenigen farbigen Stellen sowie seine Augenbrauen zeigten, dass sie zuvor hellbraun, fast blond, gewesen waren. Dies und die Tatsache, dass er eher zierlich gebaut war, verliehen ihm ein beinahe jugendliches Aussehen. Doch das Faszinierendste an ihm waren seine Augen: Sie waren von einem intensiven Grün. Lauren konnte sich denken, dass er den Spitznamen *Der Grüne Löwe* eben deswegen trug. Und sie wusste nun, von welcher Seite der Familie Dominic seine grünen Augen hatte.

»Wie geht es Ihrem Vater?«, fragte Leonardo mit aufrichtig wirkendem Interesse.

»Gut. Ich denke, er hat sich gut eingelebt«, erwiderte Lauren nervös. »Ich muss Ihnen danken, Mr. Valente ...«

»Bitte nennen Sie mich Leo.«

»Okay, Leo.« Es fühlte sich komisch an, ihn so zu nennen. »Ich möchte Ihnen danken dafür, dass Sie das möglich gemacht haben.«

Leonardo legte ihr väterlich die Hand auf die Schulter. »Nick hat mir mehr als nur einmal geholfen. Und ich konnte mich nie wirklich bedanken. Mir war es eine Freude, ihm und Ihnen zu helfen.«

Lauren lächelte dankbar. Und sie war es auch. Die Berührung seiner Hand auf ihrer Schulter war nicht unangenehm – im Gegenteil: So sehr sie sich innerlich dagegen sträubte, Hilfe von ihm angenommen zu haben, so musste sie doch zugeben, dass ein Teil von ihr ihn dafür mochte.

»Scheiße, Leo. Das ist Nick Mazurs Tochter?«

Der andere Gast hatte sich zu ihnen umgewandt und erhob sich grunzend aus seinem Sessel. Laurens erster Gedanke war, dass er – im Gegensatz zu Leo – viel eher dem Klischee eines Mafioso entsprach. Sein Jackett spannte sich über einem beachtlichen Bauch, er hatte eine Narbe auf der Stirn und seine Haare glänzten von viel zu viel Gel, mit dem er sie zu bändigen versucht hatte.

»Entschuldigen Sie, Lauren«, sagte Leonardo. »Darf ich vorstellen: mein Bruder Fredo.«

Der Mann erhob sein Glas zur Begrüßung. »Freut mich, Lauren. Ich habe schon viel von Ihnen gehört.« Sein Blick glitt zu Dominic.

Aha, dachte Lauren. Das ist also der Onkel, für dessen Deal ich kürzlich als Lockvogel gearbeitet habe.

Offensichtlich hatte er das nicht vergessen. Was sie wunderte, war die Tatsache, dass auch er ihren Vater kannte.

Leonardo bat alle mit einer einladenden Geste zu Tisch und nahm wie selbstverständlich den Kopf der Tafel ein. Die Sitzordnung, stellte Lauren fest, folgte anscheinend automatisch einer bestimmten Regel: Fredo nahm den Platz zu Leonardos Rechten ein, während der Butler für sie den Stuhl zu seiner Linken zurückzog. Dominic nahm neben ihr Platz, Allegra saß neben Fredo. Lauren deutete es als eine Art Ehre, dass sie direkt neben Leonardo sitzen durfte, und gleichzeitig musste sie an Dominics Bemerkung von zuvor denken, in der er sich und Allegra als zweite Klasse bezeichnet hatte. Tatsächlich saßen die beiden nun gewissermaßen in der zweiten Reihe.

Zum Aperitif wurde Prosecco gereicht und Leonardo brachte einen kurzen Toast aus. »Auf Sie, Lauren.« Er lächelte sie ermutigend an. »Und auf Ihren Vater.«

Lauren war es unangenehm, so besonders behandelt zu werden, doch sie nickte. Sie hatte keine Ahnung, über was sie mit Leonardo am Tisch reden sollte, doch es stellte sich heraus, dass ihre Bedenken völlig unbegründet waren, denn Leonardo nahm als guter Gastgeber die Sache in die Hand.

»Fredo, wusstest du, dass Lauren Dominic vor einer tödlichen Kugel bewahrt hat?«

»Wirklich?« Er nickte und Lauren sah eine Anerkennung in seinem Blick, die sie unpassend fand. Dann sah er zu Dominic. »Das heißt, sie ist daran schuld, dass dein Amor zerfetzt wurde. Pass auf, sonst zerfleischt sie dir noch dein Herz.«

Er lachte dreckig über seinen eigenen Spruch.

Dominic tat belustigt, doch Lauren spürte, dass es Fassade war.

Wie seltsam, dachte sie. Sonst ist er doch derjenige, der stets Sprüche ablässt. Doch hier verhält er sich geradezu auffallend zurückhaltend.

Allegra räusperte sich deutlich neben Fredo und der hob beschwichtigend die Hände.

»Entschuldigen Sie, Lauren. Ich wollte Dom necken, aber nicht auf Ihre Kosten.«

»Hören Sie nicht auf ihn«, setzte Leonardo hinzu. »Er ist das Problemkind der Familie.«

Daraufhin lachte Fredo und es folgte ein verbaler Schlagabtausch zwischen ihm und Leonardo darüber, wer von ihnen als Kind schlimmer gewesen war. Währenddessen wurde die Vorspeise serviert.

Das Essen, das Leonardo kredenzen ließ, war nicht von dieser Welt. So köstlich war es. Zugegeben: Laurens Vorstellung von Essen bestand im Wesentlichen darin, die Mahlzeiten, die der Pflegedienst täglich für ihren Vater vorbeigebracht hatte, in der Mikrowelle aufzuwärmen und sich selbst zwischendurch irgendwelches Fastfood reinzuschieben. Allein die Vorspeise aus luftgetrocknetem Schinken und gegrilltem Gemüse war einfach und genial zugleich. Ein subtiles Spiel mit ihrem wenig verwöhnten Gaumen. Selbst das Brot war hervorragend. So etwas hatte sie noch nie gegessen. Und während sie Essen in sich hineinschaufelte, das sie sich wahrscheinlich niemals würde leisten können, lauschte sie amüsiert dem fröhlich lockeren Gespräch, in dem es Fredos Rolle war, sich selbst zum Affen zu machen, und Leonardo voller Nostalgie erzählte, wie er seinen kleinen Bruder regelmäßig vor den Prügeln ihres Vaters hatte bewahren müssen. Sie hatte keine Ahnung, was sie erwartet hatte, worüber reiche, kriminelle Leute beim Essen so reden. Dass es so makaber, aber angenehm lustig werden würde, wäre ihr nie in den Sinn gekommen.

»Stellen Sie sich das vor, Lauren«, bezog Leonardo sie in das Gespräch ein. »Die schlimmsten Prügel hat Fredo von Ihrem Vater bekommen.«

Überrascht sah sie über den Tisch zu Fredo, der gequält drein-blickte. »Hör auf, Leo. Das ist mir peinlich vor der jungen Lady. Und ihr ist es sicher auch peinlich.«

»Nein, überhaupt nicht. Ich wusste nicht, dass Sie meinen Vater kennen.«

»Nick und Leo waren praktisch nicht auseinanderzukriegen«, sagte Fredo. »Ich wollte immer dabei sein, aber ich war nur der nervige, kleine Bruder.«

»Wissen Sie«, schaltete sich Leonardo ein, »Ihr Vater hat Fredo dabei erwischt, wie er Klebstoff geschnüffelt hat. Hat ihn rund gemacht und dann bei mir abgeliefert.«

Er lachte herzlich über diese Erinnerung an seine Jugend. Dann sah er Lauren fest an.

»Nick, Ihr Vater, war … Er war mein Anker, wissen Sie? Wann immer ich Mist gebaut hatte und mein Vater mich verprügeln wollte oder ich Stress mit einer anderen Gang hatte und Schiss bekam, bin ich zu Nick geflüchtet und habe mich bei ihm versteckt. Manchmal tagelang. Er hat nie etwas verraten.«

Er krempelte den linken Ärmel seines Hemdes nach oben und zeigte auf eine alte, kaum noch sichtbare Narbe an seinem Unterarm.

»Meine erste richtige Wunde, eine tiefe Schnittwunde nach einer Messerattacke. Die hat er genäht. Damals waren wir fünfzehn, vielleicht sechzehn Jahre alt.«

Er ließ den Ärmel hinuntergleiten. »Hätte er besser genäht, würde man heute nichts mehr davon sehen«, sagte er und lachte dabei.

Mit einem Mal verstand Lauren, was Leo mit ihrem Vater verband. Nick war anscheinend für ihn dagewesen und hatte ihn aufgefangen. Sie waren Freunde gewesen, obwohl ihre Leben so unterschiedlich waren.

»Warum haben Sie keinen Kontakt mehr?«, fragte sie ihn und stellte fest, dass sie es aufrichtig bedauerte, dass er ihrem Vater nicht noch länger ein Freund gewesen war.

Leonardo seufzte. »Um ehrlich zu sein, das weiß ich nicht genau.

Ich schätze, es passierte einfach. Wir wurden erwachsen. Gingen unsere Wege. Wir sahen uns immer seltener und irgendwann gar nicht mehr, auch wenn wir uns immer versprochen haben, den Kontakt zu halten. Aber ich stehe in seiner Schuld, denn er hat mir mehr als einmal das Leben gerettet.«

Er sah in die Runde und sein Blick blieb an Dominic haften. »Als ich erfahren habe, dass Dom Sie und Ihren Bruder rekrutiert hat, wusste ich, dass Nick Hilfe braucht.«

Lauren sah zu Dominic und zurück zu Leo. So wie es aussah, tauschten die beiden einen Blick des geheimen Einverständnisses.

»Ich danke Ihnen, dass Sie meinem Neffen geholfen haben«, sagte Leonardo schließlich.

Dominic senkte den Blick, da ihm das offenbar unangenehm war. Doch Lauren spürte, dass Leonardo deutlich machen wollte, dass er zur Familie gehörte. Aus seinen Worten sprach Anerkennung, wenn auch eine leichte Distanz. Sie stellte fest, dass sie dennoch beeindruckt war, dass Leonardo seinen Neffen trotz des Zerwürfnisses mit seiner Mutter bei sich aufgenommen hatte. Sie war sich sicher, dass es für ihn keine zweite Klasse in der Familie gab.

Leonardo hatte wohl beschlossen, das Thema zu wechseln, denn er wandte sich an Allegra.

»Schatz, wie ist eigentlich der Benefiz-Lunch mit Melania gelaufen?«

Allegra rollte theatralisch mit den Augen. »Sie war gar nicht da. Seit sie in Washington sitzt, sind wir nicht mehr interessant genug.«

Sie wetterte weiter und gab dabei Einblick in das harte Leben einer High-Society-Dame, die mit niemand Geringerem als der First Lady verkehrte.

Besser als Fernsehen, dachte Lauren.

So verging das Essen – insgesamt fünf Gänge – wie im Flug. Als das Dessert – eine Limetten-Pannacotta mit tropischen Früchten – serviert wurde, war Lauren eigentlich schon satt, doch sie konnte einfach nicht anders. Beinahe hätte sie vor Genuss gestöhnt.

Leonardo ließ eiskalten Limoncello servieren und forderte Lauren auf, ebenfalls einen Toast auszubringen. Am liebsten hätte sie gesagt »Auf den Koch!«, doch sie konnte sich gerade noch beherrschen.

»Auf ... die Familie«, sagte sie und erhob ihr Glas.

Leonardo nickte lächelnd. »Auf die Familie.«

Nachdem sie getrunken hatten, holte Leonardo tief Luft und wandte sich an Dominic. »Gibt es Neuigkeiten zu unserem Freund Lazaro?«

Der plötzliche Themenwechsel und sein ernster Tonfall ließen keinen Zweifel daran, dass es nun, nachdem das Essen gelaufen war, keine lockeren Nettigkeiten mehr geben würde. Ab sofort ging es ums Geschäft.

»Ich fürchte, er ist nicht mehr unser Freund«, sagte Dominic in sachlichem Ton.

Leonardo nickte und sein Blick ging hinüber zu Fredo, der ebenfalls knapp nickte.

»Er hat wohl jede Menge Material zu Sharkin gesammelt«, fügte Dominic hinzu. »Aber er hat nicht gegen ihn ermittelt. Im Gegenteil: Ich glaube eher, es ist nun klar, dass Sharkin ihn gekauft hat. Sein Erpressungsversuch gegen mich sollte dem Zweck dienen, dass er uns unter Kontrolle hält, damit Sharkin seinen Waffendeal durchziehen kann. Als Lazaro kaltgestellt wurde, kam dieser Maxim wegen dem Treffen auf mich zu. Wahrscheinlich will Sharkin sich immer noch absichern.«

Leonardo nickte erneut. »Über Lazaro werden wir uns also nicht weiter den Kopf zerbrechen müssen.«

»Ich weiß nicht«, warf Fredo von der Seite ein. »Vielleicht wäre es besser, die Sache zu Ende zu bringen.«

Lauren hielt die Luft an. Deutete Fredo etwa an, den Detective zu beseitigen?

Sie sah gebannt zu Leonardo, der sich im Stuhl zurückgelehnt hatte und nachdenklich mit dem Zeigefinger imaginäre Linien auf dem Tischtuch nachfuhr.

»Nein«, sagte er schließlich und wechselte einen kurzen Blick mit Dominic. »Sharkin ist das Problem. Nicht Lazaro.«

Lauren lag es auf der Zunge, ihn zu fragen, was der wahre Grund hinter seinem Feldzug gegen Sharkin war. Brauchte er überhaupt einen Grund oder genügte nicht die Tatsache, dass Sharkin in sein Revier vordrängte?

Vermutlich, dachte Lauren, geht es Leonardo ganz einfach darum, sich selbst, sein Imperium und seine Familie zu beschützen.

Allegra, die sich bei dieser Unterhaltung bisher komplett herausgenommen hatte, räusperte sich verhalten und erhob sich.

»Entschuldigt mich. Diese geschäftlichen Gespräche sind für mich furchtbar langweilig. Ich werde mich zurückziehen.«

Ihr Blick ging zu Lauren und die nahm es als stilles Zeichen dafür, dass auch sie sich lieber verdrücken sollte. Doch ihr brannte eine Frage auf der Zunge.

»Mr. Valente ... Leo, darf ich Sie etwas fragen?«

Leonardo nickte und sah sie abwartend an.

»Was werden Sie jetzt tun, nachdem Dominic von einem von Sharkins Männern angeschossen wurde?«

Leonardo sah sie lange an und Lauren fürchtete, zu weit gegangen zu sein. Doch er ließ seinen Blick durch die Runde schweifen – sah auch Allegra an, die am Tisch stehen geblieben war – und schließlich kehrte er zurück zu ihr.

»Was wir immer tun«, sagte er ruhig und sah ihr dabei fest in die Augen. »Sie wollen einen von uns töten, also töten wir zwei von ihnen.«

Kapitel 23

Zitternd aber auch etwas erleichtert, schloss Lauren die Tür hinter sich. Dieses Treffen mit Leonardo war in keiner Weise so verlaufen, wie sie sich es ausgemalt hatte. Niemals hätte sie gedacht, einen einerseits so warmherzigen Mann kennenzulernen, der andererseits eiskalt und berechnend den Mord an zwei Menschen ankündigen konnte. Doch das eigentlich Paradoxe und Beunruhigende war, dass sie froh war, auf dieser Seite des Konflikts zu stehen. Es stimmte, was Dominic zuvor gesagt hatte: Sie saß in einer Drachenhöhle, doch sie hatte es warm.

Allegra hatte sie zu ihrem Zimmer geführt, das im Obergeschoss des Penthouse lag. Wie sich herausgestellt hatte, war es ein ganzes Apartment mit Wohnzimmer, zwei Schlafzimmern, Küche, Bad und Dachterrasse sowie direktem Zugang zum Hotel und allen Services, die dazugehörten. In einem der Schlafzimmer fand sie eine Tasche mit einem Kulturbeutel und einem leichten Nachthemd. Daneben lag ein Zettel mit einer Nachricht von Sal DeLuca. Sie solle sich keine Sorgen machen wegen ihrer Garderobe für die Party am kommenden Abend. Das Kleid hierfür hinge bereits im Schrank. Lauren kam es so unwirklich vor – dieser Luxus, diese Art zu leben.

Der Wunsch nach frischer Luft trieb sie auf die Dachterrasse, wo sie an der Brüstung stehen blieb und hinunter auf den Boardwalk und die dort flanierenden Menschen blickte. Tagtäglich schufteten sie in beschissenen Jobs für ihren Lebensunterhalt. Legten Geld beiseite, um sich einen Trip hierher leisten zu können, und hofften auf den Jackpot, den großen Gewinn. Und ein krimineller Geschäftsmann lebte hier wie ein König und verhöhnte alles, woran sie glaubten. Alles, woran auch sie geglaubt hatte. Wenn sie daran dachte, dass ihr

Vater in seiner Jugend mit Leonardo befreundet gewesen war, musste sie sich unweigerlich fragen, wie ihr Leben heute wohl aussehen würde, wenn sie weiterhin Kontakt gehabt hätten.

Hätte ihr Vater ebenfalls eine kriminelle Laufbahn eingeschlagen? Wäre er vielleicht heute ähnlich wohlhabend und einflussreich? Inwieweit wäre ihre Vorstellung von Gesetz und Moral anders, wenn sie in so einem Umfeld aufgewachsen wäre? Würde sie auf die Unterstützung ihrer Familie verzichten, bloß um ein reines Gewissen zu haben?

Dominic hatte sich für die Familie entschieden und damit alles in Kauf genommen, was es bei den Valentes bedeutete, dazuzugehören. Sie verstand es sogar, irgendwie. Und doch hatte sie das Gefühl, dass es zumindest einem Teil vom ihm gegen den Strich ging. Oder war das nur Wunschdenken? Führte die Tatsache, dass sie mit ihm geschlafen hatte, dazu, dass sie ihn in einem besseren Licht sehen wollte?

Doch das war zu einfach gedacht. In Wahrheit war es ihr in dem Moment egal gewesen, ob er ein besserer Mensch war oder nicht.

Sie hörte, dass sich hinter ihr die Tür zum Apartment öffnete und atmete tief durch, sog die kühle Nachtluft in sich hinein.

Dominic trat zu ihr. »Alles okay?«

Einen Moment lang reagierte sie nicht.

Dann seufzte sie tief und drehte sich zu ihm um. Auf seinen fragenden Blick schüttelte sie den Kopf.

»Ich habe bloß nachgedacht.«

»Und? Was hältst du von Leo?«, fragte er und ließ die Hände in die Hosentaschen gleiten.

Sie lehnte sich an die Brüstung, verschränkte die Arme und blickte in die Ferne.

»Ich glaube, ich verstehe nun einiges besser«, sagte sie langsam und sah ihm in die Augen. »Ich verstehe, warum du für ihn arbeitest.«

»Es ist trotzdem keine Rechtfertigung, denkst du. Nicht wahr?«

Er wartete nicht auf ihre Antwort. »Ja, das Leben ist einfach, wenn man nie gezwungen war, seine Vorstellungen von Moral und Gerechtigkeit neu zu definieren.«

Er schien sich in der Defensive zu fühlen, denn er wich ihrem Blick aus. Lauren kam es so vor, als sei er beleidigt. Dabei wollte sie ihn gar nicht verurteilen. Er tat ihr sogar ein wenig leid, so paradox es war. Doch was sollte sie ihm sagen? Ändern konnte sie nichts an seiner Situation und es kam ihr auch nicht zu.

»Was willst du von mir hören?«, fragte sie ein klein wenig zu patzig.

»Schon gut. Spar dir das.« Er stand in einigem Abstand zu ihr und zog die Schultern hoch. »Ich bin nicht Prince Charming.«

Als Lauren etwas erwidern wollte, winkte er ab. »Aber das wusstest du ja schon vorher.«

Lauren zog die Stirn kraus. Spielte er auf die gemeinsame Nacht an? Oder war da mehr? ›Bist du der Engel aus meinem Alptraum?‹ Es war durchaus möglich, dass er glaubte, sie wollte mehr von ihm. Tatsache war, dass sie das selbst nicht genau wusste.

»Ich habe nicht mit dir geschlafen, weil ich hoffte, du wärst Prince Charming. Falls du das meinst.«

Er zog die Brauen hoch.

Lauren zuckte mit den Schultern. »Ehrlich gesagt, weiß ich nicht, wieso ich es wollte.«

»Aber ich weiß es«, entgegnete Dominic und Lauren horchte auf. »Vorher auf der Polizeiwache, da hast du deinen Ex getroffen. Den netten Officer Danny Rivetti. Nimm's mir nicht übel, Lola, aber du bist nicht gerade gut darin, deine Gefühle zu verheimlichen.«

Lauren wollte protestieren und legte ein wütendes Funkeln in ihren Blick, doch er ließ sie nicht zu Wort kommen. »Ich bin mir nicht sicher, ob es Liebe ist. Aber es macht dich fertig, dass er nichts mehr von dir will.«

Seine Worte trafen sie bis ins Mark. Sein Nicken wirkte selbstgerecht. »So ist es, nicht wahr? Aus irgendeinem Grund hebst du diesen Kerl in den Himmel.«

Er ging ein paar Schritte auf sie zu und seine grünen Augen musterten sie. Sein stechender Blick bewirkte, dass sie sich völlig entwaffnet fühlte, beinahe hilflos. So hatte sie sich bisher überhaupt nur bei einem Mann gefühlt: bei Danny.

»Also, warum hast du mit ihm schlussgemacht?«, fragte Dominic und seine Augen leuchteten kurz auf.

Lauren versuchte wie so oft, in seinem Gesicht zu lesen. Hatte er wirkliches Interesse an ihrer Geschichte? Oder wollte er nur ihren wahren Schwachpunkt finden und diesen vielleicht später gegen sie einsetzen?

»Ich habe dir meine Geschichte erzählt, oder nicht?« Dominics Blick wurde weicher, beinahe mitfühlend. »Also, ich finde, jetzt bist du dran.«

Lauren sah erneut in die Ferne, als wären die Worte, die sie suchte, um alles zu erzählen, irgendwo da draußen. Was er wissen wollte, hatte sie bisher tief in sich bewahrt. Nicht einmal Ella, ja, nicht einmal in den Briefen an ihre Mutter hatte sie es erwähnt, aus Gründen, die sie sich selbst nicht eingestehen wollte.

Schließlich holte sie tief Luft.

»Kurz nach dem fünfzehnten Todestag meiner Mutter haben wir erfahren, dass der Typ, der damals den Unfall verursacht hatte, aus der Haft entlassen wurde.«

Nachdenklich sah sie auf den Boden vor sich. Sie hielt ihre Arme weiterhin verschränkt, aber es war eine Schutzgeste, keine Abwehr. »Mir ging es selbst ziemlich mies zu dieser Zeit. Ohne Danny ... Ich weiß nicht, ob ich ohne ihn die Kraft zum Weitermachen gehabt hätte. Und dann erfuhr ich, dass dieser Drecksack wieder auf freiem Fuß war.«

Sie stockte kurz. Es tat weh, die Erinnerung weiter zuzulassen.

»Er ... Er hatte meine Mutter auf dem Gewissen. Ich hasste ihn. Ich hasste ihn für alles, was in meinem Leben schieflief. Verstehst du, was ich meine?«

Er nickte, als sie ihn kurz ansah. »Wenn man alle negativen Gefühle auf eine einzelne Person projiziert, hilft das. Man öffnet damit aber auch dem Hass einen Weg ins Herz. Und das ist oft unumkehrbar.«

»Ich habe Nachforschungen angestellt«, fuhr Lauren fort und senkte die Stimme dabei, so, als befürchtete sie, dass sie belauscht wurden. »Ich bin dem Kerl gefolgt. Immer und immer wieder. Ich wollte, dass er bezahlt für das, was er getan hat. *Richtig* bezahlt.«

Sie registrierte, dass Dominic ihre harten Worte ganz neutral aufnahm und spürte eine tiefe Verbundenheit mit ihm. Ja, sie waren beide schlechte Menschen.

Sie lächelte dünn. »Aber ich bekam Schiss. Und dann war ich wütend auf mich selbst. Und das machte mich noch wütender auf den Scheißkerl. Danny bekam natürlich mit, dass es mir dreckig ging, doch ich blockte immer ab.«

Für einen kurzen Moment schwieg sie und beäugte ihn vorsichtig. Schließlich seufzte sie und schlang ihre Arme noch fester um sich. Er zog sein Jackett aus und reichte es ihr, legte es ihr jedoch nicht um. Er schien zu spüren, dass sie jetzt nicht berührt werden wollte.

Lauren warf sich das Jackett um die Schultern und schlüpfte hinein.

Sie holte tief Luft und sog Dominics Geruch in sich auf, ehe sie weitersprach. »Eines Abends ging es mir richtig dreckig. Ich hatte ein bisschen was getrunken. Danny wollte verzweifelt wissen, wie er mir helfen kann.«

Ihre Stimme zitterte, als sie fortfuhr. »Ich habe ihn gebeten, dem Kerl etwas anzuhängen, damit er wieder in den Knast kommt. Als Cop wäre das sicher kein Problem für ihn gewesen. Und wenn das nicht funktionieren würde, dann ...«

Sie sah ihn mit tränenverhangenen Augen an, um zu sehen, ob sich in seinem Gesicht eine Reaktion zeigte.

»Ich habe Danny gesagt, er soll den Kerl töten.«

Aus ihren Augen lösten sich einzelne Tränen.

»Verstehst du? Ich habe meinen Freund, einen Cop, gefragt, ob er jemanden für mich tötet.«

Er nickte. »Die rote Linie. Einmal überschritten, gibt es kein Zurück mehr.«

Mit Schmerz dachte sie an die Situation zurück und an Dannys entsetztes Gesicht. Sie hatte es in seinen Augen sehen können: In diesem Moment war etwas in ihm zerbrochen. Er war ihrem Blick sofort ausgewichen und hatte danach deutlich Schwierigkeiten gehabt, sie anzusehen. Bis heute. Ihre Bitte disqualifizierte sie als guten Menschen und als Freundin.

Sie wischte sich die Tränen aus dem Gesicht und atmete tief durch, um sich wieder zu fassen. Dominic schwieg. Er sah sie nur an, doch sie konnte sehen, dass er mit ihr fühlte. Warum das so war, wusste sie nicht. Es war ihr auch egal, denn sein verständnisvoller Blick hatte etwas ungeheuer Tröstliches.

»Danny war geschockt«, fuhr sie mit belegter Stimme fort. »Er war völlig entsetzt und wollte, dass ich es zurücknehme. Er sagte, er sei fassungslos, dass ich auch nur an so etwas denken könne. Dass ich von einem Cop erwarte, er würde einen Menschen töten. Und so weiter. Ich weiß das meiste nicht mehr, aber er sagte noch mehr Dinge wie … Selbstjustiz ist ein No-Go … und … irgendwas vom Berufsethos der Cops.«

Sie schüttelte den Kopf, als könnte sie nicht glauben, dass es tatsächlich so geschehen war.

Dann sah sie Dominic in die Augen.

»Natürlich konnte ich nicht mehr mit ihm zusammen sein«, erklärte sie abschließend.

Dominic ließ sich Zeit mit einer Reaktion. Lange musterte er ihr Gesicht und nickte schließlich.

»Du hast mit ihm Schluss gemacht, weil du dich nach dieser Sache seiner nicht mehr würdig gefühlt hast?«

Es war weniger eine Frage als eine reine Feststellung und Lauren nickte bestätigend. Dominic schüttelte den Kopf und trat näher an sie heran.

»Das ist lächerlich.«

Seine Reaktion machte sie wütend, denn sie hatte Verständnis erwartet. Sie setzte zu einem Protest an, doch er schnaubte verächtlich.

»Dein Super-Cop Danny! Dieser angeblich viel bessere Mensch als du? In meinen Augen ist er nichts anderes als ein selbstgefälliges Arschloch.«

Überrascht sah Lauren ihn an. Was meinte er damit?

»Ja, ganz genau. Ein egoistisches, selbstgefälliges Arschloch. Du warst am Ende. Dir ging es dreckig. Du hast unüberlegt Dinge gesagt, die du sonst nie sagen würdest. Und was macht er? Er hält dir eine Predigt über Moral und in was für eine unhaltbare Situation du *ihn* bringst. Er hat nur an sich gedacht in diesem Moment.«

Lauren musste zugeben, dass sie es so noch nie betrachtet hatte. Doch sie zuckte mit den Schultern. »Wie hätte er sonst reagieren sollen? Er hatte doch recht.«

»Es geht nicht darum, im Recht zu sein«, sagte Dominic. »Es geht um Loyalität. Um Verständnis.«

Er machte einen weiteren Schritt auf sie zu. »Statt dir eine Rede über seinen Berufsethos zu halten, hätte er dir sagen sollen, dass er dich versteht. Und dass er bei dir ist und alles tut, was nötig ist. Das hätte ich getan an seiner Stelle.«

»Was hättest du getan?«

»Ich hätte dir gesagt, dass ich es verstehe. Und wenn du mir gesagt hättest, du willst, dass der Kerl umgebracht wird ... Wenn du das wirklich, *wirklich* willst, dann hätte ich dir gesagt, dass ich es tue.«

Lauren sah erschrocken zu ihm auf. Meinte er das ernst? Erneut ergründete sie seine Augen. Er war noch nähergekommen, sah sie fest an und hielt ihren Blick. Was er da sagte, machte sie beinahe sprachlos.

»Du ... du würdest ...«

Dominic runzelte die Stirn. »Du verstehst es nicht. Oder? Ich bin kein Killer. Natürlich laufe ich nicht durch die Gegend und bringe Leute um.«

Er legte ihr seine Hand auf die Schulter. »Aber darum geht es gar nicht. Es geht darum, bei dir zu sein. Dich in den Arm zu nehmen und zu beruhigen. Damit du weißt, dass du nicht allein bist.«

Er zog sich etwas zurück. Vermutlich war es für ihn genauso schwer, diese Nähe auszuhalten und gleichzeitig einen klaren Kopf zu bewahren.

»Danny hat nur an sich gedacht«, wiederholte er in abfälligem Ton. »Wenn du mich fragst, zeigt das, dass er dich gar nicht wirklich kennt.«

Ein liebevolles Lächeln trat auf sein Gesicht.

»Ich hätte dir keine Predigt gehalten oder ein schlechtes Gewissen eingeredet. Ich hätte dir gesagt, dass ich an deiner Seite bin. Komme, was wolle. Denn ...« Er stockte. »Ich kenne dich. Du würdest ja nie ernsthaft darum bitten.«

Genau das war der Punkt, wurde Lauren bewusst und es erschütterte sie, dass ausgerechnet Dominic das erkannt hatte. Sie hatte in ihrer Verzweiflung etwas gefordert, dass sie niemals wirklich gewollt hätte. Niemals. Doch Danny war – statt dies zu erkennen und sie zu trösten – auf Abstand gegangen und hatte ihr vorgehalten, wie verwerflich ihre Bitte war. Und hier stand Dominic, ein Krimineller, jemand, der seine Zeit auf der falschen Seite des Lebens verbrachte und trotz allem hiermit bewies, dass er im tiefsten Innern ein guter Mensch war. Der ihr sagte, dass er sie im Arm gehalten und beruhigt hätte, bis ihr Hass und ihre Verzweiflung abgeebbt wären. Sie begriff, dass Danny sie mit seiner Reaktion dazu verdammt hatte, die Böse zu sein. Diejenige, die Schuldgefühle haben musste. Dominic hätte sie davor bewahrt.

Jetzt konnte sie es in seinen Augen sehen: Er hätte sie gerettet, nicht verdammt.

Entschlossen ging sie auf ihn zu, nahm seinen Kopf in ihre Hände und küsste ihn zärtlich. Als sie ihn in seiner Wohnung geküsst hatte, war es vor allem Verlangen gewesen, das sie gespürt hatte. Doch dieses Mal war der Kuss viel zarter, verhaltener, und zugleich war es viel intensiver als zuvor. Er legte seine Arme um sie und als sich ihre Lippen wieder voneinander trennten, verharrten sie noch einen Moment, so, als hielte kurz die Zeit an.

Ihre Nasen und Stirnen berührten einander, während er sie weiter festhielt. Er schloss die Augen und seufzte. Lauren fragte sich, ob er dachte, was sie dachte. In dem Moment, in dem ihr klar wurde, dass dieser Kuss etwas bedeutete, dass er mehr bedeutete – in diesem Moment fühlte sie, wie sich eine Last auf sie legte. Tatsächlich war sie beinahe verzweifelt und nur eine Frage geisterte durch ihren Kopf: Warum? Warum musst *du* es sein? Warum kannst du nicht ein ganz normaler, ehrlicher Mensch sein?

Sie löste sich aus seinen Armen und lächelte ihn müde an.

»Gute Nacht«, sagte sie, zog das Jackett aus, reichte es ihm und ging durch die großen Glastüren zurück ins Apartment.

* * *

Kurz überlegte er, ob er ihr folgen sollte, doch er entschied sich dagegen. Sie hatte sich verabschiedet, also wollte sie heute nicht mehr. Doch auch er spürte eine neue Schwingung zwischen ihnen. Er hatte offen und ehrlich gesprochen, und tatsächlich tat es ihm weh zu sehen, wie sie sich selbst wegen der Sache mit Danny quälte. Wäre sie seine Freundin, würde er niemals zulassen, dass sie sich für sich selbst schämte. Sie hatte es besser verdient.

Unvermittelt wurde ihm klar, dass er sich für diesen Besseren für sie hielt. Wie töricht er doch war!

* * *

Etwa zweihundert Meter entfernt stand Maxim auf dem Dach eines anderen Hotels, betrachtete die Szene durch sein Fernglas und grinste.

Sieh mal an, dachte er zufrieden.

Hier tat sich gerade eine völlig neue Möglichkeit auf. Dominic

Valente hatte also ein Mädchen. Und sie war nicht irgendeine Unbeteiligte. Nein, es war die Frau, die einen ihrer Männer vor dem Diner angeschossen hatte. Eiskalt, die Kleine. Er nahm sein Handy und rief Sharkin an.

* * *

Lauren schlüpfte aus dem Kleid und kroch sofort unter die Decke. Sie war zu aufgewühlt, um zu schlafen, aber sie brachte es nicht über sich, ins Bad zu gehen und sich umzuziehen. Dieser Tag war einfach zu verrückt gewesen. Zur Krönung des Ganzen hatte sie Dominic die Wahrheit über ihre Trennung von Danny erzählt. Ausgerechnet Dominic. Doch tatsächlich hatte es gutgetan, sich endlich alles von der Seele zu reden. Dominic hatte ihr zugehört und sie verstanden. Das war tröstlich, doch es bewirkte außerdem, dass ihr wieder einmal bewusst wurde, wie einsam sie war. Und sie war es vor allem deshalb, weil sie sich selbst bestrafte für das, was sie getan hatte. Für das Unmögliche, das sie von Danny verlangt hatte, ohne es wirklich zu wollen.

Als Dominic sie angesehen und gesagt hatte, dass er sie in den Arm genommen und getröstet hätte, ohne sie zu verdammen, hatte sich die schwere Last der Schuld von ihrem Herzen gehoben und den Blick freigegeben auf das, was darunterlag. Vielleicht war sie tief in ihrem Innern nur ein kleines Mädchen, das getröstet werden wollte, von jemandem, der ihr sagte, dass alles wieder gut würde. Nein, verdammt, sie war eine erwachsene Frau und kam gut zurecht! Sie brauchte niemanden, der sie rettete, und schon gar nicht Dominic. Doch sie musste zugeben, dass der Gedanke daran, wie er sie in den Arm nahm, in ihr ein Gefühl der Schwerelosigkeit auslöste. Genau so fühlte es sich an: ein Kitzeln tief im Bauch, das irgendwo zwischen gerade noch lustig und richtiger Übelkeit lag. Sie hatte noch nie jemanden gekannt, der so widersprüchliche Gefühle in ihr ausgelöst hatte. Jemanden, zu dem sie sich hingezogen fühlte und bei dem sie gleichzeitig dachte: auf keinen Fall! Auf keinen Fall würde sie sich in Dominic Valente verlieben. Aber andererseits ...

Ihr fiel ein, was ihre Mutter ihr einst gesagt hatte. Ihre Eltern hatten sich offensichtlich geliebt, doch gleichzeitig waren sie sich gegenseitig auch unglaublich auf die Nerven gegangen und hatten sich oft gestritten. Eines Abends hatte Lauren ihre Mutter gefragt, warum das so war. Ihre Mutter hatte gelacht und gesagt, dass es zwei Arten von Wärme gab: Eine sanfte Wärme, die einfach alles langsam zum Schmelzen brachte, und es gab eine Wärme, die durch Reibung entstand. Bei ihrer Mutter und ihrem Vater sei es Reibungswärme, die sie zusammenhielt.

»Du bist aus dieser Reibungswärme entstanden, mi hija«, hatte ihre Mutter lächelnd gesagt. »Also wundere dich nicht, wenn du nicht so einfach einen Mann findest. Denn es muss wahrscheinlich einer sein, der es dir nicht zu bequem macht.«

Wie seltsam es war, nun daran zu denken. Ihr war, als hätte sie als Kind diese Worte, die sie ja nicht gänzlich verstanden hatte, abgespeichert, um sie als junge Frau hervorholen zu können. Doch auch jetzt war ihre Bedeutung für sie kaum zu fassen, wie auch ihre eigenen Gedanken in ihrem Kopf herumzuflattern schienen wie Schmetterlinge.

Sie hörte Schritte im Flur und ertappte sich bei dem Wunsch, Dominic würde zu ihr kommen. Er würde an der Tür klopfen und sie würde ihn einlassen. Damit er sie in den Arm nehmen konnte, wie er gesagt hatte. Doch sie hörte, wie er die Tür zum angrenzenden Schlafzimmer schloss.

Seufzend kuschelte sie sich in die Decke und sah zum Fenster. Draußen waren die Sterne über dem Atlantik zu sehen, die aussahen, als hätte sie jemand zur Dekoration dort aufgehängt.

Kapitel 24

Lauren erwachte begraben unter der flauschigen Decke und zwischen unzähligen Kissen und suchte zu allererst nach ihrem Handy. Ein Blick darauf verriet ihr, dass es bereits nach zehn war. Sie streckte sich zufrieden. Da sie lange nicht hatte einschlafen können, hatte sie irgendwann den Fernseher eingeschaltet und sich berieseln lassen, bis sie endlich schläfrig geworden war. Dann hatte sie das Nachthemd angezogen und war wieder ins Bett gekrochen.

Sie richtete sich auf und lauschte auf Geräusche von draußen, doch es war nichts zu hören. Langsam stieg sie aus dem Bett und tapste zur Tür. Wieder horchte sie und schlüpfte schließlich aus dem Zimmer. Der Flur lag im Dunkeln, die Tür zu dem anderen Schlafzimmer war geschlossen.

Ob Dominic schon aufgestanden war?

Die Frage beantwortete sich von selbst, als Lauren das Wohnzimmer der Suite betrat. Dominic saß, in kurzer Trainingshose und Feinripp-Shirt, auf einem Barhocker an der Küchentheke und schlürfte einen Protein-Shake.

»Guten Morgen, Sonnenschein.« Er war verschwitzt von einem morgendlichen Workout und seine Haare klebten an der Stirn. »Hast du gut geschlafen?«

Lauren brummte zustimmend. »Gut und lange. Ich weiß nicht, wann ich das letzte Mal so lange geschlafen habe.«

Kurz zögerte sie, zu ihm zu gehen. Immerhin stand nach ihrem Kuss am Abend nun etwas zwischen ihnen im Raum. Sie stellte fest, dass sie zum ersten Mal nicht wusste, wie sie sich ihm gegenüber verhalten sollte. Verrückt, wenn man bedachte, dass sie schon miteinander im Bett gewesen waren.

Dominic musterte sie forschend, so, als erwartete er eine Erklärung von ihr für das, was zwischen ihnen vorgefallen war. Doch schließlich wandte er seinen Blick ab. Er hatte eine Zeitung vor sich liegen, den Sportteil, und sagte, ohne Lauren anzusehen: »Hier gibt's Kaffee. Wenn du richtig frühstücken willst, kannst du den Roomservice rufen.«

Lauren ging zur Kaffeemaschine und war froh, etwas zu tun zu haben. Wie sich herausstellte, war es nicht so einfach, einen Kaffee zu bekommen. Sie musste zuerst eine Kapsel mit dem gewünschten Geschmack auswählen, was sie beinahe schon überforderte, und dann in den Automaten stecken. Schließlich schaffte sie es doch und stellte gerade noch rechtzeitig eine Tasse unter den Auslauf.

Sie setzte sich zu Dominic und nahm sich einen Teil der Zeitung. Dummerweise hatte sie den Wirtschaftsteil erwischt – das, was sie am wenigsten interessierte. Wortlos schob Dominic ihr den Kunst- und Kulturabschnitt rüber.

Es hat etwas absurd Dekadentes, hier zu sitzen, Kaffee zu trinken und Zeitung zu lesen, dachte Lauren und fand es irgendwie lustig. Der Leitartikel machte mit einer möglichen Teil-Reunion von *Led Zeppelin* auf.

Sie schnaubte lachend. »Das würde dir gefallen, was?«

Dominic sah verwundert auf.

Lauren drehte die Zeitung und zeigte auf die Artikelüberschrift. »Du hörst fast immer *Led Zeppelin* im Auto, was ich nebenbei ziemlich abgedroschen finde.«

»Abgedroschen?« Dominic zog eine Augenbraue nach oben. »Ich nenne das guten Musikgeschmack.«

Lauren zog die Schultern hoch. »Von mir aus.«

»Wessen Musik bevorzugst du denn? Und jetzt komm mir nicht mit irgendeinem angesagten Hip-Hop-Künstler oder Rapper. Das ist keine Musik.«

»Sagt der, der neulich im Club zu genau dieser Nicht-Musik getanzt und gefeiert hat«, entgegnete Lauren keck. In Gedanken sah sie ihn vor sich, im Paradise Club nach der Aktion für seinen Onkel Fredo, als er sich gleich mit mehreren Tänzerinnen vergnügt hatte.

»Das war aber Hip-Hop aus den Neunzigern. Der hat seinen Namen noch verdient.«

Lauren fiel auf, dass sie schon wieder begonnen hatten, miteinander zu flachsen, wie sie es immer taten. Es beruhigte sie einerseits, dass sich nichts geändert hatte, doch es war ihr auch unangenehm und sie wich seinem Blick aus.

Dominics Handy vibrierte auf dem Tisch und er wühlte es zwischen den Lagen Zeitung hervor.

»Das ist Leo«, sagte er und erhob sich. »Ich nehme an, es gibt Arbeit.«

Er meldete sich und versicherte seinem Onkel, dass er noch schnell duschen und dann zu ihm kommen werde.

»Sorry«, sagte er zu Lauren. »Ich hoffe, es dauert nicht so lange. Fühl dich hier wie zu Hause.«

Kurz wirkte er, als wollte er noch etwas sagen, doch dann drehte er sich um und verschwand in sein Zimmer.

Lauren saß einen Moment unschlüssig da. Irgendwie lief das nicht so, wie sie sich das vorgestellt hatte. Doch was hatte sie eigentlich erwartet? Dominic hatte sie mit hierhergenommen, wollte, dass sie ihn auf diese Party am Abend begleitete, doch den Tag mit ihr zu verbringen, gehörte wohl nicht zum Programm. Vielleicht war das auch zu viel des Guten. Nachdenklich ließ sie den Blick durch die offene Wohnküche der Suite schweifen. Sie sollte die Tatsache nutzen, dass sie einen freien Tag hatte und dazu auch noch hier im Hotel war und alle Annehmlichkeiten genießen durfte.

Sie trank ihren Kaffee aus und ging hinaus auf die Dachterrasse, die nun in warmes Sonnenlicht getaucht war. Der Wind umspielte ihre nackten Beine. Die Uferpromenade hatte sich mit Touristen, Joggern und Spaziergängern gefüllt. Lauren machte es sich auf einem der Liegestühle gemütlich und rief spontan Ella an.

»Hey, ich bin's. Du errätst nie, wo ich gerade bin.«

* * *

Er sah sie draußen auf dem Balkon sitzen, als er aus dem Badezimmer kam. Sein Zimmer hatte direkten Zugang zur Dachterrasse und durch die dünnen Vorhänge konnte er ihr beim Telefonieren zusehen, wie sie beim Lachen die langen Haare nach hinten warf und die Füße zu sich heranzog, um bequem im Schneidersitz dazusitzen. Selbst im Nachthemd, mit zerzausten Haaren und gänzlich ungeschminkt sah sie hinreißend aus.

Er zwang sich dazu, wegzusehen, und sich für den Tag anzuziehen. Nur widerwillig machte er sich auf den Weg zu Leonardo, dessen Arbeitszimmer auf derselben Etage lag.

Es wird langsam Zeit, dass ich aussteige, dachte er müde.

Er hatte zu viel gesehen, zu viel getan. Er wollte endlich seine Ruhe haben. Doch gleichzeitig war ihm bewusst, dass er ohne diesen Job Lauren nie begegnet wäre. Es war pure Ironie, dass das Verlangen, den Job endgültig hinzuschmeißen mit jeder Minute, die er mit ihr verbrachte, stärker wurde, und gleichzeitig genoss er die Zeit und ihre Kabbeleien machten den Job etwas weniger ätzend.

Er betrat Leonardos Arbeitszimmer und, wie erwartet, hatte der bereits Cohen am Telefon.

* * *

Mit neu-gekauften Flipflops an den Füßen schlenderte Lauren auf dem Boardwalk die Uferpromenade entlang. Ihre Sneakers hatte sie in der Strandtasche verstaut, die sie ebenfalls gekauft hatte. Sie hatte nicht viel Geld, das sie fürs Shoppen aufbringen konnte, doch die Sachen waren nicht sehr teuer gewesen. Ella hatte ihr am Telefon ein paar Tipps gegeben und Läden genannt, die sie unbedingt besuchen musste. So war Lauren spontan losgezogen, um den herrlichen Sommertag am Atlantik zu genießen. Das Wetter war perfekt, vielleicht ein kleines bisschen zu warm, die Sommerbrise war jedoch angenehm und am Himmel zogen ein paar Schönwetterwolken vorbei. Sie machte so etwas viel zu selten, wurde ihr bewusst: ausnahmsweise einmal nichts Produktives tun.

Nahe des *Hard Rock Hotels* und des *Steel Peer* Vergnügungsparks ließ sie sich mit einem Softeis auf einer Bank nieder und tippte eine Nachricht für Joey. Sie vermutete, dass er mit den anderen Hackern und Cyrus im Haus zu tun hatte und somit ihre Nachricht erst später sehen würde. Er verbrachte mittlerweile fast seine gesamte Zeit dort und Lauren musste feststellen, dass es sie nicht mehr so beunruhigte wie früher. Von der Illegalität einmal abgesehen, tat es ihm gut, etwas zu tun zu haben, womit er zeigen konnte, dass er doch etwas draufhatte. Doch Sorgen würde sie sich auch weiterhin um ihn machen; daran würde sich wahrscheinlich so schnell nichts ändern.

Sie steckte ihr Smartphone weg, schloss die Augen und drehte ihr Gesicht in die Sonne. Sie genoss den Moment. Vor allem, weil sie sich nicht erinnern konnte, wann sie in den letzten Jahren wirklich Zeit für sich gehabt hatte.

»Herrlich, nicht wahr?«

Erschrocken öffnete sie die Augen und sah sich um. Hinter ihr auf dem Boardwalk war Allegra erschienen. Sie trug ein Jogging-Outfit, die Haare zu einem strengen Knoten gebunden. Unentwegt hüpfte sie auf und ab, um in Bewegung zu bleiben. Obwohl sie schwitzte, sah sie perfekt aus, dachte Lauren, und sofort stellte sich bei ihr so etwas wie ein schlechtes Gewissen ein, weil sie den Tag mit Shoppen und Eisessen vertrödelte, anstatt auch etwas für ihre Gesundheit zu tun.

»Hallo Allegra.«

»Ach, ich beneide Sie, Lauren. Ganz ehrlich«, sagte Allegra, seufzte und setzte sich neben sie. »Was würde ich für ein Softeis geben!«

Lauren sah stirnrunzelnd auf ihr Eis und dann zu Allegra. »Warum kaufen Sie sich nicht einfach eins?«

Allegra lachte auf, als wäre die Vorstellung geradezu lächerlich absurd. »Dann passe ich heute Abend nicht in mein Kleid. Glauben Sie mir, ich bin keine fünfundzwanzig mehr.«

Lauren fragte sich, ob es denn so schlimm wäre, wenn Allegra ein klein wenig zulegen würde.

»Sie haben eine tolle Figur. Ich finde, ein Eis können Sie sich schon leisten.«

Allegra winkte ab. »Es ist so lange her, dass ich das letzte Mal eine richtige Portion Eis gegessen habe, wahrscheinlich würde mir schlecht werden davon.«

Darauf wusste Lauren nichts zu sagen. War Allegra so eine Perfektionistin oder lag etwas anderes dahinter?

Allegra schien zu ahnen, dass sie etwas beschäftigte. »Sie fragen sich, warum ich diesen Aufwand betreibe, nicht wahr?«

Sie wartete nicht auf Laurens Antwort, der es ohnehin unangenehm war, und sagte: »Ich liebe meinen Mann. Er ist der Beste. Aber er liebt mich vor allem für das, was ich äußerlich darstelle, und nicht für das, was ich wirklich bin.«

Lauren sah Allegra forschend an. Es überraschte sie, dass diese so offen sprach, und sie hatte das Gefühl, etwas sagen zu müssen, das Allegra aufbaute.

»Leo liebt sie sicherlich auch mit ein paar Kilo mehr auf der Waage.«

Allegra lächelte. »Ich mag Ihre direkte Art, Lauren. Ich weiß, Ihnen gegenüber kann ich offen sprechen. Ich bin ein hübsches Mädchen aus Harlem. Und unsere erste Verabredung – wenn man sie denn so nennen kann – hat ihn viertausend Dollar gekostet. Wenn Sie verstehen.«

Sie sah Lauren fest in die Augen, um die Bedeutung ihrer Worte zu unterstreichen.

»Sie waren eine …?«

»Eine Edelnutte«, sagte Allegra. »Eine Edelnutte, die das Glück hatte, auszusehen wie Juliana.«

Damit bestätigte sie, was Lauren sich beim Betrachten des Gemäldes bereits gedacht hatte, doch sie wusste nicht, wie sie darüber denken sollte. Allegras Worte klangen nicht danach, dass man sie bemitleiden müsste. Auf was wollte sie hinaus?

»Warum erzählen Sie mir das?«, fragte sie vorsichtig.

Allegra zog die Schultern hoch und seufzte. »Ich habe bemerkt, wie Sie und Dominic einander ansehen.«

Lauren sah sie abwartend an.

»Wenn Sie sich auf ihn einlassen, dann sollten Sie Folgendes wissen«, begann Allegra. »Suchen Sie nicht die wahre Liebe in ihm. Männer wie Leo und Dominic bieten Sicherheit, ein Zuhause, Geld und eine gewisse Macht. Doch sie haben vieles erlebt, zu viele schlimme Dinge getan und werden es weiter tun. Man kann nicht so einen Job machen und dann nach Hause kommen und ein liebender Ehemann sein. Wenn Sie, wie ich, damit kein Problem haben, genießen Sie die gemeinsame Zeit.«

Es klang weder resigniert noch verbittert. Allegra hatte ihre Worte ganz sachlich gesprochen. Trotzdem kam es Lauren so vor, als wollte Allegra ihr eine Beziehung zu Dominic ausreden. Doch so weit hatte sie ja noch nicht einmal gedacht. Oder doch? Was hatte Allegra eigentlich für ein Problem mit Dominic, dass sie ihn so kalt und abweisend behandelte und sich nun verpflichtet fühlte, ihr die Augen über ihn zu öffnen? So oder so, Allegra interpretierte zu viel in ihr Verhältnis zu Dominic, fand sie. Lauren beschloss, nicht weiter darauf einzugehen und das Thema abzuhaken.

»Okay«, sagte sie. »Danke für den Hinweis.«

Sie hoffte, dass es nicht so sarkastisch rüberkam, wie sie es gemeint hatte. Doch Allegra hatte sich ihrer Smartwatch zugewandt. Sie tippte kurz darauf herum, dann klatschte sie ihre Hände auf die Oberschenkel und erhob sich.

»Es wird Zeit für das Beauty-Team«, sagte sie mit fröhlichem Tonfall. »Und Sie sollten sich auch beeilen, Lauren.«

Verwundert sah Lauren zu ihr auf.

»Ich habe auch für Sie ein paar Behandlungen gebucht«, erklärte Allegra, die wieder begonnen hatte, auf und ab zu hüpfen. »Nur das Nötigste. Enthaarung, Peeling, Körperpackung, Gesicht, Haare, Make-up.«

Lauren wollte loslachen, doch Allegra meinte es absolut ernst.

Kapitel 25

Beinahe andächtig fuhr sie mit der Hand über den zarten, schwarzen Stoff ihres Ballkleids. Es war wunderschön. Sal DeLuca hatte einmal mehr bewiesen, dass sie ein gutes Auge hatte und Lauren nicht verkleiden wollte. Das Kleid passte so gut zu ihr, dass es schon fast unheimlich war. Es war elegant, doch nicht pompös. Verspielt, aber nicht übertrieben. Als Lauren es am Kleiderbügel hatte hängen sehen, hatte sie befürchtet, es würde schwer und unbequem sein. Das Oberteil bestand aus einer mit schwarzen Pailletten bestickten Korsage, doch entgegen Laurens Befürchtungen fühlte sie sich darin nicht eingeengt. Im Gegenteil: Die Korsage umschmeichelte ihren Oberkörper und gab ihr ein Gefühl von Sicherheit und Halt. Überzogen war das Oberteil mit schwarzem Chiffon, der vom Dekolleté bis in den Nacken reichte. Der Rücken war frei. Das Beste an dem Kleid war allerdings der Rock. Auch hier war Lauren mehr als skeptisch gewesen. Sie konnte sich nicht erinnern, jemals ein langes Kleid getragen zu haben – außer bei ihrer Erstkommunion –, und hatte eine ganze Reihe von Problemen gesehen, angefangen bei Leuten, die ihr auf den Rock traten, bis hin zu der Frage, wie sie mit dem Ding aufs Klo gehen sollte. Doch der Rock war aus einem leichten, türkisfarbenen Stoff, der ihre Beine locker umspielte. Die Farbe wäre vielleicht zu grell gewesen für ein Abendkleid, aber auch hier war der dünne schwarze Chiffon als Oberstoff verwendet worden. Je nachdem, wie Lauren sich bewegte, sich drehte, schimmerte mal mehr, mal weniger Türkis hindurch. Wirklich wunderschön.

Das von Allegra auferlegte Beauty-Programm war im Endeffekt gar nicht mal so furchtbar gewesen. Im Prinzip hatte man ihr nur abgenommen, was sie sonst selbst gemacht hätte. Und natürlich waren ein professionelles Make-up und Hairstyling etwas anderes als das, was sie allein hinbekommen hätte. Außerdem war es absolut herrlich gewesen, sich mal von Kopf bis Fuß von jemandem eincremen zu lassen. Mit einer Creme, die ihre Haut superzart machte und sie leicht schimmern ließ. Eine Friseurin hatte Laurens Haare hochgesteckt, doch es war bewusst locker ausgeführt, sodass es natürlich aussah.

Langsam schritt sie im Wohnzimmer ihrer Suite hin und her, lauschte auf das leise Rascheln ihres Rocks und wartete darauf, dass Dominic sie abholte. Sie hatte ihn nach dem Morgen nur zweimal kurz zu Gesicht bekommen, doch viel Gelegenheit, sich darüber zu ärgern, hatte sie dank des Beauty-Programms nicht gehabt. Aber sie hatte sich ohnehin vorgenommen, die Zeit hier zu genießen. Daneben musste sie zugeben, dass sie sich ein bisschen auf den Abend freute. Und das lag zu einem großen Teil daran, dass sie sich wirklich schön fand. Als sie zurück auf ihr Zimmer gekommen war und begriffen hatte, dass sie ungestört war, hatte sie sich spontan in dem hübschen Kleid vor dem mannshohen Spiegel am Kleiderschrank gedreht, war dabei aber ins Straucheln gekommen und hätte beinahe eine Steinskulptur von einem Sideboard neben der Tür heruntergeworfen.

»Wow!«

Überrascht blickte sie auf und sah zur Tür. Dominic stand dort in einem schwarzen Anzug, cremefarbenen Hemd und Krawatte. Es stand ihm ausgesprochen gut. Aus seinem Gesicht sprach freudiges Erstaunen, wie es nach seinem Ausruf zu erwarten gewesen war. Doch in seinen Augen konnte Lauren erkennen, dass er wirklich begeistert war. Es freute sie, dass sie ihm gefiel.

»Ja, nicht wahr?« Sie ging ein paar Schritte auf ihn zu und drehte sich ein wenig von einer zur anderen Seite. »Ich glaube, ich habe noch nie so gut ausgesehen.«

Dominic lächelte und schüttelte leicht den Kopf, um ihr zu widersprechen, doch dann räusperte er sich.

»Bereit für die Party?«

»›*Dude – Looks Like A Lady*‹«, sagte Lauren und grinste. Sie hatte sich nach ihrem Gespräch am Morgen etwas überlegt.

Dominic sah sie fragend an.

»*Aerosmith*, 1987. Du wolltest doch wissen, welche Musik ich mag. Das ist mein aktueller Lieblingssong.«

»Wieso ausgerechnet der?«

Lauren dachte kurz nach. »Auf der Arbeit, in den Trucks, höre ich immer Radio und ich hab' festgestellt, dass ich die Sachen aus den Achtzigern irgendwie mag. Dieser Song läuft rauf und runter und ist einfach hängen geblieben.«

»Sieht so aus, als würden wir beide in der Vergangenheit stecken, was unseren Musikgeschmack angeht«, sagte Dominic und sah sie fasziniert an, als könnte er nicht glauben, dass es tatsächlich sie war, die vor ihm stand. Doch dann schien ihm ein Gedanke zu kommen und sein Gesicht verschloss sich.

»Tut mir leid, dass ich dich mit der Party so überfallen habe. Irgendwie denke ich jetzt, dass ich dich richtig hätte fragen sollen.«

»Ja, das hättest du«, gab Lauren zurück. »Und ich hätte wahrscheinlich ›Nein‹ gesagt.«

Sie holte tief Luft und sah ihn dann mit funkelnden Augen an. »Aber ... scheiß drauf! Ich will jetzt feiern. Und ich hab' Hunger.«

Lachend bot Dominic ihr seinen Arm und Lauren hakte sich bei ihm unter. Gemeinsam gingen sie zum Fahrstuhl.

Die große Re-Opening-Gala von Leonardos *Five Kings* fand im Ballsaal des Hotels statt. Genau wie in der Lobby und in Leos Penthouse war die Einrichtung übertrieben opulent. Mehrere große Kronleuchter hingen von der Decke, Spiegel an den hohen Wänden verliehen dem fensterlosen Raum Weite.

Wirklich wie in einem Schloss, dachte Lauren.

Das kleine Mädchen in ihr wollte sich wie eine Prinzessin fühlen, doch ihr erwachsener Verstand registrierte vor allem eines: lauter wunderschöne Frauen mit hässlichen, reichen Männern. Unter den geladenen Gästen glaubte sie, einige bekannte Gesichter zu erkennen. Zweifellos traf sich hier eine Auswahl der Reichen und Superreichen.

»Ein netter Ganovenball, was?«, sagte Dominic in seiner gewohnt flapsigen Art. »Die Leute in diesem Raum klauen den Amerikanern das meiste Geld, glaub mir.«

Lauren ging nicht darauf ein. Weiter vorne an der Stirnseite des Saales hatte sie Leonardo und Allegra erspäht, die fleißig Hände schüttelten und Küsschen gaben. Direkt hinter ihnen an der Wand standen mehrere Männer in schwarzen Anzügen in gleichmäßigem Abstand, die die Gäste mit ernsten Gesichtern beobachteten. Lauren schluckte. Leo hatte Leibwächter um sich herum, selbst bei so einem Anlass.

Nachdem Leonardo sie begrüßt hatte, stellte Dominic ihr ein paar Mitglieder der Familie vor. Fredo war mit seiner Frau und ältesten Tochter gekommen und ein weiterer Onkel – Leonardos jüngster Bruder Aurelio – war auch da. Aurelio hatte ein Supermodel an seiner Seite und gab sich unnahbar. Sein Verhalten passte zu seinen kalten Augen und der Glatze – sein Aussehen erinnerte Lauren an eine Schlange. Dominic dirigierte sie tatsächlich schnell weiter.

»Von Aurelio hältst du dich besser fern«, flüsterte er ihr zu. »Er kümmert sich um die wirklich dunklen Geschäfte. Und jene mit Rotlicht.«

Lauren hatte keine Gelegenheit, sich darüber Gedanken zu machen, denn Leonardo hatte sein Glas erhoben und schlug mehrmals leicht mit einem Messer dagegen. Nach und nach verebbten die Gespräche und die Gäste nahmen Platz.

»Liebe Freunde und Geschäftspartner«, begann Leonardo, »ich möchte euch danken, dass ihr so zahlreich erschienen seid. Dafür, dass ihr uns die Treue gehalten habt. Wir alle wissen, dass diese Stadt harte Zeiten hinter sich hat. Und es ist auch noch nicht wieder alles wie früher.«

Leises, zustimmendes Gemurmel erfüllte den Saal.

»Doch der Aufschwung ist da. Während andere aufgegeben haben, haben wir mit dem *Five Kings* einen Neuanfang gewagt. Und unserem Beispiel sind viele gefolgt, wie ihr alle hier am Strand sehen könnt. Es ist also an der Zeit, den Neuanfang zu feiern. Auf den Neuanfang!«

Das Essen war gut, kam allerdings nicht an das vom Vorabend heran, fand Lauren. Vielleicht lag es auch an den Gästen und den Gesprächen, denen sie lauschte. Wer welches Investment getätigt hatte, wer sich schon wieder das Gesicht hatte operieren lassen – diese Menschen schienen in einer Art Paralleluniversum zu leben. Keines der Themen, über die sie sich unterhielten, war für Lauren von Belang.

Überraschenderweise schien es für Dominic kein Problem zu sein. Er hielt höflichen Smalltalk und sorgte dafür, dass sie mit in die Gespräche am Tisch eingebunden wurde. Niemand behandelte sie abfällig, doch tatsächlich wussten sie ja auch nichts über sie und nahmen einfach an, sie sei ein Mitglied des Clubs.

»Was ich nicht ganz verstehe«, sagte eine bildhübsche Frau an Dominic gewandt, die neben ihrem desinteressiert wirkenden greisen Mann saß, »wieso eigentlich der Name *Five Kings?* In einem Kartenspiel gibt es doch nur vier. Wissen Sie, warum Ihr Onkel seinem Casino diesen Namen gab?«

»Das will ich Ihnen gerne erklären«, antwortete Dominic galant.

Die Dame hatte in der Tat einen interessanten Punkt angesprochen. Lauren war gespannt auf die Erklärung.

»Es ist allerdings etwas heikel«, merkte Dominic mit einem verschmitzten Lächeln an und tat, als sähe er sich vorsichtig um. »Aber wir sind ja unter uns.«

Diejenigen am Tisch, die zugehört hatten, lachten scheinbar wissend.

»Es ist eine Hommage an die Oberhäupter der Familien Bonanno, Colombo, Gambino, Genovese und Lucchese.«

Lauren hielt den Atem an. Ein paar Leute kicherten nervös. Die

Dame, die gefragt hatte, blickte unsicher zu den Tischnachbarn und dann wieder zu Dominic.

»Diese Namen sagen mir nichts«, gab sie etwas kleinlaut zu.

Mann, ist das peinlich, dachte Lauren. Selbst ich weiß Bescheid.

»Das sind die fünf Familien der New Yorker Mafia, Ma'am«, schloss Dominic ungerührt.

Die Dame tat, als fiele es ihr gerade ein. »Ach ja, richtig.« Sie kicherte. »Das macht natürlich Sinn. Ich meine, bei einem Casino wie diesem ...«

Sie zwitscherte weiter, doch Lauren hörte weg, weil es so dermaßen unpassend war. Sie blickte zu Dominic, der sie ansah und kurz die Augen verdrehte.

»Manche Leute!«, sagte er leise und lachte ironisch.

Lauren wusste nicht, wieso, doch auch sie musste lachen über diese absurde Situation. Da erfährt diese Dame, dass Leonardo sein Casino nach den Bossen der fünf größten Verbrecherclans dieser Gegend benannt hat, und sie findet es nicht im Geringsten anstößig, sondern sogar passend.

Na, wunderbar.

Nach dem Essen verabschiedete Dominic sich, um kurz etwas mit Leonardo zu bereden. Er wollte Lauren anschließend an der Bar wiedertreffen. Hier wartete sie und beobachtete die Gäste. Alle amüsierten sich offensichtlich prächtig, denn die Tanzfläche hatte sich gefüllt. Leonardo hatte keine laute Party-Musik ausgewählt. Diese würde sicher später noch kommen, wenn zahlreiche hochprozentige Drinks durch die Kehlen der Anwesenden geflossen waren. Doch für die Unterhaltung nach dem Essen sorgte ein Duo aus Klavier und Sängerin, das langsame Akustikversionen von alten Klassikern spielte.

Es gefiel ihr. Wie so manches hier. Leonardo verstand es, die Menschen zufriedenzustellen und ihnen ein gutes Gefühl zu geben. Es war absolut kein Wunder, dass hier einige der reichsten und bekanntesten Leute des Landes waren. Sie alle lebten ein Leben, von dem Lauren nur träumen konnte.

Wenn für Leo zu arbeiten bedeutet, dass ich ein Teil davon sein kann, würde ich es tun?, fragte sie sich. Oder bin ich nicht schon längst ein Teil davon?

»Hast du Spaß?«

Dominic war neben ihr erschienen und hatte, wie so oft, die Hände in den Hosentaschen.

Lauren wandte ihren Blick von der Tanzfläche. »Ich glaube selbst nicht, dass ich das sage, aber: Ja. Ja, es macht Spaß.«

»Ich weiß, was du meinst«, erwiderte Dominic. »Man denkt, man gehört nicht dazu und will es eigentlich auch gar nicht. Aber es zieht einen doch irgendwie an.«

Er wirkte weicher, aufrichtiger. Leicht nervös wich sie seinem Blick aus.

Auch er sah nachdenklich zur Tanzfläche und musterte sie dann von der Seite.

»Möchtest du tanzen?«, fragte er.

Ein kleiner Schreck fuhr ihr in die Glieder und sie wusste nicht, wieso. Sie hatte mit Dominic geschlafen und ihn am Abend zuvor geküsst. Warum brachte die Frage nach einem Tanz sie so aus dem Konzept?

Sie musste ziemlich geschockt aussehen, denn Dominic lachte. »Lola, ich frage dich nicht nach einem gemeinsamen Urlaub, sondern ob du mit mir tanzen willst.«

»Okay.«

Er nahm ihre Hand. »Tun wir doch einfach so, als wärst du ein reiches Töchterchen, das sich hier amüsieren will, und ich bin der gutaussehende Millionär, mit dem sie tanzt, damit die Klatschpresse auf sie aufmerksam wird.«

Lauren musste lachen, doch sie verstand, was Dominic versuchte. Er wollte einfach nur mit ihr tanzen – unabhängig von ihrer beider Vorgeschichte und den Gründen, weshalb sie hier waren. Es schmeichelte ihr. Die Musiker auf der Bühne interpretierten Bruce Springsteens ›*Dancing In The Dark*‹ auf ihre ganz eigene Weise: langsam und gefühlvoll. Es hätte nicht besser passen können.

Und so tanzten sie. Anfangs verhalten, doch der Abstand zwischen ihnen schmolz dahin und schließlich tanzten sie Wange an Wange. Lauren schloss die Augen und die Party mit ihren reichen, kriminellen Gästen geriet in den Hintergrund. Allein die Musik schien sie auszufüllen – dieses volle Gefühl der Trostlosigkeit gepaart mit Aufbruchstimmung. Das Leben, das reale Leben, war eintönig, ihre Perspektiven aussichtslos. Und hier war sie: Auf einer Party mit reichen Leuten, in einem sündhaft teuren Kleid und in den Armen eines Mannes, der auf seine Weise für sie unerreichbar war. Unerreichbar, nicht, weil er reich war oder in einer anderen Liga spielte als sie. Er war unerreichbar, weil er das falsche Leben führte. Doch in diesem Moment war das nicht von Bedeutung. Sie waren ein tanzendes Paar, einander körperlich und seelisch nahe. Nicht mehr und nicht weniger.

»Ich muss dir etwas gestehen«, sagte Dominic ihr leise ins Ohr. »Ich habe jemanden kennengelernt.«

Lauren öffnete die Augen, sah über seine Schulter hinweg und wartete ab, auf was er hinauswollte.

»Ich habe eine Frau kennengelernt, die sich selbst für einen schlechten Menschen hält.«

Lauren lauschte gespannt.

»Sie ist sicher nicht das, was man ein ›nettes Mädchen‹ nennt. Aber ein schlechter Mensch ist sie deshalb noch lange nicht. Im Gegenteil, sie opfert sich auf für ihre Familie, sie beansprucht selten etwas für sich.«

Seine Worte bewirkten, dass ihre Knie weich wurden, und sie legte die Arme um seinen Hals. Die Art und Weise, wie er über sie sprach – dass er über sie redete, obwohl sie selbst hier bei ihm war –, ermöglichte ihr, dass sie es akzeptierte. Dass sie überhaupt zuhörte. Auf der vollen Tanzfläche standen sie nun völlig still, unbemerkt von den Tanzenden um sie herum. Sie selbst bemerkten die anderen auch nicht.

»Ich würde ihr gerne sagen«, fuhr Dominic fort, »dass sie sich selbst nicht schlechtreden muss. Dass sie eine starke Persönlichkeit ist. Dass sie innerlich so voll Gefühl ist, dass es mich umgehauen hat, als sie mir einen kurzen Einblick gewährt hat.«

Lauren schluckte schwer. So etwas hatte noch nie jemand zu ihr gesagt. Sie löste sich von ihm und sah ihm in die Augen. Sein Blick war durchdringend, aber es lag auch Unsicherheit darin, als hätte er soeben etwas von sich preisgegeben, das er sonst tief in sich bewahrte. Sie war bewegt von seinen Worten und zugleich erfüllt von einer Traurigkeit darüber, dass dieser Tanz enden würde, dass dieser Moment, diese Magie zwischen ihnen verfliegen würde. Am liebsten würde sie sich für immer in diesen grünen Augen verlieren.

Sie holte tief Luft. »Die Frau, die du beschreibst, wäre überwältigt, wenn du ihr das sagen würdest.«

Kapitel 26

Noch bevor der Song geendet hatte, waren sie von der Tanzfläche verschwunden. Hand in Hand waren sie von den Feiernden weggegangen und Dominic hatte sie in einen Saal geführt, der nicht genutzt wurde. Auch er war prunkvoll verziert – mit viel Gold und Samt. In der Mitte stand ein wuchtiger, glänzender Tisch. Entsprechend eingedeckt und dekoriert würde es wahrscheinlich königlich aussehen. An den Seiten des Raums standen Sofas und Sessel um kleine Tischchen.

Dominic ließ sich auf einem der Sofas nieder und zog Lauren zu sich herunter. Sie schob ihr Kleid nach oben, sodass sie sich auf seinen Schoß setzen konnte. Hungrig und voller Verlangen küsste sie ihn, ließ sich gänzlich auf ihn ein. Es fühlte sich sensationell an, wie er ihr mit seinen Händen über den Rücken fuhr und dann ihre Hüften umfasste. Irgendwo in ihrem Kopf mahnte eine Stimme, dass sie es nur deshalb so genoss, weil dem Ganzen etwas Verbotenes innewohnte, etwas Verruchtes. Doch sie verdrängte den Gedanken, als Dominic ihr Kleid weiter nach oben schob, unter den Rock fasste und seine Hände in ihren Slip gleiten ließ.

Sie griff nach seinem Gürtel, löste ihn und öffnete den Reißverschluss seiner Hose. Sie spürte jetzt auch eine leichte Ungeduld, die von ihm ausging. Das Verlangen hatte offenbar auch ihn gepackt und die letzten Zweifel beiseite gefegt. Unablässig küsste er sie. Ihre Lippen, ihren Hals. Es kostete sie einiges an Überwindung, aufzustehen, damit sie ihren Slip ausziehen konnte.

In diesem Moment zuckte Dominic leicht zusammen und griff sich an seinen rechten Unterschenkel. Lauren hörte ein leises rhythmisches Vibrieren wie von einem Mobiltelefon oder einem Pager.

»Entschuldige«, murmelte er, beugte sich vor und zog das rechte Hosenbein etwas nach oben. Da steckte tatsächlich ein kleines Gerät, das wie ein Telefon aussah, in einer schwarzen Halterung an seiner Wade.

Lauren stand irritiert vor ihm und wartete auf eine Erklärung, doch Dominic nahm das Gerät, sah kurz darauf und erhob sich vom Sofa.

»Das ist wichtig. Ich muss telefonieren«, sagte er und schloss den Reißverschluss seiner Hose, während er Richtung Tür ging. »Du findest ohne mich zurück, oder?«

Damit rauschte er aus dem Raum.

Für einen kurzen Moment stand Lauren einfach nur völlig verstört da. Was war das nun wieder? Wieso zur Hölle hatte Dominic ein Telefon versteckt an seiner Wade? Es war nicht das Handy, das er sonst benutzte, das hatte sie erkennen können. Wozu brauchte er ein zweites, offensichtlich geheimes Telefon? Und was war so wichtig, dass er so plötzlich umschalten konnte? Gerade noch war er leidenschaftlich gewesen und auf einmal war es, als wäre er schlagartig nüchtern geworden.

Lauren richtete ihr Kleid und ging zur Tür. Jetzt war nicht die Zeit, um sich darüber den Kopf zu zerbrechen. Wenn sie mehr wissen wollte, dann war jetzt die Gelegenheit dazu. Sie spähte in den Korridor hinaus und sah Dominic am Ende des Gangs. Er entfernte sich mit schnellem Schritt und Lauren folgte ihm.

Hier waren auch andere Leute unterwegs, Partygäste auf dem Weg von und zu den Toiletten, Mitarbeiter des Hotels in ihren Uniformen. Wenn sie es schlau anstellte und Abstand hielt, würde Dominic sie nicht bemerken. Er schien zielstrebig auf eine unscheinbare Tür neben der Loge des Concierge zuzugehen, auf der ›*Staff Only*‹ stand, und blickte sich vorsichtig um. Damit er sie nicht entdeckte, presste Lauren sich hinter einer Blumendekoration gegen die Wand.

Als Dominic durch die Tür trat, versuchte sie, zu erkennen, wie es dahinter aussah. Doch sie konnte nur einen leeren, beige gestrichenen

Gang ausmachen, ehe die Tür ins Schloss fiel. Dahinter würde es nicht so einfach sein, unentdeckt zu bleiben. Wo wollte er hin?

Sie ging zu der Tür und legte die Hand an den Knauf.

»Kann ich Ihnen helfen, Ms.?«

Erschrocken wandte sie sich um und erkannte den Concierge, der sie am Vortag zusammen mit Dominic empfangen hatte.

Auch er erkannte nun ihr Gesicht. »Oh, Ms. Mazur. Entschuldigen Sie. Sind Sie auf der Suche nach jemandem?«

Lauren setzte ein Lächeln auf. »Dominic ist hier reingegangen. Ich weiß nicht, wo er hinwill.«

Sie trat ein paar Schritte auf den Concierge zu und tat verlegen. »Ich ... Ich wollte ihn überraschen. Wenn Sie verstehen.«

Mit einer koketten Bewegung richtete sie ihre Frisur und spielte an ihrem Ohrläppchen. Der Concierge schien zu erahnen, was sie andeuten wollte, denn seine Gesichtszüge klärten sich. Lauren vermutete, dass er in seiner Funktion im Gästeservice schon so einige pikante Aufträge hatte erfüllen müssen. Vor allem in einem Casino-Hotel, vor allem in dieser Stadt.

»Wissen Sie vielleicht, wo er hingegangen ist?«, fragte sie unschuldig.

»Das Naheliegendste wäre wohl das Personalbüro«, antwortete der Concierge. »Das liegt gleich im ersten Gang rechts.«

Lauren sah kurz zu der Tür, dann legte sie die Stirn in Falten, als müsse sie nachdenken. »Gibt es noch einen anderen Weg da rein?«

Auf den leicht irritierten Blick des Concierge kicherte sie nervös.

Auch er lächelte schließlich. »Verstehe, Ms. Sie möchten nicht, dass Mr. Valente sie gleich entdeckt.«

Scheinbar ertappt zog sie die Schultern hoch.

»Kommen Sie mit mir, Ms.« Der Concierge geleitete sie zu seinem Schreibtisch. »Ich kann es Ihnen zeigen.«

Er nahm ein Blatt Papier und einen Kugelschreiber und skizzierte den Weg.

»Sie müssen zunächst nach draußen gehen und sich dann nach

rechts wenden. Sie kommen an ein Tor. Mit dieser Karte hier«, er reichte ihr eine weiße, unscheinbare Plastikkarte, »mit dieser Karte können Sie das Tor öffnen und von dort in den Wirtschaftshof gehen.«

Lauren bestätigte, dass sie verstanden hatte.

Der Concierge deutete auf seine Skizze. »Nach etwa fünfzig Metern sehen Sie auf der rechten Seite eine Laderampe. Hier können Sie hinaufgehen. Die Tür ist vermutlich offen. Falls nicht, nutzen Sie wieder die Karte. Das Büro ist ausgeschildert.«

Lauren nahm die Zutrittskarte und bedankte sich bei ihm.

Er zwinkerte ihr zu. »Viel Glück!«

Langsam, aber zielstrebig ging Lauren durch die Lobby zum Ausgang. Der Portier draußen war gerade dabei, einer älteren, eleganten Dame beim Einsteigen in eine Stretch-Limousine zu helfen, so konnte sie unbemerkt um die Ecke in die Zufahrt zum Wirtschaftshof gehen. Ein großes schweres Gittertor, so hoch wie ein LKW, hielt ungebetene Gäste fern. An der Seite war eine Tür eingelassen, an der ein Kasten mit Kartenslot angebracht war. Vorsichtig schob Lauren die weiße Karte hinein und ein Summton verriet ihr, dass die Tür entriegelt war. Sie trat hindurch.

Hier, abseits der prachtvollen Promenade und dem Portikus des Hotels, war es dunkel. Lauren hielt sich rechts am Gebäude und ging langsam vorwärts. Weiter vorne auf dieser Seite musste sich schließlich die Laderampe befinden. Sie sah einen helleren Bereich vor sich und als sie im Schatten nähertrat, erkannte sie, dass sie hier richtig war. Eine Treppe führte seitlich der Rampe nach oben zu einer Tür, die offenstand. Dahinter sah sie einen Gang, in der gleichen beigen Farbe gestrichen, wie hinter der Tür, durch die Dominic gegangen war.

Doch sie sah noch etwas: Da stand jemand unten an der Treppe. Vorsichtig und auf Zehenspitzen, damit ihre High Heels kein Geräusch machten, schlich sie noch näher heran. Die Rampe war gut ausgeleuchtet und Lauren erkannte, dass es ein Mann im Anzug war, der dort stand und telefonierte. Sie ging weiter und konnte nun erkennen, was sie schon vermutet hatte: Es war Dominic. Er hatte das Telefon am Ohr und lauschte mit angestrengtem Gesichtsausdruck.

Lauren beobachtete ihn einen Moment lang. Sie versuchte nicht weiter, sich zu verstecken, ging aber ganz langsam auf ihn zu, um ihn nicht zu erschrecken oder zu stören. Schließlich wollte sie immer noch wissen, was hier vor sich ging. Sie konnte sehen, dass Dominic etwas sagte, doch sie konnte nichts verstehen, denn hinter ihr fuhr ein Transporter durch das Tor in den Hof.

Dominic wirkte unzufrieden. Was immer derjenige, mit dem er telefonierte, sagte, gefiel ihm nicht. Er fuhr sich angestrengt mit den Händen durchs Gesicht und holte tief Luft.

Dann nickte er. »Verstanden.«

Damit war das Gespräch wohl beendet, denn er nahm das seltsame Telefon vom Ohr. Einen Moment lang blickte er nachdenklich darauf. Schließlich seufzte er und wandte sich um, um wieder hineinzugehen. Dabei sah er sie und für den Bruchteil eines Atemzugs starrte er sie an.

Völlig unerwartet ließ er sein Handy fallen und griff in sein Jackett.

Lauren zuckte zusammen und riss die Augen auf.

Was zum ...?!

In dem Moment, in dem sie bemerkte, dass Dominic mit seiner Waffe gar nicht auf sie zielte, sondern an ihr vorbei, wurde sie von hinten gepackt. Dunkelheit umfing sie, als man ihr eine Stoffhaube über den Kopf zog. Dann hörte sie Schüsse, einen gequälten Schrei neben sich, und wurde zur Seite geschleudert. Dabei prallte ihr Kopf gegen die Wand und sie sackte zu Boden. Weitere Schüsse hallten durch den Hof, dann hörte sie einen aufheulenden Motor und durchdrehende Reifen. Benommen keuchte sie unter der schwarzen Haube, riss sie von ihrem Kopf und presste sich so flach an die Wand wie nur möglich.

Doch die Schüsse waren verhallt. Mit hoher Geschwindigkeit

raste ein weißer Transporter durch das Tor hinaus, gefolgt von einer schwarzen Limousine.

Dann war Dominic bei ihr. Er ging vor ihr in die Hocke und berührte sanft ihre Stirn. Sein Gesicht war voller Sorge, aus seinen Augen sprach Angst.

»Alles okay mit dir?«

Ein Schmerz zuckte durch ihren Körper, als er die Stelle an ihrem Kopf berührte, mit der sie gegen die Wand geprallt war. Es folgte ein heftiges Pochen im Rhythmus ihres Herzschlags. Sie brachte ein Nicken zustande, war noch halb benommen und tastete nun selbst ihre Stirn ab.

Dominic nahm ihre Hand. »Kannst du aufstehen? Ich helfe dir.« Langsam zog er sie hoch.

»Was war das?«, fragte sie verwirrt und registrierte, dass im Hof noch weitere Männer in dunklen Anzügen erschienen waren. Sie erkannte zwei von Leonardos Leibwächtern.

»Das waren Sharkins Leute«, antwortete Dominic düster.

»Komm mit.«

Ein paar Meter neben ihnen lag ein Mann auf dem Boden. Er lag auf dem Bauch und hatte mehrere Eintrittswunden im Rücken. Die Leibwächter filzten ihn.

Dominic führte sie zur Treppe an der Laderampe, nach oben und in den Bauch des Hotels. Hier sah jeder Korridor gleich aus, doch er schien sich bestens auszukennen und ging mit ihr zügig am Personalbüro vorbei. Den Wegweiser zur Lobby ignorierte er und führte Lauren um mehrere Ecken zu einem Aufzug für das Personal. Hier schob er sie hinein.

Erst als sich die Türen geschlossen hatten, atmete er deutlich hörbar aus.

»Ich bringe dich auf dein Zimmer«, sagte er mit ernster Miene.

Lauren betrachtete ihr Gesicht im Spiegel. Auf ihrer Stirn zeigte sich eine rötliche Schwellung. Erneut tastete sie danach.

Das wird eine ziemliche Beule geben, dachte sie.

Dominic hatte beide Hände gegen die Aufzugwand gestemmt, den Kopf gesenkt, und atmete schwer.

»Fuck!«

Er drehte sich zu ihr um, rang offensichtlich um Fassung. Ihr erschütterter Blick schien ihn bis ins Mark zu treffen. Schnell zog er sie in seine Arme und hielt sie fest.

»Das war ich mit deinem Kopf«, sagte er, um einen lockeren Tonfall bemüht. »Ich musste dich aus der Schusslinie schubsen. Tut mir leid.«

Lauren spürte, dass sein Herz raste.

Erst jetzt begriff sie, was unten im Hof passiert war. Sharkins Leute hatten versucht, sie zu entführen. Hätte Dom nicht reagiert, hätten sie sie in den weißen Transporter gezogen und verschleppt. Sie begann zu zittern, doch sie löste sich von Dominic, als sie spürte, dass der Fahrstuhl abbremste.

Sie gelangten in einen Raum mit Handtüchern, Bettbezügen und Putzmitteln und traten durch eine Tür in den Hotelflur. An der Tür zur ihrer Suite blieb Dominic stehen, hielt seine Schlüsselkarte an den Griff und schob Lauren hinein.

»Hier bist du sicher für die Nacht.«

Schnell wandte Lauren sich zu ihm um, da ihr bewusst wurde, dass er nicht bei ihr bleiben würde.

»Dom ... was ...?«

Er sah sich kurz im Gang um, trat zu ihr und schloss die Tür.

»Ich muss zu Leo«, erklärte er. »Er schickt mich sicher zurück in die Stadt. Bleib hier. Ich schicke dir Cyrus, der dich morgen früh abholt. Okay?«

»Wieso schickt er dich zurück?« Lauren war nicht wohl bei dem Gedanken, dass er sie allein lassen musste.

»Leos Männer verfolgen den Transporter bereits. Aber ich muss ins Haus und dort alles sichern.«

Lauren erschrak.

»Wenn die es wagen, auf Leos Grund und Boden so einen Angriff durchzuziehen, müssen die sich sehr sicher gefühlt haben«, fuhr Dominic fort. »Wer weiß, was oder wen die in der Hand haben.«

Er wandte sich zum Gehen und drückte ihre Hand.

»Du bist hier sicher. Ich kümmere mich um Joey und die anderen.«

Einen Moment lang wirkte es, als würde er es sich anders überlegen, so, als könnte er ihre Hand nicht loslassen. Doch dann verließ er die Suite.

Lauren verriegelte die Tür zum Hotelflur und ging langsam, fast mechanisch, in ihr Zimmer. Sie war seltsam ruhig, doch es war nur oberflächlich. In ihr tobte ein Sturm. Was dort unten geschehen war, erschütterte sie auf eine Weise, die ihr völlig fremd war. Sie sah den dunklen Hof vor sich, sah Dominics erschrockenen Gesichtsausdruck, sah den Toten am Boden liegen. Hatte Dominic ihn getötet? Oder war es einer von Leos Männern gewesen, die in den Wirtschaftshof geeilt waren, nachdem die ersten Schüsse gefallen waren? Sie wünschte, es wären Letztere gewesen.

Wie hatte das passieren können? Hatten die Russen sie beobachtet und dann spontan zugeschlagen, als sie gesehen hatten, dass sie allein nach draußen gegangen war? War sie überhaupt das geplante Ziel dieser Aktion gewesen? Mit einem Mal überkam sie große Angst um Dominic. Was erwartete ihn bei Leo – und vor allem: Was erwartete ihn zurück in Passaic? Und sie war dazu verdammt, hier zu warten. Sie konnte rein gar nichts tun.

Eine Wut genährt aus Machtlosigkeit zog in ihr herauf und sie hätte am liebsten geschrien. Stattdessen nahm sie den erstbesten Gegenstand, den sie in die Hände bekam – die kleine Skulptur, die auf dem Sideboard stand – und warf sie mit voller Wucht gegen das Fenster. Noch während des Flugs befürchtete Lauren, dass die Fensterscheibe zu Bruch gehen würde, doch das Wurfgeschoss prallte vom Fenster ab wie von einer Wand aus Beton.

Sicherheitsglas, natürlich.

Erleichtert darüber, dass die Scheibe nicht zu Bruch gegangen war, aber immer noch voller verzweifelter Wut ließ Lauren sich auf das Bett fallen und schrie in ihr Kopfkissen. Diese Schweine! Hoffentlich erwischten Leos Männer die Typen und machten sie fertig! Lauren war bewusst, dass es die Aufregung über das Erlebte war, die diese hassvollen Gedanken in ihr nährte. Doch es tat gut, ihre Wut auf die Russen zu lenken und langsam beruhigte sie sich etwas.

Schließlich rollte sie sich auf dem Bett zusammen und sah zum Fenster, wie am Abend zuvor. Dieses Mal zeigten sich keine Sterne, denn der Himmel war wolkenverhangen. Doch selbst das nahm sie nicht wirklich wahr, denn ihre Gedanken kreisten allein um Dominic. Dominic, der heute Abend so wundervoll zu ihr gewesen war. Der mit ihr getanzt und sie so verlangend geküsst hatte wie keiner zuvor. Der sie beschützt und fest im Arm gehalten hatte. Im Aufzug hatte sie es ihm angesehen: Er hatte Angst um sie gehabt. Als er sie auf die Suite gebracht und gesagt hatte, dass er gehen müsse, hatte sie in seinen Augen die Wahrheit gesehen, nämlich, dass er gar nicht hatte gehen wollen. Jede Faser ihres Körpers wünschte sich, er wäre jetzt hier.

Dann fiel ihr ein, dass sie gar nicht herausgefunden hatte, was es mit dem mysteriösen Handy auf sich hatte und ihr Verstand meldete sich wie immer zuverlässig: Das hatte sie davon, dass sie mit einem Typen wie Dominic rummachte. Vielleicht stimmte es, dass man sich nicht aussuchen konnte, in wen man sich verliebte. Doch man konnte sich entscheiden, ob man diesen Gefühlen folgte, sie nährte, oder ob man ihnen gar nicht erst die Chance einräumte, ernster zu werden. Man sagte ja schließlich auch, dass man seinem Herzen folgen, aber sein Hirn mitnehmen sollte. Und vielleicht war es das Beste, hier einfach einen Schlussstrich zu ziehen.

Vielleicht.

Schon der Gedanke allein brach ihr das Herz.

* * *

Leonardo Valente tobte vor Wut. Einer seiner Leibwächter hatte ihn und Allegra ins Penthouse gebracht und ihnen von der Schießerei im Wirtschaftshof berichtet. Das war ungeheuerlich.

Auf seinem eigenen Grund und Boden! Vor den Augen seiner Familie! Wie konnten die so nahe an ihn herankommen?

Völlig außer sich folgte er seinem Sicherheitchef ins Arbeitszimmer, wo sein falscher Neffe auf ihn wartete.

»Erklär mir das!«, fauchte er ihn an.

»Ich kann es nicht erklären. Es sah so aus, als wollten sie Lola.«

»Was hattet ihr beide überhaupt dort unten zu suchen?«

»Ich musste Cohen zurückrufen und ging raus. Sie muss mir gefolgt sein.«

Leonardo sah ihn feindselig an und deutete mit dem Zeigefinger auf ihn, als wäre der ein Messer.

»Das geht auf deine Kappe. Wenn Nicks Tochter irgendetwas zustößt, dann vergesse ich mich und jage dir höchstpersönlich eine Kugel in den Kopf.«

Er ging zu seinem Schreibtisch und wählte Cohens Nummer. Während der Raum von dem steten Tuten des Telefons erfüllt war, wandte Leonardo sich an seinen Sicherheitchef: »Sharkins Leute wussten, wie seine Leute in den Wirtschaftshof kommen. Er hat jemanden hier. Kümmern Sie sich darum.«

Der Leibwächter nickte und verließ den Raum.

Cohen meldete sich am anderen Ende der Leitung mit seinem typisch überlegenen Tonfall. »Leo, ich dachte, Sie haben etwas zu feiern. Was kann ich für Sie tun?«

»Nun hören Sie mal zu, Sie blödes Arschloch. Die Lage ist ernst.« Leonardo gab eine kurze Zusammenfassung der Ereignisse, so wie er sie ihm von seinem Leibwächter gehört hatte.

»Das ist in der Tat bemerkenswert«, konstatierte Cohen. Er klang so ungerührt, als ginge es um etwas völlig Belangloses. Leonardo schwor sich, sollte er Cohen jemals wieder persönlich begegnen, würde er ihm die Fresse polieren.

»Sagen Sie ihm, was Sie mir mitgeteilt haben«, schaltete sich Dominic ein.

Leonardo bedachte ihn mit einem kalten Blick, doch er lauschte Cohens Worten.

»Wir haben soeben die Bestätigung von Joey Mazur bekommen, dass Sharkin eine größere Waffenlieferung erwartet. Der Container wird von einer chinesischen Firma verschifft und in wenigen Stunden im Hafen von Newark ankommen.«

»Interessant, Cohen. Was ist daran so toll?«, fragte Leonardo ungeduldig.

Unbeeindruckt referierte Cohen weiter: »Sharkin steht mit dem Rücken zur Wand, das wissen Sie. Er ist praktisch zahlungsunfähig und nur dieser Waffendeal kann ihn wahrscheinlich noch retten. Wir haben mit Mazur die perfekte Chance, ihm diesen Deal zu versauen. Er macht sich bereits mit dem System im Newarker Hafen vertraut.«

Wir nehmen einen Hacker und bekämpfen damit Hacker, dachte Leonardo. So hatte Cohen ihm die Operation anfangs verkauft. Ihm war es gleich, wie sie es anstellten. Hauptsache, Sharkin wurde geschlagen. Nur deshalb hatte er zugestimmt und sich zu einer Marionette des FBI machen lassen.

»Übrigens«, setzte Cohen hinzu, »wir vermuten, dass ein Insider auf Ihrer Seite Informationen unter anderem an Lazaro weitergegeben hat. Mazur hat eine Verbindung von Lazaros Fonds zu Sharkin entdeckt.«

Sharkin hat interne Informationen von uns, dachte Leonardo und ihm wurde leicht übel. Was, wenn es eine Ratte gibt?

»Und was jetzt?«, fragte er.

»Wir machen weiter wie geplant«, antwortete Cohen. »Priorität hat der Waffendeal. Die Operation ist zu weit fortgeschritten, um diese Gelegenheit ungenutzt verstreichen zu lassen, bloß, weil einer Ihrer Leute dem Anschein nach illoyal geworden ist.«

Seine Worte verfehlten ihre Wirkung nicht.

»Sie Drecksack!«, schnaubte Leonardo.

Es war ungeheuerlich, doch natürlich war es die Wahrheit: Jemand aus seinem eigenen Dunstkreis hatte ihn offensichtlich verraten. Und Cohen hatte nichts Besseres zu tun, als es ihm unter die Nase zu reiben.

»Ich schlage vor, Sie schicken Ihren ›Neffen‹ zurück zu Mazur. Wir leiten alles Weitere in die Wege«, schloss Cohen.

Ohne etwas zu erwidern, beendete Leonardo das Telefonat. Er sah über den Tisch zu Dominic. Er fühlte Wut, aber auch Bedauern.

»Ich hätte mich nicht mit euch einlassen sollen. Aber ich weiß, dass du mich nicht enttäuschen wirst.«

Einen Moment lang sahen sie einander an. Oft hatten sie solche Blicke des stillen Einverständnisses gewechselt und auch, wenn dieser Mann hier nicht wirklich sein Neffe war – er fühlte sich mit ihm verbunden nach all der Zeit, die sie miteinander verbracht hatten in den letzten fünf Jahren. Als er zu ihm gekommen war, war er im Prinzip noch ein naiver Junge gewesen. Voller Tatendrang und Pflichtgefühl seinem Land gegenüber. Unter seiner Anleitung war er zu einem Mann geworden, den er sehr schätzte. Ja, manchmal sogar hatte er sich vorstellen können, dass er eines Tages seine Nachfolge antreten könnte, wie der Sohn, den er nicht hatte.

»Mach dich auf den Weg zu Joey«, sagte er mit einem Kopfnicken Richtung Tür.

Teil V

Feuer und Benzin

Kapitel 27

Lauren war so erleichtert, als Cyrus am Morgen vor der Tür zur Suite stand, dass sie ihn kurz umarmte und fest an sich drückte.

»Gott sei Dank! Wie geht es Joey? Was ist mit Dom?«

Etwas steif schob Cyrus sie von sich. »Es ist alles okay. Beiden geht es gut. Ich erzähle dir alles unterwegs.«

»Okay, dann lass uns los.«

Cyrus schüttelte den Kopf. »Ich soll dich zuerst zu Leo bringen.«

Lauren nickte. Bei all der Aufregung hatte sie gar nicht an Leo gedacht. Er wusste sicherlich inzwischen, was passiert war.

»Hast du noch irgendwelches Gepäck?«, fragte Cyrus und schielte an ihr vorbei in die Suite.

Lauren verneinte. Sie hatte sich dazu entschlossen, die von Sally DeLuca gesponserten Kleider nicht mitzunehmen.

Cyrus führte sie durch den Hotelkorridor zu einer Tür, die sich nicht von den anderen Türen hier unterschied und klopfte dreimal. Einer von Leonardos Leibwächtern öffnete ihnen und ließ sie ein. Sie waren in der Penthouse-Suite. Durch einen kurzen Gang gelangten sie in ein Büro mit holzgetäfelten Wänden und vollen Bücherregalen. Leonardo saß am Schreibtisch, erhob sich aber sofort, als sie eintraten, und ging auf Lauren zu.

»Lauren, es tut mir unglaublich leid, dass Sie das erleben mussten.«

Einen Moment lang dachte Lauren, er würde sie in den Arm nehmen, so wie er auf sie zu gelaufen kam. Doch er blieb vor ihr stehen, nahm stattdessen ihre Hände und drückte sie. Aus seinem Gesicht sprach Bedauern und Lauren konnte förmlich spüren, wie sehr es ihn mitnahm.

»Geht es Ihnen gut?«, fragte er mit väterlichem Tonfall.

»Ja, mir geht es gut. Danke.«

»Tut es noch weh?« Er deutete auf die Beule an ihrer Stirn.

Unwillkürlich berührte Lauren die Stelle, doch es war kaum noch etwas zu fühlen. »Nein, das sieht schlimmer aus als es ist.«

Leonardo war deutlich erleichtert. »Wenn Ihnen Schlimmeres passiert wäre, hätte ich mir das nie verziehen.«

Lauren konnte sich vorstellen, dass es eine große Schmach für ihn war. Sein Bedauern und seine Sorge um sie rührten sie, doch letztendlich ging es ihm nur darum, sich selbst zu beruhigen. Sie wusste nicht, was sie ihm sagen sollte. Eigentlich wollte sie nur zurück nach Passaic zu ihrem Bruder. Und zu Dominic.

»Zum Glück hat Dom so schnell reagiert«, sagte sie, weil sie das Gefühl hatte, sie müsste ihn verteidigen. »Sie können froh sein, ihn zu haben.«

Mist, das war anmaßend, dachte sie augenblicklich.

Doch Leonardo nickte. »Das bin ich.«

»Er ist gestern noch zurückgefahren?«, fragte sie ihn.

Vor ihren Augen verwandelte sich der Grüne Löwe von der besorgten Vaterfigur zum kühlen Geschäftsmann.

»Ich habe ihn zurückgeschickt, damit er nach dem Rechten sieht und das Team entlässt. Ihr Bruder ist in Sicherheit.«

»Und Dom? Ist er okay?«

Ein Schatten zog über Leonardos Gesicht. »Ich hoffe es.«

Lauren erschrak innerlich, doch ehe sie Leonardo weitere Fragen stellen konnte, rauschte sein Sicherheitschef ins Büro.

»Sir, ich habe hier die Aufzeichnungen, die sie sehen wollten.«

Leonardo bedeutete ihm, am Schreibtisch Platz zu nehmen.

»Entschuldigen Sie, Lauren. Ich habe zu tun. Und Sie wollen sicher schnell zurück.« Er wandte sich an Cyrus. »Du fährst sie zurück nach Hause. Nur nach Hause. Nirgendwo sonst hin. Ich stelle einen meiner Männer ab, um das Haus zu beobachten und zu sichern.«

»Ja, Boss.«

»Auf Wiedersehen, Lauren. Ich wünsche Ihnen alles Gute.«

Er reichte ihr seine Visitenkarte. »Bitte zögern Sie nicht, mich zu kontaktieren, wenn Sie Hilfe brauchen. Selbstverständlich schulden Sie mir nichts.«

Lauren verstand. Hiermit war sie offiziell schuldenfrei.

Zum Abschied drückte Leonardo erneut ihre Hand und wandte sich dann schnell zu seinem Sicherheitchef um. Cyrus schob Lauren aus dem Büro.

Als sie in seinem Mustang saßen und zügig die Stadt Richtung Westen verließen, drehte Lauren sich zu ihm.

»Erzähl mir alles. Was ist passiert?«

Cyrus ließ sich Zeit mit einer Antwort, so, als müsste er überlegen, was er ihr sagen durfte.

»Eigentlich nicht wirklich viel«, sagte er ausweichend.

»Verarsch mich nicht, Cyrus!«

»Okay, okay. Also, das Ganze hat wohl mit einem großen Waffendeal zu tun, den Sharkin durchziehen will.«

Lauren nickte.

»Der Deal, aus dem Dom sich raushalten sollte.«

»Genau der. Joey hat herausgefunden, dass die Lieferung heute, spätestens morgen im Hafen von Newark ankommen wird.«

»Woher weiß er das?«

Lauren hatte keinen blassen Schimmer, wie ihr Bruder das immer anstellte.

Cyrus zuckte die Achseln. »Durch den Mail-Verkehr, den Joey angezapft hat, ist er auf die Container-ID gekommen. Und wenn man die hat, kann man wohl einfach im Internet nachsehen, wo sich der Container befindet.«

Lauren konnte keinen Zusammenhang herstellen zu dem, was ihr am Abend passiert war.

»Wieso greifen uns Sharkins Leute offen an? Warum kümmern die sich nicht einfach um ihren blöden Deal?«

Cyrus bedachte sie mit einem überlegenen Blick. »Die wollen, dass wir uns raushalten. Und sorgen mit allen Mitteln dafür. Wahrscheinlich wollten sie dich entführen, um ein Druckmittel zu haben.«

Lauren musste schlucken.

Warum ausgerechnet ich?, fragte sie sich.

Doch dann realisierte sie: Wegen Dominic.

Weil sie wussten, dass zwischen ihnen etwas lief. Mit einem Mal bekam sie ein ungutes Gefühl.

»Was ist mit Dom? Sie haben es doch auch auf ihn abgesehen, oder nicht?«

Cyrus winkte ab. »Mach dir keine Sorgen um Dom. Dem gehts prächtig.«

Lauren sah zu ihm hinüber und fragte sich, ob er sie verarschte.

»Was passiert jetzt? Wie geht es weiter?«

»Dom hat die Hacker nach Hause geschickt. Nur Joey bleibt auf seinem Posten. Vielleicht kann er den Container verschwinden lassen, bevor die Russen ihn abholen können.«

Auf Laurens fragenden Blick fügte er hinzu: »Also, er lässt den Container nicht wirklich verschwinden. Nur halt eben die ID.«

Dass Joey als Einziger im Haus blieb und weiter gegen Sharkin arbeitete, gefiel Lauren ebenso wenig wie die Tatsache, dass Cyrus ihr nichts über Dominic sagen konnte oder wollte.

Als hätte Cyrus ihre Gedanken erraten, wiederholte er: »Mach dir keine Sorgen. Bei Mrs. Palermo ist Joey sicher. Und wenn wir zurück sind, passe ich persönlich auf ihn auf.«

Seine Worte beruhigten Lauren nur bedingt. Sie fühlte sich in seiner Gegenwart nicht mehr wohl.

Es gab keinen richtigen Grund dafür, doch irgendetwas an der Art, wie er ihr alles erzählt hatte, machte sie stutzig. So, als interessierte es ihn nicht wirklich. Und schlimmer noch: Sie sorgte sich um Joey und um Dominic. War die Gefahr wirklich vorbei?

Sie nahm ihr Handy und versuchte, Dominic zu erreichen, doch er nahm nicht ab, also würde sie es erneut versuchen, wenn sie zurück in Passaic waren. Ein Blick auf die Uhr verriet ihr, dass sie noch etwas mehr als eine Stunde fahren würden. So ein Mist.

Sie seufzte.

»Alles okay mit dir?«, fragte Cyrus.

Nichts ist okay, dachte sie missmutig.

Doch sie schenkte Cyrus ein kurzes Lächeln. »Alles bestens. Lass uns einfach fahren.«

* * *

Die Lagebesprechung fand statt in einer Sicheren Wohnung in Clifton, unweit des St. Mary's Hospital. Er war von seinem Apartment aus dorthin gejoggt, was er mittlerweile wegen der großen Hitze bereute. Doch es kam ihm auch ganz gelegen, dass er nun im lockeren Sportoutfit verschwitzt vor Cohen stand. Es würde ihm zeigen, dass er sich für ihn nicht extra Mühe machte und gänzlich in seiner Rolle steckte. Cohen persönlich zu begegnen, war für ihn mit der Zeit immer seltsamer geworden. Dies war der Mann, der ihn ausgebildet und überzeugt hatte, den Undercover-Job zu machen. Er hatte zu ihm aufgesehen. Jetzt kam er ihm vor wie ein gerissener Verkäufer. Oder wie der Teufel in Person.

Cohen stand vor der Wand mit dem Whiteboard, an dem eine Reihe Satellitenfotos, ausgedruckte Screenshots und Memos hingen. Er hatte die Hände in die Seiten gestützt und sah in seinem kurzärmeligen Hemd, der schwarzen Anzughose, kombiniert mit weißen Sneakers aus wie der Coach einer Eishockeymannschaft.

»Wie mitgeteilt, habe ich gestern Abend Joey Mazur vollumfänglich eingeweiht.« Er ließ seinen Blick durch die Runde schweifen. Insgesamt sechs Agents waren anwesend. Der Star-Trupp, wie Cohen sie einst genannt hatte. Über eine sichere Verbindung waren Leo und dieses Mal auch Joey zugeschaltet.

»Der Frachter ist im Newarker Hafen angekommen und wird nun gelöscht«, begann Cohen seinen Vortrag. »Sobald Sharkins

Container an Land ist, bekommen wir Nachricht über das Dispo-System. Ich möchte nochmals deutlich machen, dass die Betreibergesellschaft des Hafens uns freiwillig Zugriff auf das System gegeben hat. Da wir nicht ausschließen können, dass Sharkin Informanten dort hat, wissen Sie allerdings nicht, um welchen Container es geht und was genau wir damit vorhaben.«

Er wandte sich an Russo, einen Undercover-Agenten, den sie seit einiger Zeit in der Hafengesellschaft installiert hatten. »Erläutern Sie den anderen das Procedere.«

Russo räusperte sich. »Die Container werden in der Regel von Spediteuren abgeholt und dann meist in Frachtzentren oder Lagerhäuser gebracht, wo die Ware entladen, zwischengelagert und dann auf LKW verteilt wird. Die chinesische Firma, der der fragliche Container gehört, hat mehrere Lagerhäuser ganz in der Nähe gemietet.«

Er trat neben Cohen an das Whiteboard und deutete auf ein Satellitenfoto, auf dem mit Pfeilen drei große Gebäude markiert waren. »Sie werden die Waffen zu einem dieser drei möglichen Ziele bringen.«

»Wir können nicht alle drei Lager umstellen«, nahm Cohen den Faden auf. »Eine Verfolgung des Trucks ist ebenfalls zu riskant. Also müssen wir herausfinden, wo sie die Waffen hinbringen.«

»Wieso hängen Sie nicht einfach einen Peilsender an den Container?«, fragte Leonardo in genervtem Tonfall.

Russo schnaubte und zeigte ungläubig auf Cohens Laptop, aus dem Leonardos Stimme kam.

Was ist das denn für ein Witzbold?

»Weil man den Container auf dem riesigen Areal erst mal finden muss, Sie Genie.«

Cohen ging nicht weiter darauf ein, sondern sprach in seinen Laptop: »Joey, können Sie den Männern erläutern, was genau Sie tun werden?«

Einem Rascheln folgte ein nervöses Räuspern, ehe Joey sich

meldete: »Ja, okay. Also ... die Abfertigung im Hafen arbeitet mit Barcode-Scannern, die über WiFi die gescannten Daten an das Abfertigungsterminal übermitteln. Wenn ein Container das Gelände der Hafengesellschaft verlässt, werden die Frachtpapiere gescannt und die Container-ID vom System bestätigt. Stimmt die ID nicht überein, bekommt er keine Freigabe.«

Russo schaltete sich ein: »Ja, aber das dauert nur Sekunden. Und in den Daten zur Fracht ist nur der Sitz des Kunden vermerkt, nicht das Ziel des Transports.«

»Deshalb haben wir uns etwas überlegt«, wandte Cohen ein. »Nicht wahr, Joey?«

»Genau«, entgegnete Joey. Er klang aufgeregt. »Also, sobald der Container, beziehungsweise die ID, im Abfertigungssystem zur Abholung auftaucht, kann ich ihn verfolgen, bis er buchstäblich am Ausgang ist, wo er zum letzten Mal gescannt wird und der Abgleich mit den Frachtpapieren und den Daten im System erfolgt. Ich ändere hier kurz vorher die ID, woraufhin das System einen Fehler ausgeben wird.«

Joey hatte so schnell gesprochen, dass er tief Luft holen musste. Nun kicherte er unsicher. »Das wird sicher zu Diskussionen führen.«

»Der Fahrer des Trucks muss aussteigen und wird ins Büro gerufen«, bestätigte Russo.

»Der Arbeiter im Büro hat keine Ahnung, was los ist«, führte Cohen fort. »Und er vertraut dem System zu einhundert Prozent. Das heißt, er wird den Truck nicht fahren lassen, solange nicht bestätigt ist, dass er den richtigen Container auf dem Trailer hat. Die perfekte Gelegenheit für Sie, Russo, den Transmitter anzubringen.«

Russo nickte.

»Sobald Russo bestätigt, wird Joey die ID des Containers im System wieder korrigieren. Ups, eine Systempanne! Kann vorkommen«, sagte Cohen lakonisch. »Der Truck kann sich auf den Weg machen.«

Er erläuterte daraufhin noch, dass die Eingreiftruppe sich in der Nähe von zwei der drei Lagerhäuser sammeln würde. Sobald klar war, welche Route der Truck nahm, würde sich herausstellen, welche Adresse er anfuhr. Mit etwas Glück würde Sharkin das Eintreffen der Ware von einigen seiner Leute überwachen lassen. Somit würden sie bei einem Zugriff nicht nur Arbeiter der chinesischen Firma, sondern auch Männer von Sharkin verhaften können. Und – wer wusste es schon – vielleicht würde Sharkin bei diesem für ihn äußerst wichtigen Deal sogar persönlich vor Ort sein. So oder so wäre er danach erledigt. Operation erfolgreich abgeschlossen.

Cohen ließ seinen Blick nochmals durch die Runde schweifen. »Dies ist das Ergebnis langer, harter Arbeit. Ich möchte Ihnen jetzt schon danken. Und ganz besonders gilt das für Leonardo Valente.«

Der Grüne Löwe gab ein Grunzen von sich. »Es ist ja nicht so, dass ich eine andere Wahl gehabt hätte.«

Cohen zog die Schultern hoch und ging nicht darauf ein. »Dank gebührt auch seinem ›Neffen‹ Dominic.«

Er sah ihm in die Augen. Auch die anderen sahen ihn nun an. Aus fast allen Gesichtern sprach Anerkennung, mit Ausnahme von Russo. Er, der ebenfalls undercover arbeitete, deutete nur ein wissendes Nicken an. Ja, ihm war klar, dass auch Russo wusste, wie es war und was es bedeutete. Man gab einen großen Teil von sich und bekam es nicht zurück. Alles, was man behielt, waren die Erinnerungen eines Fremden, weil man jahrelang das Leben eines anderen führte. Alle erlebten Momente waren Teil eines anderen, eines fiktiven Lebens. Und trotzdem prägten sie einen für immer. Der erfolgreiche Abschluss dieser Operation war letztendlich nur noch notwendig, um sich wenigstens ein bisschen vorlügen zu können, dass man alles richtig gemacht hatte. Mehr würde er nicht bekommen. Stattdessen würde er viel verlieren.

Zu viel.

Kapitel 28

Es ist so unwirklich, dachte Lauren, als sie ihr Haus betrat.

Ihr Bruder versteckte sich bei Mrs. Palermo im Keller, sie konnte Dom immer noch nicht erreichen, Sharkin war kurz davor, Waffen in Umlauf zu bringen. Und sie war dazu verdammt, hier zu Hause zu sitzen und abzuwarten. Eine Weile lief sie rastlos im Wohnzimmer umher.

Zum Glück ist Pops in Maplewood und bekommt von alldem nichts mit, dachte sie.

Als sie in die Küche kam, sah sie durch die Tür, die in den Garten führte, dass dort noch die Wäsche hing, und ging hinaus. Beim Anblick des Schuppens auf dem Nachbargrundstück kam ihr die Unterhaltung mit Dominic in den Sinn. Verdächtig war die Sache mit dem Phenylaceton schon, musste sie zugeben. Während sie die Wäsche von der Leine nahm, warf sie immer mal wieder einen Blick nach drüben, um zu sehen, ob sich etwas tat, doch es schien niemand zu Hause zu sein. Resigniert dachte sie, dass es ja eh nur eine Frage der Zeit gewesen war, bis sie mit solchen Leuten in Kontakt kam. Leuten, die Drogen herstellten und verkauften. So ging es eben jetzt auch mit ihrer Nachbarschaft bergab. Zum ersten Mal in ihrem Leben wurde ihr bewusst, dass sie womöglich nicht für immer hier wohnen würde. Andererseits war sie selbst ja kaum besser mit ihren Diensten für die Valentes und befand sich damit vielleicht in bester Gesellschaft.

Sie trug die Wäsche nach drinnen, doch sie brachte es nicht über sich, ins Obergeschoss zu gehen, um sie einzuräumen. Oben in den Zimmern würde es heiß sein wie in einem Backofen. Dazu war es heute auch noch sehr schwül. Wahrscheinlich würde es in der Nacht gewittern.

Zu meiner Gemütsverfassung würde es passen, dachte sie mürrisch.

Die Türklingel riss sie aus ihrer Lethargie. Ella stand vor der Tür und begrüßte sie mit einer Mischung aus Erleichterung und Missmut.

»Gut, du bist hier. Ich habe ständig versucht, dich anzurufen.«

Lauren erinnerte sich. »Ach ja, Mist. Ich hatte mein Ladekabel vergessen. Mein Handy ist platt, sorry.«

Ella machte eine wegwischende Handbewegung. »Und ich dachte schon ... Na ja, du erzählst mir, dass du mit Dom Valente in Atlantic City bist. In einer Hotel-Suite. Und dann meldest du dich nicht mehr bei mir.«

Lauren zog den Mund schief. Ja, es war logisch, dass Ella sich da Gedanken machte. »Sorry«, sagte sie erneut.

Ella sah sie versöhnlich an und zuckte plötzlich zusammen. »Was ist mit deiner Stirn passiert?!«

Lauren wich ihrem Blick aus. Was sollte sie bloß erzählen? Dass die Russenmafia sie entführen wollte, weil sie etwas mit dem Neffen eines Mafiabosses hatte? Verzweifelt wünschte sie sich, Ella würde nicht weiter nachfragen. Doch natürlich sah ihre Freundin sie besorgt an und wartete auf eine Antwort.

»Ich bin blöd gestolpert und gegen die Wand geknallt.« Mit jedem Wort wurde Lauren bewusst, wie absurd das für Ella klingen musste.

»Ich hatte ein langes Kleid an«, fügte sie schnell hinzu und lachte ein wenig übertrieben.

Ella war, wie erwartet, alles andere als beruhigt. »Was ist mit dir los, Süße? Du bist so ... durch den Wind. Hat es mit dem Detective zu tun?«

Lauren horchte auf. »Mit wem?«

Ella griff nach ihrem Smartphone, öffnete eine Nachrichten-App und scrollte durch die Artikel. Schließlich fand sie, was sie suchte und hielt Lauren ihr Handy vors Gesicht.

»Kanntest du den nicht persönlich?«

Obwohl die Buchstaben vor ihren Augen verschwammen, konnte Lauren erkennen, worum es in dem Artikel ging: Detective George Lazaro war ums Leben gekommen. Der Nachruf enthielt keine Details, jedoch eine Menge lobende Worte über seinen Verdienst als Polizist.

Lauren drehte sich beinahe der Magen um.

War es ein Unfall oder etwas anderes?, fragte sie sich.

Sie sog scharf die Luft ein.

Ella war ihre Reaktion offensichtlich nicht entgangen. »Hey, alles okay? Es nimmt dich ja echt ganz schön mit.«

Lauren schnaubte abfällig. »Ein korruptes Arschloch weniger.«

Aus Ellas Gesicht sprach Überraschung und auch leichtes Entsetzen. »Was ist los mit dir? Ist etwas passiert? Hängt es mit Dom Valente zusammen?«

Ihre aufrichtige Sorge war mit einem Mal zu viel für Lauren. »Ella, bitte ... ich ... ich kann es dir nicht sagen.«

»Dann hat es mit Joeys Mafia-Freunden zu tun, richtig?« Ella kannte sie gut genug, um zu wissen, dass sie mit ihrer Vermutung ins Schwarze getroffen hatte. »Oder sollte ich sagen: mit *deinen* Mafia-Freunden?«

»*Meine* Mafia-Freunde?!«

»Lauren, halt mich nicht zum Narren. Ich bin nicht dumm. Jedes Mal, wenn ich dich auf Joey und seine Freunde anspreche, weichst du mir aus. Dann fährst du mit Dom Valente runter nach Atlantic City und glaubst, ich denke mir nichts dabei?«

Lauren rollte mit den Augen. Ella hatte vollkommen recht mit dem, was sie sagte. Genau deshalb reagierte sie patzig.

»Was willst du von mir hören? Dass ich mit Dom im Bett war? Ja, war ich. Du hast ja selbst gesagt, dass ich ihn vernaschen soll.«

Ella zog ungläubig die Brauen hoch. »Das war doch nicht ernst gemeint. Er ist ein Mobster.«

In ihrer Stimme lag eine starke Ablehnung, die Lauren wütend machte. Ella kannte Dominic schließlich überhaupt nicht.

»Es war gut«, sagte Lauren. Sie zuckte mit den Schultern und erntete erneut einen entsetzten Blick von ihrer Freundin.

»Um über Danny hinwegzukommen, gehst du mit einem Verbrecher ins Bett? Das ist echt schräg.«

Das ist ja der Gipfel, dachte Lauren. »Das musst du gerade sagen.«

»Bitte, was?«

Lauren wusste, sie sollte es nicht ansprechen. Wenn Ella keine Ahnung hatte, dann würde sie ihr damit das Herz brechen. Doch sie konnte nicht anders.

»Frag doch mal deinen Mann. Adán hat sicher eine gute Erklärung dafür, weshalb du kein Schutzgeld zahlen musst so wie alle anderen auf der Main Ave.«

Ella verschränkte ihre Arme. »Was willst du damit andeuten?«

Lauren erkannte, dass Ella entweder nichts wusste oder etwas ahnte, was sie nicht wahrhaben wollte.

»Frag ihn einfach«, sagte sie leise und sah ihre Freundin fest an. »Frag ihn.«

Einen Moment lang musterte Ella sie. Dann wich sie ihrem Blick aus und sah auf den Boden. Vermutlich spielte sie in Gedanken durch, was es bedeuten würde, wenn Lauren tatsächlich recht haben sollte.

Schließlich sah sie auf und aus ihrem Gesicht sprachen Wut und Enttäuschung. »Ich kann nicht glauben, was du mir da sagst. Nichts von dem, was du sagst, ergibt einen Sinn.« Kopfschüttelnd wandte sie sich um und ging zur Haustür. »Am besten reden wir später, wenn wir uns wieder beruhigt haben.«

»Okay«, sagte Lauren mit einem Kloß im Hals.

Als Ella die Tür hinter sich geschlossen hatte, holte Lauren tief Luft. Das war ziemlich scheiße gelaufen. Sie und Ella hatten in der Vergangenheit nur einen einzigen richtigen Streit gehabt, erinnerte sie sich, und das war viele Jahre her. Sie wusste nicht einmal mehr, worum es dabei gegangen war. Sie hoffte, dass sie sich beide auch dieses Mal wieder einkriegen würden.

Unruhig fuhr sie sich mit der Hand durchs Gesicht. Sie musste hier raus. Sie konnte nicht einfach hierbleiben und sich verrückt machen. Erneut rief sie Dominic an, doch er ließ es klingeln.

Verdammt, er konnte sie doch nicht so hängen lassen! Oder war ihm doch etwas zugestoßen?

Sie hielt es zu Hause nicht länger aus. Schnell schnappte sie sich ihren Autoschlüssel. Wenn sie Gewissheit haben wollte, musste sie ihn suchen.

In seiner Wohnung würde sie anfangen. Die ganze Zeit über versuchte sie, ihn zu erreichen – erfolglos. Erst, als sie ihren Camry vor dem Apartmentkomplex abstellte, in dem er wohnte, rief Dominic sie zurück.

»Was ist los? Ich war duschen.«

Lauren war augenblicklich erleichtert. War sie paranoid geworden? »Ich wollte sagen, dass ich auf dem Weg bin zu dir. Ich ... ich gehe gerade auf deine Tür zu.«

Sie legte auf und wartete. Es schien eine Ewigkeit zu dauern, bis die Tür endlich geöffnet wurde.

Erleichtert fiel sie ihm in die Arme. Sie war sich nicht sicher gewesen, wie ernst die Situation wirklich war. Aber vor allem konnte sie nicht wissen, wie sie nun zueinanderstanden. Doch für Lauren gab es keinen Zweifel mehr. In dem Moment, in dem er die Tür geöffnet und sie angesehen hatte, hatte sie es gesehen: Erleichterung und Freude darüber, dass sie hier bei ihm war. Ihre Gefühle, die sie tagelang unterdrückt hatte, brachen aus ihr hervor. Sie wollte ihn. Und sie wollte keine unnötige Zeit mehr vergeuden.

Er wirkte überrascht und hätte beinahe das Gleichgewicht verloren. Er war gerade erst aus der Dusche gekommen, trug nur Boxershorts und seine Haare waren noch feucht. Doch ihre forsche Art steckte ihn an und er erwiderte ihre Küsse. Lauren sah ihm an, dass er genau so empfand wie sie: Es fühlte sich gut an, es fühlte sich richtig an.

Der Sex, der folgte, war intensiv. Schnell. Hart. Die anschließende zweite Runde war langsamer, gefühlvoll und in ihr lag eine gewisse Traurigkeit, als wüssten sie in ihrem tiefsten Innern, dass sie das hier nicht für immer haben konnten. Danach lagen sie eine Weile aneinandergeschmiegt im Bett und keiner sprach ein Wort.

Schließlich seufzte Lauren. Sie spürte, dass etwas Unausgesprochenes zwischen ihnen lag. Es war greifbar, selbst hier, da kein bisschen Luft zwischen ihre Körper passte. Vielleicht grübelte sie mal wieder zu viel, doch sie fand auch, dass sie Dominic gegenüber ehrlich sein sollte. Wenn dies hier der Anfang von etwas sein sollte, dann musste er wissen, was sie dachte. Sie löste sich von ihm und kroch aus dem Bett.

Dominic brummte.

»Wir können nicht den ganzen Tag im Bett bleiben«, sagte sie und begann, sich anzuziehen.

»Nein«, seufzte Dominic. Er richtete sich auf. »Möchtest du zu Joey?«

Lauren sah ihn an und versuchte zu erkennen, ob er dachte, was sie dachte. War er auch der Meinung, dass sie reden mussten, oder sollte sein Vorschlag bedeuten, dass er einem Gespräch lieber ausweichen wollte?

Aber da er von Joey angefangen hatte, konnten sie auch erst einmal über die Problematik reden, die sie mit den Russen hatten.

»Cyrus meinte, alles sei geklärt und das Haus weiterhin in Sicherheit.«

»Das stimmt.« Dominic schlug die Bettdecke zur Seite und stand ebenfalls auf. »Aber wir haben einen Maulwurf«, sagte er, als er in seine Shorts schlüpfte.

Lauren erschrak.

»Jemand liefert interne Informationen an Sharkin«, fuhr Dominic fort. »Joey weiß mehr.«

»Okay, dann lass uns zu ihm fahren.« Lauren klaubte ihre Sachen zusammen.

Als sie an der Wohnungstür wartete, bis Dominic fertig angezogen war und seinen Autoschlüssel geholt hatte, wandte sie sich zu ihm um.

»Wir reden dann später über das, was hier passiert ist. Okay?«

Er ließ sich Zeit mit einer Antwort und kurz fürchtete sie, er würde dichtmachen.

»Ja«, sagte er schließlich. »Aber nicht hier.«

Kapitel 29

Joey erwartete sie in Mrs. Palermos Haus. Er war allein – weder Cyrus noch die anderen Geeks waren anwesend. Als er sah, dass Lauren und Dominic gemeinsam die Treppe in den Keller herunterkamen, trat ein unglücklicher Ausdruck in sein Gesicht.

Lauren registrierte seine Enttäuschung. Er musste sich entsprechende Gedanken gemacht haben. Immerhin war sie mit Dominic zwei Tage in Atlantic City gewesen.

»Joey, gib Lola bitte eine Zusammenfassung von dem, was du herausgefunden hast«, platzte Dominic direkt heraus. Auf Joeys fragenden Blick fügte er hinzu: »Alles. Angefangen bei Lazaro.«

Joeys Blick wirkte gequält. »Er hat sich erschossen. Vermutlich, weil er sich von Sharkin hat kaufen lassen und sich einem Verfahren ausgesetzt sah.«

Er ging zu einem der Schreibtische und weckte den Bildschirm auf. »Ich bin an eine Liste mit Leuten gekommen, die regelmäßig Geld an diesen Fonds für verwundete Cops zahlen. Es gibt eine Verbindung zu Sharkin.«

»Sharkin pflegt außerdem Kontakte zu den chinesischen Clans«, führte Dominic die Erzählung weiter. »Das Ganze hat mit der Waffenlieferung zu tun, die im Hafen von Newark eingetroffen ist.«

Er gab Lauren eine kurze Zusammenfassung der Informationen, die sie zu diesem Deal hatten.

»Sheng hatte den Kontakt mit der Firma hergestellt, die die Waffen verschifft hat. Somit war er ein Sicherheitsrisiko für Sharkin, also ließ der ihn und seine Gang durch Lazaro aus dem Weg schaffen.«

Lauren schluckte. Das erklärte den fingierten Polizeieinsatz, der alles ins Rollen gebracht hatte. In ihr zog eine unglaubliche Wut auf.

Lazaros Selbstmord hätte ihr nicht gleichgültiger sein können. Sie empfand nichts als Hass für ihn.

»Also ist diese ganze Scheiße einer Gruppe korrupter Bullen zu verdanken, die von Sharkin bezahlt werden.«

Sie funkelte Dominic an und hoffte, er verstand die Botschaft. Er hatte Joey die Schuld an dem Verlust der zehntausend Dollar in die Schuhe geschoben und sie gezwungen, für ihn zu arbeiten. In seinem Gesicht zeigte sich sein schlechtes Gewissen.

Da kam ihr ein Gedanke. »Lazaro wusste durch Sharkin von dem Deal. Und der wusste es von dem Maulwurf.«

Dominic nickte.

»Jemand gibt interne Informationen an Sharkin.«

Ein ungutes Gefühl machte sich in Lauren breit. »Ihr wisst nicht, wer es ist.«

»Deshalb sind bis auf Weiteres alle Aktivitäten eingestellt. Wir halten schön die Füße still und tun so, als sei nichts. Einzig Joey ist noch dran, die Sache mit dem Waffendeal zu beobachten.«

Lauren sah zu Joey, der vor dem Computer saß und zu ihr aufsah. Nie war er ihr erwachsener vorgekommen als in diesem Moment.

Da fiel ihr Blick auf eine Liste auf dem Bildschirm vor ihrem Bruder. Darauf waren mehrere Namen und Dienstgrade vermerkt. Einer davon war Pezzulo, Dannys Kollege, der sie vor ein paar Wochen verhaftet hatte. In ihr reifte eine düstere Vorahnung.

»Ihr habt gesagt, dass Lazaro sich selbst Geld aus dem Fonds genommen hat. Bekommen noch andere Geld daraus? Leute, die noch aktiv im Dienst sind?«

Der kurze Blick, den Dominic und ihr Bruder wechselten, verriet ihr die Antwort, noch ehe sie Joeys nervöses Nicken sah.

»Zeig ihr die Liste«, sagte Dominic.

Joey rollte mit seinem Schreibtischstuhl zur Seite und ließ Lauren freien Blick auf den Bildschirm.

Mit angehaltenem Atem überflog sie die Namen. Es war unglaublich, wie viele es waren.

Korrupte Scheißbande!, dachte sie.

Dann blieb ihr Blick an einem Namen haften, dessen Buchstaben sie geradezu anzuschreien schienen. *Daniel Rivetti*. Klar und deutlich. Es war, als würde der Name sie verhöhnen. Sie sah auf und blickte Dominic an, der unmerklich nickte. Er hatte die Liste bereits gelesen. In seinem Gesicht zeigte sich allerdings keine Genugtuung, sondern nur Verständnis.

Joey sah betreten zu Boden. Lauren wirkte wie immer nach außen hin ruhig, doch innerlich tobte sie. Danny war einer dieser Cops! Am Ende war er vielleicht sogar bei der Aktion gegen die Chinesen mit dabei gewesen und hatte somit seinen Teil dazu beigetragen, dass sie Schulden beim Valente-Clan hatten. Dafür hatte sie sich jahrelang fertiggemacht? Sie konnte Danny nun vor sich sehen, wie er es herunterspielte und damit rechtfertigte, dass er für seine Frau und seine Tochter sorgen musste.

Sie brauchte frische Luft und hastete die Treppe hinauf. Vor der Haustür holte Dominic sie ein.

»Sag nicht: ›Ich hab's dir ja gesagt‹!«, fuhr sie ihn an, obwohl sie ahnte, dass es ihn ebenso überrascht hatte wie sie, Dannys Namen auf dieser Liste zu sehen.

Er sagte gar nichts, sondern trat zu ihr und zog sie in seine Arme. Alle Welt schien sie zu verarschen. Gab es denn keine guten Menschen mehr? Oder war sie einfach nur blind gewesen? Und der Einzige, der sie zu verstehen schien, der an ihrer Seite stand, war Dominic. Dominic, der Kriminelle, der Mobster, mit dem sie überhaupt nur deshalb zu tun hatte, weil er Forderungen an ihre Familie gestellt hatte. Sie löste sich aus seiner Umarmung und seufzte.

»Komm, lass uns abhauen«, sagte Dominic und schob sie aus der Haustür.

Er fuhr mit ihr nach Hoboken und parkte den Wagen neben einem Skatepark. Nur zwei Skater drehten zu dieser späten Stunde noch ihre Runden. Dominic stieg aus und entfernte sich ein paar Schritte von seinem Auto. Er wirkte nachdenklich, als er zu den Lichtern der New Yorker Skyline auf der anderen Seite des Hudson blickte. Lauren beobachtete ihn, als sie ausstieg, blieb aber beim Wagen und lehnte sich mit verschränkten Armen gegen die Motorhaube.

»Hast du dich je gefragt, wie es wäre, in einem dieser Glas- und Stahltürme zu sitzen?«, fragte Dominic und nickte in Richtung der Wolkenkratzer. »Dort zu arbeiten und das große Geld zu scheffeln?«

Er wandte sich um.

»Ich würde eher Klos putzen, als in so einem Büro zu arbeiten«, sagte Lauren. Sie war immer noch wütend.

Dominic ging langsam zurück zum Wagen auf sie zu. »Stell dir das mal vor: Du hockst fünfzig, sechzig Stunden die Woche da drin und verdienst Geld mit Geld. Wirst immer gieriger. Am Wochenende wirst du nervös, weil du nichts zu tun hast, ziehst dir ein paar Lines rein und feierst und vögelst, bis du umfällst.«

»Gier bringt das Hässlichste in uns zum Vorschein.« Sie sah ihn auffordernd an. »Aber ist das bei dir denn anders?«

Kurz wirkte er getroffen. Er trat neben sie und lehnte sich ebenfalls an den Wagen.

»Es gab eine Zeit, da wollte ich tatsächlich etwas bewegen, weißt du?«, sagte er. »Ich wollte einen Unterschied machen, etwas Sinnvolles. Tja, jetzt sieh mich an. Die Wahrheit ist, dass ich diesen Job mache, weil ich nichts anderes kann. Es gibt Tage, da hasse ich es wirklich.« Er sah sie an. »Und es werden immer mehr davon.«

Sie verstand, was er ihr sagen wollte. Tief in ihrem Innern spürte sie, dass sie der Grund dafür war, dass er den Job immer mehr hasste. Sie nahm seine Hand und sah ihm tief in die Augen. Sie wollte etwas sagen, dass ihn aufbaute, doch er wich ihrem Blick aus. Das wollte sie ihm nicht durchgehen lassen, deshalb nahm sie sein Gesicht in ihre Hände, drehte ihn zu sich und küsste ihn, als könnte dies alles gutmachen, als würde dieser Kuss alles Negative auslöschen. Einen Moment lang verlor sie sich in diesem Gefühl: ein Rausch wegen der Küsse und zugleich Verzweiflung.

Als sie sich voneinander lösten, war es, als fiele die Realität auf sie herunter wie ein Felsblock.

»Ist das eine gute Idee?«, fragte sie.

Auf seinen fragenden Blick erklärte sie: »Ich meine das hier. Wir zwei.«

Ihm entfuhr ein kurzes Lachen. »Es ist wahrscheinlich die schlechteste Idee aller Zeiten.«

»Bleib bitte ernst.«

»Das bin ich«, entgegnete er mit festem Blick. »Es ist irrational, es ist dumm. Wir beide sind wie Feuer und Benzin. Und wahrscheinlich werden wir beide Narben davontragen.«

Lauren schnaubte. »Das ist ja ermutigend.«

Dominic zog die Schultern hoch. »Du weißt, es gibt Dinge, die ich dir niemals sagen kann. Über mich, meinen Job, Leo und die anderen. Dinge, die ich weiß. Dinge, die ich getan habe. Wenn du von mir einen Grund wissen willst, weshalb das mit uns eine gute Idee sein soll, dann kann ich dir keinen liefern.«

Ein verzweifeltes Lächeln huschte über sein Gesicht, seine grünen Augen wirkten traurig.

Nun begriff Lauren, was hinter dem steckte, was er ihr in der Bar über seine Ex-Freundin erzählt hatte, nachdem sie beim Doc gewesen waren: Sein Job, seine Art zu leben vertrug sich nicht mit romantischen Beziehungen. Genau das hatte ihr auch Allegra gesagt.

Doch dies hier war anders, das fühlte sie. *Sie* war anders. Sie hatte sich in Dominic verliebt, obwohl sie wusste, was er tat. Obwohl er ein Krimineller war. Doch sie ließ ihre Gefühle zu, weil sie den Menschen hinter der Maske erkannt hatte. Er fürchtete sich davor, sie zu verletzen, doch sie war nicht schwach und verletzlich. Wie Allegra wusste sie, worauf sie sich einließ.

Sie seufzte tief. »Es gibt vieles an deiner Familie, das ich nicht verstehe. Vieles, das ich nie verstehen werde, und noch viel mehr, das ich gar nicht wissen will. Mir fällt es oft schwer, zu vertrauen.«

Ihr Herz pochte so heftig, als würde es gleich zerspringen, und ihre Stimme zitterte, als sie fortfuhr: »Aber ich vertraue dir. Du bist anders. Ich denke, du hast ein gutes Herz.«

Das hatte sie gespürt, als er ihr auf dem Balkon ihrer Suite die Augen über die Sache mit Danny geöffnet und die große Schuld von ihren Schultern genommen hatte. Doch nun erkannte sie, dass sie es schon davor gewusst hatte, ohne es wirklich wahrzunehmen. Er sah etwas in ihr, das sie glaubte, verloren zu haben. Alles um sie herum schien auseinanderzufallen, doch er war bei ihr. Er verstand sie. Wieso sollten sie gemeinsam nicht so etwas wie Liebe finden? Verdienten sie nicht wenigstens das?

»Du vertraust mir«, sagte Dominic und legte seine Arme um sie, »obwohl ich es nicht verdiene.« Er klang tief berührt und seine Stimme brach, was Lauren zwang, ihn anzusehen.

Sie schüttelte den Kopf. »Das spielt keine Rolle.«

Schnell presste sie ihre Lippen auf seine. Wieder hoffte sie, der Kuss könnte ihn heilen, und sie wurde immer fordernder, immer leidenschaftlicher. Sie drückte sich an ihn, sog seinen Duft in sich auf. Er ließ sich anstecken und gab schließlich ein leises Stöhnen von sich. Lauren genoss es. Sie waren wie Feuer und Benzin?

Von mir aus, dachte sie. Soll sich doch diese ganze von Gier und Selbstgerechtigkeit verseuchte Welt zum Teufel scheren!

Sie waren hier. Sie waren eins.

Dominic knabberte mit seiner Lippe an ihrem Ohr.

»Komm, wir fahren zu mir«, flüsterte er.

* * *

Er hatte geglaubt, dass das Thema Liebe für ihn abgeschlossen war. Sadie, seine erste und letzte große Liebe, war schon vor langer Zeit aus seinem Leben und seinen Gedanken verschwunden. Lauren hatte er die Wahrheit gesagt: Er hatte Sadie wegen des Jobs verlassen. Natürlich war das nur die Kurzversion der Geschichte. Er hatte nicht einfach Schluss gemacht – im Gegenteil: Er hatte alles versucht, alles gegeben, damit es funktionierte. Weil er sie geliebt hatte. Sie hatte ständig Angst um ihn gehabt und seine langen Abwesenheiten waren schon während seiner Zeit bei der Army und der späteren Ausbildung in Quantico eine Qual für sie gewesen. Er hatte sich stets schuldig gefühlt, weil er den Job weitermachen wollte, doch hätte er ihn für sie aufgegeben, hätte sie sich an seiner statt schuldig gefühlt. So waren sie dazu verdammt gewesen, entweder zusammen unglücklich oder getrennt zu sein. Er war immer noch überzeugt, dass es ihr nun besser ging. Doch sie hatten keinen Kontakt mehr, seit er seine Sachen gepackt hatte und gegangen war, um zwei Monate später äußerlich entsprechend verändert und mit gefälschten Papieren die Rolle des Dominic Valente anzunehmen.

Nun lag er hier im Dunkeln und erinnerte sich seiner Gefühle für Sadie, weil er die Liebe zum zweiten Mal gefunden hatte. Und dieses Mal war es noch beschissener. Ja, beschissen, denn ›kompliziert‹ war verdammt noch mal das falsche Wort für diese vertrackte Situation. Er war für diesen Job nicht nur deshalb ausgewählt worden, weil er im passenden Alter oder in der richtigen körperlichen Verfassung war, sondern auch, weil er gut war. Pflichtbewusst. Professionell. Er gehörte nicht zu den Idioten, die sich selbst vergaßen oder mit der Ausübung ihrer Pflicht ständig haderten. Das glaubten zumindest Cohen und seine Kumpels von ganz oben. Hey, er hatte schließlich eiskalt seine Beziehung beendet für den Job, oder nicht? Am Anfang hatte er sich reingekniet, weil er vergessen wollte, und irgendwann war Aussteigen keine Option mehr gewesen. Doch die Wahrheit war, dass er den Job sehr oft hasste. Dass er noch viel öfter nicht mehr wusste, wer er überhaupt war, welche Art von Mensch er war. Dass er Dinge tun musste und auch getan hatte, die er selbst verachtete und dann verachtete er jedes Mal auch sich selbst. Erklärte sich selbst, dass es sein musste, um seine Tarnung zu wahren. Ermahnte sich, dass es am Ende einer guten Sache diente. Seit er Lauren kennengelernt hatte, wirkte all das nicht mehr.

Sie machte etwas mit ihm. Etwas, das er nur so beschreiben konnte:

Er wurde *gesehen*. Sie sah ihn, sie kannte ihn, kannte sein Innerstes. Sie schien die Person, die er im Kern noch war, besser zu kennen als er sich selbst. Sie sah durch die Fassade des Dominic Valente hindurch und sah einen guten Menschen. Es musste so sein, dachte er. Denn wieso sollte sie ihn sonst so nahe an sich heranlassen? Und doch fragte er sich, ob sie ihn genauso sehen würde, wenn sie die Wahrheit wüsste. Wenn er aussteigen und ihr alles erklären würde, würde sie mit ihm gehen?

* * *

Ein nächtliches Sommergewitter zog durch und würde die Hitze wenigstens für ein paar Stunden vertreiben. Lauren lag neben Dominic und verspürte zum ersten Mal seit langer Zeit ein tiefes Glücksgefühl in ihrem Innern. Ein Gefühl der Zufriedenheit und der Zugehörigkeit. Sie drehte sich auf den Bauch und beobachtete ihn. Durch das offene Fenster fiel das Licht der Straßenbeleuchtung auf sein Gesicht. Er war wach und starrte abwesend an die Decke.

»An was denkst du?«, fragte sie ihn.

Er holte tief Luft, sah aber nicht zu ihr herüber. »Ich habe darüber nachgedacht, auszusteigen.«

Lauren hielt den Atem an. Stirnrunzelnd erkundete sie sein Gesicht, bis er sie ansah.

»Ich habe in letzter Zeit oft daran gedacht«, sagte er. »Ernsthaft. Ich würde den Job bei Leo hinschmeißen und abhauen.«

Dass er darüber nachdachte zu verschwinden, weckte ein beunruhigendes Gefühl in ihr.

»Ich nehme an, das ist nicht so einfach, wie es sich anhört«, sagte sie unsicher.

Dominic schüttelte den Kopf. »Sie werden mich nicht einfach gehen lassen. Ich weiß zu viel.« Er seufzte tief. »Das heißt, wenn ich schlussmachen will, muss ich abhauen und irgendwo untertauchen.«

Lauren verstand, was er ihr damit sagen wollte. Wenn er ausstieg, würde er fortgehen, wahrscheinlich weit weg, und dafür sorgen, dass er unauffindbar wäre. Diese Vorstellung gefiel ihr nicht, stellte sie fest.

»Und du hast dir schon überlegt, wie du das anstellen willst?«, fragte sie mit rauer Stimme. »Wo du hingehen willst?«

Dominic sah sie lange an und nickte schließlich.

»Ich habe das ganze Szenario schon oft im Kopf durchgespielt«, sagte er mehr zu sich selbst. »Das Problem ist nur ...« Er sah ihr in die Augen. »Das Problem ist, dass es nicht mehr nur um mich allein geht.«

Lauren sah betroffen auf ihre Hände. Was er ihr sagte, war deutlich: Er konnte nicht mehr einfach abhauen, jetzt, da sie da war. Und sie bemerkte, wie es ihr beinahe das Herz zerriss, wenn sie daran dachte. Würde er sie verlassen? Schlussmachen, wie er gesagt hatte?

Auffordernd sah sie ihm in die Augen und legte auch eine Art Trotz in ihren Blick. Tu es nicht, wollte sie ihm sagen. *Wag es nicht, es auszusprechen!*

Doch schließlich holte sie tief Luft.

»Vielleicht ist es dann wirklich besser, wenn wir hier aufhören«, sagte sie und jedes dieser Worte fühlte sich an, als würde jemand anderes es aussprechen. Als wäre eine Stimme der Vernunft in ihr, die von allein sprach. Doch ihr Herz schien zu schreien: ›*Verdammt, was sagst du da?*‹

Dominic drehte sich zu ihr und berührte ihre Hand. »Hey, warte ... Ich habe damit nicht gemeint, dass du mir im Weg stehst. Okay?«

Sie fühlte sich auf einmal elend und wagte nicht, ihn anzusehen.

Er rüttelte sie leicht.

»Lauren, sieh mich an.«

Als sie ihren richtigen Namen aus seinem Mund hörte, sah sie ihm erschrocken in die Augen.

»Ich gehe nicht weg«, sagte er mit fester Stimme. »Nicht ohne dich. Aber ich kann dich nicht einfach fragen, ob du mitkommst.«

»Warum nicht?« Ihre Stimme war nicht mehr als ein Flüstern. Tatsächlich blieb ihr beinahe die Luft weg.

»Das würde bedeuten, dass ich von dir verlange, alles aufzugeben. Deine Familie, deine Freunde. Deinen Job. Deine Identität, dein Leben. Alles. Für mich.«

Er lächelte traurig. »Das kann ich nicht von dir verlangen.«

»Aber tief in dir drin wünschst du es dir«, sagte Lauren ruhig und traf damit genau ins Schwarze.

Dominic musste nicht einmal nicken. Sie konnte, so schien es, durch seine Augen direkt in ihn hineinsehen, in seinen Kern.

Sie drehte sich auf den Rücken und seufzte. Ihr wurde bewusst, dass sie es irgendwie schon gespürt hatte, ohne genau zu wissen, was es war: Sie hatte gespürt, dass er ein Geheimnis in sich trug und, dass es damit zu tun hatte, wer er war. Wer er *wirklich* war. Er war anders als der Rest der Familie. Er hatte ein Leben ohne Verbrechen gekannt, bevor er angefangen hatte, für Leonardo zu arbeiten. Die Vorstellung, mit ihm zusammen zu sein, ohne all die Aktionen, Deals, Fehden mit anderen Banden und geheimen Handys, mit einem ganz normalen Job, in einer anderen Stadt, war ziemlich verlockend.

Dominics Handy vibrierte auf dem Nachttisch und riss sie aus ihren Gedanken. Träge griff er danach und runzelte die Stirn.

»Das ist Joey. Was will der um diese Zeit?«

Er nahm den Anruf an und stellte auf ›*Laut sprechen*‹.

»Dom, du musst schnell herkommen«, hörten sie Joey sagen. Er wirkte außer Atem.

»Was ist los, Joey?«

»Ich glaube, ich weiß, wer der Maulwurf ist.«

Dominic und Lauren wechselten einen Blick.

»Beruhig dich erst mal«, sagte Dominic. »Wo bist du?«

»Ich bin vorm Haus, ich ...«

»Ist Cyrus da?«

Keine Antwort.

»Joey?«

»Ich muss schlussmachen«, flüsterte Joey, als wollte er vermeiden, erwischt zu werden.

Sie hörten Geräusche – eine Autotür wurde zugeschlagen – und jemand fluchte leise.

»Es ist Cyrus.«

Die Verbindung wurde unterbrochen.

Dominic sah stirnrunzelnd auf das Telefon, dann zu Lauren.

»Cyrus?«, fragte sie aufgeregt. »Cyrus ist der Maulwurf?«

»Das hat Joey nicht gesagt.«

»Er hat gesagt ›Es ist Cyrus‹. Das war doch deutlich genug.«

»Ja, aber was hat er damit sagen wollen? Dass er der Maulwurf ist oder dass er gerade *angekommen* ist?«

In diesem Moment begriffen sie, was Joey gemeint hatte: beides.

Cyrus war der Maulwurf und genau in dem Moment angekommen, in dem Joey es ihnen mitteilen wollte.

Kapitel 30

Joey saß im Dunkeln. Er bekam schlecht Luft durch die Stoffhaube auf seinem Kopf, doch er atmete ruhig. Irgendein makabrer Instinkt sagte ihm, dass es nicht gut wäre, in Panik zu verfallen. Als Cyrus ihn gepackt und ins Auto gezerrt hatte, war er kurz vor einem Herzinfarkt gewesen und hatte hyperventiliert wie ein Irrer. Er hatte gewimmert und gejammert. Doch Cyrus hatte kein Wort zu ihm gesagt und Joey war der Gedanke gekommen, dass er ihn höchstwahrscheinlich töten würde. Aber nun, bei genauerem Nachdenken, machte das wohl wenig Sinn.

Um ihn herum waren mehrere Männer, die sich auf Russisch unterhielten. Was sie nicht wissen konnten: Joey verstand fast jedes Wort. Er hatte als Teenager in einem Gamer-Forum einen Typen kennengelernt, der von sich behauptet hatte, er würde für den Geheimdienst arbeiten und fließend Russisch sprechen. Da hatte Joey sich gedacht, es wäre cool, diese Sprache auch zu lernen. Einfach zum Spaß. Wer hätte gedacht, dass ihm das eines Tages nützen würde?

Die Russen diskutierten darüber, was sie mit ihm machen sollten, beziehungsweise darüber, wie sie ihn dazu bringen konnten, ihnen zu sagen, was sie wissen wollten. Joey hatte die ID ihres Containers abgeändert und nun fanden sie ihn nicht mehr im System. Eigentlich hätte er das erst tun sollen, wenn die Spedition ihn abholte – so war es mit Cohen vereinbart –, doch als er hinter Cyrus' Verrat gekommen war, hatte er es vorsorglich erledigt und sich damit wohl eine Lebensversicherung verschafft. Sie wussten, der Container war auf dem Hafengelände, doch sie hatten keinen blassen Schimmer, wo. Und nun berieten sie, wie sie es aus ihm rauskitzeln konnten.

Zugegeben, nicht gerade nette Dinge, die sie sich da einfallen ließen. Joey versuchte, nicht darauf zu hören, sondern sich auf die Worte zu konzentrieren, die zwischendurch zu der Waffenlieferung fielen. Dummerweise war es ihm schon immer schwergefallen, sich auf Dinge zu konzentrieren, und die Tatsache, dass er sich anhören musste, wie sie ihn foltern wollten, machte es nicht leichter.

Doch plötzlich hörten sie auf zu reden. Einfach so.

Joey lauschte und drehte den Kopf leicht zur Seite, um besser hören zu können. Jemand war gekommen. Jemand, der mehr zu sagen hatte als die Typen um ihn herum.

»Chase M., der talentierte Hacker.«

Joey zuckte zusammen. Nicht, weil der Typ, der jetzt vor ihm stand, ihn mit seinem Pseudonym anredete, sondern weil er die kälteste Stimme hatte, die er je gehört hatte.

Mit einem Ruck wurde die Stoffhaube von seinem Kopf gerissen und er musste blinzeln. Direkt vor ihm stand ein Mann in einem hellgrauen Anzug mit aschblonden Haaren und kantigem Gesicht. Joey erinnerte sein Aufzug an die alten Folgen von ›Miami Vice‹ aus den Achtzigern.

Der Typ, der ihm die Haube abgenommen hatte, trat daneben. Er sah aus wie aus einem Modemagazin.

»Ich muss sagen, dass du mich echt beeindruckt hast«, sagte der Anzug-Typ. Er wandte sich an den anderen, das Model: »Maxim, bitte nimm ihm auch die Fesseln ab. Wir wollen doch vernünftig miteinander reden.«

Joey erkannte den Namen. Wenn er sich nicht täuschte, dann saß er tatsächlich Sharkin und seinem besten Mann gegenüber.

Maxim nahm ihm die Fesseln ab. Eigentlich war ihm das gar nicht so recht, denn Joey wusste nie, wo er seine Hände lassen sollte. Er verschränkte sie in seinem Schoß, nur um sie dann seitlich hängen zu lassen und dann wieder in seinen Schoß zu legen.

Jetzt erst nahm er seine Umgebung richtig wahr. Er saß in einem Büro. Hinter und neben ihm standen Schreibtische. Die Männer, die ihn hierhergebracht hatten, wuselten herum. Einige von ihnen saßen vor Computern.

Es ging immer noch um den Container.

Sharkin zog einen Bürostuhl heran und setzte sich ihm gegenüber. »So können wir reden.«

Joey sah kurz zu Maxim, der neben ihm stehen geblieben war, und dann zurück zu Sharkin. Er war sich sicher, Maxim sollte dafür sorgen, dass er auch ja schön zuhörte und sich gut überlegte, was er sagte.

»Was, glaubst du, wird passieren, wenn du den Auftrag für Leonardo Valente erledigt hast?«

Das klang nach einer Fangfrage. Joey hasste solche Fragen.

Er zuckte mit den Achseln.

Sharkin lehnte sich nach vorne und sah ihn durchdringend an. »Du führst seine Befehle aus und versaust mir meinen Deal. Und dann? Erwartest du ein Dankeschön von ihm?«

Joey wusste immer noch nicht, was er sagen sollte. Er sah Sharkin unverwandt an.

»Ich deute dein Schweigen so, dass du genau weißt, was passieren wird. Er wird dich beseitigen lassen.«

Joey musste schlucken.

Er wusste natürlich, dass Leo ihm rein gar nichts tun würde, denn er arbeitete ja gar nicht für ihn, sondern für Cohen. Doch die kalte Stimme des Russen ließ ihn erneut schaudern.

Sharkins Gesicht zeigte keine Regung, er konstatierte lediglich ein paar Fakten, wie es schien. »Und deine Familie wird er wahrscheinlich gleich mit auslöschen.«

Er wartete nicht auf Joeys Reaktion. »Ich kann dir Schutz bieten. Dir und deiner Familie. Wenn du tust, was ich sage, und mir damit hilfst, dann werde ich das nie vergessen und dich stets unterstützen.«

Mit einem zufriedenen Lächeln lehnte er sich zurück und ließ seine Worte wirken.

Joey hätte ihn am liebsten gefragt, ob er seinen Kumpel Lazaro auch beschützt hatte. Doch stattdessen spielte er den Unschuldigen und zog die Schultern hoch.

»Ich weiß nicht, was Sie von mir wollen, Mann.«

* * *

»Joeys Laptop fehlt«, sagte Dominic düster, als sie den Kellerraum in Mrs. Palermos Haus nach Hinweisen durchsuchten.

Sie hatten das Haus verlassen vorgefunden. Mrs. Palermo war von Dominic in den Urlaub geschickt worden, die anderen Hacker hatte er entlassen. Es gab keinerlei Hinweise auf Joeys Verbleib und keine Spur zu Cyrus.

Lauren war verzweifelt. »Dom ... wenn Joey irgendwas passiert, dann ...«

Er nahm sie in die Arme. »Ich lass mir was einfallen.«

»Das ist so ... Ich kann es nicht fassen, dass Cyrus so berechnend ist.« Sie konnte es wirklich kaum glauben und klammerte sich an jede Hoffnung. »Die Russen haben versucht, mich zu entführen. Wieso hat Cyrus nichts getan, als er mich bei sich im Auto hatte? Er meinte selbst, ich sollte ein Druckmittel sein.«

Dominic schüttelte den Kopf. »Ich weiß es nicht. Ich nehme an, er hatte die Anweisung, sich um Joey zu kümmern.«

Sein Handy klingelte und er löste sich von ihr. »Das ist Cyrus.«

Sie wechselten einen Blick und Dominic nahm den Anruf an.

»Wo ist Joey?«, fragte er direkt heraus. Lauren hörte auch dieses Mal mit.

Cyrus ließ sich Zeit mit einer Antwort.

»Herrlich«, sagte er schließlich. »Ich wusste, dass einmal dieser Tag kommen würde. Der Tag, an dem ich dir zeige, wie machtlos du bist.«

»Ach ja?«

Cyrus lachte. »Alles, was jetzt passiert, geschieht außerhalb deiner Kontrolle. Du kannst es nicht aufhalten.«

Dominic holte tief Luft. »Was willst du? Wirst du mir sagen, was mit Joey ist?«

»Eigentlich bist du nicht in der Position, mich mit Fragen zu löchern, Kumpel. Ist Lola bei dir?«

»Ja, ich bin hier«, sagte Lauren erregt. »Was hast du mit meinem Bruder gemacht?«

Dominic berührte sie an der Schulter und mahnte sie mit einem Blick, nicht zu aggressiv zu sein. Er hatte recht – sie durften Cyrus jetzt nicht zusätzlich reizen.

»Es tut mir sehr leid, Lola. Wenn es nach mir ginge, müsstet ihr diese Scheiße nicht durchmachen«, sagte Cyrus und klang, als würde er es aufrichtig bedauern. »Bedanke dich bei Dom dafür, dass er dich und Joey mit reingezogen hat.«

»Was ist mit Joey?«, fragte Dominic erneut.

Cyrus seufzte theatralisch. »Dem geht es gut. Und das wird so bleiben, bis der Russe seine Waffen hat.«

Dominic schnaubte. »Der Russe, von dem du dich bezahlen lässt.«

»Jeder muss sehen, wo er bleibt«, sagte Cyrus gleichgültig. »Da fällt mir ein: Wenn ihr nicht wollt, dass Joey etwas zustößt, dann schlage ich vor, dass ihr zu der Hackensack-Baustelle fahrt. Ihr beide. Jetzt gleich. Ich hätte euch gerne unter Beobachtung.«

Damit beendete er das Telefonat.

Mit einem leisen Fluch steckte Dominic das Handy weg. »Das ist höchstwahrscheinlich eine Falle.«

Lauren sah erschrocken zu ihm auf. »Wie meinst du das?«

»Er will uns dorthin locken. Und empfängt uns mit einer Truppe von Sharkins Männern.«

Er sah sie fest an. »Ich möchte, dass du hierbleibst.«

Lauren schüttelte energisch den Kopf. »Er hat gesagt, dass wir beide kommen sollen.«

Dominic wollte ihr widersprechen, doch Lauren fiel ihm ins Wort. »Sie werden Joey etwas antun, wenn wir nicht tun, was er verlangt.«

»Es ist eine Falle«, sagte Dominic erneut. »Ich lasse dich nicht ins offene Messer rennen.«

»Joey ist *mein* Bruder«, fuhr Lauren ihn an. »Es ist mir scheißegal, was ich tun muss, um ihm zu helfen.«

Kurz zeigten sich ein trauriges Lächeln und Sorge auf seinem Gesicht. Doch er schien ihre Entscheidung zu akzeptieren, denn ohne ein Wort zu sagen, ging er zu dem Safe unter Cyrus' Schreibtisch und holte zwei Pistolen heraus. Er vergewisserte sich, dass sie geladen waren und reichte Lauren eine der Waffen. Er selbst steckte sich eine Glock in den Hosenbund.

»Ich muss Leo Bescheid sagen«, sagte er und nahm sein Handy. Lauren registrierte, dass es das geheime Handy war.

Sie lud ihre Waffe durch und steckte sie in den Hosenbund. Während sie Dom beobachtete und zuhörte, wie er Leonardo kurz und sachlich die Lage erklärte, wurde ihr bewusst, dass dies hier das Ende sein könnte. Vielleicht kamen sie nicht lebend aus der Sache heraus. Neben der Sorge um ihren Bruder spürte sie nun vor allem eins: Bedauern. Sie hatten viel zu wenig Zeit gehabt.

Als er sein Telefonat beendet hatte, trat sie nahe an ihn heran und sah ihm in die Augen. »Wenn das alles vorbei ist …«, begann sie.

Er schüttelte den Kopf und wollte etwas sagen, doch Lauren griff den Kragen seines T-Shirts und fuhr mit zitternder Stimme fort: »Wenn das alles vorbei ist und du aussteigen willst …«

Dominic holte tief Luft und sah sie voller Verzweiflung an.

* * *

Er wusste, was sie sagen würde und hätte es am liebsten verhindert. Doch ihr flehender Blick bewirkte, dass er kein Wort sprechen konnte.

»Ich komme mit dir«, sagte sie, sah ihn fest an und nickte.

Er schloss die Augen und legte die Arme um sie.

Sie hatte es ausgesprochen.

Sie hatte ihm gesagt, was er sich insgeheim gewünscht hatte, doch was niemals geschehen konnte.

»Wo auch immer du hingehst«, sagte sie an seiner Brust. »Egal wohin.«

Er löste sich aus der Umarmung, küsste sie sanft auf die Lippen, nickte und seufzte. Er hätte es ihr sagen sollen, hätte seine Befehle ignorieren und sie einweihen sollen, dachte er verbittert. Nun blieb ihm zu wenig Zeit. Es war zu spät.

Ihm blieb nur noch eins zu sagen: »Falls etwas passiert und ich an einen Ort gehe, an den du mir nicht folgen kannst ...«

Er spürte, dass sie angespannt die Luft anhielt. Er deutete an, dass er die Sache vielleicht nicht überleben würde. Es war durchaus möglich. Und für diesen Fall musste er sie wappnen.

»Ich möchte, dass du dein Leben lebst, hörst du?« Er sah sie durchdringend an. »Wenn du ein neues Leben beginnen musst, okay. Aber dann leb es für dich und nur für dich. Fang neu an. Mach was draus.«

Lauren nickte.

Verdammt, dachte er. Diese Frau würde alles für dich tun.

Er war das größte Glücksschwein der Welt und gleichzeitig der größte Loser, weil er wusste, dass er sie nicht behalten durfte. Ein Zusammen würde es für sie beide nicht geben.

Er hatte das von Anfang an gewusst, doch es änderte nichts an der Tatsache, dass er sie liebte und jeden Tag aufs Neue neben ihr aufwachen wollte für den Rest seines Lebens. Was für ein tragischer Held er doch war! Er hatte die Frau seines Lebens gefunden und sie wollte bei ihm bleiben, komme was wolle – doch ihre Liebe war auf einer Lüge aufgebaut. Er konnte nur hoffen, dass sie ihn für das liebte, was er im Innersten war, und nicht für das, was er nach außen darstellte.

Trotzdem: Zu wissen, dass er sie enttäuschen würde, saugte jedes Gefühl der Pflichterfüllung und Loyalität zu seinem Auftraggeber aus ihm heraus.

Und zurück blieb nur ein schwarzes Loch. Ein Fleck, den er für immer in sich tragen würde.

Zusammen machten sie sich auf den Weg.

Kapitel 31

Der Morgen dämmerte, als sie die Großbaustelle am Hackensack River erreichten und vor dem Container-Büro parkten, in dem Lauren sich immer anmeldete. Dominic hatte ihr auf dem Weg erklärt, dass Leonardo hier als Mit-Investor seine Finger im Spiel hatte. Manchmal waren er oder Cyrus hier gewesen, um die Anteile für ihn zu kassieren, die Subunternehmer zu instruieren oder andere Botengänge zu erledigen. Cyrus hatte den Ort gewählt, weil er abgelegen war. Die Baustelle lag im Dunkeln. Es würde noch eine ganze Weile dauern, bis die Arbeiter kamen. Als sie auf das Gelände gefahren waren, hatte Lauren registriert, dass die kleine Hütte des Wachdienstes leer war.

Dominic sah zu ihr herüber. Sein Blick erinnerte sie an den Abend, als sie ihn zu dem Treffen mit Maxim begleitet hatte. Ein weiteres Mal saßen sie zusammen im Wagen und wussten nicht, was sie erwartete. Einen Moment lang sahen sie einander an. Sie brauchten keine Worte mehr. Mit ihren Augen versprachen sie sich, aufeinander aufzupassen.

Langsam stiegen sie aus.

Das Gebäude gegenüber dem Büro war seit ihrem letzten Besuch noch weiter in die Höhe gewachsen, im Erdgeschoss hatte man bereits großflächige Fenster eingebaut. In einem der mittleren Stockwerke brannte ein Licht, was Lauren stutzig machte. Manchmal waren Baustellen nachts beleuchtet, doch hier war das nicht der Fall, also konnte es nur eines bedeuten.

Ihre Vermutung bestätigte sich, als sie Cyrus' Stimme vernahmen. »Wie bestellt. Schön, dass ihr da seid.«

Er stand dort oben wie ein bedrohlicher Schatten vor dem Licht und leuchtete mit einer großen Taschenlampe auf sie. »Kommt doch zu mir rauf. Hier oben kann man viel sehen.«

Lauren sah Dominic abwartend an. Er schien zu überlegen und nickte schließlich. »Plan A: Wir gehen hoch und reden. Mal sehen, was wir erreichen können.«

»Und was ist Plan B?«, fragte Lauren.

»Den muss ich mir noch überlegen.«

Er deutete mit seiner Waffe nach oben und lenkte ihren Blick auf schwarze Gestalten, die auf Cyrus' Stockwerk und auch darunter standen. Sie zählte vier, doch es konnten sich noch mehr im Gebäude aufhalten.

»Ach, ich habe etwas vergessen«, rief Cyrus ihnen zu. »Werft eure Waffen weg, bevor ihr reinkommt.«

Direkt neben Cyrus erschien ein Mann mit Gewehr.

»Macht lieber schnell. Alex hier hat einen nervösen Finger.«

Dominic hob seine Waffe hoch, damit Cyrus sie sehen konnte. Er ließ das Magazin herausfallen und warf beides zur Seite. Dann nickte er Lauren zu.

Zögernd tat sie es ihm gleich.

»Ja, du auch, Lola.« Cyrus wandte sich an den Mann mit dem Gewehr. »Glaub mir, die Kleine kann dich glatt über den Haufen schießen. Sie zielt besser als Dom.«

Natürlich wollte er auf Nummer sicher gehen. Wenn Lauren ehrlich war, hatte sie damit gerechnet. Trotzdem tat sie es nur widerwillig.

»Sehr schön«, lobte Cyrus sie von oben. »Wir sind im fünften Stock. Der Fahrstuhl funktioniert aber leider noch nicht.«

Von dem, was einmal der Empfangsbereich werden würde, führte ein breiter Gang in das zentrale Treppenhaus, in dem einige Lichter brannten. Lauren warf einen bangen Blick nach oben. Fünf Stockwerke. Sie sah mehrere Schatten, die sich auf der Treppe bewegten und schaute zu Dominic. Auch er hatte sie bemerkt.

»Dein Plan B?«, fragte sie flüsternd.

Dominics Gesichtsausdruck wurde düster. »Ich würde den Laden am liebsten mit ihm in die Luft jagen.«

Er hatte keinen Plan B, das war klar. Trotzdem zeigte Lauren auf einige Gasflaschen mit dem Firmenlogo von Karlovic darauf, die unter der Treppe in einer Nische standen.

Die Flaschen waren nicht vorschriftsmäßig gesichert. Es fehlten die Ventilschutzkappen und abgeschlossen waren sie auch nicht. An zwei Acetylenflaschen waren Druckminderer angeschraubt.

Sie wies Dominic darauf hin.

»Man müsste bloß die Ventile aufdrehen. Acetylen ist leichter als Luft, also steigt es nach oben. Doch ich vermute, dass sich etwas davon unter der Decke in der Nische sammeln wird.«

Sie sah ihm in die Augen. »Dann reicht wahrscheinlich ein Funke.«

Er nickte, um ihr zu zeigen, dass er verstanden hatte. »Okay, für Plan B.«

Noch wussten sie allerdings nicht, ob es ihnen nützen konnte. Sie begannen den Aufstieg.

* * *

Vadim Sharkin war deutlich anzusehen, dass er sich beherrschen musste.

»Du hast meinen Container. Und ich will ihn zurückhaben.«

Joey hob abwehrend die Hände.

»Ich schwöre, Ihr Container ist noch genau da, wo er hingestellt worden ist.«

»Die ID, du Schwachkopf!«, schaltete sich Maxim ein. »Du hast sie verändert. Du verrätst uns, wie du das gemacht hast und wie die neue ID lautet.«

Was kann ich denn dafür, dass eure Leute so schlecht sind und nicht raffen, wie das geht, dachte Joey, doch er hielt die Klappe.

Maxim beugte sich vor, legte eine Hand auf Joeys Kopf und zog ihn an den Haaren zu sich. »Du sagst es uns oder wir bringen dich dazu, es zu sagen.«

Sharkin machte eine wedelnde Handbewegung und Maxim ließ ihn los. Sie spielten so eine Art Guter-Cop/Böser-Cop-Nummer mit ihm, erkannte Joey. Und Sharkins Rolle war, den Guten zu spielen.

»Joey, bitte denk darüber nach. Was nützt es denn? Du bist Valente zu nichts verpflichtet. Du bist clever und kannst eine Menge Geld verdienen mit deinen Fähigkeiten. Warum nicht für den arbeiten, der dir am meisten bietet?«

Hättest du wohl gerne, dachte Joey.

»Er hat meinen Vater«, sagte er und legte Verzweiflung in seine Stimme.

»Wenn ich Ihnen helfe, wird er meinen Vater töten.«

Das war nicht einmal so unlogisch, stellte er zufrieden fest, denn immerhin hatte Leo ja ihrem Vater den Platz in Maplewood verschafft. Selbst wenn er Sharkin damit eine Erklärung lieferte – ändern würde es nichts an seiner Situation. Aber er würde Zeit gewinnen. Das war das Wichtigste.

Sharkin breitete die Arme aus und grinste. »Valente hat deinen Vater. Aber *wir* haben deine Schwester.«

Joey erschrak. Dieses Mal wirklich.

Er hatte Dom vor Cyrus gewarnt, doch waren er und Lauren in Sicherheit? Der Ausdruck in Sharkins Gesicht verriet ihm die Antwort. Nun hätte er am liebsten losgeheult.

Wirklich.

Er versuchte, sich zu beruhigen. »Okay, okay ... ich ... wir ...« Er sah zu den Männern an den Schreibtischen.

»Ich ... ich könnte ...«

Während er verwirrt stammelte, arbeitete sein Gehirn auf Hochtouren. Es gab eine Möglichkeit, doch er musste schnell sein.

»Also, wirst du uns helfen oder nicht?«, fragte Maxim von der Seite.

Joey nickte hastig.

»Aber ich brauche meinen Laptop.«

Er zeigte auf den Schreibtisch, auf dem sie seine Sachen untersucht hatten. »Und den USB-Stick, der an meinem Schlüsselbund hängt.«

Kapitel 32

Im dritten Stock stieß einer von Sharkins Männern zu ihnen und ging – mit gezückter Waffe – hinter ihnen her. Ein weiterer kam auf dem Treppenabsatz zwischen dem vierten und fünften Stock dazu. Flankiert von den beiden traten Lauren und Dominic schließlich Cyrus gegenüber.

Die Fläche hier oben war offen und weitläufig, denn es waren noch keine Zwischenwände errichtet worden. Cyrus lehnte lässig an einem kleinen Metalltisch mit einem Laptop und einer Lampe darauf. Hinter ihm stand der Mann mit dem Gewehr, den sie von unten gesehen hatten, und an den Seiten waren zwei weitere schwarz gekleidete Männer. Die Lampe auf dem Tisch spendete einigermaßen Licht, auch draußen wurde es langsam heller, trotzdem lagen ein paar Ecken noch im Dunkeln.

»Ihr kommt genau richtig«, sagte Cyrus und drehte den Laptop, sodass Lauren und Dominic das Display sehen konnten. Zu sehen war Joey, zum Glück unverletzt, wie es schien.

»Sagt ›Hallo‹ zu Joey.«

Lauren trat einen Schritt vor. »Hey, geht es dir gut?«

Joeys Gesicht zeigte eine tiefe Besorgnis. Er winkte unglücklich.

»Er kann dich nicht hören«, sagte Cyrus und grinste. »Er ist bei Sharkin. Und ihr seid hier, um ihn davon zu überzeugen, dass er besser tut, was der Russe von ihm will.«

Laurens Herz raste, ihr Verstand schien nur noch zu reagieren, als stünde sie neben sich. Sie hatte Angst und doch hörte sie sich selbst verächtlich schnauben.

»Du Dreckschwein«, sagte sie mit hasserfülltem Blick auf Cyrus, der offensichtlich belustigt die Brauen hochzog und Dominic ansah.

»Deine Kleine hat Eier. Oder Todessehnsucht.«

Er schnippte mit den Fingern und einer der Männer warf ihm eine Pistole zu.

Dominic schaltete sich ein. »Alter, das führt doch zu nichts.«

Cyrus' lakonisches Lachen hallte in dem Rohbau wider. »Tja, das dachte ich auch erst.«

Er deutete mit der Waffe auf Dominic, als wollte er bestätigen, dass er einen wichtigen Punkt angesprochen hatte. »Ich dachte, ich müsste nur verhindern, dass Joey in den Deal reinpfuscht, indem ich ihn einsperre oder anderweitig aus dem Weg schaffe.«

Er zog übertrieben die Schultern hoch. »Leider habe ich dann erst erfahren, dass dieser Vollwichser die ID des Containers schon geändert hat.«

Lauren begriff, was das bedeutete. Sie mussten Joey dazu bringen, es rückgängig zu machen. Dazu brauchten sie ein Druckmittel. Sie brauchten *sie*.

Ein Blick in Joeys sorgenvolle Augen genügte. Sie wusste, seine Angst um sie würde ihn alles tun lassen, was sie verlangten.

»Er hat herausgefunden, dass du die Ratte bist«, sagte Dominic überlegen. »Cleverer Schachzug von ihm, die ID gleich zu ändern.«

Cyrus' Gesichtsausdruck wurde kalt. »Dass du mich als Ratte bezeichnest, ist schon ein schlechter Witz, meinst du nicht? Wo wir beide doch ganz genau wissen, wer hier nicht der ist, der er vorgibt zu sein.«

Lauren sah zu Dominic, der die Stirn runzelte, doch nicht auf die Bemerkung einging.

»Ja, Lola, du denkst vielleicht, du kennst ihn. Den Neffen des großen Capo Leonardo Valente. Sohn seiner abtrünnigen Schwester. Nur dass Leo gar keine Schwester hat.«

Dominic machte einen schnellen Schritt auf Cyrus zu, als wollte er sich auf ihn stürzen, hielt aber sofort inne, als Cyrus die Waffe auf ihn richtete.

»Oder hat er es dir vielleicht sogar erzählt?« Cyrus sah kurz zu

Lauren, die ihn nur verständnislos ansah. War er verrückt geworden? Sie sah hinüber zu Dominic, doch aus seinem Gesicht konnte sie nichts herauslesen. Er starrte nur angespannt auf Cyrus.

»Ich arbeite seit achtzehn Jahren für Leo«, fauchte Cyrus in Dominics Richtung. »Vor fünf Jahren tauchst du plötzlich auf, wirst als sein Neffe vorgestellt und nimmst innerhalb kurzer Zeit eine Sonderstellung ein. Da war ich gleich skeptisch. Aber ich muss gestehen, ich habe lange gebraucht, um herauszufinden, wer oder was du wirklich bist.«

Lauren hatte das Gefühl, sie hörte einem Irren zu. Cyrus klang belustigt, fast überdreht. Und doch spürte sie den Funken eines Zweifels in sich aufkommen, als sie Dominic erneut ansah. Die Tatsache, dass er gar nicht reagierte, es nicht abzustreiten versuchte, ließ eine unheimliche Ahnung in ihr wachsen.

»Ich dachte erst, du bist ein gewöhnlicher Cop«, fuhr Cyrus angewidert fort. »Aber mittlerweile denke ich, da steckt mehr dahinter. Immerhin hängt Leo mit drin, und Fredo, Aurelio, der gesamte innere Kreis. Mich aber hat man nicht eingeweiht, also muss es etwas Großes sein. Wie zum Beispiel ... das FBI vielleicht?«

Er sah Dominic einen Moment lang an und fing schließlich an zu lachen. »Ich habe voll ins Schwarze getroffen, nicht wahr?«

Zu Laurens Entsetzen tat Dominic, als ginge er auf das Lachen ein. »Da hast du mich wohl erwischt, du kleiner Wichser.«

Irritiert sah Lauren zwischen den beiden hin und her. Was lief hier eigentlich für ein Spiel?

»Fünf Jahre lang haben wir Seite an Seite gearbeitet«, sagte Cyrus nun leicht verbittert und ließ die Waffe sinken. »Als mir klar wurde, dass du nicht sein Neffe bist, sondern eine Undercover-Ratte, und Leo davon wusste, hab' ich mir gedacht: Hey, warum ehrlich und loyal sein, wenn Leo dir einen verschissenen Cop vor die Nase setzt?«

»Willst du wissen, wieso du nach all den Jahren bei Leo immer noch eine kleine Nummer bist?«, fragte Dominic. »Er hat es mir gesagt.«

Lauren kam es vor, als wollte er Zeit schinden. Das war logisch, denn so lange sie redeten und Joey nichts tat, so lange würde ihm und ihnen womöglich nichts passieren.

»Dir fehlt es an Weitsicht«, sagte Dominic betont gelassen. »Du verstehst einfach die Zusammenhänge nicht. Kannst keine Spielzüge voraussehen.«

Aus Cyrus' Gesicht sprach Zorn. »Du hast die Kavallerie schon verständigt, nicht wahr?«

»Rate mal.«

Cyrus entfuhr ein dünnes Lachen. Er wandte sich an die Männer, die mit ihnen die Treppe hochgekommen waren. »Positioniert euch unten. Wir kriegen Besuch.«

Dominic sah ihnen nach und schüttelte den Kopf. »Toll, wie sie auf dich hören. Aber bringen wird es dir nichts. Die Spezialeinheit wird sie niedermähen.«

Cyrus hob die Waffe und richtete sie auf Lauren. »Das heißt dann wohl, ich töte euch lieber gleich.«

»Und hättest kein Druckmittel mehr«, sagte Dominic mit kalter Stimme.

Lauren sah ihn verständnislos an. Alles, was die beiden gesagt hatten, klang völlig absurd in ihren Ohren. Und trotzdem spürte sie die Wahrheit dahinter. Vorhin, als Dominic Leo angerufen hatte, hatte er das andere, das geheime Handy benutzt. Es war, als würde er sich vor ihren Augen in einen Fremden verwandeln. Doch viel Zeit, sich darüber den Kopf zu zerbrechen, hatte sie nicht, da Cyrus näher an sie herantrat.

»Ja, wie es scheint, warst du von Anfang an der Schlüssel zu allem. Nicht wahr?« Er zog sie nah an sich heran und drehte sich, sodass Joey genau sehen konnte, was mit seiner Schwester geschah.

Joey sagte etwas, doch sie konnten nichts hören. Er blickte sich hektisch in alle Richtungen um und hielt dann etwas in die Webcam, das wie ein USB-Stick aussah.

Er nickte bedeutungsvoll.

»Er hat es längst getan«, sagte Dominic und deutete auf den Laptop.

Lauren wusste nicht, was er damit meinte. Hatte Joey erledigt, was sie von ihm wollten?

In diesem Moment klingelte Cyrus' Handy. Er hielt die Waffe weiter auf Lauren gerichtet, während er den Anruf annahm. Er lauschte kurz, dann steckte er das Telefon weg.

»Dom hat recht. Joey hat schön brav getan, was er tun sollte.«

»Jetzt lass sie gehen«, sagte Dominic und nickte zu Lauren. »Sharkin hat seinen Container wieder. Und du hast deine Aufgabe erledigt.«

Cyrus ließ die Waffe sinken und sah ihn böse an. »Wer sagt, dass ich mit euch fertig bin? Die Party fängt gerade erst an.«

Er winkte zwei der Männer heran und diese packten Dominic, nahmen ihn zwischen sich und hielten ihn fest.

Cyrus sah grinsend zu Lauren. »Lola, du hast keine Ahnung, wie lange ich darauf gewartet habe, das hier zu tun.«

Er schlug Dominic mit der Faust ins Gesicht und setzte einen Schlag in die Magengrube hinterher.

Lauren zuckte zusammen, als sie das Geräusch hörte, das seine Fäuste machten, und sah, wie Dominic einknickte. Er wehrte sich, doch die Männer hielten ihn gefangen. Sie erbebte. Und sie konnte nichts tun.

Cyrus gönnte Dominic einen Moment, um sich wieder zu fassen.

»Lass sie gehen«, sagte Dominic erneut.

»Du willst nicht, dass sie dich leiden sieht. Ach, wie rührend.«

Nein, er wollte sie beschützen, das konnte Lauren in seinen Augen sehen, mit denen er sie durchdringend ansah.

Geh. Ich komme klar.

Cyrus tat gelangweilt. »Na schön. Kolja, bring sie zu ihrem Bruder«, sagte er zu einem der Männer.

In Laurens Kopf klingelte ein Alarmsignal. Sie wollte nicht mit dem Russen gehen. Doch Dominics Blick bohrte sich in sie.

Seine Augen schienen zu flehen.

Hau ab. Bring dich in Sicherheit.

Der Mann, den Cyrus angesprochen hatte, packte sie am Arm und schubste sie zur Treppe.

* * *

Joey saß vor dem Bildschirm und sah, wie Lauren von einem der Russen weggeführt wurde. Seine Nerven waren bis zum Zerreißen gespannt, er kaute seine Finger blutig und ständig fühlte er die Blicke der anderen auf sich. Er hatte die Container-ID wieder korrigiert und die Russen waren hörbar erleichtert, da sie nun ihre Ware zurückhatten. Zunächst einmal stand damit wieder alles auf Anfang. Cohens Plan konnte immer noch durchgeführt werden. Und davon wussten sie nichts. Doch es gab zwei Probleme:

Erstens war Joey ihnen nun nicht mehr nützlich und nichts hielt sie davon ab, ihn zu töten. Und zweitens vermöbelte Cyrus gerade Dominic – das konnte er nun auf dem Bildschirm verfolgen –, vermutlich, um weitere Informationen aus ihm rauszuprügeln. Dominic war ein harter Hund, der sich nicht so schnell weichklopfen ließ. Doch wer wusste, wie lange er durchhalten würde? Joey musste darauf vertrauen, dass Dominic den Hinweis mit dem USB-Stick gesehen und verstanden hatte.

Auf dem Stick war ein Skript, das sämtliche Parameter eines Netzwerks, in das man sich mit dem Laptop einwählte, abgriff, verschlüsselte und unbemerkt an eine externe Adresse verschickte. Dom hatte ihm den Stick vor einiger Zeit zugespielt und ihn als ›Notruf-Knopf‹ bezeichnet. Die Zugangsdaten würden bei Cohens Team ankommen, die damit nicht nur Zugriff auf Sharkins Netzwerk bekämen, sondern auch den Hinweis auf seinen aktuellen Standort. Joey hatte versichert, er brauche den USB-Stick, um sich erneut in das Abfertigungssystem des Newarker Hafens zu hacken. Natürlich hatte Sharkin seine Männer angewiesen, das Ding zu untersuchen.

Doch in der kurzen Zeit waren sie nicht dahintergekommen, was das Programm genau machte. Dann hatte Joey sich an die Arbeit gesetzt. Er hatte es eine Zeit lang so aussehen lassen, als wäre es unglaublich kompliziert, und hatte in Wirklichkeit heimlich das Programm auf dem Stick ausgeführt.

Ja, er hatte letztendlich tun müssen, was sie von ihm verlangt hatten, doch wenigstens hatten sie Sharkin jetzt im Sack.

Game Over, Loser.

»Die Situation da drüben wird unangenehm«, sagte Maxim, der neben ihm erschienen war, mit Belustigung in der Stimme.

Joey löste seinen Blick vom Geschehen auf dem Bildschirm und sah nervös zu ihm auf.

»Vadim, mein Boss, möchte, dass ich dich zu ihm bringe.« Maxim klang eiskalt. »Er will dich beschützen, wie er versprochen hat.«

Joey nickte zögerlich und wollte aufstehen, doch Maxim drückte ihn zurück auf den Stuhl.

»Ich persönlich bin der Meinung, dass ich dich besser umbringe.«

Joey kam nicht dazu, in Panik zu verfallen, denn in diesem Moment explodierte die Tür und eine Spezialeinheit des FBI stürmte den Raum.

* * *

Cyrus hatte sichtlich Freude daran, ihn zu verprügeln. Doch er dosierte seine Kraft, weil er noch nicht bekommen hatte, was er wollte. Er wollte Informationen von ihm und er hatte nicht mehr viel Zeit, ehe das Einsatzkommando hier sein würde.

»Ich will wissen, was das FBI vorhat, um den Deal zu crashen«, forderte Cyrus zum wiederholten Mal. »Joey war doch sicher für eine ganz andere Aktion vorgesehen, als die blöde ID zu ändern. Ihr müsst wissen, wo die Ware hingeht. Also, wie stellt ihr es an?«

Wie zuvor schwieg er und empfing weitere Schläge, nicht nur von Cyrus, sondern auch von einem der Russen.

»Du Drecksbulle!«, spie Cyrus ihm ins Gesicht. »Wenn wir dich nicht weichklopfen können, dann hält mich nichts davon ab, Kolja zu sagen, er soll dein Mädchen schön langsam töten.«

Obwohl die Angst um Lauren ihm den Atem raubte, zwang er sich zur Ruhe. Er musste nur noch etwas Zeit schinden. Nur noch ein bisschen Zeit. Bald würde es vorbei sein. Ein für alle Mal. Und dann würde er mit Lauren abhauen und nie mehr wiederkommen. Sie wusste es noch nicht, doch sie war für ihn wie ein Licht, wie die Sonne, die die Dunkelheit aus seinem Leben vertreiben würde. So wie die aufgehende Sonne nun die Baustelle in helles Licht tauchte.

Er glaubte, aus dem Augenwinkel Personen unten auf dem Gelände zu sehen, und war sich sicher, dass das Spezialkommando anrückte. Dies gab ihm neue Kraft, und als Cyrus zu einem weiteren Schlag ausholte, nutzte er die Tatsache, dass die zwei anderen ihn festhielten, zog sich hoch und rammte Cyrus seine Beine gegen den Brustkorb. Dadurch fiel er zu Boden, doch er konnte sich aus dem Griff der Männer befreien. Schnell trat er einem der beiden die Beine weg und brachte ihn so zu Fall. Er war gut ausgebildet im Nahkampf und in Topform, doch er würde sich nicht lange gegen alle drei zur Wehr setzen können.

Er musste sie ablenken.

Kapitel 33

Lauren war auf der Höhe des zweiten Stockwerks, als sie Dominics Ruf von oben hörte: »Lola, Plan B!«

Blitzschnell wandte sie sich zu Kolja um, der sie begleitete. Er zog seine Waffe.

Ohne nachzudenken, spulte Lauren das Bewegungsmuster ab, dass sie mit Danny immer und immer wieder trainiert hatte: Sie machte einen Schritt nach vorne, griff den Lauf der Pistole mit der linken Hand und schlug mit der rechten Koljas Handgelenk zur Seite. Ihr Glück war, dass er sie unterschätzte und so den Bruchteil einer Sekunde zu spät reagierte. Ruckartig zog sie den rechten Ellenbogen nach oben und hörte das Knacken seiner Nasenwurzel, als sie sein Gesicht traf. Dann rammte sie ihm ihr Knie in die Genitalien und schubste ihn von sich. Es dauerte nur Sekunden und die Waffe, eine Dessert Eagle, vermutlich geladen mit 44er Magnum-Munition, gehörte ihr.

Sie rannte los.

Von weiter oben hörte sie die anderen, die sie verfolgten, doch ihre Füße flogen über die Treppen, schienen die Stufen kaum zu berühren. Im Erdgeschoss erwartete sie einer der Männer, verwundert über das, was sich im Gebäude über ihm abspielte.

Keine Zeit zum Nachdenken.

Sie streckte ihn mit einem Schuss nieder und eilte hinüber zu der Nische, in der die Gasflaschen standen, drehte das Ventil am Druck-minderer einer Acetylenflasche auf und rannte zum Ausgang. Sie wusste nicht, wie viel Abstand sie zwischen sich und die Gasflaschen bringen musste, um in Sicherheit zu sein, aber gleichzeitig noch gut zielen und schießen zu können. Sie erreichte den Ausgang, als Kolja am Fuße der Treppe ankam. Sie drehte sich um und schoss auf ihn. Auch er ging zu Boden. Ehe der Nächste hinterherkam, richtete sie die Waffe auf die Gasflaschen.

»Dom, lauf!«

Lauren zielte auf den Druckminderer – dieser und das Ventil waren die empfindlichsten Stellen – und drückte mehrmals ab. Das Gas entwich mit großem Druck, die Flasche taumelte und stieß gegen die anderen, drohte sie umzuwerfen. Lauren feuerte weiter. Tatsächlich prallten die Kugeln von den Gasflaschen ab, und bei der letzten Kugel flog ein Funke.

Das Gasgemisch entzündete sich und formte einen Feuerball, der die Nische voll ausfüllte. Lauren hechtete nach draußen und sah zurück in den Korridor. Kurz befürchtete sie, es würde nicht reichen, doch in diesem Moment barsten die ersten Gasflaschen und die Verpuffung, die folgte, erschütterte die rohen Mauern. Reflexhaft drückte Lauren die Hände auf ihre Ohren. Das Feuer raste nach oben durch das zentrale Treppenhaus, durch die bereits installierten Luftschächte, in die leeren Korridore. Das Gebäude erbebte in einem Schauer und schließlich kam die Feuerwand auch auf Lauren zu und sie ließ sich zu Boden fallen. Weitere Gasflaschen barsten und Feuersäulen leckten die Treppe hinauf. Lauren rollte über den Asphalt und spürte einen stechenden Schmerz in ihrem Arm. Nebenbei registrierte sie einen Druck in ihrem rechten Ohr und aus dem Augenwinkel konnte sie erkennen, dass eine Gestalt aus einem der oberen Stockwerke sprang – wahrscheinlich in Panik, um sich vor der Feuerwand zu retten.

In dem Gebäude gab es nicht viel brennbares Material und so rauschte das Feuer einmal von unten nach oben und erstarb dann beinahe so plötzlich, wie es begonnen hatte. Hier und da brannten kleinere Feuer und die Explosion hatte eine große Hitze freigesetzt. Lauren blieb auf der Seite liegen und keuchte. Der Druck in ihrem rechten Ohr war zu einem pochenden Schmerz geworden und in ihrem linken Ohr pulsierte ein Rauschen. Auf ihren Armen und ihrem Gesicht fühlte sich der Schmerz an wie Nadelstiche, und als sie ihren linken Arm betrachtete, erkannte sie, dass das Feuer sie hier erwischt haben musste, denn die Haut warf Brandblasen auf.

Das Rauschen in ihrem linken Ohr wurde schwächer und dafür mischte sich ein stetiger Pfeifton dazu. Sie lag vom Gebäude abgewandt und drehte sich nun mühsam auf den Rücken. Dort verharrte sie einen Moment, versuchte, ihren Atem zu beruhigen und ihre Gedanken zu ordnen. Sofort dachte sie an Dominic. Sie hoffte verzweifelt, dass er es unversehrt hinausgeschafft hatte. Stöhnend drehte sie sich weiter und sah zum Gebäude.

Ein SWAT-Team war erschienen und durchkämmte den Rohbau. Lauren konnte nur schwer erfassen, was sie da sah. Das Auftauchen der Cops war so unwirklich, dass sie zuerst dachte, ihre Augen hätten auch etwas abbekommen. Doch einer kam zu ihr und sprach sie an. Seine Worte hörte sie nur stark gedämpft und es fiel ihr schwer, sich darauf zu konzentrieren, so, als wäre er kilometerweit entfernt und als würde sie eigentlich einer anderen Konversation lauschen. Und in ihrem Kopf hämmerten Fragen auf sie ein. Wie ist das möglich? Wie konnten die so schnell hier sein? Wo ist Dominic?

Nun waren weitere Männer da. Man half ihr auf – sie konnte stehen und gehen, was ihr ebenfalls unwirklich vorkam. Erneut sah sie zum Gebäude. Die Cops führten Cyrus heraus. Er ließ den Kopf hängen. Lauren sah sich nach Dominic um. Inzwischen waren auch Cops aufgetaucht, die Basecaps und schwarze Jacken mit den gelben Buchstaben FBI darauf trugen. Einer von ihnen kam zu ihr und schob sie vom Gebäude weg zu einem schwarzen Van mit getönten Scheiben. Die Schiebetür zum Fond stand offen und an einem Klapptisch im Innern saß ein Mann in dunklem Anzug und weißen Sneakers. Er bedeutete ihr, sich ihm gegenüber zu setzen.

»Können Sie mich verstehen, Ms.? Geht es ihnen gut?«

Der Lärm in ihrem Kopf hatte sich verzogen, doch ihr rechtes Ohr war fast komplett taub. Also drehte sie ihm ihr linkes Ohr zu und nickte zögernd.

Der Mann wandte sich an den Agent, der sie zum Van gebracht hatte. »Schicken Sie einen von den Rettungssanitätern hierher.«

Als sie allein waren, reichte er Lauren die Hand und stellte sich vor: »Ich bin Special Agent Cohen. Ms. Mazur, ich möchte Ihnen für Ihre Hilfe in diesem Fall danken. Wir haben diesen Schlag gegen Sharkin schon lange geplant.«

Lauren nickte mechanisch, um Cohen zu zeigen, dass sie ihn verstand. Doch in Wirklichkeit verstand sie gar nichts. Die Worte ergaben keinen Sinn in ihrem Kopf und doch reifte tief in ihr die Erkenntnis, dass das hier alles nicht zufällig geschah. Es war ein unsicheres Gefühl, nichts, was sie genauer hätte beschreiben können, ähnlich, wie wenn sich einem die Haare aufstellten, bevor der Blitz einschlug.

»Dank Ihnen, Ihrem Bruder und unserem Agenten Garcetti stehen wir nun kurz davor, die gesamte Organisation zu zerschlagen.«

Lauren runzelte die Stirn. »Wer?«

»Agent Garcetti«, erwiderte Cohen. »Er hat in den letzten fünf Jahren undercover gegen Sharkin ermittelt und die Maßnahmen zur Schwächung seines Netzwerks geleitet.«

Nachdenklich betrachtete er ihren verwirrten Gesichtsausdruck und seufzte schließlich. »Verzeihen Sie. Ich dachte, er hätte Sie eingeweiht.«

»Ich kenne keinen Agent Garcetti«, brummte Lauren, weil Cohen anfing, ihr auf die Nerven zu gehen. Sie wollte zu Dominic, wollte wissen, wie es ihm ging. Angestrengt suchte sie mit Blicken den Platz vor dem Gebäude ab, doch sie konnte ihn nirgends ausmachen.

Ein Sanitäter kam zum Van gelaufen und Cohen verließ den Wagen, damit Lauren untersucht werden konnte. Abgesehen von ein paar Schrammen im Gesicht und leichten Verbrennungen am Arm hatte sie keine schlimmeren Verletzungen. Ihr Arm wurde grob verbunden – die Brandwunde würde später weiter versorgt werden – und sie bekam ein leichtes Schmerzmittel gespritzt. Lauren beobachtete Cohen, der in ein paar Metern Entfernung telefonierend auf und ab ging. Die Zerschlagung von Sharkins Organisation war also eine vom FBI geplante Operation. Genau wie Cyrus es vermutet hatte. Sie fragte sich, was Leos Rolle bei der ganzen Sache war. War er Nutznießer, Werkzeug oder mehr? Was hatte Dominic damit zu tun? Ganz langsam machte sich eine leichte Panik in ihr breit. Wo war er, verdammt? Und was war mit Joey?

Cohen kam zurück und setzte sich ihr gegenüber.

»Wir werden Sie jetzt in ein Sicheres Haus bringen und Ihnen alles erklären.« Damit schloss er die Schiebetür und der Van fuhr los.

Entgeistert sah Lauren zu Cohen. Ein mitfühlender Ausdruck trat in sein Gesicht. »Es tut mir leid. Das wird sicher nicht leicht für Sie.«

»Wo bringen Sie mich hin?« Es war so absurd, das Ganze. Hier schien nichts einen Sinn zu ergeben. Wenn sie wussten, wer sie war und was sie getan hatte, warum hatte er Dominic bisher mit keinem Wort erwähnt?

»Was ist mit Dominic?«

Cohen holte tief Luft. »Ich fürchte, für unseren Agent ist die Operation beendet.«

»Agent?«

Cohen nickte. »Wir haben Agent Garcetti als Leonardo Valentes Neffen Dominic in die Organisation eingeschleust. Seine Aufgabe war es, Sharkins Organisation anzugreifen und seine Aktivitäten möglichst umfänglich zu sabotieren. Ihn so weit zu bringen, dass er sich aus der Deckung wagt, einen Fehler macht. Er hat dabei auf Leonardos Ressourcen zurückgegriffen, der uns ... nun ja, einen Gefallen schuldete.«

Eine seltsame Kälte breitete sich in Lauren aus, als ihr klar wurde, was Cohen ihr da erzählte. Der Mann, den sie als Dominic Valente kannte, war also tatsächlich ein Undercover-Agent. Dass es nicht nur das kranke Gelaber von Cyrus war, sondern die Wahrheit, war so unmöglich, so absurd und doch fügte es sich ins Bild wie ein fehlendes Puzzleteil. Dominic hatte ihr immer etwas verheimlicht, das hatte sie gespürt. Und als er ihr gesagt hatte, er wolle aussteigen? Hatte er da versucht, ihr die Wahrheit zu sagen?

Entsetzt starrte sie Cohen an, der komplett gleichgültig wirkte, als er fortfuhr: »Unser Agent hat den Kontakt mit Ihrem Bruder hergestellt und als klar wurde, dass die Operation mit ihm erfolgreich durchgeführt werden kann, hat er auch Sie rekrutiert. Ihr Bruder war bereits zu einem frühen Zeitpunkt eingeweiht und seine Bedingung war, die Familie zu beschützen. Deshalb brachten wir Ihren Vater in dem Seniorenheim unter. Auch Joey ist inzwischen in Sicherheit.«

Mit jedem seiner Worte gelangte Lauren immer tiefer in den Strudel dieser Geschichte. Alles, was sie in den letzten Wochen getan hatte, alles, was passiert war, war Teil eines Plans gewesen, und anscheinend war jeder eingeweiht gewesen, abgesehen von ihr. Man hatte sie betrogen. Joey hatte sie betrogen. Dominic, der gar nicht Dominic war, hatte sie betrogen. Wie hatte Cohen es genannt? Er hatte sie ›rekrutiert‹.

War das, was zwischen uns gelaufen ist, auch ein Teil des Plans?, fragte sie sich. Es hatte sich richtig angefühlt, es war echt. Zumindest für sie.

»Was meinten Sie damit, als Sie eben sagten, für Ihren Agent sei die Operation beendet?«, fragte sie und konnte sich die Antwort bereits denken.

Cohen schüttelte bedauernd den Kopf. »Es tut mir leid.«

Lauren sah aus dem Fenster. Etwas in ihr zog sich zusammen. Sie wollte weinen, doch es kamen keine Tränen.

»Wo bringen Sie mich hin?«, fragte sie erneut.

»Zu einem Safe House«, sagte Cohen. »Hier werden Sie nochmals medizinisch versorgt.«

Er lehnte sich vor und sah sie ernst an. »Ms. Mazur, Sie können sich sicherlich denken, dass Sie nicht nach Hause zurückkehren können. Es ist nicht sicher. Das wird es niemals sein.«

Lauren nickte benommen. Es war wie Dominic (nicht Dominic!)

gesagt hatte: Man musste alles aufgeben. Man musste sterben, um auszusteigen. Irrsinnigerweise kam ihr einer seiner Sprüche in den Sinn: *Keine gute Tat bleibt ungestraft.* Sie fühlte, dass dies nun auch zu ihrer Wahrheit geworden war.

»Ihr Einverständnis vorausgesetzt«, fuhr Cohen fort, »übergeben wir Sie dem Zeugenschutzprogramm der U. S. Marshals.«

Er griff in sein Jackett, zog ein Bündel Papiere heraus und entfaltete es auf dem Tischchen vor sich.

»Wenn Sie das hier unterschreiben, wird Folgendes passieren: Das Meth-Labor ihrer Nachbarn wird von der DEA hochgenommen und dabei in die Luft fliegen. Dabei wird das Feuer auf ihr Haus übergreifen. Die Behörden bekommen die Nachricht, dass Lauren Mazur heute bei diesem Brand ums Leben gekommen ist. Joey ist bereits in Sicherheit. Ich habe vorhin die Meldung des Einsatzleiters bekommen, dass sie ihn befreien konnten. Offiziell wird es heißen, dass er ebenfalls durch das Feuer getötet wurde. Ihr Vater Nick wird an einem erneuten Schlaganfall im Maplewood Seniorenheim versterben. In Wirklichkeit verlegen wir ihn gerade an einen sicheren Ort.«

Äußerlich nahm sie Cohens Worte gefasst auf. Tatsächlich wütete in Lauren ein Tornado an Gefühlen. Sie wusste einfach nicht, was sie sagen oder wie sie reagieren sollte. Innerlich wollte sie schreien, doch sie saß einfach da und starrte aus dem Fenster.

Das war's. Schachmatt.

»Kann ich mich bei meinen Freunden verabschieden?«, fragte sie mit rauer Stimme, obwohl sie die Antwort schon kannte.

»Es tut mir leid. Wir können nicht riskieren, dass Unbeteiligte davon wissen.«

Cohen hatte seine Worte offensichtlich mit Bedacht gewählt. Mit ›Unbeteiligte‹ machte er deutlich, dass Betty, Ella und Adán sowie Maddie nicht damit belastet werden sollten. Dabei ging es ihm einzig und allein um das Sicherheitsrisiko.

Lauren schluckte schwer und plötzlich konnte sie nur an eins denken: Dass Dominic nicht der war, der er vorgegeben hatte zu sein.

Und trotzdem konnte sie nicht glauben, dass seine Gefühle für sie nicht echt waren. Es floss durch sie hindurch. Vielleicht war es auch nur Wunschdenken. Es war belanglos. Es änderte nichts. Er war weg, ziemlich sicher tot oder würde es bald sein.

Operation beendet.

Sie sah nach draußen auf die vertrauten Straßen, sah die Gebäude, die Menschen. Das alles hatte ab sofort keine Verbindung mehr zu ihr.

Oh Gott!, dachte sie. Was wird Ella denken?

Sie wusste von nichts. Sie würde ihre beste Freundin für tot halten. Vielleicht würde sie stutzig werden, wenn auch Joey und Nick scheinbar starben. Die ganze Familie tot? So plötzlich? Doch sie würde nichts herausfinden können. Ihre gemeinsame Geschichte endete hier. Unvermittelt fragte Lauren sich, wie Ellas weiteres Leben aussehen würde. Wie würde sie den Tod ihrer besten Freundin verarbeiten? Würde sie sich, nachdem sie im Streit auseinandergegangen waren, Vorwürfe machen? Scheiße, wie furchtbar das alles war!

Lauren fröstelte in der klimatisierten Luft des Vans, doch die Kälte schien tiefer zu reichen. Es fühlte sich an, als würde sie ausbluten, als hätte man etwas von ihr abgeschnitten. Eine unsichtbare Gliedmaße, doch unweigerlich mit ihrem Selbst verbunden, war abgetrennt worden. Es war Dominic, für den sie Gefühle empfand, die sie bisher nicht gekannt hatte. Auch bei Danny nicht. Er hatte ihr das tiefe und heilsame Gefühl gegeben, vollkommen verstanden zu werden. Er hatte ihre Wunden geheilt, ohne zu wissen, dass er es tat – einfach aufgrund der Tatsache, dass er da war und sie verstand. Dass das alles Teil eines Plans gewesen sein sollte, dass es nicht echt war, war für sie komplett unbegreiflich. Es stimmte nicht.

Oder war sie einfach nur dumm und hielt es für etwas Besonderes, obwohl es für ihn am Ende nur ein Job gewesen war, mehr nicht? Das Schlimmste war die Erkenntnis, dass sie sich diese Frage nun für den Rest ihres Lebens stellen würde. Niemals würde sie eine Antwort bekommen.

Niemals.

Für immer.

Ehe ihr wirklich bewusst war, was sie tat, nahm Lauren den Stift, den Cohen ihr reichte, und unterschrieb.

Joey stand mitten im Raum und wirkte verloren. Er drehte sich zu ihr um, als er sie hereinkommen hörte, und aus seinem Blick sprach tiefste Erleichterung, aber auch Schuld.

Wortlos ging Lauren zu ihm und schlug ihm mit der flachen Hand ins Gesicht. In diesem Moment entlud sich ihre aufgestaute Wut auf ihren Halbbruder, für den sie immer da gewesen war, für den sie einfach alles getan hatte, der sie jedoch angelogen und hintergangen hatte. Er hatte sie behandelt wie eine Schachfigur, nein, wie einen Mitspieler in einem seiner blöden Computerspiele.

Joey protestierte nicht. Er wehrte sich nicht. Aus seinem Gesicht sprach nichts als das schlechte Gewissen und er sah sie an wie ein geprügelter Hund. So schnell Lauren reagiert hatte, so schnell bereute sie, dass sie ihn geschlagen hatte. Er war praktisch alles, was sie jetzt noch hatte. Und sie war alles, was er hatte. Sie zog ihn in ihre Arme und drückte ihn fest an sich. Auch er hielt sie fest und so standen sie eine Weile einfach da. Hier waren sie beide, Bruder und Schwester – bald würden sie nur noch einander haben, sämtliche Verbindungen zu ihrem alten Leben ausgelöscht.

»Es tut mir leid. Geht es dir gut?«, fragte sie ihn.

Joey nickte. »Wir haben es geschafft. Sie konnten die Waffen sicherstellen.«

Lauren löste sich von ihm und sah ihn fragend an.

»Nachdem sie mich rausgeholt haben, haben wir die Spedition, die den Container abgeholt hat, ins Visier genommen«, erklärte Joey. »So war es ursprünglich geplant gewesen.«

Er redete beinahe wie ein Cop, dachte Lauren. Er wirkte so ernst und konzentriert, wie sie ihn noch nie erlebt hatte.

»Hast du von Dad gehört?«, fragte er.

»Er wird verlegt. Ich muss darüber noch mit Cohen reden. Mir ist nicht wohl dabei.«

In diesem Moment erschien Cohen in der Tür und räusperte sich. »Ms. Mazur, Joey ... Wir werden aufbrechen und den Standort wechseln. Dort wird dann alles Weitere geregelt werden.«

»Ich will, so schnell es geht, meinen Vater sehen«, sagte Lauren in festem Tonfall, falls Cohen es vergessen haben sollte.

Als sie gemeinsam zum Van gingen, war Laurens Kopf einfach leer. Und auch in ihrem Innersten war eine Leere, die sie beinahe physisch spüren konnte. Sie ließ sich mit Joey zu dem anderen Standort bringen, wo sie zunächst ein Essen gereicht bekamen, das sie nicht runterbrachte –, hörte sich die Anweisungen von Masterson, dem zuständigen U. S. Marshal an, der sie und Joey zu ihrem nächsten Bestimmungsort begleiten würde, und ließ sich auf ein Zimmer bringen, wo sie eine schlaflose Nacht lang auf dem unbequemen Bett saß und die Wand gegenüber anstarrte.

Am nächsten Tag brachte man sie und Joey zu einem Militär-Flughafen, setzte sie in eine Maschine mit unbekanntem Ziel und ließ sie schließlich auf einer Farm bei Columbus, Ohio allein.

Die Besitzer der Farm, Mrs. und Mr. Dean, speziell ausgebildet im Zeugenschutz, waren überaus nett und zuvorkommend. Zum ersten Mal fühlte Lauren sich ein wenig besser. Auch mit Nick konnte sie kurz telefonieren. Er war ganz in der Nähe untergebracht worden und erzählte aufgeregt, dass das Essen dort viel besser sei als in Maplewood. Natürlich würde sie ihm erklären müssen, was passiert war. Mitgekommen war er überhaupt nur, weil ihm erzählt worden war, dass Joey einen Job gefunden habe, der einen Umzug notwendig mache.

Gegen Abend besprachen sie mit den Deans die nächsten Schritte, ihre neuen Namen, die Legenden, die sie von nun an als ihre wahre Geschichte verkaufen mussten. Erschöpft und ausgezehrt zog Lauren sich danach in das kleine Zimmer zurück, das man für sie hergerichtet hatte. Auf dem Boden stand ein Karton mit persönlichen Sachen, die man aus ihrem Haus geborgen hatte. Da war ihre Nachttischlampe, das alte Ding, das einen Wackelkontakt hatte und scheinbar nur funktionierte, wenn es Lust dazu hatte. Ein kleines Kopfkissen mit Kätzchen darauf, das sie eigentlich hässlich fand und nur nutzte, wenn ihr Rücken von der Arbeit schmerzte und sie im Bett lesen oder mit Ella auf dem Handy schreiben wollte. Das Mäppchen mit den Stiften, die sie für ihre Tagebucheinträge genutzt hatte, doch keines ihrer Tagebücher war in dem Karton.

Natürlich.

Diese Geschichten waren nun kein Teil mehr von ihr.

Ihr Leben – was war das nun? Alles, was sie bisher gekannt hatte, war nicht mehr von Bedeutung. Sie musste ihr Leben weglegen wie ein Buch. Es zuklappen und weglegen. Und dann ein Neues anfangen. Alles, was sie besaß, alles, was sie war, befand sich in diesen vier Wänden. Doch als sie mitten im Raum stehenblieb, fühlte es sich an, als könnte sie genauso gut auf freiem Feld stehen. Um sie herum völlige Leere. Ungeschützt. Nackt. Aus dem Leben gerissen.

Sie war nur noch ein Geist.

Sie fühlte einen wohlbekannten Schmerz in sich aufkommen. Ziemlich vertraut und doch viel mächtiger als zuvor, nahm dieses Gefühl den Platz in ihrem Herzen ein: Einsamkeit.

Sie sackte zu Boden, stieß einen verzweifelten Schrei aus und – endlich – begann sie zu weinen.

Epilog

Columbus, Ohio, November 2021

Die Bedienung serviert seinen Kaffee, Marcus bezahlt und schüttet Zucker in die Tasse.

Nora rümpft die Nase, weil sie es einfach widerlich findet. »Ich trinke meinen Kaffee lieber schwarz.«

Marcus grinst. »Wusstest du, dass Menschen, die Bitteres mögen, wie zum Beispiel schwarzen Kaffee, einer Studie zufolge überdurchschnittlich häufig Psychopathen sind?«

Ihr entfährt ein kurzes Lachen. Er hat es wieder geschafft, wird ihr bewusst. Genau wie damals hängt sie am Haken. Genauso fühlt es sich an.

Um abzulenken, fragt sie: »Was machst *du* beruflich?«

»Ich habe vor Kurzem einen neuen Job ganz in der Nähe angefangen. Als Netzwerkadministrator in einer Bibliothek.« Er lächelt müde. »Ein Bürojob.«

»Bedeutet das, dass du ...?«

Er nickt. »Ich arbeite nicht mehr für Cohen. Oder sonst wen von denen. Die erste Zeit habe ich mich mit meiner Abfindung finanziert und bin untergetaucht.«

Er sieht ihr in die Augen und sie bemerkt, dass ihr vorsichtiger Blick ihm unangenehm ist.

Nora wartet ab. Sie weiß einfach nicht, was sie sagen soll. Nicht, dass sie nichts zu sagen hätte. In Gedanken hat sie dieses Gespräch schon mehrfach geführt und immer war sie diejenige, die Vorwürfe erhebt. Mal mehr, mal weniger lautstark. Doch die Version, in der sie einfach nur dasitzt, gab es nicht.

»Du traust mir nicht«, stellt er fest und seufzt. Sein Blick geht erneut nach draußen und ein angestrengter Ausdruck erscheint auf seinem Gesicht. Er sucht nach den richtigen Worten.

Dann sieht er sie an. »Ich habe dir wehgetan.«

Nora blickt in seine stahlblauen Augen. »Du hattest keine Wahl, nehme ich an.«

Er wirkt mit einem Mal traurig und sieht sie entschuldigend an. »Ich bin aus dem fünften Stock gesprungen, auf die Überdachung der Garageneinfahrt. Erst Stunden später bin ich in einem Krankenhaus aufgewacht.«

Nora muss tief einatmen. »Ich hab dich für tot gehalten.«

»Du hast ein Gebäude angezündet, in dem ich noch drin war«, bemerkt Marcus lakonisch.

Dann nickt er betrübt. Es musste sein. Eine andere Option hat er nicht bekommen.

Nora weiß das. Auch sie musste sterben, um weiterzuleben. Doch es ändert nichts an den schlaflosen Nächten und der Verzweiflung, die sie in ihrem Leben nun begleiten.

»Falls es dir etwas bedeutet«, sagt er leise, »ich habe immer an dich gedacht. Jeden einzelnen Tag. Das ist der Grund, weshalb ich mit Masterson Kontakt aufgenommen habe. Ich musste dich sehen.«

Noras Knie zittern. Es bedeutet die Welt für sie, doch sie bekommt kein Wort über die Lippen.

»Das war übrigens schon vor gut einem Jahr«, fährt Marcus fort. »Doch sie haben es nicht zugelassen. Frühestens nach drei Jahren, so sei die Regel, meinten sie.«

Als sie immer noch nichts sagt, fährt er sich nervös mit der Hand über den Kopf. »Mir tut das alles so wahnsinnig leid«, sagt er. In seinem Blick liegt eine Bitte. »Ich hoffe, du hältst mich nicht für ein Monster.«

Nora zieht die Schultern hoch. »Ehrlich gesagt: Ich weiß nicht, für was oder wen ich dich halten soll. Eigentlich weiß ich gar nicht, wer du bist.«

Marcus schüttelt langsam den Kopf. »Du bist die Einzige, die mich wirklich kennt.«

Er greift über den Tisch nach ihrer Hand.

Zum ersten Mal berühren sie einander, nach so langer Zeit, doch es fühlt sich so natürlich, so selbstverständlich an. Diese Tatsache und seine Worte lassen Nora ihn stirnrunzelnd ansehen.

»Wie meinst du das?«

»Ganz egal, was du glaubst. Egal, welche Rolle ich für diesen Job gespielt habe. Ich habe dich nie belogen, wenn es um meine intimsten Gefühle ging. Wenn wir allein waren, habe ich keine Rolle gespielt.«

Er zieht seine Hand zurück und rührt nachdenklich in seinem Kaffee. Er sieht aus, als habe er die Lust darauf verloren. Schließlich blickt er sie unsicher an.

»War es für dich auch echt?«

»Aus meinem tiefsten, verfickten Herzen«, sagt Nora bitter.

»Aber ich habe mich in einen Mann verliebt, der nicht existiert.«

»Er sitzt hier direkt vor dir«, sagt er beinahe flüsternd.

»Ach ja?« Nora denkt, dass sie nicht so feindselig reagieren sollte, doch da brodelt etwas in ihr. Etwas, von dem sie Angst hat, es rauszulassen.

Trotzdem sieht sie ihn herausfordernd an und fragt: »Und alles, was du mir über dich erzählt hast, ist wahr?«

Er nickt.

»Was ist mit deiner Kriegsverletzung? Ist die echt?«

Ein Schatten zieht über sein Gesicht. »Ja.«

»Die Tatsache, dass du danach erst mal nicht wusstest, wie es weitergehen sollte?«

»Ja.«

»Deine alkoholkranke Mutter?«

Sie sieht ein Glänzen in seinen Augen, von den Tränen, die er zurückhält.

»Ja. Sie ist jetzt seit vier Jahren trocken. Sie wohnt in meiner Nähe drüben in Cincinnati.«

Nora gestattet ihm und sich eine kurze Pause, atmet tief durch. Nun kommen die wirklich heiklen Fragen.

»Die Geschichte mit deiner Ex?« Sie weicht seinem Blick aus, weil sie nicht will, dass er bemerkt, wie wichtig ihr diese Sache ist.

»Ist wahr«, sagt er knapp.

Nora sieht ihn kurz an und dann aus dem Fenster. Ich sollte das nicht tun, denkt sie sich. Doch sie kann nicht anders.

»Dass du aussteigen wolltest? Mit mir?«

Ein trauriges Lächeln tritt in sein Gesicht. Er sieht sie mit seinen blauen Augen an und Nora spürt die Wahrheit, ehe er sie aussprechen kann.

»Ich hätte alles dafür gegeben. Und ich hätte dir die Wahrheit sagen sollen.«

Mit einem Mal fühlt Nora eine Leere in sich aufsteigen. Jetzt, da die brennendsten Fragen beantwortet sind, gibt es einfach nichts mehr, das sie sagen oder tun könnte. Der Mann aus ihren Träumen ist hier und hat alles so gesagt, wie sie es sich gewünscht hat. Jetzt erst bemerkt sie, dass sie während seiner Antwort die Luft angehalten hat, und atmet hörbar aus.

Es klingt unfreiwillig genervt und sie beeilt sich zu sagen: »Danke. Das bedeutet mir sehr viel.«

Er holt tief Luft und wirkt erleichtert, jetzt, da er offensichtlich gesagt hat, was er sagen wollte. Doch Nora sieht ihm an, dass auch ihn Fragen quälen. Es muss so sein, denkt sie und spielt mit ihrem Smartphone auf dem Tisch. Als er sich bei den Marshals gemeldet hat, um sie zu finden, mussten sie ihm etwas erzählt haben.

»Wie geht es deinem Bruder?«, fragt er, deutlich um einen lockeren Tonfall bemüht.

»Tobey«, Nora betont den Namen überdeutlich, »arbeitet mittlerweile in Langley. Bei einer dieser privaten Sicherheitsfirmen.«

Insgeheim denkt sie, dass ihr Bruder wohl der Einzige ist, dem es nach der ganzen Sache besser geht als vorher. Doch das behält sie für sich.

Stattdessen sieht sie Marcus auffordernd an. Er hat sicher noch mehr Fragen.

»Und dein Vater?«

Nora schüttelt den Kopf und registriert, dass ein besorgter Ausdruck in Marcus' Gesicht tritt. »Er hatte letztes Jahr einen erneuten schweren Schlaganfall. Aus heiterem Himmel. Am Tag davor waren wir noch beim Angeln. Er musste nicht leiden.«

»Das tut mir leid.«

Sie fühlt, dass er es wirklich bedauert und dass ihn eine Schuld quält, die sie nicht von ihm nehmen kann. Da ist eine Wunde in ihr, die noch nicht verheilt ist. Die wieder aufgerissen ist, als sie die Notiz mit seiner Telefonnummer im Briefkasten gefunden hat. Und dieses Gespräch fühlt sich an wie eine Spülung mit Desinfektionsmittel in der offenen Wunde. Reinigend zwar, aber auch so schmerzhaft, dass ihr beinahe die Luft wegbleibt. Doch Nora weiß, dass er immer noch nicht alles gefragt hat, was er wissen will.

Er spielt mit seinem Kaffeelöffel.

»Und? Hast du jemanden?«, fragt er unsicher. »Du weißt schon.«

Wortlos nimmt Nora ihr Handy und wischt mit dem Daumen durch die gespeicherten Fotos. Mit klopfendem Herzen legt sie das Telefon vor Marcus ab, sodass er sich das Foto ansehen kann.

Zu sehen ist ein kleiner Junge mit braunen Haaren und dunklen Augen.

»Sein Name ist Tom.« Nun kommen ihr doch die Tränen. »Er ist toll. Er ist ... zweieinhalb Jahre alt.«

In Marcus' Gesicht wechseln sich Überraschung, Unsicherheit, aber auch so etwas wie Freude ab, als er das Foto betrachtet. Es besteht kein Zweifel. Die Gesichtszüge des kleinen Jungen, der leicht ironische Schlag in seinem Blick – alles an ihm ist eine Minikopie seines Vaters.

Eine Kopie von ihm.

Marcus muss schlucken und auch ihm treten Tränen in die Augen. »Lau..., Nora ich ...«

»Schsch ... es ist okay«, sagt sie mit fester Stimme. »Ich habe es selbst erst zwei Wochen später erfahren.«

Beide schaffen es, sich zusammenzureißen und nicht öffentlich im Coffeeshop zu weinen. Nora schafft es vor allem wegen der Wut auf die Marshals, die sie immer noch spürt.

»Sie haben mir eine Abtreibung nahegelegt«, sagt sie und nickt in Richtung Straße. »Vermutlich war es ihnen zu mühselig, sich dafür eine Legende auszudenken. Und einen ›Vater‹ mussten sie ja auch auftreiben, der in die Papiere kam.«

Marcus schnaubt und schüttelt den Kopf. Dann sieht er sie an und zum ersten Mal spürt Nora eine Verbundenheit zwischen ihnen, die sie für immer verloren geglaubt hat.

Oh Gott, es stimmt, denkt sie. Nach allem, was war, ich habe trotzdem immer noch Gefühle für ihn.

»Ich bin ohne Vater aufgewachsen«, sagt Marcus und für einen Moment wirkt sein Blick in die Vergangenheit gerichtet. Schließlich fährt er sich mit der Hand durchs Gesicht.

»Ich weiß nicht, ob ich als Vater etwas tauge. Aber ich ... meinst du, ich könnte ihn kennenlernen?«

Nora hat insgeheim gehofft, dass er das fragen würde. Sie hat darüber nachgedacht und sich auch schon eine Antwort überlegt.

Sie nickt. »Das fände ich großartig. Und wenn du ihn regelmäßig sehen willst, dann finden wir dafür eine Lösung.«

Was sie nicht ausspricht, ist das große Aber, und genau so klingt es auch. Sie spricht nicht aus, dass das alles ist, was sie ihm geben kann, und doch hängen diese Worte spürbar in der dünnen Luft zwischen ihnen.

»Danke«, sagt er und betrachtet das Foto des Jungen.

Nora holt tief Luft und kämpft weitere Tränen nieder. Es ist, wie es ist, denkt sie. Nach allem, was sie durchgemacht hat, und allem, was zwischen ihr und diesem Mann war, hätte sie ihn für immer und ewig hassen können. Doch da ist Tom, der seinem Vater so ähnlich ist. Allein seinetwegen, durch die nüchterne Tatsache seiner Existenz, ist es ihr unmöglich, Marcus zu hassen. Und mehr noch: Sie hätten sich nie wieder begegnen und einander vergessen sollen, doch er sitzt hier vor ihr. Weil er alle Hebel in Bewegung gesetzt hat, um sie zu finden. Weil er sie nicht aufgeben wollte. Vielleicht hat das Universum für sie beide doch noch eine Verwendung – und sei es, dass sie einfach Toms Eltern sein sollen.

Nun sitzen sie da und viel zu schnell scheint alles gesagt. In der Stille, die zwischen ihnen liegt wie ein Felsblock, nimmt Nora die Geräusche im Coffeeshop überlaut wahr. Das Zischen der Kaffeemaschine, die Stimmen der Gäste, das *Ka-Tsching* der Kasse. Sie weiß, dass sie etwas sagen sollte und öffnet die Lippen, doch es kommen keine Worte. *Verdammt, sag etwas!*

Marcus gibt ihr das Handy zurück. Sie erkennt, dass er mit sich hadert. Er hat die Tragweite dessen, was er soeben erfahren hat, noch nicht voll erfasst. Ein angestrengter Ausdruck erscheint auf seinem Gesicht.

»Ich danke dir, dass du diesem Treffen zugestimmt hast, trotz allem«, sagt er. »Ich würde mich freuen, wenn du dich meldest.«

Er schiebt seine Kaffeetasse von sich und steht auf.

Auf einmal scheint er es eilig zu haben. Vielleicht will er sich aus dieser Situation flüchten. Noras Herz schlägt schneller. *Sag etwas, damit er bleibt.*

Er setzt die Basecap auf und zieht sie sich tief ins Gesicht. »Sorry, ich … Es ist sicher besser, wenn ich gehe.«

Mensch, Nora! Sag etwas!

Kurz zögert er. »Mach's gut.«

Damit dreht er sich um und verlässt den Coffeeshops.

Ich habe ihm nicht einmal ›Tschüss‹ gesagt, denkt Nora unglücklich. Dabei hat sie ihm so viel zu sagen und hat doch kaum ein Wort rausbekommen. Die Gelegenheit dazu war da, doch sie hat sie verstreichen lassen. Sie nimmt ihr Handy und blickt in Toms dunkle Augen. Er ist der Grund, weshalb sie hier ist. Sie ist es ihm schuldig, das hier nicht zu versauen. Er soll seinen Vater kennenlernen.

Draußen sieht sie Marcus langsam davongehen. Nur noch ein paar Schritte, dann wird er aus ihrem Blickfeld verschwunden sein.

Nora schmeißt Geld für ihren Kaffee auf den Tisch, springt auf und läuft ihm nach.

»Du Mistkerl! Bleib stehen!«

Marcus dreht sich langsam um. Aus seinem Gesicht spricht keinerlei Ärger. Seine Augen sind tränenverhangen und er nimmt die Beschimpfung beinahe erleichtert an.

»Hast du eigentlich eine Vorstellung davon, was ich durchgemacht habe?« Mit energischen Schritten geht Nora auf ihn zu. »Was ich immer noch durchmache?«

Tränen laufen über ihre Wangen, doch sie kommt jetzt erst richtig in Fahrt. »Jeden verdammten Tag habe ich mich gefragt, ob du lebst, wo du steckst.«

Ihre Stimme bricht und sie muss Luft holen. Er will etwas sagen und hebt die Hände – vielleicht, um sie ihr beruhigend auf die Schultern zu legen –, doch Nora schubst ihn von sich. Er soll sich gefälligst anhören, wie hart es für sie ist.

»Ich weine mich in den Schlaf und doch schlafe ich fast gar nicht. Und wenn, dann habe ich ziemlich abgefuckte Träume. Und manchmal verarscht mich mein Verstand auf besonders perverse Weise. Dann träume ich nämlich, dass alles ist wie früher. Und dann wache ich auf, stelle fest, dass es nur ein Traum war und sterbe ein weiteres Mal. Ich träume, dass du neben mir liegst und plötzlich bist du weg. Und sterbe wieder.«

Abrupt endet ihr Redeschwall, erstickt in Tränen.

Marcus schluckt schwer. Er weint und seine Stimme zittert, als er sagt: »Ich auch. Ohne dich habe ich das Gefühl zu sterben. Mein Sonnenschein.«

Jedes Wort von ihm fühlt sich an wie ein sanfter, warmer Druck auf die Wunde in ihr. Dort, wo zuvor nichts gewesen ist als schmerzhafte Leere, beginnt wieder etwas zu leben.

Das ist zu viel für sie.

Nora schlägt die Hände vors Gesicht und schluchzt. Nicht aus Verzweiflung, sondern weil all diese Gefühle irgendwo hinmüssen: Angst, Einsamkeit, Traurigkeit, Unglaube, Hoffnung, Liebe. Es ist ihr egal, dass die Passanten es mitbekommen. Wahrscheinlich werden die Marshals jetzt mit besorgter Miene aus dem Auto steigen. Sollen sie doch!

Sie fühlt, wie Marcus seine Arme um sie schließt, klammert sich an ihn und weint an seiner Brust weiter.

Er fühlt sich an wie damals, denkt sie, und doch anders.

Ebenfalls von der Autorin erschienen:

„Teufelswetter – Eine Geschichte von Liebe Sturm und Verbrechen"

Die junge Rachel wird Opfer eines Gewalttäters und nur in letzter Sekunde kommt ihr ein mysteriöser Fremder zu Hilfe. Lou – so nennt er sich – ist der Teufel persönlich und die Tatsache, dass er Rachel gerettet hat, scheint die Naturgesetze auf den Kopf zu stellen. Nach und nach entwickeln sich Gefühle zwischen den beiden. Zeitgleich geschieht in einer nahen Kleinstadt ein brutaler Mord an einem jungen Mädchen und der Teufel sollte den Sünder bestrafen. Doch als schließlich auch Rachel in der Stadt auftaucht, nimmt das Unglück seinen Lauf ... Oder ist das alles Teil eines Plans von höherer Macht?

ISBN: 978-3-7460-3600-7